L'ÉNIGME DU PARC

DU MÊME AUTEUR
CHEZ LE MÊME ÉDITEUR

L'Énigme de Rackmoor
Le Crime de Mayfair
Le Vilain Petit Canard
L'Auberge de Jérusalem
Le Fantôme de la lande
Les Cloches de Whitechapel
La Jetée sous la lune
Le Mystère de Tarn House
Les mots qui tuent
La Nuit des chasseurs
L'Affaire de Salisbury
Meurtre sur la lande
Le Meurtre du lac

Martha Grimes

L'ÉNIGME DU PARC

Traduction d'Alexis Champon

Roman

Titre original : *The Stargazey*

Le Code de la propriété intellectuelle n'autorisant aux termes de l'article L. 122-5, 2ᵉ et 3ᵉ a), d'une part, que les « copies ou reproductions strictement réservées à l'usage privé du copiste et non destinées à une utilisation collective » et, d'autre part, que les analyses et les courtes citations dans un but d'exemple ou d'illustration, « toute représentation ou reproduction intégrale ou partielle faite sans le consentement de l'auteur ou de ses ayants droit ou ayants cause est illicite » (art. L. 122-4).
Cette représentation ou reproduction, par quelque procédé que ce soit, constituerait donc une contrefaçon sanctionnée par les articles L. 335-2 et suivants du Code de la propriété intellectuelle.

© Martha Grimes, 1998
© Presses de la Cité, 2000, pour la traduction française

ISBN 2-258-05221-1

*A Travis, Kent et Roanoke,
tous fameux contemplateurs d'étoiles
– 25 avril 1998 –*

Au loin, dans la pénombre statufiée,
Chantait la grive musicienne...
Presque une invitation à entrer
Dans l'obscurité et la complainte.
Mais non, j'étais sorti contempler les étoiles :
Je n'entrerais pas.
Même si on me le demandait,
Or on ne m'avait pas invité.

                         Robert Frost, « *Entrez* »

PROLOGUE

Saint-Pétersbourg, février

Dans le crépuscule, la neige avait des reflets bleutés, les flocons fraîchement tombés recouvraient d'un blanc immaculé le sentier perdu dans le brouillard dense qui enveloppait la place du Palais et la colonne d'Alexandre. Les hauts arbres étaient pris dans la glace sur les bords de la promenade Nevsky Prospekt, le long de laquelle les voitures cheminaient, bravant les rigueurs de l'hiver. La neige tombait sur la neige, étouffant les craquements sur la Neva qui indiquaient que le vaste fleuve tentait de se libérer de la glace épaisse de janvier. D'en haut, elle voyait les toits enneigés de Saint-Pétersbourg, les dômes et les tambours de Saint-Isaac, les ponts dans leur fourreau de glace. Elle aimait autant les ponts de Saint-Pétersbourg que ceux de Londres. Il avait encore neigé pendant qu'elle se rendait au musée. Une couche de glace mince comme de la dentelle avait délicatement craqué sous ses pas quand elle avait traversé le toit plat du restaurant.

Dieu merci, le vent coupant avait cessé de souffler.

Son haleine formait des nuages de buée qui semblaient se cristalliser dans l'air glacial. Ses mains étaient gelées dans ses gants aussi fins que son haleine, davantage une couche de glace noire qu'une protection en cuir. Mais avec des gants plus épais, comment aurait-elle manié son fusil ?

Le fusil était muni d'un télescope et d'une lentille de vision nocturne. Elle s'en était déjà servie plusieurs fois mais n'aurait jamais cru en avoir besoin pour ce soir. Ce soir, elle devait improviser, ce qu'elle détestait, non par manque d'esprit d'à-propos, mais parce qu'elle aimait les préparatifs minutieux et les plans infaillibles.

Cependant, l'après-midi, il y avait eu une faille. Elle avait fait en sorte que la pièce soit vide mais elle avait oublié la gardienne, qui était entrée pendant qu'elle démontait le déambulateur. C'était cette même gardienne qu'elle attendait, maintenant. Elle avait surveillé le personnel et l'immeuble pendant des semaines : lorsque la femme de ménage était entrée dans les toilettes avec sa serpillière et son seau, elle l'avait aussitôt reconnue. Mais l'emploi du temps du soir avait été modifié parce que tout le monde avait été consigné en attendant d'être interrogé par la police.

Parlant mal le russe et très bien le français, elle avait présenté ses papiers français. Elle en avait plusieurs ; le passeport qu'elle utilisa était au nom de Cybil Odéon, boulevard Saint-Germain, Paris VIe. Que pouvait faire la police de Saint-Pétersbourg, sinon faire circuler cette vieille retraitée française à moitié sourde, incapable de se déplacer sans son déambulateur ? Et qui n'avait pu témoigner parce que ses yeux paraissaient noyés derrière des verres épais, des mèches de cheveux coincées telles des algues dans les branches de ses lunettes.

Les employés sortaient un par un du bâtiment. Et toujours pas de signe de la femme de ménage. Elle fourra ses mains dans ses poches doublées de mouton afin de les réchauffer, elle aurait été incapable, sinon, de tenir le fusil. Elle le reprit, visa les statues sur le parapet du Palais d'Hiver, déplaça le canon vers la gauche jusqu'à ce que la colonne d'Alexandre surgisse dans sa ligne de mire. Sur le sommet de la colonne, l'ange flottait, les ailes gelées. La colonne elle-même était parfaitement équilibrée, soutenue par son propre poids. Dans un splendide isolement.

C'était ce qu'elle ressentait. Elle aurait préféré que l'isolement ne fût pas si glacial, mais son inconfort personnel ne la dérangeait que dans la mesure où il nuisait à son rendement. Elle s'était entraînée à résister à toutes sortes d'inconforts, moral ou physique. L'inconfort moral lui était le plus pénible. Elle leva les yeux un instant pour contempler les étoiles. Pendant ses études, elle avait lu que l'énergie des étoiles provenait de la fusion des atomes. La science de la fusion. Ce qui la fascinait, c'était la notion que la quantité d'énergie à l'entrée était la même qu'à la sortie. Il y avait une équation : $Q = 1$. C'était l'équilibre parfait, comme celui de la colonne d'Alexandre. L'équilibre parfait, c'était justement ce qu'elle recherchait. Elle rêvait de parvenir à ce point où il n'y avait jamais d'écho, où le passé ne s'immisçait pas dans le présent, où les plans avaient des bords nets auxquels rien ne pouvait s'accrocher. Les êtres humains n'entraient pas dans l'équation. Les relations qu'elle avait nouées avaient été brèves et aucune n'avait échappé à son contrôle, même si ses partenaires n'en avaient pas eu conscience. *Bizarre comme les gens se laissent tromper avec une facilité dérisoire... se laissent mener par le bout du nez... à croire qu'ils aiment cela.*

Q = 1. Elle aurait fait une bonne physicienne si elle avait poursuivi ses études au lieu de devenir une tueuse.

Les employés sortaient un par un, finalement relâchés après leur interrogatoire par les gardiens du musée, les vigiles, les policiers de la ville, dont la collaboration entre services n'était pas le fort. Le harcèlement que subissait le citoyen russe de la part des différents services de police était sans limite. Vu ce qui avait disparu, on pouvait difficilement blâmer la police. Les hommes et les femmes sortaient de l'immeuble pour être arrêtés de nouveau par les vigiles qui montaient la garde devant l'entrée.

Elle scruta les portes du musée à travers le télescope. Les employés du nettoyage sortaient par ces portes. Dans les toilettes, le regard de la gardienne s'était attardé sur elle — la vieille Française flanquée d'un déambulateur — sans la voir. Difficile à dire avec ces Russes, ils avaient tellement appris à contrôler leurs émotions. Elle admirait ce trait de leur personnalité. Connaissant le tempérament russe, elle devinait que la gardienne aurait besoin de méditer sur ce qu'elle avait vu. Elle ne se précipiterait pas dans la salle où les policiers interrogeaient les gens. Elle rentrerait chez elle, dans l'appartement qu'elle partageait sans doute avec une douzaine d'autres locataires, et se mettrait à réfléchir à la question.

Il faisait trop froid pour rester sans bouger ; elle dut poser le fusil, souffler dans ses mains, taper des pieds, tourner la tête à droite et à gauche, ce qui l'amena à regarder de nouveau le ciel qui s'assombrissait. La nuit tombait, chargée d'étoiles. Elle ressentait une grande affinité avec les étoiles, leur détachement, leur éloignement, leur indifférence glacée.

Elle reprit de nouveau son fusil et regarda dans la lunette. La porte s'ouvrit; la vieille gardienne parut dans un châle noir qui l'enveloppait tel un linceul, un sac à la main. Elle prit la gardienne dans son viseur, appuya sur la détente et ressentit un flash. Le flash, c'était sa récompense. Tel un oiseau noir, la femme tomba dans la neige poudreuse en soulevant des nuages blancs semblables à des gaz d'échappement. Elle se leva, détacha son œil de la lunette et scruta la scène. Il neigeait de nouveau. A travers les flocons, elle vit une foule s'attrouper, les vigiles en faction près de la porte, les rares personnes encore sur les lieux. Elle pensa à leur détresse, les regarda lever les bras au ciel, minuscules silhouettes noires penchées sur la femme qui gisait dans la neige, attirées comme par magie. La mort réveilla de nombreux souvenirs d'enfance ensommeillés qu'elle ne parvenait pas à situer — neige, prairies, montagnes — et qui s'évanouirent aussi vite qu'ils étaient apparus.

Elle démonta le fusil, rangea la crosse dans son sac à dos avec le déambulateur et remit le canon dans son long étui. Elle revint sur ses pas en faisant craquer la glace, quitta le toit et redescendit au restaurant.

Elle retourna à la table qu'elle avait quittée vingt minutes plus tôt.

La salle s'était remplie pour le dîner; son verre de vodka était plein; avant de partir, elle avait demandé au garçon de la resservir. Il avait opiné avec un large sourire.

Lorsqu'il s'approcha de la table, il désigna l'étui en travers de la chaise et lui demanda si elle jouait de la flûte au Philharmonique. Non, sourit-elle, du hautbois.

Elle commanda des brèmes fourrées au *kasha*[1] et, comme dessert, des *blinicki* à la confiture.

Le garçon parti, elle considéra l'étui du hautbois d'un œil triste en regrettant de ne pas avoir des dons de musicienne.

1. Pâte de sarrasin concassé qui accompagne les viandes, les soupes, les poissons. *(N.d.T.)*

1

Londres, novembre

Samedi soir. Ce n'était pas un soir à voyager seul dans un bus. Lorsqu'il était adolescent, au lycée, un samedi soir sans fille, sans rendez-vous, sans au moins quelques camarades avec qui faire la foire, un samedi soir en solitaire, c'était la honte. Personne n'aurait voulu être vu seul un samedi soir... *De qui te moques-tu, Jury ? Ça ne t'est jamais arrivé, jamais.*
Ayant une course à faire à South Kensington, il avait pris le métro à Islington. En sortant de la station South Kensington, il avait pris un bus pour Fulham Road. Cela faisait longtemps qu'il n'était pas revenu dans ce quartier où il avait vécu une partie de son enfance, celle-là même qu'il pouvait encore appeler « son enfance ». Cela faisait longtemps qu'il n'était monté dans un bus, n'importe quel bus. Le receveur le gratifia d'un de ces regards soupçonneux dont les receveurs sont coutumiers, et Jury gravit les quelques marches qui menaient à l'impériale plus vivement qu'il n'était conseillé, même pour un jeune homme agile, et cela faisait belle lurette qu'il avait passé l'âge. En haut,

comme seuls passagers, il y avait un garçon et une fille qui ne cessaient de se peloter, une vieille dame endormie, le menton sur la poitrine, et un brun en smoking. Quelle drôle d'idée de voyager en smoking! Jury se demanda dans quelle soirée il allait. Il se réjouit presque de sa vie mondaine limitée — pas de dîners en tenue de soirée, pas de pique-niques au champagne à Ascot. Non, pour lui, c'était métro, boulot, et pub du coin.

De petits magasins bordaient Fulham Road, des boutiques de luxe comme Smallbone, l'équipementier de cuisine tape-à-l'œil. Qui avait une cuisine Smallbone? se demanda Jury. Personne. Magasins d'électricité vieillots, un Oddbins, et l'un des inévitables bars à espressos qui avaient remplacé les cafés. Quel dommage! Epiceries fines, tailleurs, vitrines vides, hormis un ou deux mannequins sans tête couleur champignon, vêtements à la taille ample. Deux magasins d'antiquités, petits et élégants, aux façades aussi nettes que des décors de théâtre.

Jury aurait voulu s'asseoir sur la banquette du premier rang où la large vitre donnait une vue dégagée de la rue; on y était comme suspendu dans le vide. Mais elle était occupée par les deux adolescents décolorés équipés d'une stéréo, heureusement éteinte. Il avait finalement pris place à l'arrière afin de garder ses distances.

Il aimait la rue le soir. Lorsqu'il était encore policier en uniforme, il choisissait toujours le service de nuit. Il avait aimé marcher devant les magasins fermés, scruter les ruelles mal éclairées. La nuit était idéale pour les cachettes — ruelles, portes cochères.

Cela faisait plusieurs années qu'il songeait à quitter Londres ou à se faire muter dans un commissariat de province, Exeter, par exemple. Macalvie adorerait l'avoir à Exeter. Ou dans le Yorkshire, là-haut, dans la lande enneigée du Nord. Ou à Stratford-upon-Avon. Sam Lasko s'en réjouirait. En fait, Jury travaillait bien assez sur les affaires de Lasko. Stratford lui fit penser à Jenny Kennington. Elle était partie plusieurs mois plus tôt, après son procès. Il essayait encore de comprendre ce qui avait déraillé entre eux, et d'où était venu ce manque de confiance réciproque. A une époque, il avait réellement cru qu'ils auraient pu rester ensemble. Comme souvent, il s'interrogea sur ses problèmes avec les femmes. Certes, la mort ne pouvait être qualifiée de « problème ». Jane Holdsworth... Helen Minton... Molly Singer... Nell Healy. Il aurait au moins pu sauver Nell... *la sauver.* Bizarre de penser cela. Non seulement bizarre mais arrogant. Jenny ne l'avait-elle pas décrit comme celui qui « voulait sauver les femmes des immeubles en flammes »?

Il regarda par la vitre un petit groupe rassemblé devant une boutique qui vendait des fourrures. Ou qui les vendrait si les manifestants dégageaient l'entrée. Que faisaient-ils à une heure pareille quand la boutique était fermée? Ils brandissaient des pancartes représentant des images horribles d'animaux emprisonnés dans des cages de laboratoire ou les pattes prises dans des pièges à loup. (Jury croyait que ces pièges étaient interdits depuis longtemps.) Les passants devaient contourner les manifestants et ne pouvaient éviter les pancartes.

L'autobus laissa les défenseurs des animaux derrière lui.

Jury trouva que sa vie ressemblait à ce trajet en bus, puis il se dit : N'exagérons pas, quel sentimentalisme guimauve! C'était à cause de l'absence de but du trajet;

il ne savait même pas où le bus allait. A Putney, sans doute : c'était un 14. A la station suivante, le bus s'arrêta derrière un autre 14, lui-même arrêté derrière un autre bus dont Jury ne distinguait pas le numéro. Il y avait une queue assez importante, les passagers attendaient depuis longtemps. Jury s'étonna de cette loi des horaires qui voulait que trois bus s'arrêtent ensemble à une station. Pourquoi ? On attendait des heures, et soudain trois bus arrivaient en même temps. L'inspecteur Wiggins aurait sans doute une explication. Il en avait toujours une de prête, bien que rarement convaincante. Jury esquissa un sourire indulgent.

Des passagers grimpèrent l'escalier à grand bruit et deux d'entre eux s'assirent derrière Jury en faisant bruire leurs paquets. Deux femmes, lui sembla-t-il, dont une Américaine apparemment, car elle déversait sur son amie britannique des torrents de paroles à propos de Thanksgiving. Arriverait-elle à temps chez elle pour les préparatifs ? Elle parlait de ses parents éloignés — ils venaient d'un autre Etat pour se joindre à la famille, qui semblait particulièrement nombreuse. Parents, grands-parents, oncles, tantes, enfants, bébés. Le dernier Thanksgiving, dit-elle à son amie (dont la seule contribution à la conversation se bornait à de rares « Hum », « Eh bien ! », « Ah bon ? »), ils étaient vingt-trois à table. Elle décrivit le repas : la dinde, les légumes, les pains, les tourtes, les gâteaux... Jury eut l'impression que le dîner se déroulait dans une salle à manger médiévale.

L'Américaine semblait dingue de Thanksgiving. Pourquoi ? Pourquoi vouloir préparer un repas aussi pantagruélique pour autant de monde ? Pour Jury, le jour férié idéal était nettement moins agité : dormir, lire, aller boire une pinte à l'Angel. Plusieurs pintes. La voix de la femme s'élevait au milieu du flot des conversations susurrées et des bruits étouffés de Fulham Road. Jury aurait voulu qu'elle se taise. Elle le fatiguait. Son amie aussi devait la trouver fatigante.

Le menton sur sa main en coupe, Jury ferma les yeux. Finalement, les deux femmes se levèrent, l'Américaine ramassant ses paquets et son parapluie avec force gestes et beaucoup de bruit. Sans cesser de parler, elle suivit son amie dans l'escalier.

Comme Jury était assis sur la gauche de l'impériale, il pouvait voir les passagers descendre. C'était l'arrêt de Chelsea et de l'hôpital Westminster, et Jury fut brièvement distrait car il se demanda si c'était dans cet hôpital qu'il était né. Une dizaine de passagers descendirent, surtout des femmes. Laquelle était l'Américaine? La grande, se dit-il, celle qui avait le plus de paquets, qui semblait la plus chic — tailleur de grand couturier, chaussures à hauts talons épais, comme la mode l'exigeait. Oui, c'était forcément elle; elle se tourna vers une petite bonne femme mal fagotée et lui parla tout en marchant.

En ayant terminé avec l'Américaine, Jury jeta un coup d'œil de l'autre côté de la rue où des consommateurs sortaient d'un pub, le Stargazey[1]. Le nom lui plut; il l'avait déjà vu quelque part, croyait-il. Y avait-il plusieurs Stargazey? Comme le bus s'attardait à l'arrêt, sans doute en avance sur son horaire, Jury observa une blonde qui traversait la rue, vêtue d'un

---

1. *Stargazey, Stargazer*, « astrologue » (avec une note humoristique), celui qui contemple les étoiles, c'est-à-dire qui baye aux corneilles, une sorte de Jean de la Lune. Martha Grimes va jouer avec ce double sens, notamment lorsqu'elle parlera d'horoscopes. *(N.d.T.)*

somptueux manteau de fourrure noire. Il la perdit de vue, puis la retrouva quand elle passa devant le bus pour y monter. Il l'avait photographiée en quelques secondes; très blonde et séduisante. Il n'avait pas assez bien vu son visage pour dire si elle l'était réellement, séduisante. L'autobus déboîta et descendit bruyamment Fulham Road.

Un léger parfum flotta un instant dans l'air; Jury leva la tête et vit la blonde s'asseoir quelques rangées devant lui. Il se réjouit de sa position qui lui permettait de l'observer sans être vu, même s'il ne distinguait que son dos. Mais peut-être que, dans les dix minutes à venir, elle se retournerait et qu'il verrait son profil. Ses cheveux tirés en arrière retombaient sur ses épaules, si légers qu'on aurait vu la lune au travers, un profil d'une fragilité qu'on ne trouvait qu'aux peaux très claires. Ils voyagèrent ainsi pendant peut-être dix minutes, il étudiait son dos, ses cheveux, son profil lorsqu'elle se tournait vers la vitre.

Juste avant que le bus ne s'arrête en face de la station de métro Fulham Broadway, elle se leva et remonta la travée en tanguant. Jury aurait voulu voir son visage mais, sûr qu'elle allait s'en rendre compte, il n'osa risquer le moindre coup d'œil. Elle passa devant lui sans un regard.

Il crut qu'elle allait entrer dans le métro, mais elle n'en fit rien; elle continua dans la direction où allait le bus. Où il serait allé si un embouteillage ne s'était formé au croisement de deux artères principales dont aucune n'était assez large pour une circulation aussi dense. Le bus n'avançait pas. C'était l'un de ces inévitables bouchons où le flot des voitures, des camions et des bus lutte avec les ouvriers de la voirie pour savoir qui est capable de créer le plus d'encombrements. On irait plus vite à pied, ce qui expliquait sans doute pourquoi la femme au manteau de fourrure était descendue.

Le bus s'extirpa de l'embouteillage et trouva une portion de route dégagée qu'il avala aussitôt pendant que la femme restait à la traîne. Jury tordit le cou pour la voir, mais un camion Sainsbury la cacha à sa vue. Elle reparut, ayant rattrapé le temps que le bus avait perdu à cause d'un feu rouge, d'un passage clouté et d'un autre bouchon. Ses cheveux abondants étaient attachés dans la nuque par une pince en argent qui scintillait sur la fourrure sombre. Où diable une femme pareille, avec un manteau pareil, pouvait-elle se rendre ? Elle aurait dû filer devant Jury en Jaguar ou en BMW, sans doute avec l'homme en smoking. Le bus fonça ensuite pendant cinquante mètres, passa devant le Rat Sportif, un pub, et plusieurs cafés qui s'efforçaient de prendre le genre rive gauche parisien, tables et chaises envahissant le trottoir, même en novembre. La blonde rattrapa le bus, obligé de s'arrêter à un passage clouté pour laisser traverser un très vieux couple, la femme équipée d'un déambulateur, l'homme, qui aurait dû en avoir un lui aussi, s'efforçant d'aider sa compagne. Probablement le mari et la femme, mariés depuis au moins cent ans. Jury admira : un tel attachement, cela devait sûrement faire comme une seconde peau.

Il suivit avec intérêt la progression de la femme au manteau de fourrure, imagina avec un brin de romantisme que le bus était un bateau qui accompagnait une nageuse dans une longue traversée, à l'écart mais toujours prêt à intervenir en cas de crise, crampe ou épuisement.

A l'arrêt suivant, les deux amoureux se levèrent et

dévalèrent les marches en tapant des pieds, suivis par l'homme au smoking. La soirée devait avoir lieu dans le coin. Jury les regarda sauter du bus avant l'arrêt complet. Il fut donc surpris de voir la blonde remonter dans le bus en face du pub le Rat et le Perroquet — Fulham semblait raffoler des rats. Elle était précédée par une femme et son fils qui la tirait par la main d'un air renfrogné. La mère attrapa le bras du garçon et le secoua comme on fait lorsqu'on veut défroisser un tissu. Le garçon hurla. Le bus repartit dans une circulation plus fluide.

La blonde ne remonta pas sur l'impériale.

Jury regarda des passagers descendre aux deux arrêts suivants. Au troisième, Fulham Palace Road, il la vit descendre de nouveau.

Il se leva vivement et, à la manière d'un ivrogne, dévala les marches semi-circulaires en s'étonnant que les passagers ne dégringolent pas plus souvent, étant donné les coups de frein et les démarrages brusques. Il sauta en marche comme ceux qu'il avait désapprouvés précédemment.

Il mit moins d'une minute pour atteindre Bishops Avenue, la rue qu'elle avait empruntée. Il fut surpris de découvrir qu'il allait dans la direction de Fulham Palace. Il était neuf heures passées, il faisait nuit depuis un bon moment. Il fut davantage surpris de se retrouver en train de la suivre. Il resta loin derrière, longea des courts de tennis et le parc d'un ensemble de résidences.

Elle s'arrêta devant les hautes grilles de l'entrée du palais, la lumière diaphane d'un réverbère proche projetant des reflets argentés sur son manteau de fourrure noire.

Il s'arrêta aussi. Que diable faisait-elle dans cet

endroit? (Que diable y faisait-il lui-même?) Il aurait cru le palais fermé à une heure pareille, et pourtant il la vit franchir le portail encore grand ouvert. Lorsqu'il eut couvert les cinq à dix mètres qui le séparaient de l'entrée, elle avait déjà disparu. Il ne vit rien, sinon des ténèbres. Le réverbère diffusait une faible lumière. Jury se demanda pendant quelque temps pourquoi il n'entrait pas, mais il resta à la porte. Il resta planté là. *Comme un sombre crétin.* Il est plus facile et moins dangereux de se critiquer que d'essayer de se comprendre, Jury le savait. Néanmoins, il resta sous la lampe, à critiquer sa propre conduite.

Ce qu'elle faisait ne le regardait pas, certes, mais ce n'était pas cela qui l'arrêtait. Cela ne l'avait pas empêché de la suivre, n'est-ce pas? Alors quoi? Il arpenta le trottoir devant la gueule noire béante de l'entrée.

Il mourait d'envie d'une cigarette, mais il n'avait pas fumé depuis près d'un an (dix mois, en tout cas). Désormais, les fumeurs devaient se regrouper devant l'entrée des bureaux, sous le vent et la pluie, et tirer des bouffées furtives sur leurs cigarettes. Les bien-pensants refusaient de partager leur bureau avec eux, les exclus, les réprouvés. Jury n'avait pas besoin des bien-pensants pour se sentir exclu, seulement de l'inspecteur Wiggins.

Il s'aperçut soudain que c'était exactement ce qu'il ressentait : exclu. Mais de quoi et par qui?

2

Le lendemain était un dimanche, et Jury décida de se mettre à jour. Il ouvrit ses factures et les fourra dans le tiroir de son bureau après y avoir jeté un coup d'œil. Il y avait une lettre de Melrose Plant, qu'il mit de côté afin de la lire plus tard. Il ouvrit ensuite le journal du dimanche qu'il avait piqué devant la porte de Stan Keeler, à l'étage supérieur. Stan était absent, ce qui lui arrivait souvent. Carole-Anne et Mrs Wassermann nourrissaient Stone, son chien, et Jury l'emmenait promener lorsque Carole-Anne ne s'en chargeait pas. Parfois, ils promenaient Stone ensemble.

Il termina le journal en avalant une tasse de thé et des toasts.

Ayant ainsi mis sa vie à jour à Islington, il songea à sortir. Il irait au musée, à la Tate Gallery, peut-être. Le musée, c'était ce qu'on « faisait » le dimanche, du moins en attendant l'ouverture des pubs. Jury hésita. Une partie de lui-même mit l'autre en garde contre la Tate ; le Victoria and Albert Museum, par exemple, ou la National Gallery, à Trafalgar Square. Il finit néanmoins par prendre un bus le long de l'Embankment, descendit à la Tate, et gravit les vastes marches blanches tout en se disant que ce n'était pas une bonne idée.

S'arrêter à la Tate Gallery avait, dans un passé récent, eut des conséquences dramatiques. Au début de l'année, en janvier, il s'était retrouvé aux States, à Baltimore. Quelques semaines plus tard, il avait atterri à Santa Fe. La Tate était un choix hasardeux, surtout la salle des préraphaélites.

Ce fut bien sûr dans cette même salle qu'il se rendit; il se planta devant le tableau de Chatterton, là où il finissait toujours par se planter (en se demandant si le tableau était romanesque, tout en se fichant pas mal qu'il le fût), et il laissa les souvenirs déferler.

Il n'adressa la parole à personne de toute la journée, hormis quelques mots pour commander une pinte de ceci, une demi-pinte de cela. Jury faisait rarement la tournée des pubs, il se contentait d'habitude de l'Angel, à Islington, ou d'un des pubs de St James, près de Scotland Yard.

Par métro puis bus, il arriva presque sans le vouloir à Fulham Road, qui courait parallèlement à King's Road. S'il restait dans le bus, le 14 qui allait à Putney Bridge, il se retrouverait encore à Fulham Palace. Non, se dit-il, pas ça, et il descendit à Chelsea and Westminster Hospital, direction le pub situé au coin de la rue. Il s'était retenu d'aller à Fulham Palace, c'était un compromis.

Sous son enseigne noir et or, le Stargazey paraissait engageant et pas miteux pour deux sous. Avant d'entrer boire une pinte, Jury acheta un journal du dimanche afin de le rapporter à Stan, au cas où il reviendrait à l'improviste, ce qui lui arrivait souvent. C'était un pub distingué et bien fréquenté. Jury ne savait pas exactement s'il se trouvait à Chelsea ou à

Fulham, à la frontière entre les deux, sans doute. En trente ans, Fulham s'était grandement embourgeoisé. Le quartier paraissait pour ainsi dire florissant. Tout indiquait que les intellos allaient bientôt l'envahir : cafés italiens, boutiques de luxe, antiquaires, épiceries fines qui « habillaient » leurs vitrines avec des assortiments de fruits et de foies gras.

Islington avait pris le même chemin, avec quelques années d'avance. La maison dans laquelle il avait eu un appartement valait sûrement dans les deux cent cinquante mille livres, ces temps-ci. Au pub l'Angel, la pierre accaparait les conversations, et les clients avec téléphones portables étaient sans doute des agents immobiliers. Ils faisaient les cent pas devant le pub, la main collée à l'oreille, « les rois du macadam ».

Dans le même temps, certains quartiers pauvres s'étaient encore appauvris. Les conditions de vie n'étaient pas les mêmes pour tous. L'écart entre les riches et les pauvres ne cessait de croître. Le gouffre s'élargissait et Tony Blair semblait avoir d'autres chats à fouetter. Jury soupira, ouvrit le journal de Stan et lut les articles qu'il avait sautés auparavant.

Le pub était bondé, enfumé, l'atmosphère empreinte du désespoir familier du dimanche. Le dimanche était moins structuré. Le journal, le pub, c'était à peu près tout. Jury posa son verre sur le comptoir, accrocha le regard du barman et lui fit signe de lui renouveler sa consommation. Il ouvrit ensuite la lettre de Melrose Plant. Deux pages de l'élégante écriture de Plant sur un épais papier crème qui rehaussait si bien l'encre qu'on aurait cru les caractères gravés. Du vieux papier à lettres qui portait toujours l'en-tête avec la couronne et les titres. Melrose avait rayé les titres mais laissé la couronne intacte. Jury rit de bon cœur en lisant la lettre. Comme d'habitude, il ne se passait « rien » dans le Northamptonshire, mais s'il y avait un homme qui, comme la Nature, avait horreur du vide, c'était bien Melrose Plant. Il aurait pu remplir un trou noir. Jury s'esclaffa une dernière fois puis rangea la lettre dans sa poche. Il répondrait à Melrose en rentrant.

En levant les yeux, il vit la serveuse prendre une bouteille de whisky, l'essuyer avec soin et la remettre sur l'étagère. Elle fit de même avec la bouteille suivante. Apparemment, elle allait essuyer toutes les bouteilles de l'étagère, interrompue seulement par la commande d'un client, ou par le téléphone, ou par quoi que ce soit d'autre réclamant son attention. Jury observa quelque temps son manège, elle manipulait les bouteilles avec grand soin, surtout les cognacs, le Rémy Martin. Elle souriait en travaillant et Jury sourit en la regardant. Elle essuyait les bouteilles avec un tel amour et elle paraissait si fière de son travail ! C'était une femme sympathique, pas du genre à faire tourner la tête aux hommes, mais dont la douceur tenait lieu de beauté.

Jury était juché sur un tabouret du bar, près d'un des piliers en bois où étaient punaisées quelques cartes postales dont l'une représentait un pub qui s'appelait lui aussi le Stargazey. Jury déchiffra la légende ; c'était en Cornouailles, un de ces villages perpendiculaires qui descendaient vers la mer, un calvaire à grimper quand on revenait de la plage. Jury y était peut-être allé, il avait peut-être vu le pub. L'autre moitié de la carte représentait une étrange tourte au poisson, sans doute la spécialité du pub.

— Je peux vous poser une question, ma belle ? demanda Jury à la femme qui essuyait les bouteilles.

Elle se retourna et le gratifia d'un sourire interrogateur.

— Vous vendez ces cartes postales ? J'aimerais avoir celle-là, dit-il en désignant la carte qu'il venait d'examiner.

La femme plissa les yeux et répondit :

— Oui, nous les vendons. Laissez-moi voir... (Elle ouvrit un tiroir sous le comptoir, puis un autre et en sortit la carte d'un air triomphant.) C'est la dernière, vous avez de la chance !

Ce fut l'un des premiers vrais sourires de Jury dans cette journée ; la serveuse était étonnamment réjouie de ce modeste trésor. Trop facile à contenter, se dit Jury. N'était-ce pas ce que le duc de Ferrare avait dit de son infortunée duchesse ?

— Tenez, dit la femme en faisant glisser la carte sur le comptoir. Elle est à vous.

— Je vous remercie, mais je suis tout à fait disposé à payer...

— Non, je ne me souviens pas qu'on m'en ait jamais réclamé une. Les gens ne remarquent pas ces petits détails. On passe à côté de beaucoup de choses dans la vie si on ne remarque pas les petits détails.

Elle reprit sa corvée (même si, pour elle, essuyer les bouteilles paraissait davantage une vocation), prit une bouteille de gin Sapphire qu'elle caressa avec son torchon.

— Je ne crois pas avoir jamais vu un pub prendre tant de soin de ses alcools, déclara Jury.

— Oh, je sais que c'est idiot, rougit la serveuse, et je suis sûre qu'il n'aime pas ça. (Elle lança un regard vers le barman, ou le gérant, ou le propriétaire.) Je trouve ces bouteilles très jolies, comme ça, contre la glace. Regardez celle-là, par exemple... (Elle brandit la bouteille de gin afin que Jury l'admire.) Vous avez déjà vu un aussi joli bleu?

— Viens par ici, Kitty! appela le barman.

Kitty rougit, remit le gin Sapphire en place et souffla un au revoir à Jury.

Il vida sa pinte, sortit un stylo de sa poche intérieure et écrivit sur la carte : *Dix livres que tu ne trouves pas la recette.*

Il déposa quelques pièces sur le comptoir pour régler sa dernière consommation et sortit. Dans la rue, il chercha une boîte à lettres, n'en trouva pas, et il allait traverser lorsqu'il vit arriver un 14 qui devait s'arrêter à la station de métro South Kensington. Il hâta le pas et prit place dans la file d'attente. Le bus se rangea contre le trottoir; Jury monta. En s'asseyant, il examina de nouveau la carte postale et rit pour la seconde fois de la journée.

Par la vitre, il regarda défiler les endroits qu'il avait croisés en allant au pub. Ce qu'il aurait voulu, bien sûr, c'était aller à Fulham Palace, dans la direction opposée. C'était plus qu'une envie, un besoin impérieux dont il ne comprenait pas la logique. Il avait l'impression d'être pris dans le flux des marées, ou dans l'attraction de la lune. Dans l'air flottait quelque chose qui évoquait l'inévitable, le destin.

Jury avait horreur de penser en ces termes, étant donné qu'il ne croyait absolument pas à une quelconque prédestination. Néanmoins, par simple curiosité, il déplia le journal de Stan, et finit par trouver la page de l'horoscope. Son horoscope le pressait de « *refuser de se laisser tenter, même par les plus séduisantes des propositions* ».

Merde, il avait déjà refusé, non ? Il n'était pas retourné à Fulham Palace. Les affaires de la blonde ne le regardaient pas.

C'était dimanche.

3

L'inspecteur Alfred Wiggins parlait du nez, non comme s'il avait un rhume, mais comme s'il avait inventé les rhumes lui-même. Il en parlait en propriétaire.

— Ça ne me prend pas comme tout le monde; vous, par exemple, vous pouvez vous en débarrasser et continuer à vivre, ils ne s'accrochent pas à vous (à croire que les rhumes n'aimaient pas Jury!) comme à moi. Celui-là... (Wiggins ponctua son propos en s'essuyant plusieurs fois le nez avec son Kleenex), il a été envoyé pour me tourmenter, vu qu'on est en novembre, comme vous le savez. Un rhume de novembre dure tout le mois de décembre; c'est la croix et la bannière pour s'en débarrasser.

Jury était persuadé que Wiggins avait inventé le dicton sur le rhume de novembre, mais il refusa de se laisser entraîner dans la versification de l'inspecteur, qui était pire que sa prose. Avec le temps, les lamentos de Wiggins étaient devenus presque apaisants, contrepoint parfait aux coups de gueule intempestifs du commissaire divisionnaire Racer et à ses notes de service grincheuses, sur l'une desquelles Jury était d'ailleurs en train de s'assoupir, affalé sur sa chaise pivotante en équilibre sur les pieds arrière, les bras croisés sur la poitrine.

— Vous avez vu un médecin, Wiggins ? lança-t-il sans lever les yeux.

Wiggins parut presque blessé.

— Je ne cours pas les voir au moindre bobo, répliqua-t-il. Pas comme certains.

Le regard de l'inspecteur suggérait que Jury était un indécrottable hypocondriaque qui passait son temps aux urgences des hôpitaux ou dans les salles d'attente des médecins. Jury ne se souvenait pourtant pas de la dernière fois où il était allé consulter. Il ignora la réplique et reporta son attention sur les flacons que Wiggins avait alignés sur son bureau, après en avoir dévissé les capuchons. L'inspecteur plongea un compte-gouttes dans un liquide clair, le retira, se pencha en arrière et fit tomber quelques gouttes dans ses yeux.

— Raté, constata Jury.

Wiggins battit des paupières afin de répartir le prétendu remède et fronça les sourcils.

— Raté ? s'étonna-t-il.

— Elles sont tombées dans les yeux au lieu de tomber dans les narines.

— Ha, ha, très drôle. C'est un collyre, évidemment !

Wiggins croyait toujours vous clouer le bec avec ses « ha, ha ». Pour le contrer, Jury demanda :

— Comment va miss... Lillywhite, l'infirmière ?

Il avait oublié le prénom de l'amie de Wiggins. D'où lui venait l'impression que l'amour de Lillywhite aurait dû guérir Wiggins, vu qu'aucun mortel ne saurait réussir ce tour de force ?

— Bien, très bien. Elle est au Portugal, chez des amis.

Comme Wiggins ne semblait pas le moins du monde contrarié, Jury en conclut que ces amis étaient des amies. Il reposa la note et reprit sa lecture du journal du matin qu'il avait chipé sur le palier de Stan Keeler après être entré donner à manger à Stone ; Mrs Wassermann emmènerait plus tard le chien dans son appartement en entresol, il le savait.

Soudain, il laissa retomber sa chaise avec un bruit tonitruant. Un article en page intérieure l'avait pris de court : la police d'Hammersmith and Fulham lançait un appel à témoins : quiconque se trouvait près de Fulham Palace le samedi soir entre six heures et minuit était prié de fournir des renseignements éventuels sur une femme tuée par balle dans l'enceinte de Fulham Palace.

— Qu'est-ce qu'il y a, chef ? On dirait que vous avez vu un fantôme.

— C'est peut-être le cas.

Jury n'aurait jamais imaginé devoir un jour répondre à un appel à témoins. Il composa le numéro de la police de Fulham.

Il était évident que la police recherchait quelqu'un pour identifier la victime. Difficile en l'absence de photographies ou de détails particuliers. Sauf — du moins pour Jury — le détail du manteau de fourrure. Le manteau et l'endroit où on l'avait retrouvée morte : Fulham Palace.

Lorsqu'on décrocha, Jury expliqua pourquoi il appelait et demanda à parler à l'inspecteur chargé de l'affaire. L'agent déclara qu'il allait d'abord noter les détails. Jury lui raconta ce qu'il avait fait — non sans une certaine gêne —, terminant par un « Je ne suis pas entré ».

— Vous l'avez suivie tout ce chemin et vous avez laissé tomber...

Ce n'était même pas une question, plutôt un jugement.

Jury ferma les yeux comme si la lumière était la seule cause de sa gêne.

— Dites donc, je vous conseille de ne pas adopter une attitude aussi hostile si vous voulez qu'on coopère...

Mais l'agent avait du répondant :

— Vous devez comprendre qu'on est obligé de trier les...

— Votre nom ? coupa Jury.

— Chance.

Jury refusa de profiter de la situation. Il changea de tactique :

— Qui est chargé de l'affaire ?

— L'inspecteur principal Ronald Chilten.

— Eh bien, passez-le-moi.

Chilten. Le nom lui était familier. Après divers bruits métalliques, Jury fut prié de patienter. Plaquant une main sur l'appareil, il demanda à Wiggins :

— Vous vous souvenez d'un Chilten, de la police de Hammersmith and Fulham ? On n'a pas travaillé ensemble sur une affaire ?

Wiggins cessa de touiller son petit chaudron pour feuilleter son Rolodex.

— Fulham, Fulham... voilà : Chilten, Ron. C'était une affaire sordide, le domestique de North Road...

— Tous les domestiques sont sordides. Ça y est, je m'en souviens. Un type perspicace.

— « Pas la moitié d'un imbécile », c'était ce que

vous disiez. « Il aime vous faire attendre », c'était aussi ce que vous disiez.

Jury se souvenait maintenant très bien du côté qui « aime faire attendre » de Chilten. Au bout du fil lui parvint la voix autoritaire de l'inspecteur principal Chilten.

— J'ai des... (Jury comprit tout à coup combien ses renseignements paraîtraient absurdes. Trop tard.) Je ne sais pas si vous vous rappelez l'affaire sur laquelle nous avons travaillé...

— Oh, si, je m'en souviens.

— Je vous téléphone à propos de cette histoire de Fulham Palace. (Jury s'arrêta. Chilten attendit, mais ne fit rien pour l'aider.) Vous l'avez identifiée?

Comme Jury l'avait deviné, Chilten traîna avant de répondre.

— Non. Pas de sac à main, pas de signes distinctifs — rien à mettre dans le journal hormis des clichés de la morgue, c'est d'ailleurs ce que je vais faire si je ne trouve rien d'autre.

— Elle a été tuée par balle... On a retrouvé l'arme?

— Non.

— A quelle distance?

— Entre deux et trois mètres. Assez près, il y avait des traces de poudre.

— Vous établissez l'heure de la mort entre six heures et minuit?

Nouveau silence. Chilten avait la manie de retenir ses réponses ou de faire un commentaire obscur qui obligeait son interlocuteur à poser une nouvelle question.

— Nous espérons réduire la fourchette lorsque le médecin légiste en aura terminé.

— Je peux vous aider, si vous voulez. Disons entre

neuf heures et minuit. Je l'ai vue devant Fulham Palace.

Jury crut entendre un objet se renverser ou tomber par terre. Un grand bruit, en tout cas. Il avait surpris Chilten, pour changer.

— Vous l'avez vue? Vous la connaissez donc?

— Non, je l'ai seulement vue marcher dans Fulham Road.

— Racontez-moi.

Jury s'exécuta. Il raconta comment la blonde était montée dans le bus à Chelsea and Westminster Hospital, son comportement pour le moins étrange, comment il l'avait suivie dans Bishops Avenue jusqu'au portail de Fulham Palace.

— Pourquoi vous être arrêté là si vous la filiez? Pourquoi ne pas être entré?

Jury soupira. Il avait redouté cette question inévitable.

— Je ne la filais pas. Et j'ignore pourquoi je ne suis pas entré.

Il y eut un long silence. Chilten avait le don de ménager des silences. Jury aurait aimé le frapper.

— Que faisiez-vous dans ce 14? demanda finalement Chilten.

Exaspéré que ses moindres faits et gestes puissent être examinés à la loupe, Jury répondit :

— Peu importe. Ça n'a aucun rapport.

Il soupira de nouveau en pensant au nombre de fois où il avait entendu un suspect répondre exactement la même chose.

Chilten ne semblait pas d'accord avec Jury sur la pertinence de ses questions.

— Est-ce que nous parlons bien de la même femme? demanda-t-il.

Lui, en tout cas, parlait la bouche pleine; Jury le devina car il avait assez souvent entendu l'inspecteur Wiggins mâcher des biscuits médicinaux à l'autre bout du fil. Comme s'il avait lu dans son esprit, Chilten se justifia :

— Je n'ai pas eu le temps de déjeuner, je mange un beignet à la confiture. Reprenons ma question, est-ce bien la même femme?

— Je vous la décris : un blond très pâle, environ un mètre soixante-dix si je ne m'abuse. Très belle, presque pas de maquillage, sinon pas du tout. Et bien sûr, le manteau, long et noir... du vison, si je devais mettre un nom dessus.

— De la zibeline. Bon, c'est sans doute la même. Il devait y avoir de sacrés bouchons pour que vous l'ayez gardée à l'œil jusqu'à Fulham Palace Road. Ça fait une trotte...

— Je vous l'ai dit, elle est remontée dans le bus.

Chilten mastiqua quelque temps.

— Quel drôle de comportement!

Jury se demanda s'il parlait du sien ou de celui de la femme. Des deux, probablement. Il laissa Chilten digérer cette information, et son beignet par la même occasion. Il espérait une invitation; devant le silence de Chilten, il s'invita tout seul :

— Ecoutez, je ne cherche pas à empiéter sur vos plates-bandes, mais j'aimerais jeter un coup d'œil à la *mise en scène*[1]...

— Seigneur Jésus! Qu'est-ce que c'est?

Jury rougit. Il était soulagé que Chilten ne soit pas là pour le voir. Pour une raison qui lui échappait, il avait hésité à employer le terme à la mode de « scène du

---

1. En français dans le texte. *(N.d.T.)*

crime » et avait utilisé à la place une expression sophistiquée. Oui, cela aurait pu passer pour de l'affectation.

— Je peux peut-être vous aider. C'est-à-dire que je pourrais ajouter certaines précisions... euh, peut-être pas.

Jury accompagna cette dénégation d'un haussement d'épaules, comme si Chilten pouvait le voir.

— Je crois me rappeler avoir ferraillé avec vous il y a quelques années, dans une affaire pour laquelle vous ne vouliez pas empiéter sur mes plates-bandes, justement...

Jury émit un rire bref.

— Ferraillé ? Avec moi ? Vous confondez avec mon inspecteur. Il s'appelle Wiggins. (Jury jeta un œil sur Wiggins qui, entendant son nom, avait cessé ses ablutions et le regardait avec des yeux ronds. Jury lui adressa une grimace qui signifiait : « Obligé, avec cet imbécile. ») Alors, qu'est-ce que vous en dites, Roy ?

— Ronnie, pas Roy.

Jury sourit. Il l'avait fait exprès.

— Mille excuses, fit-il.

Il attendit. L'autre se décida :

— Si vous venez à Fulham cet après-midi, vous pourrez jeter un coup d'œil à votre *mise en scène*. Rendez-vous devant le portail. Vous devez savoir où c'est, ajouta-t-il avec une pointe de sarcasme.

— Le jardin botanique. L'article prétend qu'on l'a retrouvée là-bas, dans un buisson de lavande.

Jury pensa à l'ironie de la scène. La mise en scène. Il sourit.

— Ouais, eh bien, Linda Pink aura peut-être une explication.

Chilten donnait des informations comme d'autres leur sang, une goutte à la fois. Jury se retint de lui poser la question qui lui venait à l'esprit — *Qui est Linda Pink?*

— Nous serons là dans une heure, Roy, merci. (Il raccrocha et marmonna :) Foutue Linda Pink.

Wiggins dressa un sourcil.

— Qui est Linda Pink?

— Nous ne le saurons peut-être jamais, dit Jury qui se cala sur sa chaise et se permit, ne serait-ce que pour un bref instant, d'être accablé par une profonde tristesse. J'aurais dû entrer.

— Pardon? Entrer où?

Jury ne répondit pas.

— Allons-y, Wiggins, dit-il en se levant. Hop, en route!

Wiggins se leva de mauvaise grâce, avala le liquide putride qui restait dans son verre et demanda :

— Vous êtes sûr, patron? Vous n'avez pas peur que je ferraille de nouveau?

Jury enfila une manche de son imperméable.

— Non. Vous ne referez pas deux fois la même erreur.

4

L'inspecteur principal Ronald Chilten avait une manie : il aimait envelopper les mystères de mystères. S'il n'y en avait pas à portée de main, il créait une atmosphère, une ambiance — en fait, sa propre mise en scène —, afin de tenir son interlocuteur en haleine. Il lui suffisait d'un carambolage avec trois voitures, ou de la couleur d'un ruban à cheveux retrouvé sur les lieux, ou du nombre et de la nature des livres rapportés chez lui par un adolescent bûcheur. S'il pouvait vous tenir en haleine lorsqu'il n'y avait pas de véritable suspense, de quoi ne serait-il pas capable avec un cadavre retrouvé dans l'enceinte de Fulham Palace... Depuis son coup de téléphone, moins d'une heure plus tôt, Jury grinçait des dents. Il fit appel à sa réserve — prétendument inépuisable — de patience et se répéta que Chilten était un excellent flic.

Que leur destination soit un jardin botanique eut un effet des plus bénéfiques sur l'inspecteur Wiggins, en balayant son instinct « ferrailleur » aussi bien que l'aurait fait une de ses mixtures et en le transformant en agréable compagnon.

Les trois policiers — Jury, Wiggins et l'inspecteur

principal Ronald Chilten — marchaient dans le jardin botanique. Ils passèrent devant un alignement de chênes verts et de tilleuls argentés, de cèdres, de châtaigniers, d'érables, de noyers, un énorme séquoia de Californie — autant d'arbres sur lesquels Jury était incapable de mettre un nom. C'était Chilten qui les nommait, ce qui surprit Jury; il n'aurait pas imaginé que l'homme s'intéresse à l'horticulture ni qu'il ait un goût quelconque pour l'esthétique.

— Superbe perspective, n'est-ce pas? disait en effet Chilten, qui s'arrêta pour examiner les branches à étages d'un chêne vert. Quand on sait à quel point nous aimons nos jardins, je suis surpris que celui-ci ne soit pas mieux connu. Il y a sûrement davantage d'espèces d'arbres dans ces quelques hectares que dans toutes les îles Britanniques.

Ils poursuivirent leur marche; Jury se retournait souvent pour regarder la façade austère du palais en se rappelant une histoire entendue dans son enfance selon laquelle, étant donné que tous les évêques avaient habité dans des « palais », le terme était simplement un euphémisme pour « maison ».

— Quand ont-ils cessé de l'utiliser comme résidence?

— Les évêques? Dans les années 70, peut-être.

— Mais c'est habité...

— La municipalité en a fait des bureaux qu'elle loue. A des particuliers, à des sociétés...

Ils étaient parvenus devant un mur de briques dont Jury pensa qu'il clôturait le jardin. Chilten dit quelque chose aux policiers en uniforme qui semblaient monter la garde. Ils acquiescèrent.

— Trou d'abeille, indiqua Wiggins en pointant le menton vers une entaille dans la brique.

Jury attendit des précisions, mais l'inspecteur n'en dit pas plus. Wiggins et Chilten devraient s'entendre comme larrons en foire, se dit-il.

Le plus remarquable, c'était le calme impressionnant de l'endroit. Londres s'était apparemment dissous, pas de bruits de circulation, pas de cris, rien ne venait briser le silence du petit jardin botanique, clos de murs.

Jury contempla les vignes brunies, imagina le printemps quand les voiles de glycine tremblaient dans la brise et ondulaient le long de la clôture qu'il distinguait sur sa gauche. Sur sa droite se trouvait une serre à l'abandon où l'on avait dû cultiver la vigne, à en juger par les plants vigoureux qui poussaient encore à l'intérieur, malgré le toit défoncé. Quel dommage, se dit Jury, qu'un tel endroit ne bénéficie pas des subventions de l'Etat, quand on voit tout l'argent gaspillé! Toujours la même histoire.

Au centre du jardin clos se trouvait un vaste parterre en forme de poire, découpé en petites parcelles où diverses herbes avaient séché ou trop poussé. Il ressemblait aux jardins d'herbe fleurie du dix-huitième siècle. Il y avait des carrés de thym, de lavande, de romarin, et de dizaines d'autres plantes que Jury n'aurait pas reconnues sans l'aide du plan du musée.

Wiggins errait dans le jardin malade, aux herbes jaunies et surabondantes, comme s'il visitait un cimetière. Il fit le tour du périmètre de sécurité qu'un ruban jaune délimitait afin d'éloigner le public de la scène du crime.

Il était dans son élément, non parce que c'était du ressort de la police mais parce que c'était un jardin botanique.

— Ces machins, dit-il en désignant le premier carré,

c'est des pyrèthres. J'en ai jamais vu, sauf sur les étagères de ma pharmacie homéopathique.

Le naufrage du *Titanic* ne l'aurait pas davantage sidéré. Jury consulta son plan. *Lavande*. Il pointa son menton vers le carré adjacent.

— C'est là que vous l'avez trouvée ? demanda-t-il.

Chilten sortit un paquet de Chiclets de sa poche, prit le temps d'en fourrer un dans sa bouche et de le mâcher, comme si les chewing-gums faisaient partie du mystère. Finalement, il opina.

— Oui, c'est là. Couchée sur le dos dans la lavande. (Il recula jusqu'à la glycine.) Vu la trajectoire, ça venait de là, dit-il. (Il revint au carré de lavande.) On l'a découverte samedi avant minuit. C'est l'heure à laquelle le gardien l'a vue. Mais vous l'avez vue plus tôt, neuf heures, neuf heures trente.

Jury attendit. Rien.

— Qui l'a trouvée ? Le gardien ?

Chilten s'envoya un autre chewing-gum qu'il entreprit de mastiquer.

— Mouais. Ou il l'a signalée au commissariat de Fulham ; de toute façon, lui dit l'avoir trouvée vers minuit.

Wiggins vola au secours de Jury.

— Vous voulez dire que ce n'est pas le gardien qui l'a trouvée ?

— Oui et non.

Chilten sourit tout en continuant à mastiquer. Jury eut envie de se ronger les ongles.

— C'est lui ou c'est pas lui ? Qu'est-ce que ça veut dire ?

— Le gardien affirme que c'est Linda Pink qui l'a réellement trouvée.

Ah, se dit Jury. La fameuse Linda Pink fait enfin son apparition. Nominalement, en tout cas. Il soupira.

— Ecoutez, Ron, vous savez que nous ignorons qui est cette Linda Pink : pourquoi ne pas éclairer notre lanterne ?

Etre obligé de poser une question directe, c'était le prix à payer pour soutirer des renseignements à Chilten.

— Ah, je ne vous l'ai pas dit ? Linda Pink habite là-bas, sur Bishops Park Road. Elle vient souvent ici, d'après le gardien. Jour et nuit. Miss Pink a trouvé le corps, *dit-elle,* aux alentours de dix-neuf heures trente, dix-neuf heures quarante-cinq. Mais elle n'en a parlé à personne. Pas avant ce matin, lorsqu'elle est tombée sur le gardien qui buvait une tasse de thé dans sa loge. Elle dit avoir lu dans le journal qu'on avait retrouvé un cadavre dans le jardin botanique. D'après moi, elle n'aurait rien dit, même à ce moment-là, mais elle avait envie d'argumenter.

Chilten s'arrêta, coula un regard vers Jury, puis examina le ruban jaune.

Jury patienta. La patience, c'était son fort.

Mais Wiggins n'y tint plus :

— Argumenter ? Je ne comprends pas.

— Linda Pink prétend qu'elle l'a trouvée dans l'herbe royale, pas dans la lavande. Mais le gardien affirme qu'elle était dans la lavande.

— L'herbe royale ? s'étonna Jury. Qu'est-ce que... ?

— L'armoise mâle, expliqua Wiggins. C'est une herbe qu'on utilise pour les problèmes nerveux.

— Je me fiche de savoir à quoi elle sert ! Où est-elle ?

— Ici, fit Chilten en enfonçant le bout de sa chaussure marron dans un carré envahi d'herbes qui ressemblait comme deux gouttes d'eau à tous les autres carrés. C'est ça, l'herbe royale. Difficile de la distinguer du reste.

— Du coup, dit Jury, c'est pas compliqué. Le gardien sait reconnaître un carré d'un autre. Miss Pink, elle, aura confondu...

— Ah bon? fit Chilten. (Il alluma une cigarette. Il mâchait toujours son chewing-gum.) Allez dire ça à miss Pink!

— Ça ne vous ennuie pas si je lui parle?

— Au contraire, j'en serai ravi. Elle a dix ans.

Jury tiqua et regarda Wiggins, qui semblait à la rue. Comme si l'humeur était un indicateur, il chercha autour de lui un carré de rue.

— Le cadavre a été retrouvé par une gamine?

— Hmm, hmm, hmm.

Chilten, avec un plaisir évident, exhala une fine volute de fumée tout en observant Jury du coin de l'œil.

Pour une fois, Jury se fichait pas mal qu'on fume devant lui. Pendant que Chilten recrachait sa fumée, il lança avec un sourire moqueur :

— Quand vous voudrez, Ron.

— Hein? Oh, je croyais vous l'avoir dit : Linda habite sur Bishops Park Road. (Voyant Wiggins prendre des notes, Chilten lui dicta le numéro, puis ajouta :) Elle vit avec sa tante. Sa grand-tante, plutôt. L'appartement appartient à la tante, évidemment. Elle s'appelle Dresser. (Wiggins remisa son stylo dans son petit calepin.) Quant au manteau de fourrure, vous allez être surpris.

Il y avait un point après « surpris ». Pas de silence, pas de toux, pas d'éternuement ni d'interruption inopportune à cause du biper ou du téléphone portable de Chilten.

— D'apprendre quoi, nom de Dieu ! gronda Jury en s'efforçant d'y aller mollo sur le « nom de Dieu ».

Chilten parut étonné.

— Pardon ? Ah oui... Le manteau appartenait à Mona Dresser.

Jury en resta un instant bouche bée.

— La tante de Linda Pink ? fit-il lorsqu'il eut repris ses esprits.

— Hmm, hmm. (Chilten sortit une autre cigarette de son paquet.) C'est une longue histoire, Jury.

Jury grinça des dents, réussit à esquisser un sourire jaune et déclara :

— Les longues histoires, Ronnie, ça me connaît.

A force d'attendre les réponses de Chilten, Wiggins commençait à s'énerver.

— Pourquoi vous nous feriez pas un petit topo, Mr Chilten ? demanda-t-il, agacé, en sortant son calepin, prêt à prendre des notes.

— Entendu. Le manteau de fourrure appartenait à l'origine à Mrs Dresser. Elle l'a donné à sa belle-fille, Olivia, qui l'a laissé plus tard dans... comment vous appelez ça ?... en dépôt dans un magasin. Comment il est passé du magasin à la victime, c'est une excellente devinette.

— Sauf qu'on ne travaille pas sur des devinettes, dit Wiggins, voyant que Chilten avait terminé. Peut-on voir le corps ?

— Allons-y, fit Chilten, qui regarda tour à tour Jury et Wiggins comme si c'étaient eux qui le retenaient.

Jury était à chaque fois surpris de voir les médecins légistes et leurs assistants — tous ceux qui travaillaient à la morgue — donner l'impression qu'ils étaient chez eux. Sans doute s'y sentaient-ils comme chez eux, et pourquoi pas? C'était leur métier, ils l'aimaient. Jury comprenait qu'un médecin légiste puisse considérer une autopsie comme un défi, mais la façon débonnaire dont les toubibs énuméraient les différents organes et leur condition lui donnait la nausée. Le médecin de Fulham, une femme, les nomma presque avec affection, comme elle aurait nommé ses poupées alignées sur son lit lorsqu'elle était enfant.

Jury n'avait pas assisté à l'autopsie, où seul Chilten était présent. Heureusement, l'inspecteur Wiggins n'y avait pas assisté non plus. Pour autant que Jury s'en souvenait, Wiggins n'avait assisté qu'à une seule autopsie. Etait-ce cet événement fatidique qui avait provoqué le lent déclin de sa santé capricieuse?

La pièce était froide, le décor tout autant : laque blanche, acier inoxydable, lumières crues. Après le coup de fil de Chilten, l'assistant avait sorti le cadavre et l'avait installé sur une des tables, enveloppé dans un drap. Sur un signe de Chilten, il tira le drap.

Un visage mort ne ressemble pas à un visage vivant. C'est peut-être une évidence, mais la plupart des gens n'en ont pas conscience. Un visage mort est un visage d'où toutes les émotions se sont retirées.

Jury l'examina et acquiesça : oui c'était bien la femme; l'assistant la recouvrit. Mais Jury arrêta sa main et tira de nouveau le drap. Pendant que Chilten battait la semelle, il l'examina longuement : le long cou, les cheveux blonds qui s'échappaient de l'épingle qui les retenait, le visage à la carnation désormais étrange, et dont l'absence d'expression pouvait bien sûr jouer des tours. Mais non... C'était peut-être à cause du nez...

— Ce n'est pas elle, déclara-t-il.

L'assistant recouvrit le visage du drap, se fichant éperdument que ce soit « elle » ou pas. Chilten réagit différemment :

— Quoi ? Votre description... blonde, belle, le poids, la taille, Fulham Palace, le manteau de zibeline... Bon sang, comment ça pourrait être une autre ?

— Je n'en sais rien, fit Jury.

Plus que le fait que la femme n'était pas celle qu'ils avaient cru, ce qui le troubla, ce fut le vif soulagement qu'il en ressentit.

5

Selon Jury, le seul salon aussi obscur capable de rivaliser avec celui de Mona Dresser était celui de la tante de Melrose. Bien que plus grande que celle de lady Ardry, la maison de Mona Dresser donnait l'impression qu'on était dans un cocon, fruit de l'éclairage parcimonieux et d'un excès de rembourrage — les meubles, les coussins, les oiseaux et l'étrange animal qui avaient bénéficié des soins d'un taxidermiste. Il y en a qui adorent la chasse, songea Jury. Même si les longs rideaux en velours qui traînaient en flaque sur le plancher avaient été ouverts, la grande pièce aurait encore manqué de lumière car la maison était trop mal située pour laisser entrer le soleil. Plusieurs lampes en verre vermeil et en verre coloré étaient allumées et le feu dans la cheminée s'était réduit en cendres. Aux murs, deux portraits à l'huile se faisaient face, l'un de Mona Dresser elle-même (qui ressemblait étonnamment à la Mona Dresser actuelle) et celui d'un homme à l'allure imposante vêtu d'une longue cape noire. Tout était tellement feutré que Jury pensa au silence qui enveloppait Fulham Palace, et encore plus à celui qui prévaut au théâtre juste avant le lever du rideau.

Oui, tout cela était très théâtral. Cependant, Jury eut du mal à croire que c'était l'effet recherché par Mona Dresser elle-même.

Elle ne parvint pas à lire sa carte d'identité (lui avait-elle dit lorsqu'elle l'avait reçu à la porte d'entrée) parce qu'elle n'avait pas ses lunettes.

— Comme ça, si vous êtes l'exhibitionniste de Fulham, je suis à votre merci. Entrez, entrez.

Elle avait accompagné son invitation d'un geste large et impatient qui sous-entendait que Jury s'entêtait à rester sur le seuil.

C'était une septuagénaire, cheveux rebelles et frisottants, petits yeux noirs, et si elle n'était pas réellement grosse, elle était bien rembourrée. Comme la maison, elle ressemblait à lady Ardry; Jury espéra que la ressemblance s'arrêtait aux détails physiques. Ce jour-là, elle portait une longue robe de batiste noire à fleurs, un collier de perles; à son cou pendait un pince-nez qu'elle aurait très bien pu utiliser pour lire la carte de Jury (mais elle avait préféré faire une plaisanterie), elle portait aussi un foulard de dentelle noire et des tennis. Jury trouva le mélange irrésistible.

D'un geste tout aussi théâtral, elle chassa un gros chat roux d'un fauteuil en crin.

— Ma mère adore vos films, se surprit à dire Jury.

Pendant qu'il lui faisait cette confidence, Mona Dresser avait ramassé une pelote de fil bleu (que le chat surveillait avec gourmandise) qu'elle rembobina. Elle lui sourit d'une mine réjouie.

— Merci infiniment!

— Si, je vous assure, renchérit Jury. J'étais un enfant, je n'avais que trois ou quatre ans, mais je me rappelle encore comment elle mettait sa toque de paille noire, l'ajustait avec une épingle à chapeau et disait : « Bon, Richie, je vais voir Mona », et elle allait au cinéma de Fulham Road. Ou à celui de Leicester Square. Elle vous trouvait sensationnelle, elle parlait de vous comme si vous faisiez partie de la famille.

Mona Dresser battit plusieurs fois des paupières, s'essuya furtivement le nez avec un mouchoir en dentelle qu'elle avait sorti de sa manche et s'éclaircit la gorge.

— Vous êtes très aimable. A l'époque, j'étais en haut de l'affiche, la guerre, tout ça... (Son regard s'égara sur le portrait de l'homme à la cape noire.) Mon défunt époux a été tué pendant la guerre. Ce cher Clive. (Le mouchoir fit une discrète réapparition, puis Mona Dresser dit d'un ton brusque :) Ah, nous voilà empêtrés dans des souvenirs nostalgiques alors que je sais très bien que vous êtes venu pour cette affaire de Fulham Palace. J'imagine que vous voulez parler à Linda. Il y a aussi le manteau...

Soupir.

— Je suis obligé de dire oui à ces trois choses, Mrs Dresser.

— Appelez-moi Mona. Après tout, votre mère me considérait comme faisant partie de sa famille.

Le sourire dont elle gratifia Jury lui fit comprendre pourquoi sa mère et une grande partie de l'Angleterre s'étaient entichées de Mona Dresser. Elle avait beau être vieille et presque laide, Jury connaissait beaucoup de jeunes actrices qui auraient tué pour un tel sourire. Il vous accrochait et ne vous lâchait plus.

— Je ne peux vous en dire davantage qu'au policier de Fulham... Comment s'appelle-t-il déjà ?

— L'inspecteur principal Chilten.

— Quel tyran! On aurait dit que c'était lui le propriétaire du manteau, au point que je n'aurais pas été

53

surprise s'il était venu en le portant. Je ne peux rien vous dire de plus.

— Non, mais j'aimerais que vous recommenciez. Vous avez peut-être oublié quelque chose, un détail ; il y a toujours des détails qui nous échappent.

— Je l'avais donné à ma belle-fille, Olivia. Comment il est passé du dos d'Olivia à celui d'une étrangère, je regrette, mais je n'en ai aucune idée. Vous avez interrogé les Fabricant? Ils habitent près d'ici, à Chelsea. Mais Olivia n'est pas des leurs. (Mona avait ramassé une feuille de papier en accordéon ; son éventail fait main, se dit Jury en la regardant s'en servir.) C'est la fille de mon mari par sa première épouse. La fille de Clive. (Elle soupira en prononçant son nom.) Est-ce que votre mère nous a vus ensemble?

— Votre mari était acteur?

— Mon Dieu! s'esclaffa Mona. Je suis contente que Clive ne vous entende pas! Bien sûr qu'il était acteur, un excellent acteur, d'ailleurs, bien meilleur que moi. Nous avons joué plusieurs pièces ensemble. C'est comme ça que je l'ai connu. Nous avons fait plusieurs comédies de la Restauration[1]. Nous y étions fabuleux ; nous jouions Squire Hardcastle et Mrs Hardcastle. Nous avions fait une tournée, Paris, Vienne. Nous

---

1. Dans le théâtre anglais, période pendant laquelle les femmes sont apparues pour la première fois sur scène, surtout dans des « rôles masculins », créés spécialement afin d'habiller les actrices en hommes. C'est un genre populaire et naturaliste qui met l'accent sur la sincérité des relations sexuelles. Les auteurs les plus connus sont William Wycherley (1640-1716), *L'Epouse campagnarde,* inspiré de *L'Ecole des femmes* de Molière ; George Farquhar (1678-1707), *Le Stratagème des roués,* et Oliver Goldsmith (1728-1774), *Les Fautes d'une nuit* et *Prête à tout pour conquérir.* (N.d.T.)

sommes même allés en Russie, à Stalingrad. Non, c'était Volgograd, à l'époque. Khrouchtchev rebaptisait tout, vous savez. (Elle prit la pelote de fil que le chat roux avait malmenée.) Arrête un peu, Horace!

Horace la gratifia d'un de ces regards désinvoltes dont les chats sont coutumiers lorsqu'ils veulent vous faire sentir leur indifférence hautaine. Horace sauta ensuite sur le canapé afin de se livrer à sa toilette.

— Pour en revenir au manteau, reprit Mona, avide de donner des conseils à Jury, j'aurais cru que vous vérifieriez d'autres indices. Et le reste des vêtements? Elle portait autre chose sous son manteau? Ou était-elle nue? Il devrait y avoir des étiquettes, peut-être des étiquettes de teinturier, des choses comme ça. Apparemment, ça a été facile de remonter jusqu'à moi, il y avait mes initiales : *M.D.* J'ai joué dans plusieurs policiers.

Horace voulut jouer avec la pelote; Mona lui en donna un coup sur la tête. Le chat descendit du canapé et sortit dignement par l'arrière.

Mona poussa un profond soupir, posa la main sur sa poitrine affaissée et lança :

— Vous attendez peut-être que la réponse vous saute aux yeux? Tout de même, avec votre matériel sophistiqué et vos experts, on a du mal à croire que vous ne pouvez pas découvrir le nom de la pauvre malheureuse. Les fibres, l'ADN, les empreintes digitales...

Mona secoua la tête d'un air de dire que l'incompétence de la police la dépassait. Jury allait répondre quand un bruit retentissant leur parvint des entrailles de la maison. Un fracas, les vestiges d'un bruit, puis le silence.

Mona se leva à moitié du canapé, puis se rassit lourdement.

— Bof, pourquoi aller voir? Ça arrive sans arrêt. (Comme Jury se levait, intrigué, elle ajouta :) Mais vous, un détective, vous avez ça dans le sang. Eh bien, allez-y, allez-y! (Elle l'y incita plusieurs fois de la main.) C'est dans la salle à manger, la cuisine est juste après. Pendant que vous y êtes, lança-t-elle à Jury qui venait de franchir la porte, branchez donc la bouilloire!

Il n'eut aucun mal à trouver ce qui avait provoqué le vacarme : un paravent en bois, merveilleusement sculpté et peint à l'orientale, était tombé par terre. Une table en acajou s'était aussi renversée. Toutefois, la table n'était pas tombée toute seule, elle avait été aidée car derrière elle étaient alignées toutes les poupées et figurines imaginables, des plus grandes aux lilliputiennes. On aurait dit que les plus petites avaient été volées dans des dioramas de Noël : chanteurs, patineurs glissant sur un étang lisse comme un miroir, enfants sur des luges. La table servait sans doute à protéger des réfugiés; le coupable avait dû tenter de déplacer le paravent afin de l'utiliser dans le même but. Une guerre, sans aucun doute. Un jeu de Lego était éparpillé par terre et un pont était à moitié construit entre la table et le dernier barreau d'une chaise que les réfugiés devaient franchir, se dit Jury. Il remit le paravent dans sa position verticale mais laissa la table telle qu'elle était en attendant de recevoir des ordres du front.

La cuisine, en revanche, était impeccable. Elle était spacieuse et lumineuse car orientée à l'ouest. Il y avait également un grand jardin. Un peu sauvage, mais Jury aimait ce genre de jardin. Il trouva une bouilloire électrique, la remplit d'eau, la remit sur son socle et la brancha. Il retourna ensuite dans le salon où Mona Dresser avait trouvé ses cigarettes et en avait allumé une. Parfois, Jury avait l'impression que la terre entière fumait. Il fit part à Mona du fruit de ses investigations dans la salle à manger. Elle soupira.

— C'est Linda, dit-elle. Je suis trop vieille pour lui courir après. Elle est toujours en train d'inventer quelque chose.

— Où est-elle?

— Comment savoir? Elle viendra quand elle en aura envie.

— L'inspecteur Chilten prétend que c'est votre nièce.

— Il a dit ça? En fait, c'est ma petite-nièce. Sa mère est morte très jeune et — oh, c'est une longue histoire, ça ne vous intéresserait pas. Elle sera là dans une minute et elle fera comme si de rien n'était. Attendez, vous verrez.

Apparemment, Jury était censé prendre cela littéralement; il se rassit, et rien ne vint troubler le silence, sinon le doux tic-tac d'une pendule au loin. Ils attendirent.

Deux ou trois minutes plus tard, une petite fille se présenta en sautillant, précédée par le chat, Horace, tous deux innocents comme s'ils n'avaient jamais touché à des pelotes ni à des meubles.

Jury se dit qu'il devait être difficile de provoquer cette expression d'ahurissement complet qu'il lisait sur le visage de Linda Pink; il y avait cependant réussi. Elle s'était construit un personnage pour sa tante Mona, mais n'avait pas imaginé qu'il y aurait un invité.

Son expression changea complètement le temps que sa tante se tourne vers elle pour lui demander :
— Qu'est-ce que tu faisais, Linda ?
— Rien.
Jury faillit éclater de rire. La réponse était celle de tous les enfants de la terre : rien, *nothing*, *nada*... un déni transculturel.
— Rien ? Et ce vacarme épouvantable ? J'ai dû envoyer ce monsieur — un détective, Linda, et j'espère que la signification ne t'échappe pas —, c'est un *policier* qui vient de *Scotland Yard*, il est allé enquêter à l'arrière de la maison, alors tu ferais bien d'être sage sinon tu vas finir au trou.
Mona tira gentiment l'oreille de l'enfant.
Penchée sur le bras du canapé, Linda déclara :
— J'ai dit à l'autre policier qu'elle était couchée dans *l'herbe royale*. C'était là qu'elle était, pas dans la lavande.
Elle se mit à faire les mouvements de gymnastique que les enfants exécutent pour éloigner l'attention du fond afin qu'on se concentre sur le style. Une sorte de tour de passe-passe, en fait. Elle croisa les bras au-dessus de sa tête et se mit à tournoyer.
Jury l'observa un instant.
— Hum ! finit-il par s'exclamer.
Linda cessa de pivoter et fronça les sourcils. La tragique découverte de son herbe royale méritait sûrement mieux qu'un banal *hum*.
— Eh bien, je l'ai vue la première. Avant tout le monde. (Elle considéra d'un air hésitant l'expression inchangée de Jury. Elle s'était rapprochée du bras de son fauteuil.) En plus, je parie que vous ne connaissez pas la différence entre l'herbe royale et la lavande...
— Si. L'herbe royale est utilisée pour les problèmes

nerveux. (Pour une fois, il était reconnaissant à Wiggins de ses connaissances botaniques encyclopédiques.) La lavande, c'est pour les maux de tête et les muscles douloureux. C'est ça ?

Linda réfléchit.

— Des fois.

Jury ignora la restriction :

— Mais à cette époque de l'année, elles ressemblent toutes deux à de mauvaises herbes jaunies. Même côte à côte, on ne voit pas la différence.

— Moi, je peux. Je vais tout le temps au jardin botanique. (Elle se rapprocha davantage.) Et un trou d'abeille, vous savez ce que c'est ?

Jury regretta de ne pas avoir posé la question à Wiggins.

— Quand même, il faisait nuit, non ?

— Ça ne sert à rien, Mr Jury, dit Mona qui arrachait la pelote des griffes d'Horace. Elle connaît le jardin comme sa poche. Elle y traîne toujours, bien que je lui dise de ne pas y aller quand il fait nuit. Bon, je croyais que Harry allait t'emmener voir ce film... cette histoire de dalmatiens...

— Il est rentré chez lui.

— Mais il devait rester dîner.

— Il s'est mis en colère.

Jury énuméra mentalement les scénarios qui auraient pu provoquer la colère de Harry tout en regrettant que Mona ait changé de sujet.

— Mais Harry est doux comme un agneau, il est tellement patient...

Linda s'était mise à claquer des avant-bras, de sorte que ses coudes se rejoignaient au-dessus de son visage, lui permettant de jeter vers Jury des coups d'œil qui n'étaient pas destinés à lui apporter un réconfort mais à jauger les limites de ses connaissances et à voir comment il prenait tout cela.

— Non, c'est pas vrai... Il est... vraiment... résolu... (Sa gymnastique lui coupait le souffle.) Et... il est... entêté.

Avait-elle découvert ces termes ce matin seulement ou étaient-ils courants dans la bouche du jeune Harry?

— De toute façon... le vacarme... c'était... de la faute... d'Horace.

Les mots rebondissaient en même temps qu'elle tandis qu'elle sautait d'un pied sur l'autre.

Sa tante et Horace la dévisagèrent, incrédules.

— Horace? Oh, ne sois pas stupide, Horace ne pourrait jamais causer un raffut pareil.

Ayant découvert un coupable parfait, Linda n'était pas prête à céder.

— Il a sauté sur Harry, il l'a fait tomber sur la table et elle s'est renversée. Après, il a sauté sur le paravent, et il s'est renversé lui aussi.

— Cesse de bouger, dit Mona, qui empoigna la ceinture du survêtement de Linda.

C'était un survêtement bleu pâle qu'elle portait sur un T-shirt blanc. Elle avait, elle aussi, des tennis, mais pas de chaussettes.

La bouilloire siffla et Linda sortit de la pièce en courant, expliquant qu'elle allait faire du thé.

— Je sais qu'il est difficile d'ajouter foi au témoignage d'un enfant, commissaire, mais si elle dit qu'elle a vu...

— Non, répondit Jury, en fait, ce n'est pas difficile pour moi. Mais je ne suis pas la police de Fulham; je n'ai pas découvert le corps. Mais parlons plutôt de Linda. Pourquoi n'a-t-elle rien dit à personne? Elle a dû avoir une trouille bleue.

— Sans doute. Eh bien, voilà votre réponse.
— Le fait qu'elle ait eu trop peur pour faire quoi que ce soit ?
— D'abord, elle a bien fait quelque chose ; elle a couru chercher le gardien — elle le connaît, elle le croit sans doute son ami. Mais il n'était pas dans les parages, n'est-ce pas ? Enfin, il y était, mais elle ne l'a pas trouvé. Fulham Palace n'a qu'un gardien à plein temps, et le pauvre homme ne peut être partout à la fois. Comme elle ne l'a pas trouvé, elle est rentrée à la maison en courant. Ici.
— Pourquoi ne vous a-t-elle rien dit ?
— Je n'étais pas là non plus. Je dînais dehors. Il n'y avait que la cuisinière. Vous allez demander : Pourquoi ne lui a-t-elle rien dit, à elle ? Je ne peux pas répondre à cette question, Mr Jury.
— Oui, mais vous êtes rentrée par la suite. Elle aurait pu vous dire quelque chose à ce moment-là.
— Je suis surprise qu'un homme comme vous s'attende à ce que les gens aient un comportement rationnel.

Et Mona s'illumina de ce sourire inoubliable pour lui faire savoir qu'elle ne lui faisait pas de remontrances, elle était simplement surprise.

Jury se sentit un peu bête, et l'avoua :
— J'ai parlé sans réfléchir, dit-il. Vous avez raison, bien sûr. Seule Linda peut savoir pourquoi elle a agi comme elle l'a fait.
— Elle a fini par parler à la police, d'ailleurs. Lorsqu'elle a découvert que le journal se trompait.
— Oui, sourit Jury, j'imagine qu'il y avait de quoi faire trépigner Linda.

Mona tapota les coussins du canapé ; des grains de poussière lumineuse voletèrent.

— Au diable le thé, je ne refuserais pas quelques gouttes de whisky! Et vous? A moins que les salades qu'on raconte sur les policiers qui ne boivent pas pendant le service ne soient vraies. De toute façon, vous n'êtes pas vraiment de service. C'est l'affaire de la police de Fulham, n'est-ce pas?

Elle parlait tout en allant à la console de toilette qui servait de bar, à côté de la pendule, dans un coin sombre de la pièce.

— Oui, c'est juste. Eh bien, d'accord pour le whisky. (Il y eut des cliquetis de verres et de bouteilles pendant que Mona servait le whisky.) Et le manteau de zibeline?

— Oh, encore! Je l'ai donné à Olivia qui, apparemment, l'a laissé en dépôt dans un magasin après quelques mois. La pauvre avait besoin d'argent, j'imagine. Je ne comprends pas comment elle peut vivre avec les Fabricant... ils sont tellement différents. Peut-être qu'ils la gardent comme antidote à Pansy...

— Pansy?

— La fille de Sebastian Fabricant. Elle a treize ans.

Mona se mit à aligner les noms des membres de la famille, telles des queues de billard.

— Olivia, c'est celle que je préfère. Elle est plutôt gentille, en fait. C'est la fille de mon époux et de sa première femme — je vous l'ai déjà dit? —, il l'a eue assez tard, il avait passé la quarantaine. Olivia doit avoir... oh, elle entre dans sa quarantaine, je crois. Elle a divorcé il y a des années, leur mariage laissait à désirer, et elle vit désormais avec les Fabricant. Nous sommes parents par mariage. Les garçons, Sebastian et Nicholas, des demi-frères —, ont une galerie d'art à Mayfair. On dit qu'ils se débrouillent très bien. Leur mère — oh, il faut absolument que vous la rencontriez.

C'est la seconde épouse de Clive. Je n'ai pas connu la première, mais si Olivia lui ressemble, je dirais que c'était une femme adorable. Je ne dirais pas ça d'Ilona. Terrifiante, mais certainement pas adorable. J'ignore totalement à quoi pouvait ressembler le père de Sebastian — Sebastian est le fils qu'Ilona a eu de son premier mariage. La Tchéka, la police secrète, a tué le père, qu'elle accusait d'être un conspirateur; c'était juste après l'arrivée de Staline au pouvoir. Il était innocent, bien sûr, mais qui ne l'était pas? (Elle arrêta son flot de paroles et interrogea Jury du regard.) Ce n'est pas du cynisme, vous savez, je parle littéralement. Connaissez-vous un régime plus sanguinaire que celui de Staline? C'est pratique, n'est-ce pas, quand on veut raser les maisons et les datchas des riches? On les accuse de n'importe quoi et on s'en débarrasse. Le gouvernement a confisqué tous les biens de la famille d'Ilona : l'argent, l'argenterie, même le piano. Et les tableaux. Ils avaient beaucoup de très beaux tableaux. (Mona mit un verre dans la main de Jury.) S'agissant des femmes, Clive avait des goûts de catholique. Dieu sait qu'il n'épousait pas toujours sa mère. Ou alors sa mère devait être un drôle de spécimen...

Mona posa son verre, reprit sa feuille de papier et s'éventa.

— Vous ne vivez que toutes les deux dans cette maison? demanda Jury.

— Non, il y a la cuisinière, Edna, et une bonne, Janie. La brigade de Linda. A nous trois, nous arrivons d'habitude à savoir où elle est. Oh, ne vous laissez pas impressionner par Linda, commissaire. Elle a l'air obstinée, comme ça, mais en réalité elle est très malléable.

Jury fit semblant d'acquiescer, mais il trouvait que c'était un exemple où les apparences et la réalité étaient interchangeables, et la malléabilité n'y était pour rien. Néanmoins, les allées et venues de Linda dans ce domaine risquaient d'être trop problématiques pour en tirer des certitudes.

— Je vois, vous croyez qu'elle se trompe lorsqu'elle affirme que le corps était à un endroit différent.

— Non, pas forcément. Linda et la police ont peut-être toutes deux raison. Il s'est passé du temps entre le moment où Linda était dans le jardin et celui où le gardien a découvert le cadavre. Environ cinq heures si le gardien fixe l'heure de sa découverte à minuit.

— Ah, je vois. Assez pour que la femme se relève et quitte le carré d'herbe royale...

Jury sourit.

— Non, pas exactement. Elle a reçu de l'aide.

— Mais cela voudrait dire que l'assassin est revenu! C'est à ça que vous pensez?

— C'est fort possible.

Mona Dresser avait soulevé son verre vide et le contemplait comme si le liquide s'était volatilisé par magie. Elle hocha la tête et se releva.

— J'ai besoin d'une autre goutte, dit-elle. Et vous, très cher?

— Allons-y pour une goutte, dit Jury en tendant son verre.

6

La maison de Chelsea était du dix-neuvième, briques rouges, piliers blancs et sur la porte un heurtoir en cuivre en forme de poisson. Jury le souleva et le laissa retomber plusieurs fois. Il y avait aussi un poussoir en porcelaine qui commandait une sonnette, que Jury se décida à actionner en voyant que le heurtoir ne donnait aucun résultat. Personne ne répondit, mais la fenêtre ouverte au rez-de-chaussée et la voiture — une Jaguar — garée dans l'allée en gravier suggéraient qu'il y avait quelqu'un.

Il descendit la volée de marches pour jeter un coup d'œil à travers le portail en fer forgé. Il était presque bouché par des roses blanches, mais le rosier s'était éclairci par endroits et Jury réussit à voir un grand jardin avec des parterres, des allées et des haies. Il vit aussi une femme, la tête cachée sous un chapeau de toile, qui manipulait un outil de jardinier, à genoux près d'un if. Il l'appela.

Elle dressa la tête, se releva, rejeta son chapeau en arrière et s'essuya le front avec sa manche de chemise. C'était une chemise trop grande pour elle, le genre de vêtement qu'on aime porter quand on bricole dans le jardin. Comme elle s'approchait, Jury changea d'avis sur son compte. Il l'avait vue brune et d'âge mûr, elle devint superbe et son teint aurait fait l'envie des roses qui dépassaient de la haie, aussi haute que l'épaule de Jury. Ses pommettes étaient lumineuses et rose pâle.

Jury montra sa carte et, après un « Oh » et un haussement de sourcils, elle ouvrit le portail qui menait aux marches. Elle ne se présenta pas, soit par simple oubli, soit parce qu'elle supposait qu'il la connaissait ; après tout, il était de la police. Le fait de l'inviter à entrer sans lui demander ce qui l'amenait suggérait que son éducation avait mis l'accent sur les bonnes manières. Elle s'excusa de ne pas avoir entendu la sonnerie.

— Je creusais la terre. Les bulbes, c'est un sacré boulot. Je creuse vingt centimètres, c'est nécessaire, n'est-ce pas ? Sinon ils perdent leur couleur.

— Je ne suis pas jardinier, dit Jury.

— Ah, oui, c'est vrai. Parfois, j'aimerais vivre dans un endroit comme l'Arizona où les plantes poussent par défaut. Les cactus, tout ça.

L'intérieur de la maison avait cette élégance discrète, ce côté ombragé que Jury associait à la richesse. Un immense tapis oriental élimé recouvrait un sol de marbre blanc dans le vaste vestibule. Un grand portrait à l'huile de quelque aïeul décédé — décoré pendant la guerre, à en juger par les médailles — faisait face à un autre portrait : une femme belle à couper le souffle, vêtue de velours noir, qui rappela à Jury le tableau qui se trouvait dans la salle à manger de Melrose.

— Votre mère ? demanda-t-il.

— Oh, mon Dieu, non. C'est Ilona. Ilona Kuraukov. La seconde femme de mon père, mais elle a gardé le nom de son premier mari, en son honneur, j'imagine ; sa vie et sa mort ont été tellement misérables, le pauvre. Il a été peint il y a des années, bien sûr, quand ils vivaient à Saint-Pétersbourg. (Elle tendit la main à Jury.) Excusez-moi, j'ai oublié de me présenter. Olivia Inge.

Elle ouvrit une des deux portes en retrait et lui montra le salon, la pièce aux fenêtres ouvertes. Une lumière laiteuse se réfléchissait sur le mur blanc, le bois foncé poli, le plafond décoré, bordé par une moulure extrêmement travaillée, mais qui ne jurait pas avec ce qui apparaissait comme la pâle placidité de la pièce. Les portes-fenêtres ouvraient sur le jardin où Jury aperçut un bout de l'étang aux nénuphars, une allée ombragée, un tronc d'arbre bordé de cyclamens. Il y avait aussi un jardin d'herbe fleurie, semblait-il, rehaussé par des haies taillées en carré. Jury fit un commentaire sur sa ressemblance avec celui de Fulham Palace.

— J'imagine que vous venez au sujet de la morte, n'est-ce pas ? Celle qui portait mon manteau ? (Jury s'assit sur le siège qu'elle lui désignait, une bergère.) Je prendrais bien un verre, pas vous ?

Jury sourit. On ne pouvait pas reprocher aux membres de cette famille de lésiner sur les alcools...

— Je viens d'en prendre un avec votre... (Devait-il dire « belle-mère » ? Les liens de parenté étaient compliqués dans cette famille.) Avec Mrs Dresser.

— Ha ! s'esclaffa Olivia. Vous avez dû en avoir besoin. Eh bien, maintenant, vous boirez avec moi.

Elle lui sourit. Jury fut surpris par le sentiment d'intimité qu'elle suscitait, même s'il était sûr qu'elle n'en était pas consciente. On se sentait si bien en sa compagnie que Jury étendit ses jambes et s'adossa tranquillement à son siège.

— J'aimerais de l'eau gazeuse, si vous en avez, dit-il.

Après avoir versé le whisky, lui avoir tendu la bouteille d'eau minérale et s'être assise dans un fauteuil à l'air confortable, elle déclara :

— Ainsi, vous avez parlé à Mona. C'était une actrice fabuleuse.

— Oui, fit Jury, qui s'accouda sur ses genoux. Ma mère l'adorait, elle retournait voir plusieurs fois le même film.

— Est-ce que vous avez vu Clive et Mona jouer ensemble ?

— Votre père, si je ne me trompe.

— Oui, il excellait surtout dans les comédies de la Restauration et les pièces de Noël Coward[1]. Les comédies de mœurs, c'était son truc.

Jury s'adossa de nouveau dans la bergère, se rappelant le but de sa visite.

— Cette femme qu'on a retrouvée...

— Vous n'avez pas encore découvert qui c'était ?

— Non. Elle n'avait aucun signe distinctif, rien. A part les initiales sur la doublure du manteau.

— Vous savez donc que c'est celui de Mona. Enfin, à l'origine.

— Oui, acquiesça Jury. Vous avez dit à l'inspecteur principal Chilten que vous l'aviez laissé en dépôt dans une de ces boutiques... qui vendent des articles d'occasion...

— En effet. Euh, j'avais besoin d'argent et, de toute façon, on ne peut plus porter de fourrure, pas avec les

---

[1]. Auteur, acteur, producteur, metteur en scène (1899-1973), incarnation de l'homme de théâtre anglais plein d'esprit. *(N.d.T.)*

manifestations. Je l'avais donc confié à cette boutique, sur Brompton Road. C'était il y a longtemps. Je ne sais pas si la boutique existe encore.

— Si, elle est toujours là.

Olivia Inge dressa un sourcil interrogateur.

— Eh bien, pourquoi...?

— ... je m'adresse à vous plutôt qu'à la boutique?

— Oui. Non que cela me dérange, comprenez-moi. Mais étant donné que cette boutique a été le dernier endroit jusqu'où remonter...

— Il n'y a aucune trace à la boutique. L'acheteur a payé en liquide. Cela devait représenter une belle somme.

— Oui, c'était...

Olivia fut interrompue par l'arrivée d'une voiture qui se garait dans l'allée, une voiture de sport, à en juger par le bruit. Olivia se leva à demi et jeta un coup d'œil par-dessus l'épaule de Jury.

— Ce doit être Seb, déclara-t-elle en se rasseyant. Sebastian Fabricant. Si vous désirez lui parler...

L'homme qui entra par les portes-fenêtres était grand et plutôt mince, d'âge mûr mais encore bel homme, une qualité que Jury attribua à son ossature. Lorsque Olivia fit les présentations, Sebastian serra la main de Jury et, son devoir accompli, demanda à Olivia de lui servir un verre. Pendant qu'elle se levait pour aller le chercher, il s'affala dans le canapé avec un soupir d'aise.

— Mauvaise journée, Seb? s'enquit-elle.

— Tu sais... fichue galerie. J'ai une galerie à Mayfair, expliqua-t-il à Jury tout en levant les yeux au ciel pour suggérer quel mal de tête cela supposait.

Mais Jury resta sourd à sa plainte.

— J'imagine une clientèle de luxe. Vous parlez à

quelqu'un qui passe le plus clair de son temps dans les caniveaux du nord de Londres...
— Sauf en ce moment, toutefois.
Sebastian haussa les sourcils, seule partie de son corps qui interrogeait Jury sur sa présence. Et encore, c'était une interrogation toute rhétorique.
— En effet, sourit Jury.
Il était curieux de voir combien de personnes dans cette famille trouvaient sa présence parmi elles aussi banale que le train-train habituel, à croire qu'il faisait plus ou moins partie des meubles.
Sebastian remercia Olivia pour le whisky, leva son verre vers Jury pour porter un toast muet et but une gorgée.
— Ah, fit-il, ça va mieux. Le nord de Londres est sans doute bien plus intéressant.
Il prit une Marlboro, jeta le paquet sur la table (annihilant les espoirs de Jury de trouver dans cette maison un refuge sans fumeurs) et se mit à torturer Jury avec le clic, clic, clic, de son briquet en or. Il réussit finalement à le faire marcher, alluma sa cigarette, aspira une bouffée et recracha la fumée avec un soupir de volupté. Jury n'avait pas fumé depuis dix mois. Lorsque Sebastian lui proposa le paquet de Marlboro, Jury flatta son propre narcissisme en refusant.
— J'ai arrêté, dit-il d'un ton qu'il espéra plus neutre et moins moralisateur qu'il ne l'avait ressenti.
Sebastian se fendit de la réponse classique :
— Ah, j'aimerais pouvoir en dire autant. (Et il continua de souffler des ronds de fumée dont Jury observa avec passion l'évolution.) Oh, excusez-moi, j'avais oublié que vous étiez flic.
Tant pis pour le narcissisme.
— C'est pas grave, assura-t-il. Vous n'êtes pas le seul.

— Vous devriez être flatté, dit Olivia.

Jury ne savait pas ce qui aurait dû le flatter.

— Comme vous vous en doutez, nous parlions de la femme qu'on a retrouvée dans Fulham Palace.

— Ah! La zibeline baladeuse, c'est ça?

— Plutôt la femme baladeuse. Nous ne l'avons pas encore identifiée.

— Ah! fut tout ce que Sebastian trouva à répondre.

Il s'affala davantage dans son fauteuil, comme l'avait fait Jury, et étendit ses jambes. Il était aussi grand que Jury, dans les un mètre quatre-vingts.

— C'est singulier, ajouta-t-il avec un intérêt poli, je vous l'accorde.

Jury se demanda ce que Sebastian Fabricant ne lui accorderait pas.

— Pour l'instant, tout ce que nous avons, c'est le manteau de Mona Dresser.

— En tout cas, dit Sebastian en étudiant les moulures du plafond, ce n'était pas un vol, n'est-ce pas? Je ne vois pas un voleur traîner dans Fulham Palace.

Il adressa un sourire convivial à Jury. On aurait dit qu'il recevait dans son club.

— Non, dit-il en se tournant vers Olivia. Mrs Dresser t'a donné le manteau...

— Et je l'ai laissé en dépôt dans cette boutique.

— Ce n'était pas le moyen le plus lucratif de le vendre, remarqua Sebastian. C'est ce que je t'avais dit, n'est-ce pas, Libby.

Jury se doutait que Seb l'avait dit à Libby à plusieurs reprises. Il imaginait Sebastian lui redire mille fois les mêmes choses. Ah, le frère condescendant — ou le demi-frère. Après tout, Clive Fabricant s'était marié trois fois.

Elle ne parut pas s'en offusquer.

— Je ne voulais pas mettre une petite annonce dans le *Times*, dit-elle. Je l'aurais mieux vendu, mais ça risquait d'attirer les ennuis...

— Libby croit qu'un prétendu acheteur en aurait profité pour venir jeter un coup d'œil à ce que la propriétaire d'un manteau en zibeline gardait comme trésor dans sa maison. Elle n'a pas voulu risquer le coup.

Il émit un petit rire moqueur.

— Elle avait raison. C'était un bon moyen d'attirer les voleurs, contra Jury.

Olivia rougit de plaisir de voir quelqu'un prendre sa défense. Elle but une gorgée de whisky et proposa de remplir les verres.

— Je veux bien, dit Sebastian en tendant le sien.

— Encore un peu d'eau? demanda-t-elle à Jury.

— Non, merci, c'est très bien comme ça. (Il sortit de sa poche la photo de la police et la tendit à Sebastian.) Vous la reconnaissez?

Sebastian la regarda et secoua la tête. Olivia, qui était en train de servir les boissons, se retourna, le carafon de whisky à la main, et vint regarder par-dessus l'épaule de Seb.

— Jamais vue, assura Sebastian en rendant la photo à Jury.

— Mrs Inge? fit ce dernier.

— Non, je ne l'ai jamais vue.

— L'autre détective nous a déjà demandé tout ça. D'ailleurs, pourquoi Scotland Yard s'intéresse-t-il à l'affaire?

— Mais nous faisons aussi partie de la police métropolitaine. Je sais que vous avez déjà répondu à ces questions, et sans doute plutôt deux fois qu'une. J'ai ce faible espoir qu'en recommençant, une chose surprenante surgisse...

Il fut interrompu par une jeune fille dont l'arrivée fit sursauter Olivia, une réaction qu'elle maîtrisa aussitôt afin de faire les présentations.
— Pansy, la fille de Seb.
Pansy Fabricant pouvait aisément être rangée dans les choses surprenantes qui ne pouvaient que « surgir ». Jury n'avait jamais vu une enfant aussi ancrée dans la réalité (si « enfant » était bien le mot). Ce n'était pas simplement qu'elle paraissait plus âgée, c'est surtout qu'elle regardait Jury d'un œil qui semblait éclairé par l'expérience. Sûrement pas une expérience passée, mais indubitablement future. Elle avait les cheveux longs et lumineux, à croire qu'ils allaient s'enflammer et lancer des étincelles ; ils n'étaient pas exactement blonds, plutôt d'une couleur inhérente à Pansy elle-même, comme s'ils étaient venus à la vie avec elle. Elle portait une robe bleu glacé avec la taille empire actuellement à la mode, faite d'un tissu chatoyant qui renvoyait la lumière. Le tissu allait avec les cheveux.

Elle gratifia Jury d'un « bonjour » à peine murmuré et d'un faible sourire. Le sourire resta collé à ses lèvres tandis qu'elle prenait place près du bras du canapé, dominant son père sans toutefois solliciter son attention. Il renversa la tête en arrière et la regarda tout en lui posant une main sur l'avant-bras. A ce geste, Jury comprit que Pansy faisait ce qu'elle voulait de son père. Elle se tenait au canapé d'un bras, la tête légèrement penchée sur l'épaule. Cette pose rappela à Jury un expert en train d'étudier un tableau afin d'estimer sa valeur.

Sa valeur pour quoi ? se demanda-t-il en se souvenant que Pansy avait, combien ? Mona Dresser lui avait dit quatorze ans ? Treize, peut-être ?

Rien sur son visage n'exprimait la gêne à l'idée de

découvrir un détective dans sa maison. Jury se dit que sa plus grande qualité dans la vie était de forcer les autres à réagir à sa présence. Dieu savait que pour une enfant elle était assez belle pour provoquer sans effort une réaction. Mais dans le regard qu'elle adressa à Jury, Pansy était prête à faire cet effort. Elle exigeait davantage que de l'attention ; elle voulait de l'intrigue, elle voulait qu'on partage des secrets avec elle ; elle aurait peut-être aimé de la tragédie, du moment qu'elle n'en faisait pas les frais.

Jury contempla le crépuscule hivernal par les portes-fenêtres. Dans la maison, la température était tombée et la pâle lumière du soleil n'était plus qu'une mince pellicule de glace en travers du tapis. Jury distinguait encore les contours nets du jardin : le bassin, la haie taillée. Des étourneaux en s'envolant formèrent un voile d'obscurité qui réveilla chez Jury une vieille panique qui surgissait en lui avec la même soudaineté que l'envol des oiseaux. Le silence dans la pièce était devenu oppressant.

Jury reprit la photographie et la tendit à Pansy.

— Elle ne peut pas savoir... commença Sebastian.

Un regard de Jury l'arrêta. Il haussa les épaules.

Jury ne put dire si elle reconnut la femme ; son goût pour le drame lui fit tenir la photo quelques secondes de trop. Une expression mielleuse, fruit d'une longue pratique, lui permit d'éviter de s'engager. Finalement, elle secoua la tête.

Olivia demanda à revoir la photo et, l'ayant revue, déclara :

— Elle était très jolie.

Elle coula un regard vers Jury, comme pour voir s'il partageait sa tristesse devant la mort de cette jolie femme.

Il était triste, lui aussi, ou le croyait. Si quelqu'un était responsable de l'égocentrisme de Pansy, ce n'était pas sa tante. Olivia, décida Jury, offrirait sa sollicitude et sa compassion avec générosité. Et quels que fussent, par ailleurs, ses qualités et ses défauts, elle était authentiquement prête à aider.

— Je me demande si Nick ou Ralph... commença-t-elle.

— Rafe, corrigea froidement Pansy qui s'examinait les ongles. C'est Rafe, pas Ralph.

Jury fut légèrement surpris : se pouvait-il que ses rares contributions à la conversation ne consistent qu'à proférer des banalités, elle qui faisait tant d'efforts pour paraître raffinée et unique ? Olivia sourit de ces reproches.

— Je trouve cette prononciation tellement affectée, dit-elle.

— C'est comme ça qu'il préfère qu'on l'appelle, tante Olivia. C'est son nom, après tout. (Elle expliqua à Jury que Rafe était un peintre et qu'il exposait à la galerie des Fabricant.) Ses œuvres sont très expérimentales, n'est-ce pas, papa ?

Elle prononça « papa » en détachant les syllabes, avec une précision irritante.

— Absolument. Vous devriez visiter la galerie, commissaire. Rafe a peint des trucs formidables. Abstraits, minimalistes. Vous aimez ce genre ?

Le sourire de Seb était un brin condescendant.

— J'en suis resté aux Impressionnistes, avoua Jury avec un franc sourire.

Sentant qu'elle avait perdu le contrôle de la situation, Pansy déambulait dans la pièce, essayant plusieurs endroits où s'asseoir : la cheminée, le rebord des longues fenêtres face à la rue, une chaise en bois de citronnier marquetée, sous un intéressant tableau qui représentait un instrument de musique dont Jury ne retrouva pas le nom.

— Nick et Ralph, excuse-moi... (Olivia donna au prénom sa prononciation préférée), sont allés chercher l'argent à la boutique de dépôt-vente de Brompton Road. La boutique prend trente pour cent. Je trouve ça juste, vu qu'elle s'occupe de tout.

— Que Nick y soit allé... ça ne nous avance à rien, Libby, dit Seb en agitant les glaçons dans son verre.

— Nous ne savons pas ce qui est utile et ce qui ne l'est pas, dit Olivia avec aigreur. Si les policiers n'enquêtaient que sur ce dont ils sont sûrs, il y aurait moins d'affaires résolues.

— Il y en a *déjà* moins, plaisanta Seb.

Jury allait s'esclaffer quand les têtes se tournèrent en entendant le crissement de pneus d'une voiture sur les graviers. (Il y avait donc au moins trois voitures chez les Fabricant.) Une porte claqua, puis une autre, des éclats de voix, des rires.

— Ce doit être Nick et Ilona, dit Olivia.

Les portes-fenêtres s'ouvrirent de nouveau et un homme que Jury prit pour le frère de Sebastian — ou son demi-frère — entra dans le salon.

— Voilà l'autre moitié de la galerie, dit Sebastian. Nicholas s'occupe du côté mondain, moi du côté commercial, les acheteurs...

Cela semblait placer son frère Nicholas sur un plan inférieur, à quoi Sebastian le pensait destiné.

Pansy, qui n'avait cessé de bouger, vint se placer à côté de Nick; elle lui souleva le bras et s'en enlaça d'un geste possessif. Nick lui pressa gentiment l'épaule.

Nicholas Fabricant était plus jeune que Sebastian,

sans doute dix ans de moins, il était aussi plus bel homme. Son visage avait les traits réguliers qu'on voit sur les vieilles pièces de monnaie. Ses cheveux blonds étaient courts sur les côtés et longs sur le dessus, et droits, de sorte qu'ils retombaient sur son front et sur ses yeux — ce qui lui donnait un certain charme — et qu'il devait sans cesse les rejeter en arrière. Son gros chandail écossais et son pantalon gris froissé renforçaient son aspect juvénile.

Comme personne ne semblait s'en préoccuper, Olivia fit les présentations, et elle ajouta :

— Le commissaire Jury est venu pour la femme qu'on a retrouvée assassinée dans Fulham Palace.

— La police est déjà... commença Nicholas.

— ... venue, termina Jury à sa place. Oui, je sais.

Il présenta la photo à Nicholas qui y jeta un coup d'œil et secoua la tête.

— Jamais vue, assura-t-il.

— Pouvez-vous regarder plus attentivement, Mr Fabricant?

Nicholas obtempéra, mais son verdict ne changea pas et il rendit la photo à Jury.

— Où est Ilona? demanda Olivia. Elle n'était pas avec toi?

— Elle a fait le tour par l'entrée principale. Elle parle à Hedda...

Il fut interrompu par le bruit de la porte d'entrée et l'arrivée d'une autre Fabricant.

— Bonjour, maman, dit Seb, qui se leva et en profita pour aller se resservir un verre.

Jury se leva aussi; ou plutôt, il se sentit hissé de son siège : la nouvelle venue ne ressemblait pas à une maman ordinaire. Elle était d'une beauté à couper le souffle, la même femme que celle du tableau, avec trente ans de plus. Mais les ans avaient à peine entamé son charme. Si c'était la mère de Seb, elle avait dans les soixante-dix ans, mais son port ne montrait pas encore les signes de fléchissement qui accompagnent la vieillesse. Elle était grande et mince. Jury comprit de qui Pansy tenait le blond pâle si rare de ses cheveux. Ceux de sa grand-mère étaient d'un blanc doré miroitant; la couleur de la faible lumière du soleil avait fui Jury pour éclairer désormais le sol. Pas étonnant que les hommes de la famille soient si séduisants. Et cependant, Olivia, dont elle n'était pas la mère, bénéficiait des mêmes pommettes hautes. Le rouge à lèvres d'Ilona était d'un rouge violent, extrêmement jeune, et il jurait sur sa peau d'ivoire. Elle portait une robe noire à manches longues, une cape dont un pan lui barrait la poitrine, la pointe attachée près de l'épaule par une grosse épingle en diamant. Point n'était besoin d'examiner le diamant de près pour savoir que ce n'était pas un accessoire de théâtre.

— Ne m'appelle pas par ce petit nom ridicule, s'il te plaît! dit Ilona avec dédain.

En disant cela, elle ne regardait pas Sebastian, mais Jury. Elle avait un fort accent d'Europe de l'Est. Elle doit être russe, songea Jury en se rappelant ce que lui avaient dit Mona Dresser et Olivia.

— Encore la police? Je suis Ilona Kuraukov. Maman. (Elle esquissa un petit sourire ironique.) Je me sers du nom de mon premier mari, sans vouloir manquer de respect au père de Nicolaï. J'ai l'impression...

Quelle que fût son impression, elle n'était pas disposée à la confier. Elle ne s'était pas encore assise et n'en avait apparemment pas l'intention. Rester debout était sans doute un moyen pour elle d'exercer son autorité.

Entouré de trois générations de Fabricant, Jury se sentit brutalement vulnérable, désarmé. Ilona, surtout, était désarmante. Jury était prêt à parier qu'elle était connue pour cela.

Elle parcourut la pièce du regard, dévisageant chacun tour à tour.

— Sommes-nous tous là? s'enquit-elle.

On aurait dit qu'elle s'était donné un mal de chien pour rassembler tous les Fabricant. Et c'était comme si cette réunion de famille avait été mise en scène, les personnages entrant les uns après les autres pour dire une ou deux répliques. La pièce était-elle bonne? semblait dire le sourire d'Ilona.

Comme l'avait fait Olivia, elle prit son temps pour examiner la photographie de la morte. Elle la tint d'abord à bout de bras (afin d'accommoder sa vue imparfaite), puis eut recours à une paire de petites lunettes cerclées d'or qu'elle percha sur le bout de son nez (dont Nicholas avait été assez heureux pour hériter).

— Presque, dit-elle en rendant la photo à Jury.

— Je vous demande pardon, *madame*[1] Kuraukov? Presque?

— Oui, dit-elle, je l'ai presque reconnue. Mais ce n'est pas elle, conclut-elle avec un geste d'impuissance.

— Qu'est-ce qui vous semble familier?

— C'est ça le problème, inspecteur. Je l'ignore.

Jury rempocha la photo et sourit.

— Commissaire, en fait.

D'habitude, il ne se donnait pas la peine de rectifier, sachant que pour la majorité des gens « inspecteur »

---

1. En français dans le texte. *(N.d.T.)*

était un terme générique qui couvrait tout policier qui n'était pas un « simple agent ». Mais les Fabricant étaient bien trop blasés et condescendants pour qu'il se laisse dégrader sans réagir.

— Ah, fit Ilona en inclinant la tête en manière d'excuse. (Jury ne la croyait pas capable de s'excuser.) Vous avez vu Mona Dresser ? Oui, forcément, puisque le manteau lui a appartenu. C'est un très joli manteau. Je connais la zibeline russe. J'en ai un moi-même.

Olivia se tourna vers Nicholas.

— Nicholas, tu te souviens d'être allé chercher l'argent du manteau de zibeline ? Tu sais, dans cette boutique de Brompton Road ?

— Oui, bien sûr, répondit Nicholas en regardant Jury. Pourquoi ?

— Parce que, expliqua Jury, la vendeuse, ou la personne à qui vous avez eu affaire, aurait pu dire quelque chose qui nous aurait aidés à identifier l'acheteuse...

— Sauf si c'était une autre personne, dit Olivia.

Jury acquiesça.

— Est-ce que la vendeuse a dit quelque chose, Mr Fabricant ?

Nick donna l'impression de réfléchir.

— Non. Sinon pour remarquer que le manteau avait été vite vendu. Ils ne l'ont pas gardé longtemps, il n'est resté qu'une journée dans la vitrine. Elle a dit que ça la surprenait, vu la somme qu'ils en demandaient.

Il recoiffa les cheveux qui étaient tombés sur son front.

— Tu ne me l'avais pas dit, Nicholas, fit Olivia.

— Je ne pensais pas que c'était important.

— Nikolaï, corrigea Pansy, toujours aussi prompte à exiger la juste prononciation. Pas Nicholas.

Jury se dit que Pansy l'aurait même appelé « commissaire », si elle en avait eu l'occasion.

— Nick aime se vanter de ses origines russes, déclara Sebastian.

— Comme le manteau, dit Ilona Kuraukov.

— Oh, c'est juste pour plaisanter, dit Nicholas d'un air gêné.

Ilona dressa les sourcils dans une pose théâtrale.

— Je ne te remercie pas pour ça, mon cher! (Tout en fixant une cigarette dans un long fume-cigarette en ivoire, elle dit à Jury :) Cette histoire de zibeline, commissaire Jury, c'est un fil extrêmement ténu que vous avez là.

— Je ne sais pas, *madame*[1] Kuraukov, sourit Jury. Après tout, c'est lui qui m'a mené à vous.

Ilona, qui était en train d'allumer sa cigarette, arrêta son geste, surprise par le sourire et le compliment. Du moins le prit-elle comme un compliment. Sans doute prenait-elle tout comme un compliment. Elle semblait née pour les mériter.

Jury se leva, tendit sa carte à Sebastian et prit celles des deux frères en échange. Il regarda les Fabricant, considéra le front uni qu'ils présentaient — malgré les guerres de destruction réciproque engagées entre eux —, fit ses adieux à Olivia (qui s'était levée pour le raccompagner), lui déclara qu'il trouverait son chemin tout seul et sortit.

---

1. En français dans le texte. *(N.d.T.)*

7

— « On dispose le poisson, en entier, afin qu'il traverse la croûte, les yeux morts vers le haut... »

Melrose Plant coula un regard oblique par-dessus le livre de cuisine. Agatha allait dire que c'était dégoûtant, qu'il inventait, il l'aurait parié.

— C'est absolument dégoûtant, dit-elle. (Touché.) Personne ne mangerait ça. Tu inventes.

Encore touché.

— C'est écrit là, mot pour mot. (Même si les « yeux morts » étaient de son cru). Tourte du rêvasseur[1], c'est comme ça qu'on l'appelle, ajouta-t-il en tapotant le livre.

Agatha tartinait de confiture un autre petit pain.

— Au lieu de passer ton temps à ne rien faire et à imaginer des stupidités pour te moquer de moi, tu ferais mieux de t'occuper de ce jardin à l'abandon... (Agatha pointa sa tête vers les terres d'Ardry End) et

---

1. En anglais *Stargazer Pie;* encore un jeu de mots de Martha Grimes. Ici, *Stargazer,* qui signifie par ailleurs « rêvasseur », étant l'Uranoscope, ou rascasse blanche. *(N.d.T.)*

de faire des plantations. Tu as engagé ce Momaday, tu te rappelles, et il passe ses journées à traîner.

Melrose posa le livre entre sa cuisse et le bras du fauteuil, et prit sa tasse.

— Comme je traîne moi aussi, sauf que je traîne assis, c'est réconfortant de partager cette activité avec quelqu'un, ne serait-ce qu'en rêve.

— Je ne sais pas de quoi tu parles. Je te dis simplement ça... *(Pour ton bien.)*... pour ton bien, Melrose.

Encore touché.

La menace d'Agatha de ne plus lui parler (après l'affaire du chien et du pot de chambre) n'avait, hélas, jamais été mise à exécution. Ah, comme il aurait voulu être de nouveau dans le prétoire en train d'écouter Marshall Trueblood se livrer avec talent à la défense d'Ada Crisp. Cette menace-là avait été tout à fait inattendue ! Agatha avait traîné la pauvre miss Crisp devant les magistrats, accusant non seulement sa boutique de brocante d'envahir le trottoir d'objets divers (tables, chaises et pots de chambre), mais accusant aussi le petit terrier d'Ada Crisp de l'avoir attaquée quand elle s'était retrouvée les quatre fers en l'air. Marshall Trueblood, après s'être autoproclamé l'avocat de la défense, avait réduit les arguments de l'avocat d'Agatha en chair à pâté. Pour une fois, Melrose aurait voulu qu'Agatha poursuive un autre innocent en justice. Peut-être réussirait-il à la persuader de le poursuivre lui-même. Sans doute faudrait-il d'abord qu'il meure afin qu'elle puisse contester son testament. Evidemment, il ne serait plus là pour assister au spectacle, hélas.

Il ramassa la carte postale de Jury et s'en servit de signet afin de marquer sa page dans le vieux livre de cuisine. Il avait chargé son domestique, Ruthven, de rechercher la recette pour laquelle Jury pariait dix livres qu'il ne la trouverait pas. Ruthven (qui faisait partie du personnel Ardry-Plant depuis un siècle, semblait-il) toucherait les dix livres, bien sûr.

Agatha cessa de lire les brèves du *Telegraph* de Melrose à haute voix le temps de se tartiner un autre petit pain, et prit ensuite son magazine *Country* qu'elle tendit à bout de bras (à quoi lui servaient donc ses bifocales?). Elle lut un article à propos du vol qui avait eu lieu dans le musée quelques mois auparavant.

— « ... le tableau jusqu'alors inconnu de Marc Chagall que l'Hermitage vient d'acquérir et dont on pense qu'il a été exécuté avant que le peintre se réfugie à Paris dans les années 20. Le tableau, intitulé *Des anges sans ailes,* est le seul Chagall du musée. On pense qu'il faisait partie du butin saisi dans les demeures des riches pendant la révolution... » Découpé à même le cadre sur un mur de l'Hermitage. Regarde. (Agatha tourna le magazine vers Melrose, puis le regarda de nouveau.) Quel tableau absurde! Il y a des gens qui flottent partout, il y a même un chat. Je n'arrive pas à comprendre à quoi le peintre pensait. L'art moderne me dépasse. Ah, donne-moi un beau Rubens!

— C'est sans doute ce que le voleur a dit : « Donne-moi un beau Chagall. »

— Je ne paierais pas deux pennies pour ça... ces tableaux ne sont que des gribouillis ou des affreux carrés...

— Tu parles de Pollock et de Rothko?

— Quelle différence? Un tableau devrait représenter quelque chose, tu ne crois pas?

— J'imagine que Pollock et Rothko pensent que leurs tableaux représentent quelque chose.

Pourquoi se donnait-il la peine de participer à cette

conversation stupide ? Il ne tenait qu'à lui qu'elle s'arrête.

— Le journal prétend que le tableau est évalué à près de deux cent cinq mille livres, dit Agatha en donnant une petite tape au magazine, comme pour le punir de son obstination.

— Le Chagall ? Bof, c'est pas beaucoup pour un tel risque.

— Tu peux parler !

Melrose leva les yeux, surpris. Mais pourquoi devrait-il l'être ? Avec Agatha, toute tentative de conversation sensée était vouée à l'échec.

— Je peux parler ? Désolé, je ne te suis pas.

Chagall inspira à Melrose des dessins de son cru. Il prit un crayon et se mit à croquer des têtes de poisson, en prenant soin de dessiner de gros yeux vides.

— Ça va bien pour ceux qui ont de l'argent... (Agatha n'en faisait pas partie.)... de dire d'une telle somme que cela ne fait pas beaucoup !...

Melrose ignora la critique et dessina une coquille Saint-Jacques tout autour pour représenter la tourte.

— Tu exagères ma fortune personnelle. J'ai dit à Martha de faire quelques coupes dans nos menus. Nous aurons une tourte au poisson dimanche soir.

En ayant terminé avec les sujets plus importants de la vie tels que les journaux nationaux les relataient, Agatha sortit le quotidien local de son volumineux sac à main. Melrose nota qu'elle nageait dans les journaux ce matin-là ; d'ordinaire, elle dépendait de son propre bulletin d'information. Elle secoua le *Sidbury Star* comme s'il avait des puces.

— Il y a cet horoscope délirant de Diane Demorney.

Un horoscope délirant, c'était une idée qui plaisait à

Melrose. Bien sûr, que Diane Demorney délire sur quoi que ce fût (même sur la proportion de vermouth et de vodka dans son Martini) était difficile à envisager. Elle était bien trop languide.

— En tout cas, ses horoscopes ont drôlement animé le journal. (Si tant est qu'on puisse insuffler de la vie dans des restes momifiés.) Ça l'égaie. Dire qu'ils sont délirants, c'est peut-être un peu exagéré...

Agatha frappa plusieurs fois sur le journal.

— Ecoute plutôt ça : Poissons. « Comme on l'a dit un jour : "Il y a une saison pour chacun" et vous avez eu la vôtre. Réveillez-vous, sortez, et ressaisissez-vous. Au lieu de vous lamenter sur la façon dont on vous traite, regardez plutôt la façon dont vous traitez les autres, pour paraphraser John Kennedy. Lorsque la lune passe en Neptune, il y a des risques d'ennuis, alors n'allez pas vous en créer tout seul. Cessez donc de gémir ! »

— Tu ne crois pas que c'est un bon conseil? demanda Melrose sans réfléchir. Je le prendrais à cœur, si c'était mon signe.

Et il s'adossa pour comparer ses croquis de poissons avec ceux qui figuraient sur la carte postale de Jury. Pas mal. Il avait peut-être une vocation, après tout. Pas en dessin, mais en fabrication de tourtes au poisson. Il montra les croquis afin qu'Agatha se rince l'œil, car il était quasiment sûr qu'elle ne voudrait pas s'en rincer la bouche.

Agatha interrompit son propre délire afin d'étaler une bonne cuillerée de crème fraîche épaisse sur son petit pain.

— Qu'est-ce que tu disais pour dimanche soir? Quel genre de tourte au poisson? Ça m'a l'air absolument ignoble.

— La tourte du rêvasseur. J'ai vu Martha ce matin, elle nettoyait le poisson. C'est une de ses spécialités...

Il décida de crever la croûte avec une autre tête de poisson. Ah, s'il avait eu des crayons de couleurs!

— Melrose!... s'exclama Agatha avec un profond dégoût. *(Ne sois pas ridicule.)*... Ne sois pas ridicule.

Dans le mille!

8

Dans Shoe Lane, où Melrose se rendit après qu'Agatha eut nettoyé les assiettes, l'air parfumé lui confirma qu'il approchait du cottage de miss Alice Broadstairs. Elle jardinait, comme d'habitude, pendant que Desperado, son chat gris, ce mufle, fainéantait sur l'un des deux piliers qui bordaient avec ostentation sa courte allée pavée. Melrose avait plusieurs fois essayé d'exciter le chat, sans succès. Ni Mindy ni Jack Russell, le chien de miss Crisp (celui du pot de chambre), n'avaient été plus chanceux. Miss Broadstairs, toutefois, était éminemment excitable, même sans aide. L'excitation devait nicher dans sa moelle, car miss Broadstairs était sans consistance, maigre et sèche comme les feuilles mortes. Miss Broadstairs et Lavinia Vine rapportaient toujours chez elles les rubans bleu et or de la fête des fleurs qui avait lieu tous les ans à Sidbury.

— On ne commence jamais trop tôt, Mr Plant ! lança-t-elle, en référence à cette fête printanière, par-dessus sa haie soigneusement taillée.

Melrose quant à lui trouvait qu'il était inutile de commencer. Mais il l'encouragea de son sourire le plus amical. Miss Broadstairs parlait à voix basse, comme pour partager un secret : les lèvres serrées, les yeux couleur d'hortensia fusant de droite à gauche, comme à l'affût des voleurs de fleurs.

— Je pousse des pois de senteur, souffla-t-elle.

Cette nouvelle fit ciller Melrose, qui ne savait que penser.

— A faire quoi ? interrogea-t-il.

Miss Broadstairs parut trouver cette question du plus haut comique et rit aux éclats.

— J'en ai un nouveau ; c'est le plus joli rose qu'on puisse imaginer.

Elle disparut de la vue de Melrose — *pouf!* — comme si elle s'était soudain évanouie à cause du parfum trop entêtant d'un pois de senteur, ou d'une attaque de vapeurs (hypothèse qui avait sa préférence, c'était plus fort que lui ; miss Broadstairs semblait tellement plus encline à succomber à des affections du dix-neuvième siècle), et il essayait de regarder par-dessus la haie quand — *pouf!* — elle reparut en brandissant un pois de senteur couleur corail.

— Oh ! fit-il, c'est très beau. Oui, décidément, c'est une très belle couleur.

— Il vient de ma petite serre. J'en ai tout un carré. (Elle s'évanouit de nouveau et reparut peu après, cette fois avec un pois de senteur bleu ciel.) Celui-là, Mr Plant, ce n'est pas tout à fait une réussite. Je voulais obtenir un bleu plus vif. Tenez, prenez-le.

— Oh... merci, miss Broadstairs.

La fleur était trop grosse pour sa boutonnière, mais il y piqua malgré tout la tige et poursuivit son chemin.

La Wrenn's Nest Book Shoppe occupait le coin de rue après la boutique de brocante d'Ada Crisp, en face du Jack and Hammer. Le propriétaire, Theo Wrenn Browne, disputait à la tante de Melrose le titre du personnage le plus déplaisant du village.

Ayant échoué dans sa tentative de pousser Ada Crisp à la banqueroute ou à la dépression nerveuse, il essayait désormais de fermer la petite bibliothèque de Long Piddleton en offrant aux lecteurs l'opportunité d'acquérir des best-sellers fraîchement parus. Miss Twinny, la bibliothécaire, qui risquait de perdre son emploi, mettait deux fois plus de temps à les obtenir. Browne avait agrandi sa librairie avec les années. Pour inciter les clients qui ne lisaient pas à venir dans sa boutique, il avait installé une salle pour les journaux et revues, avec une table et des chaises, afin de faire croire que le lecteur moyen était le bienvenu (ce qui était faux), un distributeur d'eau fraîche et un présentoir de confiseries. Melrose lui avait demandé quand il comptait installer des machines à sous.

La seule personne que Browne détestait plus que Melrose Plant était Marshall Trueblood. A eux deux, ils possédaient tout ce que Browne désirait : la terre, l'argent, les titres, le physique, le goût, l'esprit, et la bienveillance. Certes, les quatre premières qualités ne dépendaient pas de lui. Il était vulgaire, il était banal, il était mesquin, et il était prétentieux au point d'avoir ajouté un « e » à son nom (croyant que cela suffirait à le distinguer des innombrables Brown).

Le petit garçon que Theo Wrenn Browne était en train de réprimander ne devait pas avoir plus de quatre ans. On avait apparemment prié ce pauvre garnement d'aller rendre un livre « prêté » par la librairie Browne. Theo harcelait l'enfant, disant qu'il était en retard, non de quelques jours mais de *plus de six mois*! Ne comprenait-il pas que c'était un livre tout neuf et que des clients attendaient pour le lire? Melrose, qui cherchait une revue d'astrologie sur le présentoir des magazines, crut reconnaître le livre en question.

Il regarda vers le comptoir où Browne trônait avec le livre, plissa les yeux, chercha à déchiffrer le titre... Oui! C'était *Patrick, le cochon peint,* le même livre pour lequel la jeune Sally s'était fait passer un savon quelques mois plus tôt. Melrose écouta Browne gronder l'infortuné garçon — qui était plus jeune que Sally, sans doute son frère Bub. Le malheureux était petit et pâle, avec des membres fluets comme des allumettes.

— Et il y a une page écornée, pesta Browne, et là, une tache qui m'a bien l'air d'être des traces de doigts... Tu vois bien qu'il est en mauvais état! Faudra payer! Dis à ta maman que ça fera douze livres cinquante! C'est le prix que me coûtera l'achat d'un livre neuf!

Il referma le livre d'un coup sec. Bub, qui était déjà blanc comme du papier de riz, devint encore plus blême.

Melrose (qui se dit que Dieu était pour une fois présent) prit un magazine et un KitKat et alla au comptoir.

— Excusez-moi de vous interrompre, Mr Browne. Je prendrai ça, et aussi ça.

Melrose posa l'argent sur le comptoir pour le magazine et le KitKat dont il arracha l'emballage avant de mordre dedans et de donner le reste à Bub, qui avait l'air d'avoir bien besoin d'un shoot de caféine, vu les circonstances.

— Un problème avec un de vos prêts, c'est ça?

Melrose crut que Browne allait lui cracher au visage.

— Je ne tolère pas qu'on me rende mes livres écornés et pleins de taches, répondit Browne avec du venin dans la voix.

— Non, bien sûr. (Melrose examina le livre, chercha des marques reconnaissables, en trouva plusieurs dont il se souvenait particulièrement depuis le drame de Sally et de *Patrick, le cochon peint.*) Mais ce livre, dit-il avec un plaisir encore plus délectable que le goût du chocolat dans sa bouche... ce livre ne vous appartient pas, Mr Browne...

Melrose eut une envie folle de sauter et de claquer des talons. Mais il se contint.

— Je vous demande bien pardon ! Tenez, il y a la carte de prêt au dos...

Browne ouvrit le livre à la dernière page où il avait collé une pochette dans laquelle était glissée la carte de prêt.

— Oh, bien sûr, il vous a appartenu... à l'origine. Mais auriez-vous oublié ? Lorsque Sally vous l'a rapporté, cela fait plusieurs mois — et en retard, elle aussi, hélas ! —, je vous l'ai racheté et je le lui ai offert.

Browne ouvrit la bouche, la referma, la rouvrit et resta pantois.

— Alors, fit-il enfin, expliquez-moi pourquoi le jeune Bub ici présent le rapporte ?

Cependant, le jeune Bub n'était plus « ici présent ». Dès qu'il s'était aperçu qu'un adulte prenait sa défense, il avait détalé sans demander son reste.

— Permettez-moi de risquer une hypothèse, dit Melrose. Sa mère s'en est rendu compte mais, ignorant qu'un autre avait payé le livre, et comme Bub était sous sa main, elle lui a demandé de vous le rapporter. C'est une simple hypothèse, bien sûr, mais quelle importance ?

Theo Wrenn Browne ne partageait pas ce point de

vue. Son teint vira du gris brumeux au rose pâle, puis au rouge vif à mesure que le sang lui montait à la tête.

— Décidément, dit-il, ils ne sont pas soigneux dans cette famille. La mère n'élève pas mieux ses enfants qu'une mangouste, elle ne leur apprend pas les bonnes manières !

Melrose pensa aux mangoustes pendant que Theo Wrenn Browne entrait le prix du magazine de Melrose dans son ordinateur, en lui rappelant qu'il avait aussi pris un KitKat, comme si cette friandise allait le ruiner. Il tapa et tapa sur l'ordinateur, et Melrose s'émerveilla de voir qu'une machine capable de faire toutes sortes d'opérations compliquées mettait, pour un simple calcul, dix fois plus de temps que le jeune Bub s'il avait compté sur ses doigts. L'ordinateur envoya ses bribes d'information à l'imprimante qui les recracha dans un reçu aussi long que la Grande Charte[1].

Cherchant une vengeance, Browne examina le magazine.

— Je n'aurais jamais cru que vous vous intéressiez à ça ! fit-il en rangeant le magazine aux couleurs criardes dans une pochette en papier. Je vous croyais plus sensible aux paroles de César, conclut-il avant de regarder Melrose avec un petit sourire crispé. (Visiblement, Melrose ne comprenait pas un traître mot à l'histoire.) Enfin, Mr Plant, un lecteur aussi averti que vous ! Vous devriez le savoir : « La faute, cher Brutus, n'est pas dans les étoiles mais en nous-mêmes, les subalternes. » C'est un conseil avisé, vous ne trouvez pas ?

---

1. Charte *(Magna Carta)* que les barons d'Angleterre forcèrent Jean sans Terre à signer le 15 juin 1215, et qui accordait certaines libertés civiques et politiques aux Anglais. *(N.d.T.)*

— Je ne sais pas, dit Melrose en prenant la pochette. Je ne suis pas un subalterne.

Il traversa la rue en sifflotant pour se rendre au Jack and Hammer. Comme Long Piddleton ne s'était pas plié aux horaires londoniens et ne le ferait sans doute jamais, les pubs n'ouvraient pas avant onze heures du matin ; or il était presque midi et Melrose avait besoin d'un apéritif.

Comme d'habitude, Dick Scroggs lisait le journal local. Tout en tirant une demi-pinte d'Old Peculiar, il déclara à Melrose que ce que Browne faisait à la bibliothèque municipale, et donc à miss Twinny, était « absolument honteux ».

— Enfin, elle travaille à notre bibliothèque depuis combien ? quarante ans ? Ça fait un bout de temps qu'ils cherchent un prétexte pour la fermer, et ce Browne est en train de leur en donner un. (Dick considéra d'un œil sombre la couleur ambrée de la bière de Melrose et poursuivit :) Ce job, c'est sa vie, n'est-ce pas ? Oh, d'accord, elle aura sa retraite — si tant est qu'on ait encore des retraites de nos jours ! On ne sait jamais, pas vrai ? — mais l'argent, c'est pas ça qui l'intéresse, miss Twinny.

Melrose se demanda pourquoi Dick, qui ne parlait jamais de la bibliothécaire, s'intéressait tellement à elle depuis qu'un éditorial du *Sidbury Star,* sans doute écrit en sous-main par Theo Wrenn Browne, avait réclamé « une réforme de la bibliothèque ».

Le barman posa la bière de Melrose sur le comptoir.

— Et un petit verre d'eau, s'il vous plaît, demanda Melrose.

— Pour quoi faire ? s'offusqua Dick.

— Pour mon pois de senteur.

Dick regarda Melrose comme s'il avait la peste, claqua un petit verre à whisky sur le comptoir et le remplit d'eau. Melrose le remercia, prit le dé à coudre et sa demi-pinte, et alla s'installer à sa table préférée, près de la fenêtre qui donnait sur la rue. Des lianes de roses grimpantes, brunies par le froid de novembre, couraient le long de la fenêtre et menaçaient depuis quelque temps de ralentir le mécanisme de l'enseigne du Jack and Hammer : un forgeron en bois vêtu d'une veste turquoise qui, à chaque heure, levait et abaissait son marteau sur une enclume pour simuler les coups de l'horloge. Désormais, le marteau était à moitié levé, figé dans la même position, comme si Jack, et chacun dans le village, était prisonnier de quelque maléfice.

La porte s'ouvrit, entrèrent Diane Demorney et un courant d'air froid que la proximité de Diane rendait encore plus glacial. L'impression arctique qui se dégageait d'elle était renforcée par sa peau et ses vêtements blancs. Toujours en blanc ou en noir, soignée comme une pouliche de grand prix, pas un brin de ses cheveux noirs décoiffé, pas un pli sur sa robe, ongles faits, chaussures impeccablement cirées. Melrose avait toujours l'impression que la silhouette anguleuse Art Déco de Diane Demorney était sculptée dans l'air ambiant, laissant par contraste tout le reste bâclé et négligé. Du coup, il se sentait presque obligé de balayer chaque centimètre carré des endroits qu'elle envisageait de traverser.

Malheureusement, l'esprit de Diane n'avait pas la même rigueur méticuleuse. Ses pensées qui flottaient, semblables à des sédiments boueux dans une eau saumâtre, ne s'animaient que lorsqu'on jetait dans la mare une poignée de ragots juteux et mensongers. Melrose ne comprenait pas comment on pouvait trouver Diane intelligente. Les gens confondent hélas l'intelligence avec le savoir, or Diane savait des choses. Des choses étranges. Pour compenser son esprit brumeux, elle avait appris un fait méconnu sur chaque sujet imaginable — du moins un sujet susceptible de venir sur le tapis dans la compagnie de buveurs invétérés. Comme elle choisissait des anecdotes obscures — par exemple, le fait que Stendhal s'évanouissait lorsqu'il se trouvait en présence d'un merveilleux tableau —, on imaginait qu'elle connaissait tout de l'écrivain, alors qu'elle aurait été incapable de citer le moindre de ses livres. Désormais, elle était dans l'astrologie, et le plus étonnant, c'est que ses horoscopes étaient... intéressants.

Melrose se leva et lui tint la chaise pour qu'elle s'asseye. Diane considérait que de telles attentions lui étaient dues.

— Votre horoscope est très riche cette semaine, miss Demorney, déclara Dick.

— Ah, tant mieux, répondit Diane avec un manque total d'enthousiasme, tout en fichant une cigarette dans un fume-cigarette en ivoire de quinze centimètres de long.

Elle accepta la flamme que Melrose lui offrit, puis appela Dick, qui était toujours plongé dans la lecture de son journal.

— Comme d'habitude, si ça ne vous dérange pas. Je ne veux pas avoir à vous le redire deux fois!

Dick en prit ombrage.

— Deux fois? Vous venez juste d'arriver, vous venez juste de me le demander. Ça ne fait qu'une fois.

— Je vous l'ai demandé hier, ça fait déjà deux.

Diane préférait la vodka à l'herbe de bison, qu'elle fournissait elle-même. Néanmoins, elle payait le prix normal pour ses consommations. On ne pouvait pas la taxer d'avarice. Avec Melrose et Marshall Trueblood, c'était la plus importante donatrice de la cagnotte en faveur de la bibliothèque municipale.

— Pendant que vous y êtes, Dick, je prendrai une autre demi-pinte. Merci.

— Pourquoi vous prenez toujours des demi-pintes, Melrose ? Ça vous oblige à faire des aller-retour pour remplir vos verres...

— J'aime les aller-retour.

Dick revint avec le cocktail Martini de Diane, le *Sidbury Star* sous le bras. Avant de débarrasser le verre de Melrose, il ouvrit le journal à la page de l'horoscope et demanda :

— Quel est votre signe, lord Ardry ?

— Le Jack and Hammer, répondit Melrose en levant son verre.

— Capricorne, dit Diane.

— Comment le savez-vous ? s'étonna Melrose. A part écrire des horoscopes, ou ce que vous prétendez être des horoscopes, vous êtes aussi médium ? Des émanations de Capricorne suintent de mon être ? Ai-je les étranges manifestations du capricornianisme ? Boire des demi-pintes au lieu de pintes, par exemple...

— Vous m'avez donné la date de votre anniversaire, rétorqua Diane.

— Ah... Une recharge, Dick, fit Melrose en tendant son verre.

— C'est le signe de la chèvre, termina Diane.

— Ah, oui. Au cas où j'aurais oublié ?

Ignorant le verre que lui tendait Melrose, Dick se concentra sur son signe zodiacal.

— Ecoutez ça, lord Ardry...

Melrose avait abandonné ses titres, mais certaines

personnes paraissaient résolues à les lui rendre. Dick Scroggs en faisait partie et Melrose avait renoncé à le forcer à l'appeler par son simple nom de famille.

— « Cette semaine, vous avez intérêt à faire attention ! Avec la lune en Bélier, votre vie amoureuse est encore plus morne que d'habitude. Vous vous fiez trop au temps, aux marées et aux étoiles pour résoudre vos problèmes, surtout votre manière glaciale de vous y prendre avec les personnes du sexe opposé. Apprenez donc à vivre ! » (Trouvant la prédiction extrêmement risible, Dick, qui ne savait jamais de quel côté était beurrée sa tartine, ajouta :) Oh, vous l'avez bien épinglé, miss Demorney !

Riant toujours, il prit le verre de Melrose et alla derrière son bar manipuler les pressions.

— « Apprenez donc à vivre ! » D'où me vient cette impression que les astrologues sérieux ne diraient jamais une chose pareille ?

— Parce qu'ils refusent de heurter les gens.

Ce que Diane n'hésitait jamais à faire si cela lui apportait le moindre « soupçon d'amusement », comme elle disait. Diane Demorney, qui avait toujours été midinette dans l'âme, avait repris l'horoscope du *Sidbury Star*. A la page des petites annonces (dont elle consultait régulièrement la rubrique « personnelle » dans l'espoir d'y trouver *Cherche F. grande, âge sans importance, aimant les voyages, la bonne chère et se faire entretenir*), elle était tombée sur une offre d'emploi en remplacement d'une femme qui partait à la retraite et abandonnait sa rubrique « A l'écoute des étoiles ». *Expérience... bon sens... capacité d'écoute :* aucune des qualités requises ne l'avait découragée, bien sûr. Mais elle avait commis une grossière erreur ; elle croyait que la rubrique la mettrait en relation avec les célébrités :

étoiles du cinéma, du théâtre, de la chanson, hommes politiques, artistes...

Elle avait été engagée sur-le-champ, car qui pouvait résister à la belle Diane, si éloquente, si richement vêtue, si soignée?

Les prédictions de Diane étaient teintées d'esprit critique, parfois caustiques, toujours diaboliques. Il n'y avait pas de place pour les heureux événements qu'on trouve en général dans les horoscopes : pas d'héritage, pas de beaux étrangers, pas de promotions, pas de guérisons, pas de rentrées d'argent. Les nouvelles étaient toujours mauvaises. Ou bien le lecteur devait essuyer un sermon. Et cependant les gens aimaient cette manière cruelle. Melrose avait entendu dire que la diffusion du journal avait augmenté de vingt pour cent depuis que Diane faisait partie de l'équipe.

— Je croyais que ça vous plairait, dit Diane en rinçant son olive dans la vodka. Je l'ai écrit exprès pour vous.

Melrose faillit lui dire que les horoscopes n'étaient jamais écrits « exprès pour quelqu'un » quand la porte s'ouvrit et qu'un nouveau courant d'air froid poussa Marshall Trueblood dans le pub, comme si le monde extérieur ne voulait pas de lui. Vêtu de ses habituelles couleurs éclatantes, il ressemblait au jardin d'Alice Broadstairs. Comment appelait-on cette chemise, sinon pourpre pervenche? Cette cravate, sinon rose pois de senteur? Et ce manteau Armani : n'était-ce pas un bleu nigelle-de-Damas?

Trueblood était dans une de ses humeurs Campari citron, et c'est ce qu'il commanda à Dick. Le Campari allait avec l'ennui et la désuétude. Trueblood bâilla puis demanda :

— Vous croyez que je devrais aller à Oxford

apprendre le droit ? J'étais peut-être fait pour être avocat. (Il en parlait souvent depuis son étincelante plaidoirie dans l'affaire du pot de chambre.) Oui, c'était peut-être mon destin, après tout, et dire que je me morfonds dans les antiquités depuis des années ! (Il piocha le pois de senteur dans le dé à coudre et le brandit à côté de son manteau.) C'est assorti, remarqua-t-il avant de replonger la fleur dans l'eau en soupirant. Merci, Dick, dit-il au barman qui venait de lui apporter son verre.

Diane parut choquée d'entendre Trueblood envisager d'étudier le droit à Oxford.

— Oh, vous ne parlez pas sérieusement ! Vous imaginez la somme de travail ? Vous resteriez au moins un an, peut-être plus, enfermé dans cette école sinistre comme un tombeau, avec toutes ces têtes penchantes qui vous rendraient dingue.

— Les têtes pensantes, Diane, rectifia Melrose.

— Vous avez bien trouvé votre travail idéal, Diane, dit Trueblood. Votre rubrique est extrêmement enrichissante.

— Un travail idéal ? J'espère bien que non. Bon Dieu, j'espère avoir purgé ma chronique de tout travail.

— En ne connaissant rien à l'astrologie, c'est sûr, intervint Melrose, qui n'avait pas digéré sa dose hebdomadaire de Capricorne.

— Evidemment. Toutefois, en me présentant, je ne pensais pas rédiger une rubrique d'astrologie, si vous vous rappelez bien. Si on a fini par me donner ce poste, ce n'est pas de ma faute. Et je m'en suis très bien tirée sans aller étudier je ne sais quoi à l'école. Non, Marshall, n'y pensez pas. Je regrette presque de vous avoir écrit un gentil petit horoscope rien que pour vous...

— Vous n'écrivez jamais rien de gentil, Diane. C'est pour ça qu'on aime vos horoscopes.

— Si, ça m'arrive. (Elle appela Dick :) Dick, lisez donc l'horoscope des Verseaux, voulez-vous ?

— Avec plaisir, dit Dick, fier d'être appelé sur scène.

Il lissa le journal et vint se planter devant les trois compères avec toute l'autorité d'un premier juré lisant une sentence :

— « Les Verseaux sont des individualistes, c'est bien connu ! Ce qui l'est moins, c'est leur nature infiniment charitable. Nous en aurons confirmation... »

— « Nature charitable » ? coupa Trueblood. C'est moins connu parce que c'est faux, voilà tout.

Diane le fit taire :

— Continuez, Dick.

— Voilà, fit Dick, qui s'éclaircit la gorge : «... en aurons confirmation cette semaine quand la lune transitera par les anneaux de Saturne et que vous prendrez livraison d'un certain nombre d'objets d'art... »

— Une minute ! s'exclama Trueblood. Vous faites référence à la possible livraison d'urnes de la dynastie Ming dont vous bavez d'envie ? Ah, vous croyez les avoir pour un prix d'ami, hein ? Raté, Diane.

— Grands dieux, Marshall, les horoscopes ne sont jamais aussi précis, sinon comment seraient-ils appréciés des masses populaires ?

— Et comment les masses populaires accueillent-elles la livraison d'objets d'art aujourd'hui ?

Imperturbable, Diane passa une main dans ses cheveux — pour lisser ce qui était déjà lisse comme du verre et noir comme son cœur — et dit :

— En fait, il s'agit plutôt de meubles et de choses comme ça. Par exemple, il y a Ada Crisp, de l'autre côté de la rue. (Elle pointa son fume-cigarette vers la fenêtre.) Et il y a aussi Theo, n'oubliez pas.

Un camion était garé devant la Wrenn's Nest.

— Ce sont des livres, pas des objets d'art.

— Tiens, fit Diane, quand on parle du diable...

— C'est insultant pour le diable, remarqua Trueblood qui observait Browne en discussion avec le camionneur. Mr Scroggs, apportez-moi un autre Campari, et un verre d'eau glacée pour m'asperger la tête.

Theo Wrenn Browne traversa la rue, la cravate par-dessus l'épaule (placée là, Melrose l'aurait juré, par la main de Browne et non par une rafale de vent). Le libraire jetait des coups d'œil à droite et à gauche, comme si des bolides menaçaient de l'écraser. Or Melrose ne repéra qu'un jeune cycliste tout au bout de la rue. Mais Theo aimait croire qu'il vivait dangereusement.

Il entra, aboya sa commande et se dirigea vers la table de Melrose. Depuis quelque temps, il ne se rasait plus que deux fois par semaine parce qu'il croyait qu'une barbe de trois jours lui donnait un physique de mannequin. En réalité, il avait surtout l'air d'avoir dormi à la belle étoile.

— Nous parlions de votre idée saugrenue de fermer la bibliothèque, dit Diane quand Browne s'assit à leur table.

— Saugrenue? Il n'y a rien de saugrenu là-dedans, je vous assure. N'oubliez pas que c'est notre argent qui paie le salaire de Twine.

— Twinny, rectifia Trueblood. Si vous devez lui gâcher la vie, autant prononcer son nom sans l'écorcher.

— Oh, n'en faites pas un drame, dit Browne. Elle est sur le point de partir à la retraite.

— Elle n'en aurait pas besoin si vous ne prêtiez pas vos livres pour vingt pence par jour.

— Puisque les gens acceptent de payer...

— Oui, mais vous avez un avantage sur la bibliothèque municipale, poursuivit Trueblood. Vous recevez les best-sellers dès qu'ils paraissent alors que Una Twinny doit attendre le temps que la décision d'acheter passe par toutes les étapes de la hiérarchie du système culturel du comté. Quand elle reçoit finalement les livres, vous les avez déjà prêtés à la moitié de Long Piddleton, et vous la mettez sur la paille.

Theo remercia Dick d'un signe de tête quand le barman apporta son whisky pur malt, le Campari et le verre d'eau glacée de Trueblood.

— Je remplis une fonction de service public...

— Foutaises! fit Melrose. Je comprendrais si vous étiez en concurrence avec une autre librairie, mais il n'y a pas de Dillon ni de Waterstone[1] dans le voisinage.

— Qu'est-ce que vous y gagnez, vieille ganache? demanda Trueblood. Pourquoi vous donner tant de mal pour faire fermer cette bibliothèque et mettre Una Twinny à la rue?

— Absolument rien. J'essaie simplement d'économiser l'argent des contribuables.

— Ah, votre mobile est donc purement altruiste?

Theo, qui n'avait jamais été populaire, comprit que c'était parti pour durer un moment. Il vida son verre de whisky et se leva.

1. Chaînes de librairies présentes dans les principales villes du Royaume-Uni. *(N.d.T.)*

— Je reçois une livraison de livres. Il faut que j'y aille.

Sur ces fortes paroles, il détala.

— On pourrait privatiser, proposa Melrose. C'est à la mode en ce moment.

— Il faudrait faire du marketing, dit Trueblood. Pourquoi Twinny ne vendrait-elle pas des billets de loterie? Elle pourrait aussi louer des vidéos. Vendre, je ne sais pas... A boire?

— C'est une bibliothèque, dit Diane. Elle n'aura jamais la licence pour vendre de l'alcool. Dommage.

— Mais non, mon petit. Je vous demandais si vous vouliez un autre verre...

Melrose abattit son poing sur la table, son propre verre en sursauta.

— Ça y est, j'ai trouvé! Un coin café : espresso, cappuccino. Comme ils ont dans les grandes librairies aux Etats-Unis. Je suis surpris que Browne n'y ait pas déjà pensé...

Oubliant sa tournée, Trueblood médita la question en allumant une Sobranie vert jade.

— Tiens, c'est une bonne idée, vieille ganache. Mais oui, ça pourrait marcher. Il y a cette pièce que Una Twinny utilise comme réserve, mais elle n'a pas grand-chose à y stocker; on pourrait y installer le comptoir. Je trouverai bien une machine à café. Il faudrait aussi un frigo, mais ça ne devrait pas poser de problème. Le mobilier... comptoir, tabourets, tables et chaises... facile à trouver avec les salles des ventes que je fréquente. Pour le prix, je m'en charge. Ça ne devrait pas coûter bien cher. Vous paierez les fournitures, café, lait, biscuits. Et je parie que Betty Ball serait prête à fournir les petits pains, les croissants et le reste. Una Twinny est très amie avec Betty.

— Et qui s'occuperait de la cafétéria ? Qui ferait les cafés ? Miss Twinny n'aura jamais le temps...

— La bibliothèque n'ouvre que trois jours par semaine, dit Trueblood, évacuant la difficulté. Il y a bien quelqu'un au village... (Il lorgna vers Diane, qui soutint son regard.) Oh, nous trouverons quelqu'un. Tiens, Vivian, c'est la femme idéale !

— Elle est à Venise, dit Melrose.

— Pour l'instant. Elle va bientôt revenir.

— Si les Italiens ne sont pas obligés de draguer le Grand Canal pour la repêcher, dit Diane. J'ai essayé de la prévenir avant qu'elle parte. Neptune transite dans la maison du soleil.

— C'est mauvais signe ? demanda Melrose.

— Horrible. Bref, poursuivit Diane en époussetant un soupçon de cendre de sa manche blanche, si tout va bien elle sera de retour la semaine prochaine. Vendredi ou samedi.

— C'est ce que dit son horoscope ?

Diane leva les yeux au ciel. Melrose était décidément trop obtus.

— Non, c'est ce qu'elle m'a dit. Les étoiles ne permettent pas de prévoir les petits détails.

— Non ? fit Trueblood. Elles ont bien réussi à prévoir ma livraison d'objets d'art... Bon, notre cafétéria. Il nous faudrait un chat ou un chien.

— Un chat ? Pourquoi ? Pour faire les cappuccinos ?

— Toutes les bibliothèques ont un animal à quatre pattes, vieille ganache. Ils sont censés traînasser et avoir l'air heureux. (Trueblood suça un glaçon.) On pourrait emprunter un animal du village. Pourquoi pas Desperado ?

Le chat de Broadstairs brutalisait les autres chats du village.

— Desperado ? fit Melrose. Vous plaisantez ? Il mangerait tout ce qu'il y a, sans compter qu'il nous ferait la peau à tous.

— Peu importe, dit Trueblood, c'est un détail.

— Et si c'était interdit ? Il y a peut-être des lois qui restreignent les activités des bibliothèques...

Trueblood s'enfonça dans son siège, étendit les jambes et contempla le plafond.

— Dans ce cas, dit-il, il va peut-être falloir que je me remette à potasser le droit...

— Oh, vous n'allez pas recommencer ! s'exclama Diane, qui roula des yeux. Ça m'épuise de vous écouter tous les deux. Dick !

Elle agita son verre à pied vers Scroggs. Il était de nouveau plongé dans la lecture de son journal.

— Désolé, miss Demorney. Il n'y a plus de vodka.

Diane pivota sur sa chaise et se mit à vider son grand sac en cuir : un tube de rouge à lèvres, un CD, des reçus, un crayon, une pochette en velours...

— Qu'est-ce que vous avez là ? demanda Melrose en désignant la pochette.

— Mes perles.

Un calepin, deux gants en cuir, trois clefs atterrirent également sur la table. Une braderie lilliputienne.

— Pourquoi les transporter ? Elles ont besoin d'être réparées ou quoi ?

— Non, répondit Diane, la tête plongée dans le sac, c'est parce qu'elles ont de la valeur et que je ne veux pas les laisser chez moi.

Elle continuait de sortir des objets de son sac : un tube de vernis à ongles, deux mouchoirs, un revolver, un stylo en argent...

— Seigneur ! bondit Trueblood. Un revolver !

Diane continua de vider le sac, apparemment sans

fond. Un autre tube de rouge à lèvres, un carnet de timbres...

— Tiens, tiens, fit Melrose. Pourquoi transporter un revolver?

— Pour mes perles et pour ma propre protection. Ah, voilà!

Elle sortit deux flacons de vodka qu'elle posa méticuleusement côte à côte, puis elle appela Dick, qui vint les chercher.

— Depuis quand avez-vous un revolver, Diane? demanda Melrose en tripotant l'arme du bout des doigts.

C'était un petit revolver, sans doute un deux-coups, avec une crosse en nacre. Diane ficha une cigarette dans son fume-cigarette qu'elle agita sous le nez des deux hommes dans l'espoir d'avoir du feu.

— Votre protection? s'étonna Trueblood. Depuis quand a-t-on besoin de protection à Long Piddleton? Ne me dites pas que vous savez vous servir de ce machin-là!

— Bien sûr que si. Je l'ai toujours sur moi depuis que je suis dans le journalisme. Ça et mon biper. (Elle agita un petit objet noir.) C'est un métier dangereux, vous savez.

— Vous écrivez des horoscopes, bon sang!

— Oui, mais pas ceux que les gens ont envie de lire. Du feu?

Trueblood craqua une allumette.

— Pourquoi diable un biper?

— Pour qu'on puisse me joindre, bien sûr. En cas d'urgence, je ne sais pas...

Melrose leva les yeux au plafond.

— Une urgence zodiacale, fit-il. Oui, ça arrive, paraît-il.

— Elle ne l'épousera pas, décréta Diane.
— Qui? s'étonna Melrose.
— Vivian. N'est-ce pas elle dont nous parlions?
— Le comte Dracula? fit Trueblood. Les vampires ont aussi un signe zodiacal?

9

Si un train traversait Long Piddleton, Plague Alley[1] serait du mauvais côté de la voie ferrée. Ou le « mauvais côté » serait la rangée d'hospices habités par le clan des Withersby. Depuis quelque temps, comme la mode voulait que les hospices soient pittoresques, ils étaient très recherchés par les Londoniens qui dépensaient des fortunes pour les rendre habitables. Mais Northampton était trop loin de Chelsea et les hospices de Long Piddleton pouvaient ainsi dépérir librement.

C'était dans Plague Alley que vivait Agatha, dans un cottage sinistre qui pouvait passer pour pittoresque, car il en avait toutes les caractéristiques. Les fenêtres étaient étroites, les meneaux en plomb, le chaume qui pendait du toit obscurcissait les carreaux. Agatha faisait des économies d'électricité et le salon était plongé dans le noir.

Pendant que sa tante préparait le thé, Melrose s'occupait à repérer des objets ; selon sa capacité à y arriver, il déciderait s'il avait ou non besoin de changer

---

1. Littéralement, impasse de la Peste. *(N.d.T.)*

de lunettes. Là-bas, sur un piédestal rouillé destiné à soutenir une cage à oiseaux, se tenait la chouette empaillée dont les yeux de cuivre brûlant se détachaient dans la pénombre. Melrose s'était souvent demandé ce que serait devenu Edgar Poe si la chouette avait été sa muse. En tout état de cause, Poe aurait trouvé le cottage d'Agatha à sa convenance. Il y avait aussi les objets sur le manteau de la cheminée : des chandeliers, deux bergers en plâtre, une figurine en fausse porcelaine... Non, c'était peut-être une véritable porcelaine de Limoges, héritage de la comtesse de Caverness. La comtesse, lady Marjorie, mère de Melrose. Il avait retrouvé certains objets de la collection d'Ardry End dans Plague Alley. Il pouvait aller à la cheminée et vérifier, mais il n'avait pas envie de lever ses fesses du fauteuil rembourré auquel elles étaient scotchées.

Des bruits de casseroles et de vaisselle lui parvinrent de la cuisine ; Agatha préparait le thé. Le chat entra en zigzaguant, étrange animal qui semblait toujours traîner la patte. Il vint se coller près de Melrose, fixa un fauteuil sur lequel il finit par sauter et s'y coucha en rond. Il avait les yeux les plus étranges et les plus incolores qui soient, sortes de disques d'argent qui luisaient dans le noir. Le pire étant toujours à craindre, Trueblood en ferait peut-être un candidat pour la cafétéria.

— Melrose !
— Oui ?

Il détestait cette manie qu'avaient certains de crier à travers les pièces.

— Non, ça ne fait rien !

Le ton exaspéré suggérait qu'Agatha le suppliait depuis des heures de l'aider et qu'il s'entêtait à refuser.

— Bon, fit-il, tant pis.

Elle entra en portant vaillamment un service à thé qui avait sans doute appartenu à la comtesse. Les initiales entrelacées et illisibles auraient aussi bien pu signifier : Marjorie, comtesse de Caverness, lady Agatha Ardry ou Souris Morte dans la Théière.
— Attends, laisse-moi t'aider, ma tante.
— Laisse, dit-elle en le repoussant du coude. Tu fais toujours tout de travers.
Pouvait-on verser le thé *de travers*?
Elle disposa à grand bruit des tasses, des soucoupes et des petites assiettes, s'arrêtant pour inspecter un pot de crème en argent et se plaindre que Mrs Oilings ne l'avait pas nettoyé proprement.
— Je ne sais pas pourquoi je la garde. Elle ne vaut pas la moitié des gages que je lui verse.
— Merci, dit Melrose en acceptant une tasse de thé dont il était sûr qu'elle faisait partie de la collection Crown Derby de sa mère. Moi, je trouve que ton Oilings est parfaite pour ce cottage.
Agatha le regarda d'un œil soupçonneux.
— Pourquoi? fit-elle.
— Chaque fois que je la vois, elle rumine de noires pensées en fumant une Gitane, appuyée sur son balai. Elle va bien avec la chouette.
Mrs Oilings, se dit-il, tissait des toiles d'araignées partout où elle allait.
— Tu dis des âneries, comme d'habitude. Je dois avouer que je suis surprise de te voir.
— Pourquoi? Tu me vois toujours. Je suis juste venu te dire que je descendais à Londres.
— Que veux-tu dire?
Comme Melrose croyait avoir été clair, il se contenta de répéter :
— Je descends à Londres.

111

— Très bien. Je passerais volontiers une journée chez Harrod's[1].

Pauvre Harrod's!

— Tu peux venir si tu veux, si ça ne te dérange pas de t'asseoir à l'arrière sur un tas de vieilles couvertures...

— A l'arrière de quoi?

— Nous prenons la camionnette de Trueblood. (Melrose savait qu'elle refuserait d'aller au paradis si elle devait faire la route avec Trueblood.) Il y a une importante vente aux enchères chez Sotheby, il a besoin de la camionnette pour rapporter son butin.

— Je n'ai aucune intention d'aller où que ce soit avec Marshall Trueblood. (Elle parut réfléchir.) Mais si tu vas à une vente chez Sotheby, rapporte-moi donc un secrétaire à abattant.

Melrose contempla le mobilier qui occupait chaque centimètre carré du plancher.

— Où comptes-tu le mettre? Dans le jardin?

— En haut, répondit Agatha en levant les yeux au plafond. Dans ma chambre. J'ai besoin d'un bureau pour écrire mon courrier.

— Oui, mais un secrétaire à abattant? C'est un gros meuble. Et haut en plus, surtout avec les étagères et les trucs. Pourquoi ne pas prendre plutôt un petit secrétaire dix-huitième, ou même un bureau?

Pourquoi l'aidait-il à meubler son cottage avec le butin d'Ardry End, Melrose n'en avait aucune idée.

— Parce qu'un bureau n'a ni étagères, ni tiroirs, ni recoins, ni rien, voilà pourquoi.

— Ce que je risque de trouver chez Sotheby sera forcément très cher, tu sais.

1. Le grand magasin de l'aristocratie, à Knightsbridge, Londres. *(N.d.T.)*

Elle fit un geste de la main qui signifiait que l'argent n'avait aucune importance, ce qui était exact du moment que ce n'était pas le sien.

— Je te rembourserai.

— Ça m'étonnerait beaucoup que Trueblood accepte de s'encombrer d'un meuble de cette taille...

— Pourquoi diable vas-tu à Londres ?

Après avoir mûrement réfléchi, Melrose finit par répondre :

— Voir Mr Beaton. Tu sais, mon tailleur...

— Mais tu l'as vu en février ! s'étonna Agatha.

— Justement. Je dois y retourner pour l'essayage final.

— Ça lui a pris tout ce temps pour assembler un costume ?

— N'est-ce pas comme de dire que Pissarro assemblait des petites taches de couleur ? Mr Beaton prend son temps, c'est un perfectionniste, et d'ailleurs, ai-je jamais été pressé ? Les tailleurs comme Mr Beaton sont des oiseaux rares de nos jours, ils sont très demandés. Ensuite, je compte passer à mon club.

Melrose mordit dans un toast froid.

— Ton club ? Quel club ?

Apparemment, Melrose était un homme plein de surprises.

— Le club auquel étaient affiliés mon père et mon oncle... Oncle Robert, tu te souviens de lui ? Et leur père avant eux, et le père de leur père...

— Oh, cesse, veux-tu ! Robert n'était affilié à aucun club à Londres.

Contrairement à Melrose, Robert avait été assez avisé pour lui cacher où il allait.

— Lequel est-ce ? demanda Agatha. White's ? Boodle's ?

113

— Non, Boring's.
— Jamais entendu parler.
Ce qui était à mettre au crédit de Boring's.
— C'est un club très fermé.
— Ah, soupira Agatha, ces clubs pour messieurs! Dire qu'ils n'admettent pas les femmes, ce sont des préjugés préhistoriques.
— C'est en effet l'un des critères d'un club pour hommes.
— Eh bien, c'est complètement dépassé!
— Je trouve que c'est une vertu, pour ma part. De toute façon, je n'ai jamais compris cette objection féminine concernant l'exclusivité des clubs pour hommes. Je ne vois aucun inconvénient à ce que les femmes fondent un club exclusivement réservé aux femmes.
— La question n'est pas là.
— Pourquoi?
— Mel-rose, c'est l'idée qui compte. Un club pour hommes, c'est un symbole.
— Je ne vois rien de symbolique là-dedans, c'est un organisme qui n'admet pas les femmes dans ses salles où on fume le cigare en buvant du cognac.
— Justement.
— Justement quoi? (Pourquoi discutait-il avec Agatha?) Ce n'est pas un symbole, Agatha, c'est un fait. C'est un organisme qui n'admet pas les...
— Oh, je t'en prie!
— Et je passerai peut-être aussi voir le commissaire Jury.
Ah, voilà qui devrait irriter Agatha!
— Quoi? Tu ne peux pas passer comme ça à Scotland Yard! D'ailleurs, il sera trop occupé pour traînasser avec toi.

— Oh, pas sûr. Jury adore traînasser. Nous déjeunerons chez Brown, comme chaque fois que je suis à Londres.

Brown était son hôtel préféré, sans doute parce que c'était là que sa mère l'avait emmené pour lui faire plaisir quand il était petit. « Un plaisir pour tous les deux », avait-elle dit. Sa mère n'était jamais condescendante avec les enfants. C'était une de ses qualités... Melrose ressentit une soudaine pointe de nostalgie.

Il avait téléphoné à Scotland Yard et attendait que Jury le rappelle. Assis dans son salon, il essayait de s'habituer à la lumière qui, après la pénombre du cottage d'Agatha, était presque aveuglante.

Mindy, sa vieille chienne, dormait devant la cheminée dans laquelle brûlait un feu agréable. Un verre de sherry à la main, Melrose débattait de l'âge de Mindy. Douze ans? Treize? Quatre-vingt-dix? Difficile à dire étant donné qu'il ne connaissait pas son âge quand il l'avait trouvée derrière le pub. Elle aurait aussi bien pu avoir quatorze ou quinze ans. Ou même davantage. On lui suggérait parfois de la faire piquer. (Melrose détestait cette éventualité.) Pourquoi? demandait-il. Pour mettre fin à ses souffrances.

Quelles souffrances?

Ruthven entra avec le téléphone au bout duquel traînait un long fil. Melrose n'avait jamais fait installer une extension dans le salon car il n'aurait ainsi pas eu d'excuse pour s'absenter quand Agatha lui rendait visite.

— Le commissaire Jury? interrogea-t-il.

— Non, monsieur, c'est miss Demorney.

Pourquoi l'appelait-elle?

— Allô, Diane?
— Ah, Melrose! Je me suis dit que si vous alliez à Londres avec Marshall, je pourrais aussi bien me joindre à vous.
— Il n'y a pas de place, Diane. Trueblood prend sa camionnette, et il n'y a que la banquette avant; il y a peut-être un strapontin, mais je ne m'en souviens pas.
— C'est une camionnette, Melrose. Il transporte des meubles, non? Il y a donc forcément des tonnes de place à l'arrière pour un fauteuil. Je peux apporter ma glacière, nous trinquerons en route.

Melrose grimaça.

— Il vaut mieux ne pas boire en conduisant, dit-il. Pas avec le revolver que vous gardez dans votre sac.
— Oh, soupira Diane, ne soyez pas si rétrograde, Melrose. D'ailleurs, le seul qui n'a pas le droit de boire, c'est le chauffeur. Et comme il n'est pas question que je conduise... Mais je serais ravie de payer l'essence.

Melrose s'enfonça dans son fauteuil et contempla la moulure du plafond.

— Pourquoi voulez-vous aller à Londres?
— Pour aller à Paris, bien sûr.
— Pourquoi?
— A-t-on besoin d'une raison pour aller à Paris?

Melrose dut avouer qu'elle avait marqué un point.

— De toute façon, c'est la camionnette de Trueblood, pas la mienne, autant lui demander à lui.
— Il ne répond pas au téléphone! pesta Diane.
— Il n'est peut-être pas là. Avez-vous essayé à sa boutique?
— Marshall ne devrait pas s'absenter, pas avec... (bruits de papiers qu'on froisse) pas avec Vénus en

transit. Au fait, savez-vous quel jour Richard Jury est né ? Je lui ai peut-être donné le mauvais conseil.

Melrose devait-il deviner tout seul ?

— Je ne sais même pas l'année... Quel mauvais conseil ?

Pour toute réponse, il eut droit à un *euh* définitif. Puis :

— Vous le verrez quand vous serez à Londres ? demanda Diane.

— Jury ? J'y compte bien. Je viens de lui téléphoner et j'attends justement qu'il me rappelle.

— Je me demande pourquoi il ne s'est pas encore marié. Vous non plus, d'ailleurs.

— Comment sommes-nous passés de la camionnette à Jury et maintenant à mon statut matrimonial ?

— Bien sûr, m'étant moi-même mariée quatre fois, je suis bien placée pour vous dire qu'il vaut mieux savoir dès le début qu'il faut laisser l'autre tranquille.

Melrose éloigna le combiné de son oreille et le regarda d'un air perplexe.

— Est-ce que ça ne contredit pas le but, Diane ?

— Quel but ? Ah, désolée, il faut que je raccroche, mon biper sonne. Salut !

A peine avait-elle raccroché que le téléphone de Melrose sonna.

— Ardry End, j'écoute.

— Scotland Yard, dit Jury. Ta ligne était occupée.

— Diane Demorney m'appelait. Elle voulait connaître l'heure de ta naissance. Tu savais qu'elle avait un revolver ? Tu savais qu'elle écrivait des horoscopes pour un torchon de Sidbury ? Extraordinaire, attends une minute... (Il y avait un journal à ses pieds, Melrose le déplia, chercha la bonne page et demanda :) Bon, quel est ton signe ?

— Lion. Pourquoi Diane a-t-elle un revolver, bon Dieu! Où l'a-t-elle eu?

— Ecoute, voilà ton horoscope pour aujourd'hui : « Ce n'est pas en ruminant que vous réglerez vos problèmes. Au lieu de vous morfondre dans votre maison... »

— Appartement.

— «... dans votre appartement, vous devriez téléphoner à des amis et aller déjeuner avec eux. Réveillez-vous, sortez et ressaisissez-vous. Apprenez donc à vivre ! » C'est ce qu'elle conseille à tout le monde : « Apprenez donc à vivre ! »

— Et elle espère attirer des lecteurs ? demanda Jury, hilare.

— Ce que je viens de te lire est plutôt gentil sous sa plume. Tu devrais voir certains autres signes. A mon avis, elle cherche le moindre prétexte pour lancer des piques à ses fréquentations.

— En tout cas, elle ne s'est pas trompée pour moi. J'apprends à vivre.

— Et tu manges avec moi.

— Ravi de l'apprendre. Mais où?

— A Londres, dit Melrose.

— Mon emploi du temps n'est pas surchargé, déclara Jury.

— Parfait, tu as une préférence?

— Oui. Chez moi, avec des plats indiens à emporter.

— Ecoute, pourquoi ne pas dîner au Brown?

— Ça me va. C'est là que tu descends?

— Non, à mon club.

Suivit un bref silence.

— Ton club? s'étonna Jury.

Melrose soupira. Allait-il se heurter toujours à la même incompréhension ?

— Oui, à Mayfair. Attends une seconde, je te donne le numéro de téléphone.

— Tu es membre d'un club pour hommes ?

— Quel mal y a-t-il à ça ? Je ne tire pas sur les ambulances, bon Dieu !

— Ça ne te ressemble pas, c'est tout.

— Pourquoi ça ne me ressemblerait pas de boire du porto dans un fauteuil confortable en lisant le *Times* ? Qu'est-ce que tu crois que je fiche de mes journées ? Tu t'imagines que je fais les trois-huit dans une conserverie ?

— Ces clubs sont tellement élitistes. Ils perpétuent un mode de vie totalement anachronique.

— On croirait entendre Agatha. (Voilà qui devrait lui couper le sifflet !) Ce sont juste des clubs où on boit un verre en lisant le journal.

— Tu peux faire ça sur un banc, à Leicester Square. Sauf que là, tu serais obligé de cacher ta bouteille dans un sac en papier marron et d'être en compagnie d'autres sacs en papier marron[1].

— Très drôle.

— Je te connais depuis plus de dix ans et je ne t'ai jamais entendu parler de ton club. Quand y as-tu été pour la dernière fois ?

Melrose réfléchit.

— C'était avec mon père.

— Ton père est mort depuis vingt ans. Tu n'es donc pas retourné dans ton club depuis vingt ans ?

---

1. En Angleterre, comme aux Etats-Unis, il est interdit de boire de l'alcool dans la rue ; néanmoins, ceux qui veulent boire le peuvent à condition que le flacon, ou la bouteille, ne soit pas visible. *(N.d.T.)*

— Oh, plus que ça. Quand j'y suis allé avec mon père, j'étais très jeune.
— Comment sais-tu qu'il est toujours à Mayfair ?
— Ces clubs ne déménagent jamais.
— Et tu en es encore membre ?
— Bien sûr. Pour être rayé de leur liste, il faudrait avoir commis un crime.
— On y mange bien ?
— Oh, tu sais, rôti de bœuf, gigot, poisson, pommes de terre bouillies, pudding, tarte à la mélasse raffinée. Ce genre de trucs.
— Hum, ça me tente. Donc tu seras à Mayfair. C'est pratique.
— Pratique pour quoi ?
— J'aimerais que tu ailles voir une galerie d'art.
Melrose devint aussitôt suspicieux.
— Ah bon ? Pourquoi ?
— Je t'expliquerai quand on se verra, répondit Jury. Donne-moi le reste de l'adresse. Comment s'appelle ton club, pour commencer ?
— Boring's.
— Ça veut tout dire[1].

---

1. *Boring* signifie « ennuyeux » en anglais. *(N.d.T.)*

10

Wiggins ouvrit un paquet de biscuits noirs et parla de ce qu'il avait vu la veille à la télévision.
— Ça fait des années que je n'avais rien vu d'aussi bien. Pas vous?
Jury était perdu dans ses pensées.
— Pas moi quoi?
— L'émission américaine à la télé. Ça s'appelait *Homicide, la vie des rues*. Ça se passait à Baltimore, et c'est une des raisons pour lesquelles nous l'avons aimée. Vu qu'on y est allés et tout ça.
— Je pensais davantage à un truc qui se passait à Fulham, Wiggins, si cela ne vous ennuie pas. Vu que j'y suis allé et tout ça.
— Oh, désolé, patron. (Wiggins relata ensuite à Jury les renseignements qu'il avait obtenus sur les bureaux loués dans Fulham Palace par la municipalité :) Deux compagnies d'assurances, une petite société d'architecture, un prêtre, le père Charles Noailles — à qui je n'ai pas encore parlé parce qu'il est en France; il écrit un livre sur les évêques de Londres — et un certain capitaine Bread qui dirige la fondation Siddons. Là, j'ai eu un peu de chance, patron. La fondation

Siddons, qui s'occupe des marins à la retraite, a été fondée par un officier de marine qui s'appelait Siddons, et elle est actuellement gérée par un des marins à la retraite pour qui elle a été créée. C'est à cet homme que j'ai eu affaire. J'ai eu du mal à le maintenir sur le sujet, étant donné qu'il aime parler de lui et de la mer : on aurait dit un dépliant touristique. J'en ai appris plus sur les îles Paradis que je ne l'aurais jamais cru. Saviez-vous que la population des macareux...

Jury interrompit le dépliant touristique :

— Comment s'appelle ce marin ?

— Le capitaine Neville Bread. Ça s'écrit B-R-E-A-D, mais ça se prononce avec un *i* long. Il a horreur qu'on écorche son nom.

— J'enverrai Pansy surveiller la prononciation.

— Pardon ?

— Rien, c'est une plaisanterie. Continuez.

— C'est Bread qui décide quelle pension un vaillant marin à la retraite — selon ses propres termes — mérite de toucher...

Wiggins poursuivit l'histoire de la fondation Siddons tout en mastiquant son biscuit noir.

Pourquoi personne n'avait-il créé une fondation semblable pour les détectives à la retraite ?

— Où est cette chance dont vous parliez ?

— Je vous demande pardon ?

Jury soupira. Le monde entier était-il devenu sourd et borné ?

— Vous disiez que vous aviez eu un peu de chance avec cette fondation...

— Ah, oui, c'est vrai. Eh bien, le capitaine Bread travaillait à son bureau le fameux soir. Il est parti un peu après neuf heures, il a fermé et il est allé au

parking — pas le grand de l'autre côté de l'entrée, le petit qui longe le palais, après le musée...
— Oui, je sais où il est, dit Jury en fermant les yeux.
— Il était en train d'ouvrir sa portière quand il l'a vue.
— Il l'a vue?
— Oui, patron.
— Eh bien, continuez! ordonna Jury d'un geste agacé.
— Il est sûr que c'était la femme que les journaux ont décrite. Il prétend l'avoir vue après neuf heures, et c'est bien sûr à cause du manteau qu'il l'a reconnue; un manteau de zibeline, pensez! Après avoir lu le journal, il était sur le point de téléphoner à la police de Fulham quand je suis arrivé.
Jury attendit la suite. Comme Wiggins continuait de manger ses biscuits, il demanda :
— Et?
— Euh, le capitaine Bread est monté dans sa voiture et il est sorti par le portail principal.
— Mais... il n'a pas trouvé bizarre de voir une inconnue en manteau de zibeline dans l'enceinte de Fulham Palace?
Le téléphone sonna, Jury l'ignora.
— Si, bien sûr.
Le « un peu de chance » était décidément bien peu. Le capitaine Bread ne faisait que confirmer ce que Jury savait déjà.
Le téléphone sonna de nouveau. Wiggins décrocha.
— Le singe veut vous voir, patron.

Comme d'habitude, le singe tempêtait.
Le commissaire divisionnaire Racer empoigna un

paquet de dossiers et le laissa retomber avec fracas, comme si Jury était coupable de toute cette paperasserie.

— On m'a apporté trois affaires sur un plateau, ce matin; choisissez... Non, mieux, prenez-les toutes les trois.

— Merci. Dois-je m'occuper des trois en même temps?

Racer ignora l'ironie.

— Une au Northumberland, une en Cornouailles, une à Armagh.

— Armagh? Mais c'est en Irlande du Nord!

— Je sais pertinemment où se trouve Armagh, Jury.

— C'est forcément politique. Meurtre en Irlande du Nord, j'appelle ça un pléonasme. Pas vous?

— La guerre civile n'arrête pas les tueurs en série. Ils coexistent avec les mercenaires. Foutu pays! Enfilez vos patins et terminez ce que vous êtes en train de faire. Ce qui nous ramène à votre manque total de résultats dans l'affaire Danny Wu. Ce prétendu restaurateur de Soho, conclut Racer avec mépris.

— Ça regarde la brigade des stupéfiants, dit Jury d'un ton las. On ne peut pas attribuer le meurtre du mois dernier à Wu.

— Où est ce chacal, d'ailleurs? demanda Racer, le front soucieux.

— Danny Wu? fit Jury, interloqué. Je ne l'appellerais pas...

— Non! pesta Racer. Le foutu chat. Elle le cache quelque part, ajouta-t-il en désignant le bureau de Fiona du menton, j'en suis sûr.

Pour le divisionnaire Racer, Cyril, le chat, comptait davantage qu'Armagh ou Danny Wu. Le chat lui empoisonnait la vie. Encore un ou deux ans, et Cyril aurait raison de lui, avec un peu de chance. C'était du moins ce que tout le service espérait.

Jury sortit du bureau de Racer.

— Tiens, voilà un article intéressant, patron, dit Wiggins qui abaissa son journal pour voir comment Jury prenait la chose. « Un médium pour animaux se branche sur l'esprit de Fido. » C'est le titre. Ecoutez plutôt : « Miss Imogen, une ancienne manucure, est désormais thérapeute à plein temps pour animaux domestiques. "Vous comprenez, comme j'ai découvert que j'avais le pouvoir de communiquer avec les chiens et les chats, je me suis dit, pourquoi ne pas les soigner ? Faire des psychothérapies, des trucs comme ça..." Le "Centre de loisir pour nos amis les bêtes" emploie miss Loy en tant que consultante et elle travaille aussi dans d'autres institutions. "Nous sommes branchés sur les ondes du cerveau d'autrui, mais nous l'ignorons", affirme-t-elle. "Qu'est-ce qui vous donne cette capacité unique de lire dans l'esprit d'un animal ?" lui avons-nous demandé. "Oh, je n'ai jamais dit que c'était unique. Ceux qui veulent prendre le temps de s'asseoir avec Minouche ou Noirot et se brancher avec eux découvriront des tas de choses. Le truc, c'est qu'il faut s'investir, s'appliquer, et ne pas se décourager si le chien ou le chat s'en va. N'oubliez pas que, toute leur vie, nous les avons ignorés, alors ils vont peut-être se dérober au début. Ce n'est pas parce que votre animal n'a pas changé, apparemment, que vous n'avez pas réussi à l'atteindre... — Donc, vous vous occupez surtout de problèmes du comportement, c'est bien cela ? — C'est cela. Que Minouche refuse de faire dans sa litière ou que Noirot ne rapporte pas sa balle, voilà le genre de comportements que je soigne." Pour ses honoraires, miss Loy avoue demander entre trente et cinquante livres la séance d'une heure. Tout dépend de la gravité du problème. "Les consultations téléphoniques sont moins chères parce que je n'ai pas besoin de me déplacer, cela fait des économies d'essence." Lorsqu'on lui demande comment elle peut lire dans l'esprit de l'animal au téléphone, miss Loy répond : "Oh, c'est facile; le propriétaire approche l'appareil de l'oreille de son chien ou de son chat, et je lui parle." Comment sait-elle que l'animal a enregistré ce qu'elle lui a dit? "Evidemment, on ne peut pas deviner juste en le regardant, étant donné qu'il n'a pas réellement changé. Mais quand Minouche recommence à faire ses besoins dans sa litière, on voit la différence. — L'effet est-il immédiat? — En principe, non. D'habitude, il faut attendre des jours, même des semaines. Il faut savoir patienter." »

Wiggins replia le journal.

— Mais si on patiente, le problème disparaîtra sans transmission de pensées, vous ne croyez pas? demanda-t-il le plus sérieusement du monde au bout de quelques instants.

— Donnez-moi ça, voulez-vous. Non, pas le journal, seulement la page.

Jury prit sa veste sur le dossier de la chaise, fourra la page pliée en quatre dans sa poche intérieure, décrocha son manteau du portemanteau et annonça à Wiggins qu'il sortait déjeuner.

En fait de déjeuner, il alla boire un verre au pub de Fulham Road.

C'était celui d'où l'inconnue était sortie la première

fois qu'il l'avait vue, et c'est là qu'il revint. C'était le mercredi matin, il y était déjà revenu trois fois depuis le lundi après-midi, quand il était allé à Fulham Palace avec Chilten.

Pourquoi croyait-il que la femme qu'il avait vue dans le bus retournerait au Stargazey, alors que le samedi soir elle s'était peut-être simplement arrêtée là par hasard pour boire un verre? Pourquoi croyait-il qu'elle y reviendrait?

Pour la simple raison qu'il ne connaissait pas d'autre endroit où la chercher. On finirait par apprendre l'identité de la morte; rien n'était sûr, mais, dans la plupart des cas, on finissait par découvrir l'identité des victimes inconnues. Si cela se confirmait, on aurait ensuite du grain à moudre... peut-être.

C'était Kitty que Jury voulait voir. Elle était à Brighton, mais elle reviendrait bientôt. Il avait montré la photo anthropométrique à tous ceux qui travaillaient au Stargazey, mais sans succès. Avec Kitty, ce serait différent. « *On passe à côté de plein de choses dans la vie si on ne remarque pas les petits détails.* » Kitty remarquait les petits détails, la lumière qui frappait une bouteille de gin Sapphire, par exemple. Si elle était de service quand l'inconnue était venue, elle s'en souviendrait.

Le manque d'histoire et son incapacité à découvrir l'identité de l'inconnue lui étaient une source de profonde frustration. Il en éprouvait un regain de remords. On aurait beau lui faire remarquer qu'il n'avait aucune raison d'avoir des remords, qu'il ne se comportait pas de façon rationnelle, il le savait, ou croyait le savoir. Mais cela ne l'aidait pas. Appuyé au comptoir, il commanda une pinte de lager en se demandant s'il ne pouvait pas faire surgir Kitty d'un coup de baguette magique, comme le génie de la bouteille.

Il n'était pas très optimiste; tout était si nébuleux, le seul lien entre la morte et les Fabricant étant le manteau de zibeline de Mona Dresser. Oui, comme tout le monde aimait à le lui répéter, c'était un lien des plus ténus.

C'était le coup de feu, on mangeait des sandwiches ou des salades. Jury n'avait pas faim. Cependant, comme il était fatigué, lorsqu'une table de trois se libéra, il s'y installa aussitôt et prêta deux chaises à la table voisine où quatre personnes avaient pris place.

A peine assises, les quatre personnes en question sortirent cigarettes, allumettes et briquets et se lancèrent dans le rituel alléchant du fumeur. Etait-ce ainsi qu'on le remerciait d'avoir cédé ses deux chaises? Jury ne put s'en empêcher, il suivit des yeux la fine volute de fumée lavande qui s'élevait du bout incandescent de la cigarette du rouquin et se mêlait à celle de la blonde jusqu'à ne former qu'une seule et unique nappe au-dessus des têtes.

Jury soupira, ouvrit le torchon à scandales qu'il avait trouvé sur une chaise et chercha l'horoscope du jour. Diane Demorney lui avait téléphoné dans le seul but (prétendait-elle) de lui apprendre qu'il était Lion et qu'« avec la Lune dans son signe » il ferait mieux de modifier son régime. Moins de caféine, davantage de jus de fruits. Jury l'avait interrompue pour lui dire que c'était, lui semblait-il, l'horoscope de l'inspecteur Wiggins qu'elle était en train de lui lire. Elle lui avait donné deux ou trois conseils supplémentaires et avait raccroché.

« A condition de faire preuve de prudence, il y a toutes les raisons de supposer que l'affaire restée si longtemps en suspens portera bientôt ses fruits », disait l'horoscope. Content de l'apprendre, songea Jury. Et, voyant deux jeunes femmes qui cherchaient une table, il replia le journal, se leva et leur fit signe qu'elles pouvaient s'asseoir. Elles parurent aussi soulagées que si elles s'étaient égarées en plein désert.

Fatiguées, assoiffées... un mirage... Ah!

11

Trueblood avait trouvé le moyen de s'arrêter trois fois pendant le court trajet d'une centaine de kilomètres qui séparait Long Piddleton de Londres. Melrose n'était pas habitué à voir Trueblood fréquenter les Restoroutes, ce qui faisait de lui un égalitariste. Une qualité qui ne laissa pas de surprendre Melrose. Bien sûr, l'égalitarisme était largement tempéré par l'hilarité que manifestait Trueblood à être « parmi eux » et non « des leurs ». « Ça ne te réjouit pas de ne pas être camionneur ? »

Trueblood faisait partie de cette sorte de gens qui aiment les histoires horribles pourvu qu'ils ne soient pas obligés de les subir. A l'époque de la peste, une maison marquée d'une croix l'aurait probablement mis de bonne humeur — du moment que ce n'était pas la sienne. Joanna Lewes et Trueblood aimaient lire des mauvais livres parce qu'ils pouvaient en dire du mal. Les mauvais livres, les mauvais films, les mauvaises pièces de théâtre. Tout ce qui était mauvais, sauf la mauvaise cuisine. Cette façon de se réjouir de la médiocrité provenait en grande partie de la certitude qu'on pouvait à tout moment refermer le livre ou partir du cinéma avant la fin. Cela engendrait un sentiment exaltant de liberté.

Ce travers de Trueblood hantait Melrose quand il franchit la lourde porte du Boring's et pénétra dans un monde feutré où le silence n'était brisé que par le tic-tac d'une pendule et le murmure des chaussures du portier qui se dirigeait vers lui en flottant au-dessus de la moquette comme un aéroglisseur. Le silence était tel que Melrose aurait pu croire le club désert s'il n'avait vu, à travers une arche flanquée de plusieurs palmiers en pots, une demi-douzaine de membres en train de lire ou de boire, ou les deux, dans des fauteuils en cuir visiblement très confortables.

— Monsieur est membre, dit le vieil homme d'une voix doucereuse.

Ce n'était pas une question car personne n'aurait eu la bêtise de mettre les pieds au Boring's sans en être membre. Que le vieux portier n'ait pas reconnu Melrose — comment l'aurait-il pu ? — n'y changeait rien.

Melrose lui tendit une des cartes qu'il avait exhumées d'un vieux cagibi et marmonna quelques mots au sujet de la « famille », du « père » et du « comte de Caverness ».

— C'est moi qui vous ai téléphoné hier, si vous vous en souvenez, je ne sais pas à qui j'ai eu l'honneur...

— Mais certainement, monsieur. Monsieur a parlé avec le jeune Higgins. Monsieur restera trois jours, c'est bien cela ?

— Oui. Si je reste plus longtemps, j'imagine que cela ne posera pas de problèmes ?

— Du tout, monsieur. Si monsieur veut bien me suivre...

Melrose suivit le vieux portier jusqu'à un comptoir en acajou. L'homme souleva le battant et passa derrière le comptoir, puis sortit un énorme registre qu'il se mit à consulter.

— Higgins a dû noter... Ah, voilà. Lord Ardry, n'est-ce pas ?

Melrose acquiesça. Il avait renoncé à ce titre plusieurs années auparavant, mais Ardry et Caverness restaient bigrement pratiques dans certaines occasions. Il signa le registre qu'on lui présentait et reçut une clef assez grosse pour ouvrir la cellule de Napoléon sur l'île d'Elbe.

— Si vous pouviez faire porter cette valise dans ma chambre, je crois que je vais aller prendre un verre au salon...

— Dans le salon des membres, certainement, monsieur. Je vais demander au jeune Higgins de porter la valise dans la chambre de monsieur. Si monsieur désire quelque chose, je m'appelle Budding, monsieur.

Melrose se dit que le jeune Higgins faisait décidément tout le travail.

Dans le salon des membres, deux cheminées dégageaient une agréable chaleur. Malgré la fraîcheur de novembre, les cheminées semblaient autant utilisées pour l'ambiance que pour lutter contre le froid. Le salon était tel que Melrose l'avait imaginé : des fauteuils et des bergères en cuir disposés autour de tables basses, certaines près des cheminées ; une demi-douzaine de canapés Chesterfield placés dos à dos au centre de la pièce. Les meubles étaient recouverts d'un cuir au grain très fin de couleurs automnales, brun ou vert foncé, et patiné comme si une main gantée passait son temps à le lustrer et le frotter.

Peut-être cinq ou six vieillards somnolaient dans les fauteuils. Les seuls bruits provenaient du crépitement des bûches et du froissement des pages des journaux.

Melrose ne voyait pas tous les membres, il apercevait ici une chaussure, là une épaule, ou encore une main qui tenait un journal. C'étaient des vieillards qui, sans l'argent et les privilèges, auraient atterri dans une maison de retraite pour « gens de bonne famille ». Ah, comme c'est terrible de vieillir! songea Melrose. Il se demanda si les fils et les filles des vieillards, ou des parents en attente d'héritage, venaient leur rendre visite. Sans réfléchir, il sortit une cigarette de son étui en or et l'alluma avec son vieux Zippo.

Il fit signe à un jeune homme en veste blanche, sans doute un autre portier — peut-être le jeune Higgins —, et le garçon fut aussitôt près de lui. Melrose commanda un double whisky.

La transaction réveilla les deux membres assis de l'autre côté de la cheminée, tous deux proches des soixante-dix ou quatre-vingts ans, tous deux vêtus de tweed, avec des cols empesés ; l'un portait un monocle qui tomba de son œil lorsqu'il se réveilla en grognant. L'autre avait une montre de gousset qu'il sortit, consulta et remonta machinalement.

— Bonjour, lança Melrose d'une voix presque guillerette.

L'un des vieillards se pencha en avant et émit des sons gutturaux.

— Euh... rha... arh...

Au Boring's, songea Melrose, on ne se lançait pas aisément dans la conversation. Il fallait d'abord se chauffer la voix.

L'autre vieux n'essaya pas de parler; il coula par-dessous ses sourcils blancs un œil d'un bleu brûlant dont l'intensité provenait sans doute du fait qu'il était fiché dans un visage creusé de rides et de sillons.

Melrose prit sur lui d'entamer la conversation :
— Je m'appelle Plant, dit-il. Euh... lord Ardry, en fait. Enchanté.
Apparemment prêt à se joindre à la fête, le vieillard aux sourcils blancs déclara :
— Ah... oui, euh... major Champs. Et voici le colonel Neame, ajouta-t-il en désignant son compagnon. Vous êtes nouveau, je crois ? demanda le major en remontant sa montre de gousset. Je ne me souviens pas de vous avoir déjà vu...
— Non. Euh, c'était le club de mon père.
Melrose n'avait aucune idée de ce qu'ils pouvaient déduire de cette précision, mais elle ne les laissa pas indifférents car ils firent des hochements de tête approbateurs et compréhensifs.
— Et vous venez d'où ?
— Du Northamptonshire. Un petit village à côté de Northampton.
— Tiens ? Qu'est-ce que tu penses de ça, Neame ?
Le colonel Neame émit quelques borborygmes — pour simuler le rire, peut-être ? — et fit le geste de piocher. Melrose se demanda ce que cela signifiait. Rien, probablement.
— Northamptonshire ! Il n'y a pas grand-chose à voir à Northampton.
— C'est mieux que Sheffield, c'est déjà ça.
Le major Champs brama une sorte de rire et tapa le bras du colonel.
— T'entends ça, Joss ?
Le Boring's devait être en manque d'humour pour qu'une remarque aussi anodine déclenche l'hilarité de ses membres.
Lorsque Champs se fut calmé, Melrose demanda :

— Bien, messieurs, puis-je vous offrir une autre tournée?

Chacun des deux vieillards avait un verre vide devant lui.

Ils se remirent à marmonner des *euh,* des *arh* et des *rha* incompréhensibles, émaillés çà et là de *tudieu, ma foi, parfait, dérangement;* Melrose en profita pour faire signe au jeune Higgins, qui accourut aussitôt. Certes, le service était irréprochable. Melrose commanda une nouvelle tournée et le garçon fila comme un obus.

— Dites-moi, messieurs, comment mange-t-on ici?

Là encore Melrose se perdit dans le labyrinthe de leurs réponses; ils comparèrent leurs notes sur le manque de succès du gigot de la veille et parvinrent à un compromis.

— Ça dépend, dit le major. Des fois ça va, des fois non. Remarquez, la soupe est bonne.

— Soupe Windsor, ajouta le colonel Neame. Délicieuse. Oui, quand ça bardait au front, c'est la soupe Windsor qui me manquait le plus.

Melrose se demanda si major et colonel étaient des grades acquis en temps de guerre ou des façons de parler, des hommages à leur situation sociale. Un peu comme les pairies accordées par la monarchie pour remercier un sujet d'avoir fait (dans bien des cas) foutre rien. Melrose songea qu'il était dommage que les Etats-Unis ne pratiquent pas la distribution des pairies au lieu de celle, ruineuse et au compte-gouttes, de postes haut placés, suite à des promesses électorales précipitées. Mieux vaut un baronnet qu'un incapable.

Non, les deux vieux messieurs étaient sans doute de vrais soldats, mais avaient-ils été au feu? Le major, par exemple, était-il un de ces majors d'opérette si bien décrits par Siegfried Sassoon?

— Eh bien, messieurs, où avez-vous combattu ?
D'habitude, les militaires adorent conter leurs expériences. Le major Champs émit plusieurs phrases inintelligibles avant de se lancer dans la conversation.
— Le colonel Neame ici présent a fait partie des Dam Busters; vous devez vous en souvenir, jeune homme. Ah, non, vous n'étiez pas né. Ah, le génie, quelle arme, hein, Joss? Ils regardaient la mort en face tous les jours. Ah, les braves !
Il fixa le colonel Neame, qui ne répondit pas mais remit son monocle et parut dévisager Melrose en se demandant s'il était digne d'écouter ses prouesses. Puis le colonel baissa la tête et se croisa les doigts; son monocle retomba aussitôt et pendit près de ses genoux.
— Moi, reprit le major Champs, j'étais en Afrique avec Montgomery, dans la 8ᵉ. Vous savez, à El Alamein. Ensuite, à Arnheim, quand on a essayé de faire sauter un pont...
— Le pont de trop, dit Melrose, qui avait un peu honte car il n'avait jamais risqué la mort, sinon d'ennui en prenant le thé avec Agatha.
— Exactement, acquiesça le major Champs en hochant sa crinière blanche. Oui, c'était quelque chose !
Mais le ton suggérait qu'il valait mieux oublier cette affaire.
Il poursuivit son récit pendant que le colonel Neame jouait avec son monocle, l'ôtant et le remettant. Lorsqu'il le vissait à son œil, il grimaçait ensuite comme s'il était obligé de contempler une scène particulièrement odieuse, ce qui le poussait à dresser un sourcil... et le monocle retombait derechef. Il baissait alors la tête, croisait et décroisait les doigts pendant

que Champs parlait d'embuscades, de stratégies, de gains et de pertes.

Melrose écoutait le major Champs tout en observant le colonel Neame; il se sentait encore plus honteux de ne pas avoir vu les scènes que Champs peignait. Dunkerque. Anzio. Arnheim. Nagasaki. La seule contribution de Melrose à la conversation avait été cette remarque puérile : « Un pont de trop. »

— ... et après que Joss ici présent eut reçu la Victoria Cross[1]... (Melrose s'enfonça davantage dans son fauteuil. Seigneur, la Victoria Cross!)... il a été démobilisé et il est allé à Bletchley Park. Vous savez ce qu'on y faisait, n'est-ce pas?

Ce fut au tour de Melrose de marmonner. Bletchley, Bletchley, c'était sur le bout de sa langue.

— Du décryptage. Ils décryptaient les codes allemands. Oh, là, là, c'était quelque chose. On affirme que ça a permis de gagner au moins un an. Vous vous rendez compte du nombre de vies sauvées?

— Vous aviez fait des études de mathématiques, colonel? demanda Melrose.

— Hum, fit Neame.

— En 39, il enseignait à Oxford, dit le major Champs. Il s'est tout de suite engagé. Comme moi. Après la victoire en Europe, je me suis retrouvé en Birmanie. Pour nous, la guerre n'était pas finie. On pensait qu'elle allait encore durer un an ou plus. Mais il y a eu Hiroshima et ça a marqué la fin... du romantisme de la guerre.

Joss Neame s'esclaffa de bon cœur.

— Le romantisme de la guerre! Ha, ha. Doux Jésus! *Le romantisme de la guerre!* Bien envoyé!

1. La plus haute distinction militaire. *(N.d.T.)*

12

— Tu l'as suivie tout le long de Fulham Road?
Melrose reposa sa cuillère. Il mangeait une soupe Windsor avec Jury dans la salle à manger du Boring's.
— Oui, acquiesça Jury qui balaya du regard la salle aux boiseries de chêne. Jusqu'au portail du palais.
Jury avait déjà mis Melrose Plant au courant, mais il s'attardait sur ce dernier détail.
— Je sais que ça paraît bizarre, soupira-t-il en contemplant sa soupe, l'appétit coupé.
— J'ai dit que je trouvais ça bizarre? Allez, continue.
Pour prendre une contenance, Jury pêcha une cuillerée de soupe. La couleur marron foncé allait avec celle de la salle à manger, songea-t-il. Il se dit aussi — pour la centième fois — qu'il n'arriverait jamais à se justifier.
— Je... je suppose que son comportement me fascinait. Ou son allure, n'oublie pas son allure. Le manteau de zibeline. (Jury leva les yeux de son assiette et dévisagea son ami.) D'ailleurs, à quoi ça rimait cette façon de descendre du bus et d'y remonter? Et

qu'allait-elle faire dans l'enceinte du palais à une heure pareille?

— Tu as découvert que...

— Je n'ai rien découvert du tout, sinon que la femme qu'on a retrouvée n'était pas celle que j'avais vue.

— Tu ne connais pas...

— Je ne connais pas l'identité de l'autre femme. Bien sûr, Chilten s'imagine que je me trompe. Il se dit sans doute que je ferais un témoin exécrable.

— Tu ne voulais peut-être pas.

— Je ne voulais pas la connaître? demanda Jury, pensif.

Ils terminèrent leur soupe et attendirent en silence que le garçon — un vieillard à la peau translucide — leur apporte la suite. Melrose avait été surpris d'apprendre que le jeune Higgins était en fait ce vieil homme et non le jeune portier aux pieds ailés qui lui avait servi l'apéritif dans le salon. Le vieux serveur plaça devant chacun d'eux une assiette d'agneau et un plat en argent contenant des pommes de terre nouvelles, des carottes et des petits pois.

— Tu as gagné, pour l'agneau.

Ils avaient joué à pile ou face. Melrose avait deviné qu'on leur servirait des côtelettes. Le menu ne différait pas de celui que le major avait prédit. En repensant au major, Melrose changea de sujet :

— Tu as été évacué, il me semble? Tu étais un gosse pendant la guerre et on évacuait les gosses, non?

— J'étais très jeune, répondit Jury. On m'a emmené à la campagne avec des cousins. Je crois que c'était dans le Warwickshire, quelque part par là. Ma cousine, qui vit désormais à Newcastle, est plus âgée que moi, elle s'en souvient mieux. Elle m'a raconté des histoires sur la famille chez qui on habitait; d'après elle, on était nombreux à vivre sous le même toit et la vie était dure. Mais on s'y était fait, on n'avait pas le choix.

Melrose se dit qu'il n'était pas à la hauteur; encore des souvenirs de guerre, encore des manifestations de stoïcisme. Le major Champs et le colonel Neame l'avaient tellement attristé qu'il était ensuite monté dans sa chambre et était resté allongé sur le lit à bayer aux corneilles.

— Nous n'avions rien, pas de jouets, nous étions obligés de laisser libre cours à notre imagination...

C'était peut-être pire que les combats : des gosses jouant dans les décombres, les manches à balai faisant office de poteaux de rugby. De vaillants garnements qui faisaient échouer les navires ennemis en manipulant des miroirs depuis les côtes ou en brouillant les ondes courtes des radios. Melrose chassa ces fantasmes d'héroïsme enfantin. Jury ne parlait que de ses petits cousins et de leur mépris pour l'effort de guerre; cela faisait malgré tout ressortir leurs qualités.

— ... en réalité, on faisait...

T'as beau être mon meilleur ami, si tu me racontes une histoire de sang, de sueur et de larmes, je te renverse mon assiette sur la tête.

— Tu m'écoutes ?

Melrose s'arracha à ses méditations sur la guerre.

— Comment? Bien sûr, j'en perds pas un mot.

— Mouais. Enfin, parlons de ce que je voudrais que tu fasses. Il faut que tu ailles à cette galerie et que tu dises plein de trucs calés.

— Je ne sais pas ce que tu as, tu veux toujours que je sois calé sur des trucs dont je ne sais strictement rien. La peinture, par exemple.

Jury fit comme si Melrose n'avait rien dit.

— Les propriétaires sont deux frères, Sebastian et Nicholas Fabricant. Sur sa carte, il a écrit *Nikolaï*. Sa mère est russe et, en fait, c'est son véritable prénom. Le peintre s'appelle Ralph Rees, mais il préfère qu'on dise Rafe.

— Je vois. C'est peut-être la prononciation anglaise correcte. Tu as vu ses toiles?

— Non, répondit Jury. Je me demande si on peut avoir d'autres petits pains. Où est passé notre garçon? dit-il en tordant le cou.

— Se faire faire un triple pontage, sans doute. Pourquoi tu n'as pas été toi-même voir la galerie?

— Pour ne pas attirer l'attention, d'autant qu'il n'y a rien pour relier ces gens-là à la morte, sinon Mona Dresser et son manteau de fourrure. C'est pas grand-chose, pas assez pour justifier un harcèlement judiciaire. Je ne veux pas qu'ils soient sur leurs gardes.

— Qu'est-ce qui te fait croire que je peux les prendre par surprise? Je vais admirer les tableaux et je leur demande ce qu'ils faisaient le soir du 15 novembre?

— Non, pas comme ça. Attends de les connaître mieux.

— Que veux-tu dire? demanda Melrose, soupçonneux.

— Oh, ils vont sans doute t'inviter à prendre l'apéro. Quand tu leur auras acheté une ou deux toiles...

— Acheté!? Non seulement je dois risquer ma vie, mais aussi payer pour avoir ce privilège? Quel plan génial!

— C'est une excellente excuse. Si tu leur achètes quelque chose, ils seront ravis de te revoir; du coup, ils t'inviteront à prendre un verre — je parie mon maigre salaire là-dessus —, ou même à dîner, peut-être même à dîner chez eux. Ça te donnera une occasion de les observer.

— S'ils m'invitent à dîner.

— C'est ce qu'ils feront, tu verras.

— Je suis irrésistible à ce point?

— Oh, non, mais tu es pour eux une source de profit et tu flattes le narcissisme de l'artiste.

— Un profit de quel ordre?

— Difficile à dire. Mais vu que la galerie se trouve à Mayfair, un quartier d'hôtels de luxe, de restaurants cinq étoiles, de garages Jaguar et Rolls (Jury jeta un regard autour de lui) et de clubs pour hommes très fermés, nous devrons envisager des milliers de livres.

— Que veux-tu dire par « nous »? C'est moi qui vais *envisager* et moi seul. Ah, ça coûte cher d'aider Scotland Yard! Je ne suis pas Robin des Bois...

— Et ne t'avise pas d'inventer des trucs comme tu en as l'habitude, poursuivit Jury, ignorant les réticences de Melrose. Quand les Fabricant t'auront à la bonne, je te laisserai peut-être parler à Mona Dresser.

— Mona Dresser. Le nom me dit quelque chose. Où l'ai-je entendu?

— C'était une actrice. Une grande comédienne.

— Mais oui! Ma mère était une de ses admiratrices...

— La tienne aussi? sourit Jury. Je parie que nos mères se seraient bien entendues.

Melrose acquiesça pour la forme. Ils mangèrent quelques bouchées en silence, puis Melrose demanda :

— Qu'est-ce que tu veux dire par « ne te mets pas à inventer des trucs comme tu en as l'habitude »?

— Tu sais bien. Comme la fois où tu étais expert en

meubles anciens et que tu t'es mis à parler de tapis turcs et de je ne sais quoi...

— C'était pour être dans mon rôle.

Jury sourit avec bienveillance.

— Tout ce que je te demande, c'est de ne pas raconter des histoires baroques sur tes années à Paris, aux Beaux-Arts, et sur les heures innombrables que tu as passées au musée d'Orsay à étudier les Impressionnistes. Oh, j'ai pas envie qu'on se dispute là-dessus, de toute façon.

— On ne se dispute pas. Tu dis que j'invente des histoires baroques. Eh bien, tu fais pareil!...

— Moi? fit Jury, surpris. Je n'ai pas assez d'imagination.

— Non? Et Jimmy Poole?

— Qui?

— Ah, tu vois! fit Melrose en pointant un doigt accusateur sur Jury. Le mensonge était si gros que tu ne te souviens même plus du nom! Jimmy Poole était ton ami d'enfance imaginaire, le kleptomane, celui dont tu avais parlé à Emily Louise Perk!

Jury renversa la tête en arrière d'un air incrédule.

— Grands dieux! Emily Perk... ça remonte à dix ans. Comment peux-tu t'en souvenir?

— Les bons menteurs se souviennent toujours. Allez, l'heure du dessert!

Melrose sortit une pièce de sa poche et la lança.

— Face, décida Jury.

Elle retomba sur face.

— Bon, dit Melrose, à toi de choisir.

— Disons... tarte à la mélasse.

— Moi, je parie pour un genre de pudding.

Ils oublièrent un instant la guerre et les meurtres et attendirent tranquillement que le jeune Higgins apporte le plateau. Le vieux garçon débarrassa la table et leur servit deux assiettes de pudding et de custard d'une main tremblante.

— C'est un pudding aux raisins ! s'exclama Melrose. J'ai gagné.

— Non, protesta Jury, tu n'as jamais parlé de pudding aux raisins.

— Nous n'avons pas défini de règles. Tu aurais dû protester quand j'ai dit « un genre de pudding ». Maintenant, c'est trop tard.

Jury sortit une liasse et en extirpa un billet de dix livres qu'il claqua sur la table.

— Tu peux te vanter d'être tatillon, remarqua-t-il.

— Et toi, alors ! Forcément, tu es flic !

Melrose examina le billet à la lumière d'une applique murale et le fit claquer entre ses doigts.

— Ah, très drôle ! ricana Jury.

— On n'est jamais trop prudent, dit Melrose qui plia le billet et l'empocha. Bon, disons que tes types de la galerie...

— Les Fabricant. Sebastian et Nicholas Fabricant. Ce sont les propriétaires officiels, mais je ne serais pas surpris que la maman ait investi quelques livres dans l'affaire. J'ai l'impression que c'est elle qui a l'argent. J'ai aussi l'impression qu'elle est intelligente, bien plus que ses fils. C'est une septuagénaire, mais elle est encore belle pour son âge...

Melrose piocha une cuillerée de pudding.

— Il y a des femmes qui sont florissantes à cet âge. (Il mangea une bouchée du gâteau.) Regarde Agatha.

— Ah oui ! s'esclaffa Jury. Florissante, c'est le mot.

13

Le lendemain matin vers dix heures, planté devant la galerie Fabricant, Melrose admirait le tableau — un seul et unique tableau, d'autant plus remarquable qu'il ne partageait les feux de la rampe avec aucun autre. Disons plutôt que Melrose faisait semblant, car le tableau n'avait rien d'admirable. On aurait dit une piètre imitation de Picasso, des morceaux de corps étaient dispersés sur la toile au lieu de former un être humain normal (ou peut-être deux).

La galerie était située dans une petite rue de Shepherd Market, à Mayfair, l'un des quartiers les plus chers de Londres, où les riches touristes se rassemblaient avant de s'attaquer aux magasins chics de la capitale et aux théâtres du West End.

Une sonnerie assez stridente pour annoncer une évasion dans une prison vrilla le crâne douloureux de Melrose (il n'aurait pas dû aider à terminer la deuxième bouteille de Château Boring — *Ah, l'ivresse bon marché d'un vin bon marché!*), mais le mal de crâne s'estompa quand un déclic se fit entendre et qu'il put entrer dans le calme d'une petite pièce à la lumière tamisée qui servait de vestibule. De l'autre côté d'une porte voûtée se trouvait un long couloir. La galerie était plus grande qu'il n'y paraissait de l'extérieur.

Personne ne vint l'accueillir, ce dont il ne se plaignit pas. La moquette et le manque d'habitude provoquaient chez lui une réserve silencieuse qu'il respectait chaque fois qu'il se trouvait en présence de l'Art. Fort heureusement pour lui, il n'allait pas jusqu'à défaillir, comme Stendhal.

L'épaisse moquette couleur miel permit à quelqu'un de se matérialiser à côté de lui sans prévenir.

— Vous désirez un renseignement?

Melrose sursauta, surpris.

— Oh, bonjour. Je ne vous avais pas entendu venir. Je regarde, simplement.

Il se trouvait devant un jeune homme d'une grande beauté, assortie à la moquette. Cheveux couleur miel, un visage aux hautes pommettes, des yeux ambrés, un corps d'athlète et une nonchalance veule, sans doute cultivée pour cadrer avec le métier de galeriste. Les paupières tombantes et le sourire endormi lui donnaient une apparence rêveuse qui le différenciait des pragmatiques bassement matérialistes.

Il était, en outre, plutôt aimable.

— Nous sommes ravi de vous accueillir, déclara-t-il en agitant une main molle. Prenez tout votre temps.

En l'occurrence, le « nous » avait un accent royal car il n'y avait personne d'autre dans la pièce.

Sur la gauche s'ouvraient deux salles dans lesquelles des tableaux étaient exposés, un couloir menant à un grand bureau où l'argent changeait de main. Un ordinateur trônait sur le bureau. Les tableaux accrochés aux murs blanc cassé étaient de diverses « écoles » (si on pouvait dire) ou influences. Une nature morte représentait des poires et des pommes perlées de rosée. Les natures mortes laissaient Melrose froid, sauf lorsqu'elles représentaient des mets qui le faisaient saliver. Il passa au sujet suivant, une autre nature morte, des fleurs cette fois, un vase de pivoines ; là encore, des perles de rosée s'accrochaient aux pétales. Les deux tableaux étaient à la fois artistiques et irréels, ce qui paraissait bizarre pour du figuratif. Les fruits et les fleurs auraient dû se trouver dans un champ nappé de rosée alors qu'ils étaient disposés sur un plateau bleu cobalt pour les uns et une table en acajou pour les autres. Mais pourquoi se casser la tête à chercher une explication ? se demanda Melrose. Et pourquoi ne peint-on jamais un verre de porto, de whisky, ou un Martini façon Diane Demorney ? Ce serait un authentique défi ! Melrose croyait que les cocktails Martini avaient du succès à cause de leur esthétisme : la pureté de la vodka ou du gin dans le fragile verre à pied, l'olive verte nageant dans ce qui ressemblait à une eau claire, ou un zeste de citron flottant à la surface...

— Celui-ci vous plaît, on dirait.

Melrose sursauta de nouveau. Le jeune homme venait de reparaître comme par enchantement.

— Vous avez l'air hypnotisé, ébloui !

— Comment faire autrement ?

Cela ne voulait rien dire, bien sûr, mais le marchand de tableaux, à force de vivre dans l'ambiguïté, était prêt à adhérer à n'importe quoi.

L'élégant jeune homme fourra les mains dans les poches de sa veste déconstruite jaune blé (Trueblood aurait tué père et mère pour la douceur de cette coupe italienne) et inclina la tête de côté.

— Euh, oui, acquiesça-t-il, vous avez raison.

Raison ? A quel sujet ? Melrose s'aperçut qu'ils pourraient rester des heures à échanger des propos insignifiants.

— Vous êtes le Mr Fabricant de cette galerie ?

— C'est cela. Nous sommes deux, en réalité, mon frère et moi. Nikolaï Fabricant, enchanté.

Et il tendit la main. Melrose la serra et présenta sa carte. Nikolaï Fabricant (que Melrose avait décidé d'appeler « Nick » à la première occasion) la prit, l'examina attentivement, prononça un ou deux titres, puis leva les yeux vers Melrose d'un air absolument ravi. Quels que soient les principes égalitaires que les Britanniques professent, ils ne pourront jamais gommer la conscience de classe.

— Lorsque je regarde une toile, je suis assez long, dit Melrose, qui parut s'excuser de ne pas se couler dans le moule de l'amateur ordinaire.

Quelle prétention ! Hou, le snob ! Mais Fabricant tint à l'encourager :

— Vous avez mille fois raison. J'aimerais que tout le monde soit comme vous. Je vous laisse regarder.

Melrose acquiesça et, tandis que le marchand s'esquivait sans bruit, il s'absorba dans la contemplation d'une imitation flagrante de Turner : le Grand Canal de Venise au lever ou au coucher du soleil. La lumière y paraissait gratuite, elle explosait au fond du canal dans une piètre tentative de reproduire celle des tableaux de Turner. Melrose ressentit néanmoins une profonde tristesse, car Venise lui rappelait l'absence de Vivian.

Il passa au tableau suivant qui devait, songea-t-il, être l'œuvre du peintre responsable de la toile exposée en vitrine. La seule différence décelable résidait dans la disposition des morceaux de corps. L'œil avait glissé en bas de la toile. Pourvu que ce ne soit pas le peintre dont je dois acheter un tableau! se dit Melrose. Il s'approcha pour déchiffrer le nom de l'artiste sur la carte : non, ce n'était pas Ralph Rees, mais Carol Brick. Carol avait intitulé son œuvre *Un après-midi en forêt*, et les frères Fabricant en demandaient deux mille livres. Melrose eut du mal à encaisser, il se frappa le front comme pour chasser cette somme ridicule de son esprit et la remplacer par un chiffre plus raisonnable : vingt livres, par exemple. *Un après-midi en forêt?* Tu t'es trompée de carte, Carol, à moins que ce ne soit la galerie. Melrose se sentit obligé d'examiner le tableau plus attentivement, mais il eut beau essayer, il ne réussit pas à voir un arbre dans les morceaux de corps humain, ni un élément sylvestre dans les couleurs criardes d'une atroce banalité. La petite chose mauve pouvait passer pour un verre de porto et la forme oblongue pour une demi-pinte. Le tableau aurait dû s'appeler *Un après-midi au Jack and Hammer*.

Melrose poursuivit sa visite. Il sursauta encore, mais pour une raison complètement différente : il venait de tomber sur une œuvre sincère et authentique. C'était un petit tableau, une scène dont on avait du mal à s'arracher. Melrose n'y parvint pas, malgré ses efforts, car la toile l'attristait : deux femmes vêtues de gris foncé, une vieille et une jeune, se tenaient sur une saillie rocheuse, au bord de la mer, dans ce qui devait être (étant donné la lumière et la qualité de l'eau) le calme succédant à une effroyable tempête. On voyait un naufrage. Les deux femmes étaient face à face, ou l'auraient été sans leurs têtes baissées. Des couleurs stupéfiantes. Une telle diversité dans les gris et les bruns! Melrose s'approcha pour lire la carte, espérant qu'il s'agisse de Ralph. Non, c'était *La Tempête* de... Beatrice Slocum.

Melrose se recula de quelques pas, croyant que ses yeux lui avaient joué un tour. Beatrice Slocum? C'était forcément *sa* Beatrice Slocum. Combien de peintres portaient ce nom?
Il n'en revenait pas. Il regarda tour à tour *La Tempête* et la scène de Venise et trouva étrange que le tableau de Venise soit si peu original, contrairement à celui de Beatrice, elle qui avait passé des heures à la Tate Gallery devant les toiles de Turner.
Melrose hocha la tête d'un air pensif. Beatrice Slocum. White Ellie. Ash le flash. Il avait découvert qu'elle « peignait », mais ignorait totalement qu'elle était capable de produire une œuvre bien supérieure à ce qu'il avait vu jusqu'à présent. Certes, il n'avait pas encore vu les tableaux de Ralph Rees, mais il faudrait qu'ils soient bigrement bons pour surclasser *La Tempête*, qui était vendue... Melrose relut la carte... une misère, cinq cents livres. Seulement cinq cents billets quand les affreux tableaux précédents étaient affichés à plusieurs milliers?
L'ombre de Mr Fabricant parut planer au loin, dans une autre pièce. Melrose l'appela.
— Vous en avez trouvé un qui vous plaît?
— Celui-ci, pour commencer.
— Ah, Slocum. Jolie petite chose, n'est-ce pas?
Melrose aurait voulu lui envoyer un direct à la mâchoire. Comment pouvait-on être aussi condescendant? Il entreprit de défendre le tableau :
— Oh, je ne dirais pas ça. C'est bien trop puissant. D'ailleurs, pourquoi ne coûte-t-il que cinq cents livres quand certains, que je trouve bien moins bons, vous m'excuserez, valent cinq fois plus?
— Ah, vous savez, l'offre et la demande...
Fabricant examina le tableau de Slocum de plus

près d'un air interloqué qui signifiait : « Serais-je passé à côté de quelque chose ? »

— Certes, certes, mais cela entraîne une autre question. Pourquoi y a-t-il une plus grande demande pour ces Brick, cette représentation sentimentale et convenue de Venise, par exemple, que pour ce Slocum ?

— Euh, Carol Brick est très populaire, dit Fabricant, ce qui ne répondait pas à la question.

— Mon chien aussi, mais ça ne veut pas dire qu'il sait peindre.

Nicholas Fabricant commençait à être sur la défensive.

— Ah, vous savez, les goûts et les couleurs...

Ce qui explique tout le tremblement, se dit Melrose. Les marchands de tableaux sont comme les horoscopes — Diane exceptée, bien sûr —, ils ont un mot gentil pour chacun.

— Les critiques aiment ce que fait Brick, ajouta Nicholas, soutenant la position de la galerie.

Les critiques ? Melrose comprit qu'il ne tirerait pas de réponse sincère de Nicholas, qui n'en avait sans doute pas sous la main. Après tout, il n'était pas responsable du goût du public. Melrose avait été tellement fasciné par les deux femmes en gris qu'il en avait oublié le but de sa visite. Il ne voulait pas demander où étaient les œuvres de Ralph Rees afin de ne pas montrer qu'il était venu exprès pour les voir, il préférait que Fabricant croie qu'il était entré par hasard.

— J'aimerais regarder ce que vous avez d'autre, si cela ne vous dérange pas.

— Je vous en prie ! s'esclaffa Fabricant. Faites comme chez vous. Prenez votre temps. Je vais vous emballer ceci en attendant. Doit-on vous le livrer quelque part ?

— Non, je l'emporterai.

151

Nicholas décrocha le tableau avec moult précautions.

— Si cela vous intéresse, dit-il avant de s'éloigner, nous avons encore une exposition, des toiles de Ralph Rees. Vous aimeriez les voir ?

En plein dans le mille !

— Je ne crois pas avoir entendu parler de lui...

— Il est seulement en train de percer. L'exposition a eu d'excellentes critiques. C'est là-bas, fit Nicholas avec un signe de tête, dans l'autre salle. Nous venons juste de changer les toiles de place. Au début, il y a quinze jours, nous les avions exposées dans la salle principale.

— Oui, j'aimerais beaucoup les voir, dit Melrose.

— Dans ce cas, suivez-moi.

Melrose traversa le petit couloir qui menait au bureau et à l'ordinateur.

— C'est là, dit Nicholas en désignant une salle. J'aimerais avoir votre avis.

— Trop aimable.

Lorsque Melrose entra dans la salle, son estomac se noua et l'adrénaline le fuit jusqu'à la dernière goutte. Cinq tableaux étaient accrochés sur trois murs. Et hormis la taille, ils étaient tous rigoureusement identiques.

Nicholas parut soudain derrière lui, s'étant délesté de *La Tempête*. Apparemment, il tenait à être présent pour voir la réaction de Melrose. Tant pis pour lui !

— Ces tableaux sont... blancs, dit Melrose. Tous, jusqu'au dernier.

Trop anxieux de vanter l'œuvre, Nicholas ne releva pas le ton désapprobateur.

— Oui, remarquable, n'est-ce pas ? C'est l'exposition la plus originale que nous ayons eue depuis longtemps.

Bien que sachant assez bien mentir, Melrose craignait pour une fois de ne pas y parvenir. Où diable irait-il chercher la passion dont il avait besoin pour acheter un de ces rectangles blancs ? Ils ne différaient que par la taille. Toutefois, il remarqua dans le dernier (intitulé *N° 5*) une fine ligne noire, à peine visible, dans le coin inférieur droit. Plutôt qu'une tentative du peintre pour — pour quoi, en fait ? —, on aurait dit que quelqu'un l'avait barbouillé, dans un excès d'enthousiasme ou par accident. Quel était le prix affiché ? Melrose osait à peine regarder.

Nicholas se méprit en voyant l'expression ahurie de Melrose, semblable à celle de Balboa, sans doute, arrivant dans le Pacifique. Emerveillement, ravissement, plaisir de la découverte.

Horreur. Les mains derrière le dos, Melrose passa d'un tableau à l'autre. Il ne cherchait pas à savoir ce que les deux galeristes avaient vu dans ces toiles (car il n'y avait rien à voir), il essayait juste de trouver quelque chose à dire. En outre, il avait eu raison d'avoir peur des prix : ils dépassaient tous le millier de livres et l'un d'eux atteignait même les trois mille. Comment arrivait-on à ces variations ? De qui se moquait-on ?

Nicholas se méprit une fois de plus, prenant l'air abasourdi de Melrose pour la mimique interloquée de celui que le génie laisse pantois.

Il n'avait pas tort : Melrose était bel et bien pantois. En aucune manière, il ne pouvait imaginer un admirateur de ces taches monochromes, ni un peintre osant produire de telles supercheries, ni une galerie les exposant. Les prix variaient, mais pas les titres : *Neige sibérienne : cinq manières*.

— Nous avons peut-être découvert un nouveau Ryman ou même un nouveau Rothko...

C'était pire qu'Agatha. Melrose pouvait pardonner l'aveuglement de sa tante, pas celui de ce propriétaire de galerie, ce *maven*[1]. Melrose ferma les yeux, plissa les paupières, consterné par cette comparaison. Bien que n'ayant jamais compris Rothko, il eut l'envie soudaine d'aller en pèlerinage au musée d'art moderne se prosterner devant ses tableaux pour lui faire oublier une telle diffamation. Il devait néanmoins ravaler son indignation et imaginer une réplique élogieuse. Etant chargé d'acheter une toile de Ralph, il lui fallait rassembler tout son courage. Jury n'avait pas vu les tableaux; sinon, Melrose ne lui aurait jamais pardonné.

Nicholas, qui se tenait juste derrière lui, lui souffla à l'oreille :

— *Neige sibérienne*. C'est une série.

Certes, il savait mentir, mais...

Il eut une intuition. Diane Demorney était la championne incontestée du blanc. Sa maison était blanche, son salon était blanc — meubles, bibelots, coussins —, son chat était blanc, sa voiture était blanche : tout était blanc. Diane avait même accroché un tableau blanc au-dessus de sa cheminée en marbre blanc : un tableau aussi blanc que le plus blanc de ceux de Ralph; merde, il était peut-être de Ralph lui-même.

Car, en les étudiant, Melrose avait remarqué, outre la fine ligne noire, une légère graduation du pigment dans le mince contour du cinquième. Le blanc y devenait presque crème, presque ivoire. Nuances dénuées de sens, décida-t-il.

Diane, au moins, savait ce qu'était le blanc.

---

1. En yiddish (de l'hébreu ancien *mevin*), un expert ou un connaisseur, surtout celui qui se proclame tel. *(N.d.T.)*

— J'ai une amie... commença Melrose.

Il s'arrêta pour savourer sa déclaration. Comme prévu, Nicholas Fabricant était suspendu à ses lèvres, haletant.

— Oui ? fit-il.

— ... qui adorerait ces œuvres. Mais je me demande...

— Oui ? fit encore Nicholas.

— Puisque c'est une série, peut-on retirer un seul tableau ? Vous ne craignez pas que cela ne ruine l'effet de l'ensemble ? De la même manière, un tableau seul ne risque-t-il pas de donner une mauvaise interprétation de l'ensemble ? (Melrose s'en voulait de jouer la comédie. Mais il adorait la façon dont Nicholas Fabricant passait son pouce sur un sourcil ébahi, déçu de ne pas y avoir pensé lui-même.) Il faudrait sans doute acheter la série entière, reprit Melrose. *(Quand les poules auront des dents !)* Qu'en pensez-vous ?

Oh, il ne devrait pas être aussi cruel avec le pauvre Nick.

Nicholas fut sauvé par l'apparition d'un deuxième homme qui était arrivé en glissant sur la moquette. On n'entendait pas les gens foncer sur vous, dans un endroit pareil.

Le jeune homme s'empressa de faire les présentations. Il était évident que Sebastian Fabricant fut ravi d'entendre le titre « lord Ardry » (comme son jeune frère, il en salivait presque).

— Lord Ardry se demande si on peut dépareiller la série, dit Nicholas, qui entreprit de répéter ce qu'avait dit Melrose.

— Ah, fit Sebastian, sans se démonter. Cela étant, chaque tableau est homogène. Chacun possède sa propre intégrité. Chacun... (... est blanc, blanc, blanc !

hurlait Melrose intérieurement)... parle pour lui-même.

Melrose se demanda si les Fabricant croyaient à ce qu'ils disaient ou s'il ne s'agissait que d'une supercherie. Il leur accorda le bénéfice du doute; personne n'aurait pu garder son sérieux en disant ce que Sebastian venait de dire.

— Bon, eh bien j'en prends un, décida Melrose, comme s'il achetait une banane chez un primeur.

— Lequel, lord Ardry? demanda Nicholas.

La question n'avait aucun sens. Melrose faillit dire N° 5, mais il y avait cette brindille noire qui commençait à l'obséder sérieusement. Il décida de se laisser guider par le prix et finit par choisir le N° 4 qui valait deux mille livres, le prix moyen.

— Un choix excellent, assura Sebastian.

Comment Melrose avait-il deviné qu'il dirait exactement cela?

— Mais un choix difficile, Mr Fabricant. Très difficile.

Ce qui n'était pas un mensonge.

— Rees utilise une technique intéressante. Il se sert d'un papier de verre très fin pour le revêtement de la toile. C'est ce qui donne la texture rugueuse. Ah, je vois que vous prenez aussi le Slocum...

— C'est un peintre remarquable.

Quel soulagement d'exprimer un engouement authentique!

— Nous l'essayons, dit Sebastian.

Melrose faillit dire « Très blanc de votre part », mais il se réfréna.

— J'espère que vous avez une autre toile à mettre à la place, dit-il.

— Oh, il n'en a pas peint plusieurs de la même veine! s'esclaffa Sebastian.

Ah bon? J'aurais cru.
— Non, fit Melrose, je ne parle pas de lui. Je voulais dire Beatrice Slocum.
— Oui, nous avons trois ou quatre autres tableaux d'elle en réserve. Où voulez-vous être livré...?
Melrose donna l'adresse du Boring's.
— C'est un cadeau pour une amie.
Le jour de chance de Diane...
Melrose ne comprit pas pourquoi, ayant acheté un Slocum et ayant témoigné d'un vif intérêt pour l'artiste, les frères Fabricant n'allèrent pas aussitôt chercher ses autres tableaux. S'il y avait eu d'autres rectangles blancs de Ralph, Melrose était prêt à parier que les Fabricant seraient déjà allés les chercher. Les trois hommes étaient massés autour du bureau, dans l'étroit couloir, et Melrose avait sorti son chéquier.
— Serait-il possible de voir d'autres tableaux de Slocum? S'ils sont à portée de main, bien sûr.
Sebastian écarquilla les yeux comme s'il n'avait pas compris la demande.
— Euh... fit-il, ma foi, oui. Nicholas?
Au même moment, le téléphone émit une sonnerie feutrée; Sebastian décrocha pendant que Nick passait dans l'arrière-salle.
Nick paraissait être le factotum. Etait-ce sa punition parce qu'il était le cadet? Melrose se demanda comment le butin était réparti. Il n'y avait pas eu de clients depuis son arrivée, depuis plus d'une heure, mais bien sûr ce n'était pas un Monoprix. Il fallait beaucoup d'argent pour faire ses courses dans un endroit pareil. Il se demanda aussi jusqu'où il devait aller pour faire copain-copain avec les Fabricant et leur arracher une invitation à dîner. Il se souvint alors de Ralph. Pendant

qu'il concoctait un plan d'attaque, Sebastian raccrocha et Nicholas reparut en portant deux toiles de Bea Slocum.

Avant même que Nicholas ne les dispose en face de lui, Melrose sut qu'il allait les acheter. Si quelqu'un méritait un coup de pouce, c'était bien Bea Slocum. Afin de ne pas laisser un vide, il décida de n'en prendre qu'un pour l'instant. Dès qu'il vit le plus petit des deux, il sut lequel. C'était une scène de rue dans le nord de Londres ; Melrose reconnut l'endroit avant même que Nicholas ne lise la carte épinglée au dos.

— Celui-ci s'appelle *Catchcoach Street*. Il est joli, n'est-ce pas ?

En le présentant, Nicholas penchait la tête au-dessus du tableau, comme s'il voulait l'admirer à l'envers. Melrose sourit. Pouvait-on faire mieux ? Dire qu'il s'était contenté d'appeler cela « joli » ! Bea n'avait pas cherché à reproduire les rangées de maisons mitoyennes, mais elle avait peint le pub du coin, le Anodyne Necklace, et Melrose aurait juré que les gamins avec leurs arceaux et leurs boules — n'étaient-ce pas plutôt des pierres et des hachettes ? — étaient les enfants des Cripps. Bea avait réussi à rendre l'atmosphère de Catchcoach Street : maisons délabrées derrière des jardins fanés malgré les soins apportés. L'aimable misère à la Dickens, le côté malchanceux de Catchcoach Street, tout y était.

— J'emporte celui-ci, dit Melrose en souriant. J'aimerais que vous me fassiez livrer l'autre à mon club avec le... euh, la *Neige sibérienne*.

Le petit tableau de Bea ne coûtait que trois cents livres, et il surclassait tous les tableaux de la galerie, exception faite des autres peintures de l'artiste.

Il libella le chèque. Cela faisait une coquette somme, mais, malgré les deux mille livres perdues sur le tableau de Rees, Melrose ne regrettait pas de l'avoir dépensée. Si c'était pour voir Bea Slocum réussir, cela valait le coup. Elle aurait d'ailleurs vendu encore plus de toiles si la galerie en avait exposé davantage.

Melrose tendit le chèque à Sebastian tandis que Nicholas emballait le tableau de Bea.

— Tiens, fit Sebastian, c'est l'heure de déjeuner. Voulez-vous venir manger un morceau?

— Ma foi, avec plaisir! Vous avez des préférences?

— Il y a le Running Footman. C'est à deux pas.

Le Running Footman! Ah, souvenirs, souvenirs! Le *Catchcoach Street* sous le bras, Melrose se sentait tout ragaillardi. Pourquoi? Mystère. Peut-être parce que la justice était pour une fois de ce monde, que les méritants étaient enfin récompensés. Melrose tapota le papier d'emballage de son tableau et se dit que, quels que soient les maux qu'il aurait à subir des mains des Fabricant, ils en vaudraient la peine.

14

Accoudé au comptoir, Jury commanda une demi-pinte de lager; il commençait à se sentir dans la peau d'un habitué. Combien de fois était-il venu? Une demi-douzaine, certainement. L'horloge du Stargazey indiquait seize heures trente. Jury se demanda comment Plant se débrouillait à la galerie. Il ne se faisait pas d'illusions; tout le monde aimait lui répéter qu'il n'avait pas grand-chose pour mener son enquête. Kitty, qui était de congé depuis deux jours, n'était pas encore revenue. Jury fit signe au barman en agitant son verre.

Une longue glace habillait le mur derrière le bar et, lorsque Jury regarda, il vit une blonde en manteau noir fendre la foule et se diriger vers la porte. Une seule pinte de bière et il était déjà saoul? Il ressentit un spasme, une sorte de mal de mer, comme si le pub était Fulham Road, que la mystérieuse blonde arpentait de nouveau le trottoir et que lui, Jury, la suivait depuis le bus. Elle mit quelques secondes à peine à regagner la sortie sous l'œil du commissaire, cloué sur place, sa demi-pinte toute fraîche à la main.

Finalement, il s'ébroua, jeta quelques pièces sur le comptoir et se rua dehors.

Dans la lumière déclinante du soleil et le crachin qui formait comme des toiles d'araignées devant ses yeux, Jury scruta Fulham Road, ne vit rien, alla jusqu'au carrefour... toujours rien. Et cependant, il n'y avait pas de bus en vue, donc elle devait être quelque part; à moins qu'elle n'ait sauté dans un taxi.

C'est alors qu'il aperçut au loin son manteau noir et ses cheveux blonds, près de l'arrêt d'autobus; justement, un autobus arrivait. Il était trop tard pour l'attraper, mais en courant il pouvait arriver à temps à l'arrêt suivant. Il l'atteignit au moment où le bus s'en éloignait, au ralenti.

Comme la blonde n'était pas en bas, il monta sur l'impériale et s'assit à quelques rangées derrière elle. Les seuls autres passagers étaient des collégiens en uniforme.

Le bus s'engagea dans South Kensington, Brompton Road et Knightsbridge; Jury la surveillait car Harrod's approchait. Non, elle ne descendit pas. Le bus rejoignit une procession d'autres bus qui remontaient vers Hyde Park et Piccadilly.

Pourquoi ne s'était-il pas tout simplement assis à côté d'elle et ne lui avait-il pas montré sa carte? Mystère. Il cherchait à se persuader qu'il ne voulait pas l'embarrasser. L'embarrasser? Les collégiens n'auraient pas réagi si le receveur était venu leur annoncer que le prochain arrêt était la place Rouge. Il fallait davantage qu'un policier isolé pour attirer leur attention.

Alors pourquoi? Il fut obligé d'admettre qu'il ne savait pas quoi faire. Il avait des motifs pour la conduire au poste ou la mettre en garde à vue. Des motifs raisonnables. Elle s'était rendue sur le lieu du crime. Il retourna longuement la question dans sa tête tandis que le bus se traînait jusqu'à Piccadilly Circus.

Elle se leva.

En regardant par la vitre, Jury s'aperçut qu'ils remontaient Shaftsbury Avenue; il lui emboîta le pas quand elle descendit à la station, s'arrêta au milieu de l'escalier et sauta en marche au moment où l'autobus redémarrait.

Des théâtres bordaient un côté de Shaftsbury Avenue, sans doute le but de l'inconnue. Il était trop tôt pour la représentation du soir; peut-être était-elle venue acheter des billets, quoique, à l'ère de l'informatique, on avait du mal à croire qu'il faille se déplacer pour une opération aussi simple.

Elle entra au Lyric, où une pièce américaine était à l'affiche depuis peu. Jury attendit sur le trottoir pendant qu'elle achetait ses billets au guichet. Lorsqu'elle ressortit, les yeux encore rivés sur les billets, elle ne vit pas Jury.

— Madame!

Surprise, elle recula machinalement d'un pas et se heurta à la porte.

— Que voulez-vous?

— Commissaire principal Jury, de Scotland Yard, dit Jury en exhibant sa carte.

Elle parut absolument horrifiée, une réaction que Jury avait souvent vue sur les visages des innocents. Certains croyaient qu'il venait pour les accuser; d'autres, qu'il venait leur apprendre une affreuse nouvelle. D'un côté comme de l'autre, ce n'était jamais réjouissant.

— Pouvez-vous m'accorder quelques instants?

De près, il s'aperçut qu'elle avait des yeux noisette

dont les nuances changeaient avec la lumière. Ce soir, elle était maquillée, un rouge à lèvres cuivré, les paupières légèrement fardées.

— Je suis désolée... pourquoi devrais-je...?

Elle secoua la tête; ses cheveux blond pâle, qui n'étaient pas tirés en arrière ce soir-là, se balancèrent comme si elle dansait avec Jury et qu'il venait de la faire pivoter.

Ses cheveux ne différaient de ceux de la victime que par leur degré de blondeur, par leur luminosité. En réalité, ils étaient complètement différents, mais il fallait bien les regarder pour s'en apercevoir. Or Jury les avait longuement regardés.

A l'étonnement qu'il lut sur son visage, il comprit qu'il n'était pas sorti de l'auberge.

— Une enquête est en cours et je me demandais si vous ne pourriez pas nous aider. J'ai des raisons de croire que votre témoignage nous sera fort utile.

— Quelles sont ces raisons?

Il s'était remis à pleuvoir, à moins que la pluie n'ait jamais cessé; c'était le genre de crachin auquel on s'habituait si bien qu'on ne le remarquait plus.

— Ecoutez, il y a un pub de l'autre côté de la rue. Voulez-vous venir prendre un verre?

— J'ignorais que les policiers invitaient les gens à prendre un verre pour qu'ils les aident dans leurs enquêtes, fit-elle avec un sourire espiègle. C'est bien ce que vous avez dit, n'est-ce pas?

Jury se réjouit d'entendre une pointe d'humour dans la réplique.

— En général, consentit-il, je ne le propose pas.

— Vous êtes de la police, vous êtes sûr?

— Oh, oui, sourit-il, j'en suis sûr.

Elle parut prendre la mesure de son sourire.

— Après tout, pourquoi pas?

Le pub paraissait accueillant, il ménageait une certaine intimité ; une lumière ambrée filtrait par les fenêtres, rendues opaques par la fumée de milliers de cigarettes.

Le St James était un assez grand pub, avec un long comptoir ovale et des tables disposées dans des zones d'ombre, ou, à l'arrière, dans la pénombre la plus obscure. Jury choisit une table mieux éclairée, puis alla commander au bar. Il la voyait du coin de l'œil ; elle semblait à l'aise et détendue. Il rapporta une pinte de lager et une demi-pinte de Guinness et, après s'être assis, demanda :

— Commençons par votre nom. Vous vous appelez?

— Vous l'ignorez? s'étonna-t-elle.

— Oui. Je vais vous expliquer.

Il ne s'agissait pourtant pas de son explication, mais de la sienne, à elle.

— Je m'appelle Kate McBride.

— Et vous demeurez?

Jury avait sorti son calepin.

— Redcliffe Gardens, dans South Kensington. C'est à la frontière de Fulham. Pouvez-vous me dire de quoi il s'agit?

— Si vous lisez les journaux, vous avez dû voir qu'une femme qui vous ressemblait étrangement a été assassinée dans l'enceinte de Fulham Palace...

— Oui, j'ai appris ça. Ça m'a paru bizarre, étrange, effectivement, mais en quoi est-ce que cela...

— Vous fréquentez un pub qui s'appelle le Stargazey?

— Oh, j'y suis allée, oui, fit-elle, perplexe. Est-ce que la victime...?

— Y êtes-vous allée le soir en question?

Jury battit en retraite derrière la froideur administrative.

Le menton bien calé entre les poings, Kate McBride le regardait comme si elle le trouvait proprement fascinant.

— Quel soir en question?
— Le 15 novembre. C'était un samedi.
— Non.
— Vous n'êtes pas allée au Stargazey?
— Plutôt, je ne m'en souviens pas.
— Cela fait moins d'une semaine. Faites un effort.

La tête renversée, les yeux au plafond, elle paraissait sincèrement se donner du mal.

— Laissez-moi réfléchir. C'est le soir où un ami m'a appelée pour une soirée... ensuite, je suis sortie dîner... plus tard, j'ai pris le thé avec ma voisine du dessus, une vieille dame... oui, c'était samedi soir, la semaine dernière.

— Vous ne vous souvenez pas d'être allée au pub?
— Oh, j'ai pu y aller. Le Stargazey est juste à côté de chez moi. Mais dans ce cas, c'était plus tard.
— Plus tard?
— Vers dix heures.
— Ensuite?
— J'ai dû rentrer chez moi.
— Vous n'avez pas pris de bus?
— Non.

Jury laissa passer quelques secondes.

— Une femme qui vous ressemble assez pour être votre sœur jumelle est montée dans un bus en sortant du Stargazey. Le bus a descendu Fulham Road...

— Dans ce cas, c'est à cette femme que vous devriez vous adresser, celle qui me ressemble.

Elle ôta son manteau noir et ajusta le col de son tailleur gris perle dont Jury trouva la coupe élégante. Il esquissa un sourire triste.

— L'ennui, c'est que c'était vous, Mrs McBride.

— J'ai tué la femme de Fulham Palace et je me suis enfuie ?

— Je n'irais pas jusque-là.

Elle ouvrit la bouche, mais aucun son n'en sortit. Elle fouilla dans son sac à main, trouva son briquet et son étui à cigarettes. Elle avait les mains fines et déliées, la peau transparente, de longs doigts délicats. L'étui à cigarettes en argent était délicat, lui aussi. Ah, la nicotine, rien de tel pour se calmer et s'éclaircir les idées ! Jury en eut une envie irrésistible.

Cependant, elle n'ouvrit pas l'étui.

— Pour être aussi sûr que vous l'êtes que j'ai pris un bus dans Fulham Road, vous devez avoir un témoin oculaire sacrément fiable. C'est le cas ?

— Oui. Moi.

Son teint ivoire devint blanc comme de la craie. C'était la première indication que la conversation l'affectait. Elle courba légèrement l'échine, tel un roseau dans la tempête, mais son expression ne changea pas. Elle resta de marbre.

Jury se demanda si elle faisait des exercices pour se contrôler.

— Vous faites erreur, dit-elle d'un ton plat.

— Avez-vous un manteau de fourrure ? Zibeline ? Vison ?

— Grands dieux non ! s'esclaffa-t-elle. Celle que vous avez vue en portait un ? Pas moi, commissaire. Ecoutez, vous avez fait une erreur. On entrevoit une femme qui monte dans un bus, ou en descend, on peut facilement...

— C'était plus qu'entrevoir. Vous êtes descendue du bus...

— *Elle* est descendue, commissaire. Pourquoi écarter une explication évidente pour se polariser sur la plus invraisemblable?

— Parce qu'elle n'est pas invraisemblable.

— Au nom du ciel, quelle est votre théorie? demanda-t-elle en tournant et retournant l'étui en argent dans sa main.

— Je n'en ai pas, mais le fait que vous étiez là mérite qu'on s'y arrête.

— Si j'avais été là — ce qui n'était pas le cas —, qu'est-ce que vous en concluriez? Que j'ai tué cette femme parce qu'elle me ressemblait?

— J'ignore quel était le mobile.

Jury devina à ses gestes qu'elle s'apprêtait à partir.

— C'est là que je dois réclamer un avocat, j'imagine.

Jury ne répondit rien. Il la regarda ranger son étui à cigarettes et son briquet dans son sac, et se lever. La lumière qui tombait sur ses cheveux pâles se répandit en cascade sur les épaules de son tailleur de soie gris. Elle prit son manteau et déclara :

— Bon, je m'en vais, commissaire. Vous savez où j'habite. En fait, ajouta-t-elle en brandissant les billets qu'elle venait d'acheter, vous savez où me trouver ce soir. Au revoir.

Jury se leva à son tour.

— Nous nous reverrons, dit-il, vous pouvez en être sûre. Si ce n'est moi, ce sera la police de Fulham.

Imperturbable, elle le fixa comme s'il était un mur vide.

Jury la regarda fendre la foule et la fumée, puis vit la porte s'ouvrir et se refermer derrière elle. Il ne savait pas ce qu'il avait espéré, il ne ressentait qu'une immense déception.

Il fit la seule chose qui lui restait à faire : il commanda une autre bière et regarda la fumée s'élever au-dessus des têtes des clients rassemblés au bar et monter jusqu'au plafond.

Moins d'une heure plus tard, Jury se retrouva au commissariat de Fulham.

Ron Chilten lui apprit que la police de Fulham avait découvert l'identité de la victime, l'après-midi même.

— Elle s'appelait Nancy Pastis. Nous effectuons des recherches au fichier.

— Comment l'avez-vous retrouvée ?

— Une certaine Verna... non, Vera. (Chilten consulta un dossier.) Vera Landseer, qui habite le même immeuble, a reconnu la photo dans le journal, ou a cru l'avoir reconnue. Elle a un appartement à Mayfair — à Shepherd Market —, dans le même immeuble que Mrs Pastis. C'est tout ce que nous avons pour l'instant. J'ai envoyé deux hommes à l'appartement. Ils sont avec Milderd, de la Criminelle, vous connaissez ?

— Vaguement.

Chilten renversa sa chaise sur les deux pieds arrière et se frotta la cheville droite qu'il avait posée sur son genou gauche.

— J'avoue avoir cru que vous vous étiez trompé sur la femme du bus. Au début, souvenez-vous, vous aviez identifié la morte comme étant la femme que vous aviez suivie ; je me suis donc dit...

— Nous savons désormais qu'elles étaient deux : Nancy Pastis et Kate McBride.

— Certes, mais celle que vous aviez vue pouvait très bien être la victime. Sinon, Kate McBride, si c'est bien elle que vous avez vue... pourquoi portait-elle le manteau de cette Pastis? A moins qu'il n'y ait aussi deux manteaux de zibeline différents...
— McBride a pu échanger les manteaux.
Chilten examina la reprise de sa chaussette.
— Parfois, l'explication la plus évidente...
— Ne jouez pas votre Sherlock Holmes, l'arrêta Jury.
— D'accord, fit Chilten en haussant les épaules, mais pourquoi avoir ôté son manteau et en avoir revêtu la morte?
— Bonne question.
Chilten rabattit sa chaise avec fracas.
— Jury, les témoins oculaires se trompent plus souvent qu'à leur tour.
— Je suis bien placé pour le savoir, j'en ai tellement interrogé.

15

— C'était la même, assura Jury.

Au Boring's, peu après vingt et une heures, le dîner touchait à sa fin; les quelques membres dispersés dans la salle paraissaient piquer du nez dans leur fromage.

Jury buvait du thé, Melrose un vieux whisky, et il se demandait s'il était saoul. Dans l'après-midi, il avait descendu plusieurs verres au Running Footman avec les Fabricant. Au Boring's, il écoutait Jury affirmer que les morts déambulaient dans Fulham Road. Cela ressemblait à une version édulcorée d'un film de John Carpenter.

— Je n'ai pas dit que les morts déambulaient, tu n'écoutes pas! s'irrita Jury. Elle ressemble à la femme qu'on a retrouvée dans Fulham Palace, voilà ce que j'ai dit.

Ils étaient assis devant le feu, dans les mêmes bergères qu'avaient occupées le colonel Neame et le major Champs. Melrose commençait à se sentir chez lui au Boring's. Il devenait presque bourru, il marmonnait presque comme Champs ou Neame. Il vida la dernière goutte de l'excellent whisky qu'il avait demandé à Higgins de lui apporter.

Fatigué par sa journée, Jury s'adossa confortablement.
— Tu ne me dis pas que j'hallucine, c'est déjà ça! Chilten ne s'est pas gêné, lui. « Cette affaire vous monte à la tête, Jury. » Drôle de métaphore!
Il but une gorgée de café qu'il jugea trop froid.
Melrose appela le jeune Higgins et lui commanda un autre café et un autre whisky. Melrose avait terriblement envie d'une cigarette mais y renonça par respect pour Jury. Richard lui disait souvent qu'il ne voulait pas que les autres s'abstiennent de fumer uniquement parce qu'il avait arrêté. Cela lui aurait donné l'impression d'être une chapelle ardente où règnent un silence de mort, des messes basses, et l'envie irrésistible de s'enfuir.
— Bon, d'accord, dit Melrose en regardant un vieil homme extirper son postérieur des profondeurs d'un canapé en cuir. Alors, soit les deux femmes sont parentes — jumelles, peut-être —, soit elles se ressemblent. Ça tombe sous le sens. Une femme et son double. (Jury acquiesça.) Laisse-moi récapituler : elle — la femme que tu as vue ce soir-là — sort du Stargazey, monte dans le bus, en descend une dizaine de minutes plus tard à... où?
— Fulham Broadway. A un kilomètre de Fulham Palace, du jardin botanique, plutôt.
— Bon, tu la suis des yeux. Elle remonte dans le bus, descend au carrefour de Fulham Palace Road, tu descends à ton tour et tu la suis jusqu'à Fulham Palace. Ça faisait loin?
— Pas très. Cinq minutes à pied.
— Tu la vois franchir le portail. (Comme Jury opinait, Melrose insista :) Tu es *sûr* de l'avoir vue franchir le portail?

— Sûr. Il n'était pas fermé. Apparemment, il reste ouvert tout le temps.
— Donc, jusque-là, la seule question qui se pose, hormis ton comportement...
— Merci, fit Jury.
— ... c'est pourquoi elle est descendue du bus une première fois. Première hypothèse : elle ne savait pas exactement où se trouvait Fulham Palace et elle avait peur de louper l'arrêt. Deuxième hypothèse : elle a changé d'avis et est descendue, a de nouveau changé d'avis et est remontée...
— Troisième hypothèse : elle voulait qu'on se souvienne d'elle. Plutôt, elle voulait qu'on se souvienne de la victime.

Ils gardèrent un instant le silence, plongés dans leurs réflexions.

— La femme du bus et la morte sont deux personnes différentes, dit enfin Melrose. Au cas où quelqu'un aurait répondu à l'appel à témoins de la police, ce quelqu'un aurait dit : « Oui, je l'ai vue dans Fulham Road. Je me souviens du manteau. » Personne n'aurait deviné qu'il y avait deux femmes, c'est ça ?

Ils s'absorbèrent dans la contemplation du feu, puis Jury dirigea la conversation sur la galerie des Fabricant. Melrose lui parla de la série que Rees avait appelée *Neige sibérienne*.

— Ces toiles sont tout simplement affreuses. Nicholas y voit peut-être la patte du génie, mais je crois que c'est le petit ami de Ralph Rees, son alter ego, et l'amour est aveugle. Mais Sebastian, c'est différent, il s'y connaît assez bien en peinture. Ça sent l'arnaque.

— Au début, pas mal de gens pensaient que Jackson Pollock sentait l'arnaque, j'en suis sûr. C'est peut-être

du bon goût. (Voyant l'air dubitatif de Melrose, Jury demanda :) Alors, où est l'arnaque, à ton avis?
— Je n'en sais rien. Comment met-on le monde de l'art dans sa poche? Il y avait aussi une surprise : devine qui était exposé chez eux. Beatrice Slocum.
— Tu veux rire!
— Il y avait un tableau d'elle accroché entre deux croûtes infâmes.
— Je croyais que le peintre, c'était son alter ego, Gabe Merchant...
— Moi aussi. Tout le monde le croyait. Je le croyais avant de dîner avec elle...
Melrose, qui n'avait jamais parlé de ce dîner, regretta de ne pas avoir tenu sa langue.
— Un dîner? Où ça? Quand?
— A Bethnal Green. Quand tu avais filé à Santa Fe. (Melrose coula un œil vers Jury, craignant de voir son sourire méprisant, mais Jury écoutait, impassible.) Elle m'avait parlé de sa peinture, qu'elle appelait sa « période bleue ». Mais pas comme celle de Picasso. Elle se disait déprimée, mais déprimée sans talent. (Melrose éclata de rire.) On ne le dirait pas à la voir ni à l'entendre, mais elle est d'une grande modestie... ou alors, comme elle réussit dans ce qu'elle fait, elle n'a pas besoin d'afficher son talent. (Melrose penchait pour cette dernière hypothèse.) Comme toi, conclut-il.
Par ce compliment habilement tourné, Melrose espérait conduire Jury à oublier Beatrice Slocum. Bien sûr, cela ne marcha pas.
— Elle était sur ta liste, si je me souviens bien...
— Quelle liste? fit Melrose, faussement étonné.
— Celle que tu dressais à Ardry End, avec les noms de toutes les femmes de tes connaissances qui feraient, prétendais-tu, des témoins convaincants...

Seigneur tout-puissant, cet homme n'oubliait donc jamais rien?

— Oh, ça! Bref, les Fabricant avaient deux autres toiles d'elle planquées dans l'arrière-boutique. L'une représentait une scène de Catchcoach Street. Ça nous rappelle le bon vieux temps, hein?

— Pas si vieux que ça. La dernière fois qu'on a vu les Cripps, c'était en février!

— C'était une façon de parler, Richard. (Jury sourit.) Je me suis dit que Beatrice devait connaître des trucs sur la galerie, les deux frères et Ralph, reprit Melrose en posant son verre sur la table basse et en se penchant vers Jury. Je l'ai appelée avant que tu arrives, mais elle n'était pas là. Je réessaierai demain.

— Appelle chez les Cripps, elle est souvent chez eux.

— D'accord, mais qu'est-ce qu'on cherche, au juste?

— Je n'en sais rien.

— Ah, je suis bien avancé! Ecoute, dit Melrose avec une certaine passion, la seule chose tangible qui relie les Fabricant et Mona Dresser à cette femme mystérieuse, ou ces femmes mystérieuses, c'est le manteau de zibeline. (Jury hocha la tête en contemplant le feu d'un air rêveur.) Ça m'a l'air drôlement tén...

— Ténu, oui, c'est ce que tout le monde me dit.

— Que compte faire ton flic de Fulham?

— L'arrêter pour l'interroger, ce qu'il a peut-être déjà fait. (Jury consulta sa montre.) Je ferais bien de l'appeler...

— Comme vous lui avez dit que vous l'aviez vue, commença Chilten d'un ton acerbe, on n'a pas pu la coincer en lui disant qu'on avait un témoin.

La police était allée chercher McBride chez elle, à Redcliffe Gardens. D'après Chilten, elle avait affirmé être allée dîner à Soho et ne pas être rentrée chez elle avant huit heures. Elle était sous le choc, naturellement.

— En plus, dit Chilten, elle a un alibi. Elle prenait le thé chez sa voisine du dessus.

Jury réfléchit.

— Vous avez déjà vérifié ?

— J'envoie quelqu'un là-bas immédiatement.

— Elle était dans le bus à neuf heures, Ronnie.

— *La victime* était peut-être dans ce bus, Jury. McBride affirme que vous vous trompez.

— Je ne me trompe pas, Ronnie. Comment s'appelle la voisine ?

Jury entendit Chilten crier quelque chose à quelqu'un.

— Laidlaw, répondit-il ensuite. Au premier étage, juste au-dessus de chez McBride.

— Vous permettez que j'aille lui parler, à cette Mrs Laidlaw ?

— Comme vous voudrez.

— Et l'appartement de McBride ?

— Vous avez un mandat ? Moi non plus. Kate McBride mène une vie sans histoire. Veuve, pas de famille, sinon des parents de son mari qu'elle ne voit jamais ; ils habitaient aux Etats-Unis, d'après elle. Elle ne travaille pas, elle n'en a pas besoin parce que le mari lui a laissé un héritage. Elle n'est pas à proprement parler riche, mais elle a de quoi vivre. Il travaillait à l'ambassade et ils avaient vécu plusieurs années à Paris. C'est tout. Elle veut vous parler.

La gorge de Jury se serra, il avait presque peur.
— Pourquoi ? demanda-t-il.
— Ah, elle n'a pas daigné m'en informer, Jury. Pouvez-vous être là demain matin ?
— Entendu. (Après réflexion, Jury demanda :) Pourquoi ne s'est-elle pas présentée quand vous avez fait paraître la photo de la morte dans les journaux ?
— Sans doute craignait-elle d'être impliquée dans l'affaire. En fait, ça repose de plus en plus sur vous, Jury. Vous êtes le seul à affirmer qu'elle était sur le lieu du crime. (Il y eut un bruissement de papier.) Le seul, répéta Chilten, qui ajouta : Vous êtes sûr que ce n'est pas la victime que vous avez vue...

Jury hésita.
— C'est bizarre, dit-il enfin, j'entends comme une question. Oui, j'en suis sûr.
— Aucune place pour le doute ?
— Il y a toujours de la place pour le doute, soupira Jury.
— Ah, on ne dirait pas ! Ecoutez, Jury, nous ne pouvons la retenir indéfiniment, pas sans l'inculper. Et on n'a foutre rien pour ça.
— Oh, je ne dirais pas ça, Ronnie. Vous m'avez, moi.

Chilten poussa un grognement et raccrocha.

16

Phyllida Laidlaw, quatre-vingt-dix ans, les invita à entrer dans sa cuisine en annonçant :
— Je viens de mettre la bouilloire sur le feu, le thé sera prêt dans un instant...
Wiggins s'assit sur une chaise en bois et ne perdit pas de temps pour dispenser ses conseils :
— Vous devriez envisager d'acheter une bouilloire électrique, dit-il. La mienne est en plastique, avec ça, l'eau bout trois fois plus vite.
— Vraiment ? Remarquez, j'aime pas le plastique. Et en métal, elles sont si chères !
— Mrs Laidlaw, intervint Jury, espérant forcer Wiggins à quitter les autoroutes de l'information, connaissez-vous Kate McBride ?
— Mais bien sûr. L'autre policier m'a déjà demandé. Il aurait dû vous le dire, ça vous aurait épargné le dérangement. Ça ne veut pas dire que je ne suis pas ravie de votre visite.
La bouilloire siffla, comme pour démentir l'affirmation de Wiggins sur le « trois fois plus vite ».
L'inspecteur fit rasseoir Mrs Laidlaw d'une main

quand elle voulut aller éteindre, et déclara qu'il se chargeait du thé.

— Je n'ai que du thé en sachets, s'excusa Mrs Laidlaw. Là, dans la boîte de conserve. Le sucre est dans le buffet, le lait dans le frigo.

Ce devoir crucial terminé, elle croisa les mains sur ses genoux et fixa Jury de ses yeux bleu délavé, lui indiquant ainsi qu'elle était prête à entendre les sujets triviaux dont il était venu l'entretenir.

— Mrs McBride a pris le thé avec vous samedi soir. Vous souvenez-vous de l'heure à laquelle elle est arrivée?

— C'était juste avant *Homicide*.

— Je vous demande pardon?

Pendant qu'il plongeait les sachets dans l'eau bouillante, Wiggins affranchit Jury :

— Je vous en ai parlé, vous vous souvenez? Vous ne l'avez pas vu. On vient juste de le recevoir en Angleterre. C'est aussi vrai que dans la réalité.

— Pour ça oui... une seule cuillère pour moi, merci. Les personnages sont formidables. Le lieutenant noir est merveilleux.

— G., fit Wiggins en posant les trois tasses sur la table. (Jury et Mrs Laidlaw le dévisagèrent sans comprendre.) Le lieutenant, expliqua-t-il. Il s'appelle G.

— Il n'y a pas de biscuits, remarqua Mrs Laidlaw d'un ton de reproche.

— C'est juste. Je les apporte tout de suite.

Il sortit un paquet du buffet, à croire qu'il l'avait rangé là lui-même, et disposa les biscuits dans une assiette.

— C'est comme ça que vous déterminez l'heure, Mrs Laidlaw? demanda Jury.

Elle le regarda comme s'il lui mettait des bâtons dans les roues, qu'il interrompait une discussion profonde pour dire des âneries. Wiggins touillait son thé en le regardant d'un œil noir, lui aussi. Jury s'éclaircit la gorge.

— Mrs Laidlaw, dit-il en se contrôlant, Kate McBride était là pendant cette émission de télévision...
— *Homicide.*
— *Homicide.*

Ils l'avaient dit en même temps ; Mrs Laidlaw parut fière comme un paon qu'au moins un des meilleurs limiers du Royaume Uni se tînt au courant des événements quotidiens.

— C'est cela. Et à quelle heure Mrs McBride est-elle partie ?
— Oh, vers les neuf heures vingt. Juste avant la demie. Comme j'avais raté la plus grande partie d'*Homicide*...
— Moi aussi, intervint Wiggins.

Jury le fusilla du regard. Wiggins se tut.

— ... j'ai regardé un jeu télévisé stupide dont je ne pourrais vous raconter un traître mot, ce qui fait que je n'ai pas d'alibi...

Elle tendit les poignets avec un sourire d'extase.

— Non, Mrs Laidlaw, je n'ai aucune raison de vous arrêter. Je vous crois. Il y a une chose, cependant. Lorsque Mrs McBride est venue, vous avez pris le thé dans la cuisine ?
— Oui, comme toujours.
— J'ai remarqué que vous n'aviez pas de montre et je ne vois pas de réveil. Comment saviez-vous que l'émission commençait ?
— Elle en avait une. Une montre, veux-je dire.

C'est comme ça que j'ai su qu'il était neuf heures passées. Elle me l'a dit.

Lorsque la femme agent de police introduisit Kate McBride dans la salle d'interrogatoire du commissariat de Fulham, Jury était déjà attablé; il portait encore son imperméable. Cela donnait l'impression, songea-t-il, qu'il ne comptait pas rester longtemps. Il n'était pas sûr de vouloir laisser cette impression. Tout ce qu'il savait, c'était que Kate McBride le désorientait.

Elle était exactement comme lorsqu'il l'avait vue dans Shaftsbury Avenue, au St James — même coiffure, même tailleur —, ce qui n'avait rien d'étonnant car Chilten l'avait arrêtée la veille au soir; il l'avait attendue devant sa porte. Bien sûr, Chilten l'avait déjà interrogée et il avait enregistré sa déposition sur magnétophone. Elle n'avait pas réclamé la présence d'un avocat. Elle était tellement certaine d'être relâchée qu'elle pensait ne pas en avoir besoin, avait-elle expliqué.

Kate McBride s'assit en face de Jury, sur une des chaises pliantes inconfortables.

— Je vous remercie d'être venu, dit-elle.

C'était la même voix. Elle ne tremblait pas, n'était pas nouée par l'angoisse ni rien; elle semblait confiante, comme s'il suffisait de s'adresser à une personne compétente pour que cette odieuse erreur soit réparée. A ses yeux, Jury était cette personne compétente.

Il se contenta d'incliner la tête en guise de réponse.

— Pourquoi avez-vous demandé à me voir? interrogea-t-il ensuite.

Kate McBride ne répondit pas tout de suite. Elle

examina longuement la pièce qui aurait dû lui être familière après son interrogatoire. De toute façon, ce n'était pas un endroit dont on aimerait se souvenir.

— Pouvez-vous me dire ce que vous avez vu — ou cru voir — le fameux samedi ?

— Je vous l'ai déjà dit.

— Vous m'avez vue monter dans un bus dans Fulham Road. Celui dans lequel vous étiez.

— C'est cela.

— Et ?

Si cela pouvait l'aider, il ne voyait aucun inconvénient à récapituler.

— Dix minutes plus tard, à la station de métro de Fulham Broadway, vous êtes descendue et vous avez marché. C'était peut-être à cause des bouchons, vous avez peut-être cru aller plus vite à pied. Le bus est resté bloqué une dizaine de minutes, au moins, à cause des travaux. Plus tard, quand le bus s'est arrêté en face d'un pub appelé le Rat quelque chose, vous êtes remontée. Vous êtes descendue à Fulham Palace Road et vous vous êtes dirigée vers le palais.

Elle attendit. Voyant que Jury ne poursuivait pas, elle dit :

— Vous l'avez suivie.

— Je *vous* ai suivie.

Bizarrement, elle ne parla pas de sa voisine, elle ne chercha pas à faire jouer son alibi. Etait-elle si sûre de son fait qu'elle n'en avait pas besoin ?

— Etes-vous certain que ce n'est pas le manteau qui vous a induit en erreur ? demanda-t-elle.

— Oui.

— Vous semblez si sûr de vous.

Jury détourna les yeux un instant. C'était une

erreur, il se sentait déjà sur la défensive. Elle profita aussitôt de son hésitation.

— Vous ne l'êtes pas tant que cela, n'est-ce pas ?

— C'est pour cela que vous vouliez me voir ? Pour me dire que je ne suis pas sûr de ce que j'ai vu ?

— Non. Mais je trouve que ce que vous dites n'a aucun sens.

Il y eut un silence. Jury regarda un rai de lumière jouer sur les cheveux de Kate McBride.

— Je n'ai pas tué cette femme, assura-t-elle.

— Oh, je n'ai jamais dit que vous l'aviez tuée. Vous aviez peut-être de bonnes raisons d'aller là-bas... même si c'est bizarre d'avoir rendez-vous la nuit dans un endroit pareil. C'est aussi bizarre d'être suivie jusque-là.

— D'être suivie ? s'étonna-t-elle.

— Oui, c'est une possibilité. Votre comportement laissait penser que vous essayiez de semer un éventuel poursuivant.

Le bref éclat de rire de Kate McBride suggérait qu'elle trouvait l'idée saugrenue.

— Vous avez de l'imagination, constata-t-elle.

— Non, pas vraiment. En réalité, je manque totalement d'imagination. Mais, étant détective, j'essaie de trouver des explications à votre comportement. Comme je l'ai dit, pourquoi irait-on dans Fulham Palace en pleine nuit ? Il n'y a pas beaucoup de touristes, même de jour. C'est l'un des endroits les plus méconnus de Londres, à ce qu'on m'a dit. (Comme elle ne répondait rien, il ajouta :) Vous vivez seule ? Personne ne peut corroborer votre version ? Votre mari ?

— Il est décédé. Michael est mort de leucémie. Il n'avait que quarante ans.

— Mes condoléances.

— Il était de Norfolk, poursuivit-elle comme si elle ne l'avait pas entendu. Il était à moitié américain par sa mère. Je croyais qu'il voudrait rentrer chez lui, mais il a préféré mourir à Paris. Il adorait Paris. (Une vision lointaine lui arracha un sourire.) Il s'enivrait de Paris. Notre fenêtre donnait sur la rue Servandoni, et Michael... mais je m'égare, excusez-moi.

Elle porta la main à son front comme pour refouler les souvenirs.

— Non, je vous en prie, continuez.

Elle décrivit les cafés des boulevards Saint-Michel et Saint-Germain où ils restaient des heures ; les promenades au Luxembourg et aux Tuileries ; les pavés humides de la rue Servandoni et de l'île Saint-Louis ; le pont Neuf dans la brume ; les grandes avenues éclairées, les Champs-Elysées...

Sa voix avait un effet viscéral sur Jury ; elle s'insinuait dans ses muscles et le calmait comme une drogue.

— Nous avons vécu sept ans à Saint-Germain-des-Prés. Michael était sous-secrétaire à l'ambassade, et il nous a laissé de quoi vivre confortablement. Il avait de l'argent, sa famille aussi. Quitte à mourir, je préfère qu'il soit mort avant d'apprendre ce qui est arrivé à Sophie.

Elle s'arrêta et détourna les yeux. Mais il n'y avait rien à voir sinon le mur blanc.

— Sophie ?

- Notre fille. Elle est née peu après notre arrivée à Paris. De nous trois, je ne sais pas qui Michael préférait : moi, Sophie ou Paris. (Elle esquissa un sourire malicieux.) Parfois, je me dis que c'était Paris. Mais il adorait Sophie, il était fou d'elle.

Elle replongea dans le silence. Jury entendit des pas derrière la porte, sans doute Chilten. L'inspecteur principal entra.

— Vous disiez qu'il était arrivé quelque chose à Sophie?

Kate se leva quand la porte s'ouvrit.

— Elle a disparu, dit-elle.

Elle se tourna vers Ron Chilten et la femme agent de police qui l'accompagnait. L'agent la ramena dans sa cellule.

— Votre arrivée était bien calculée, dit Jury à Chilten en examinant le passeport que ce dernier venait de lui tendre. (Ils se tenaient dans le couloir, devant la porte de la salle d'interrogatoire.) Pourquoi les gens ont-ils toujours l'air de cadavres sur ces photos?

— C'est la photo d'un cadavre. Nancy Pastis.

— Ah, désolé.

Jury contempla le visage inexpressif; ses hautes arcades sourcilières, les cheveux tirés en arrière. Il se souvint de la définition de Plant : « La femme et son double. »

— N'importe qui les prendrait facilement l'une pour l'autre, remarqua Chilten.

— Sauf que je ne suis pas n'importe qui, Ronnie. (Jury feuilleta le passeport.) Il remonte à trois ans : Argentine, France, Danemark, Russie. Mais il n'y a plus rien depuis près d'un an. Regardez, d'après les tampons, Mrs Pastis ne voyageait plus depuis dix mois.

— Et après ? Elle en avait peut-être assez. (Chilten pointa la tête vers la salle où Jury était resté avec Kate McBride.) Vous avez pu en tirer quelque chose ?

— Des broderies sur ce que vous savez déjà : un mari qui travaillait à Paris, à l'ambassade ; ils y ont vécu sept ans ; une fille. Saviez-vous qu'elle avait disparu ?

— Non, elle ne m'en a pas parlé. Qu'est-il arrivé ?

— J'allais le demander quand vous êtes entré.

La porte était restée ouverte ; Jury regarda la chaise où Kate McBride s'était assise et resta en arrêt devant l'arbre chétif qu'on apercevait par la fenêtre.

— Je reviendrai, dit-il.

17

Un agent de police qui s'ennuyait visiblement montait la garde à l'entrée de l'élégant immeuble ancien de Curzon Street. Il s'inclina devant les cartes de Jury et de Wiggins et informa les représentants de Scotland Yard que l'appartement était au deuxième étage et qu'il y avait un ascenseur. C'était un de ces vieux ascenseurs peints en or, il s'arrêta au second dans un raclement de ferraille.

Les scellés n'avaient pas été posés sur la porte de l'appartement de Nancy Pastis et Jury fut surpris de ne pas trouver d'agent en faction.

Si on se fiait au métrage, c'était un petit appartement. Salon, chambre, salle de bains et cuisine. Mais Jury le trouva spacieux. Il y avait une bonne hauteur sous plafond et les moulures — blanches, comme les murs — étaient superbes. Jury et Wiggins tombèrent en arrêt devant le salon dans lequel des étagères occupaient deux murs du sol au plafond. Une échelle permettait d'atteindre les rayonnages supérieurs qui, comme ceux du bas, croulaient sous les livres. En outre, c'étaient des livres qu'on lisait : ils n'étaient pas là pour la galerie.

Le mobilier était ancien, hormis un canapé blanc cassé et un fauteuil recouvert d'une housse; le canapé était sans doute italien, mais le fauteuil était sans conteste anglais. Un tapis oriental d'un bleu pied-d'alouette habillait le parquet. Il y avait un lourd bureau à cylindre avec une chaise dorée d'aspect fragile — française, se dit Jury. Un meuble de rangement ventru équipé d'une vitrine contenait des porcelaines de Sèvres et de Limoges. Et partout des lampes, de tailles et de styles divers.

L'effet de cet amalgame était agréable à l'œil, sans doute parce que cela donnait l'impression que chaque article avait été choisi par goût personnel plutôt que pour amasser une collection ou par un souci purement décoratif. Bien que dépourvu d'art, l'effet n'en était pas moins artistique, et cependant ce n'était pas l'œuvre d'un décorateur.

Les deux murs libres d'étagères étaient encombrés de tableaux et, pendant que Wiggins ouvrait les tiroirs, Jury s'absorba dans une brève contemplation des toiles. Pour autant qu'il pût en juger c'étaient des originaux ou du moins d'excellentes reproductions. Il y avait une petite peinture de la Cornouailles inondée de lumière. Jury ne devina qu'il s'agissait de la Cornouailles que parce qu'il était intitulé *St Ives*. L'angle de l'éclairage donnait à la ville une lueur irréelle et pointillait la mer de taches lumineuses. Le plus grand tableau était une étude moderne d'une marina encombrée de yachts, de bateaux de pêche et de voiliers. Nancy Pastis préférait à l'évidence les paysages marins ou aquatiques; il y avait des lagons, des lacs, des vues d'océans et de rivières. Un autre tableau paraissait représenter Saint-Pétersbourg et son célèbre fleuve; Jury chercha son nom en vain. Le plus petit des tableaux était tout aussi éblouissant, une plage de sable noir et une mer turquoise peintes au lever du soleil — n'était-ce pas plutôt au coucher ? Jury se dit qu'il ne serait jamais peintre s'il ne distinguait pas l'un de l'autre. Le tableau miniature pétillait de lumière.

Jury alla dans la chambre à coucher, une pièce plutôt sombre avec de lourds rideaux et un dessus-de-lit épais, aussi bien rangée que le salon. Wiggins entra et s'occupa aussitôt des tiroirs de la coiffeuse, du bureau et de la commode.

La cuisine était un endroit de rêve, équipée sans doute de tous les ustensiles modernes disponibles sur le marché : un percolateur, des robots, un appareil pour faire les pâtes, des casseroles de cuivre accrochées à un rail circulaire en cuivre suspendu au plafond et une incroyable cuisinière (étincelante), aussi imposante que celle d'un restaurant. Huit brûleurs, et on pouvait faire cuire un bœuf dans le four ! Ah, Nancy Pastis avait pris la cuisine au sérieux ! Autant que la peinture et la littérature.

Sur la douzaine de livres de cuisine empilés sur le comptoir recouvert d'azulejos, deux étaient en français et un en allemand. Jury en prit un et le parcourut suffisamment pour s'apercevoir qu'il était usagé et que Nancy ne parlait pas seulement l'anglais. Son passeport prouvait qu'elle voyageait. Souvent et sérieusement, songea Jury.

Comme il retournait au salon, il entendit deux voix, masculine et féminine, dans l'entrée. Wiggins avait ouvert la porte à une dame âgée et à l'agent que Chilten avait dû poster devant l'appartement. Voyant Jury, l'agent devint rouge brique.

— Oh, désolé, je... je ne me suis pas absenté plus de cinq minutes...

Jury le réprimanda pour la forme :

— En cinq minutes, dit-il, n'importe quelle racaille aurait pu entrer. La preuve, ajouta-t-il avec le sourire.

La vieille dame vola au secours du policier.

— C'est entièrement de ma faute. Monsieur a été assez aimable pour m'aider à déplacer une table et je lui ai offert une tasse de thé. Vous êtes de la famille? Mes condoléances.

Jury s'émerveilla qu'une femme puisse mener une vie assez innocente pour prendre deux flics pour autre chose que des flics.

Wiggins la détrompa.

— Scotland Yard, dit-il en montrant sa carte.

Cela aurait pu paraître formel, mais Wiggins avait le don de se présenter avec le ton amical d'un voisin promenant son chien.

Jury (le chien en question) s'avança d'un pas et présenta sa carte avec un sourire; il ordonna à l'agent de rester dehors et invita la vieille dame à entrer.

— Vous êtes Vera Landseer, n'est-ce pas?

— Vera Landseer, oui. La voisine.

Elle pétrissait un fin mouchoir de lin. Elle était élégamment vêtue d'un tailleur vert acide — d'un ton proche de la chartreuse —, une broche noire fermait son col, et un collier de perles véritables ornait son cou. Elle avait la peau fine, parcheminée et talquée. Elle dégageait un parfum sylvestre et ses cheveux gris étaient impeccablement coiffés.

— Vous étiez une amie de Nancy Pastis. Vous avez aidé la police de Fulham...

— Je n'étais pas tout à fait une amie, j'en ai peur.

Son regard ému suggérait qu'elle aurait dû mieux faire, et qu'il était désormais trop tard pour se rattraper.

— Je suis venue deux ou trois fois chez elle. Un après-midi, elle m'a invitée à prendre le thé. C'est un bel appartement n'est-ce pas? Qu'est-ce que tout cela va devenir? Les livres, les peintures?

— Je n'en sais rien, hélas. Si nous retrouvons des parents, ils s'en occuperont.

Vera Landseer laissa errer son regard sur les tableaux.

— J'ai toujours eu cette étrange impression qu'elle n'avait personne. Qu'elle n'avait pas de famille. Je ne sais pas pourquoi j'avais cette impression, mais il doit y avoir une raison, vous ne croyez pas?

Jury opina en souriant. Il aimait la façon dont l'esprit de Vera Landseer fonctionnait.

— Vous avez pris le thé ensemble, vous avez eu une conversation. Elle vous a peut-être confié quelque chose...

Vera Landseer parut réfléchir.

— Je lui ai dit que ma famille habitait le Kent. Elle m'a dit que la sienne avait vécu sur le continent les dix dernières années de leur vie. A l'évidence, cela signifiait que ses parents proches étaient morts. Elle n'était pas mariée... cela aussi, c'est évident. Quand on voit ça... (Elle désigna la pièce d'un geste large.) Elle parlait un peu de ses voyages. Je crois que le week-end en question, elle revenait de... (Vera Landseer se pinça le front pour se rappeler le nom.) D'Irlande, d'Irlande du Nord. Je crois qu'elle avait dit Armagh...

Elle posa sur sa gorge sa main menue qui tenait le mouchoir et joua avec son collier de perles.

— L'appartement est très bien rangé, dit Jury, surtout quand on voit tous ces meubles et ces livres. Je ne me souviens pas d'en avoir vu d'aussi... immaculés.

— Oui, il était comme ça chaque fois que je l'ai vu.

Très, très bien rangé. Euh, ajouta Vera Landseer en tripotant ses perles, j'ai à faire, si vous voulez bien m'excuser ?

— Si vous pensez à quoi que ce soit qui pourrait nous aider, dit Jury en tendant sa carte de visite, je vous serais infiniment reconnaissant de me téléphoner.

Vera Landseer étudia la carte, puis dévisagea Jury comme pour vérifier une ressemblance ou une identité.

— Oui, volontiers. Eh bien, au revoir.

Elle sortit et se dirigea vers l'ascenseur.

— Je suis content que Vera soit venue, annonça Wiggins. (Il ne perdait pas de temps pour appeler les gens par leur prénom, témoins, victimes ou suspects.) Ça me fout les jetons, je vous le dis.

— Quoi donc ?

L'ascenseur s'arrêta en hoquetant.

— Le manque de choses.

— Le manque de choses ? s'esclaffa Jury. Cet appartement est plein de choses...

— Non, je parle de choses personnelles, le courrier, les photos. Nancy voyageait pas mal, mais on accumule des choses, moi je le fais. Vous en connaissez, vous, des gens qui jettent tout ? Il n'y a même pas de documents ni de photos dans des cartons à chaussures, vous savez, ceux qu'on remise sur la dernière étagère d'une armoire...

— Les hommes de Chilten auront tout emporté.

Mais Jury se rappela que Chilten lui avait dit que, hormis le passeport, un relevé bancaire et quelques factures, ils n'avaient rien trouvé. Jury avait cru que Chilten parlait au sens figuré, mais il avait sans doute parlé littéralement. De toute manière, le résultat était le même : le néant.

— Je suis d'accord, admit Jury. C'est bizarre.
— Si Vera n'était pas venue, renchérit Wiggins, j'aurais cru qu'on avait affaire à un fantôme.

Le néon bleu éclatant de l'enseigne du Starrdust propulsait des comètes à travers l'étroit bâtiment de Covent Garden. Ayant provisoirement fini de s'occuper des voyous, loin de l'homéopathie et d'*Homicide* pour l'instant, Wiggins était prêt à vivre sa vie. Le Starrdust était sans doute l'endroit qu'il préférait dans tout Londres. Après la visite, ils auraient le temps de s'occuper des fantasmes de Racer en allant faire un tour au restaurant tenu par Danny Wu.

Wiggins gara la Ford de fonction le long du trottoir opposé, en stationnement interdit ; ils descendirent et traversèrent la rue pavée. Ils s'arrêtèrent devant le magasin et se mêlèrent à la demi-douzaine de gamins hypnotisés par l'immense vitrine du Starrdust. Il s'y passait toujours quelque chose ; la scène changeait sans prévenir. Meg et Joy, les étalagistes, qui travaillaient aussi comme vendeurs pour Andrew Starr, avaient un ami électricien ; avec toutes sortes de poulies et de mécanismes, il fabriquait des engins qui animaient les scènes. A eux trois, ils avaient sans doute créé les plus belles vitrines de Londres ; Harrod's et Selfridges ne leur arrivaient pas à la cheville.

Ce jour-là, la vitrine présentait une scène nocturne dans un bois. Sur la gauche, deux petits enfants marchaient sur un sentier, lorsque, soudain, une sorcière surgissait de derrière un arbre en étendant ses bras, mains ouvertes, doigts crochus. La lune brillait plus fort, les étoiles scintillaient de plus belle, Merlin sortait de sa grotte coiffé de son chapeau pointu, vêtu de son manteau parsemé d'étoiles; il martelait la tête de la sorcière de sa mitre tant et si bien qu'elle disparaissait. Alors, la forêt s'assombrissait, des créatures sylvestres sortaient de leur cachette, la nuit tombait de plus en plus, les étoiles s'éteignaient et un noir d'encre enveloppait la vitrine.

Tout ce qui se passait au Starrdust paraissait être animé par des mains invisibles.

— Comment qu'ils font ça, m'sieur? demanda une fillette si petite qu'elle aurait pu servir de modèle à une poupée en porcelaine.

— C'est Merlin l'Enchanteur qui le fait. Celui qui a le grand chapeau pointu.

La fillette gratifia Jury d'un regard accablé, roula des yeux d'un air de dire qu'il était décidément trop naïf, et fila telle une feuille emportée par le vent.

C'était une pure merveille, Jury dut en convenir, bien qu'à son avis le « comment » était moins important que le « pourquoi ».

Le « pourquoi » de cette entreprise était profondément enfoui dans le cerveau d'Andrew Starr. Merlin l'Enchanteur, c'était lui; le chef d'orchestre, c'était lui. Pour l'instant, il était à demi couché sur un vieux pupitre qui lui servait de comptoir et sur lequel trônaient un ordinateur et une caisse enregistreuse; il avait étalé quelque chose devant lui : un horoscope, sans doute. Andrew était un astrologue sérieux qui avait des adeptes dévoués, ménagères, personnalités et vedettes du show-biz. Ses tarifs étaient prohibitifs, mais personne ne discutait le prix car ses prévisions étaient d'une justesse surprenante.

Le magasin semblait vivre dans un perpétuel crépuscule, de plus en plus sombre à mesure qu'on s'enfonçait à l'intérieur. Wiggins alla directement dans le fond où les enfants se rassemblaient autour de l'Horror-Scope, une sorte de maison modèle réduit d'où s'échappaient des cris de joie et de terreur.

Comme à chaque fois, Jury s'arrêta pour admirer le second plafond, celui que Meg, Joy et leur électricien avaient transformé en une merveille de ciel nocturne, avec une lune qui croissait et décroissait, des étoiles et des planètes qui s'éclairaient et s'éteignaient tour à tour. Derrière chaque planète, un minuteur réglait l'éclairage de sorte que lorsque Vénus s'assombrissait, Mercure s'illuminait. Les étoiles, la Lune et les planètes du Zodiaque apparaissaient et disparaissaient. C'était merveilleux, le tout avec la bénédiction de Meg, de Joy et de l'électricien. Et le cerveau d'Andrew Starr.

Le magasin était réellement hors de ce monde, même la musique : de vieux disques rayés que le propriétaire avait amassés au cours des ans. La version de « Stardust » de Hoagy Carmichael en formait la base, de même que « Moonlight Serenade » de Glenn Miller. Jury contempla le plafond en écoutant une cascade de notes de piano ; il essaya de reconnaître le titre, un de ces airs qui rendent fou parce qu'ils évoquent des souvenirs, que l'on connaît mais dont on ne se rappelle jamais le nom.

— « Stella », par Starlight, dit Andrew en levant la tête de son travail.

C'est pas vrai, se dit Jury, il lit dans les esprits. Il était convaincu qu'Andrew Starr possédait un sixième et même un septième sens. Si les hommes d'affaires rêveurs existaient, Starr en serait le paradigme. Il avait prouvé son sens des affaires en engageant Meg et Joy ;

avant même qu'ils réalisent quoi que ce fût, il avait compris que leur présence enchanteresse serait bénéfique pour le commerce. Tel Merlin, ils surgissaient pour chasser les ennuis. Ils se tenaient actuellement près de l'Horror-Scope, une structure grande comme une petite pièce, avec un plafond bas, d'où émanaient les fracas d'une tempête, un ciel zébré d'éclairs, des bruits inquiétants et des « phénomènes » (du moins était-ce ainsi que Wiggins les appelait), et il fallait payer vingt pence pour découvrir cette merveille. Jury n'était jamais entré dans l'Horror-Scope et Wiggins refusait de lui raconter ce qu'il y avait à l'intérieur.

L'un des « phénomènes » que Jury connaissait bien était sa voisine du dessus, Carole-Anne Palutski. Pour l'heure, avec ses yeux d'améthyste et ses cheveux roux doré, elle fonçait vers lui dans un nuage de chiffons rose saumon, et un tintement de clochettes dont elle s'était lestée, probablement aux chevilles. Un turban lamé argent comprimait son abondante chevelure rousse, des bouclettes en jaillissaient pour encadrer sa frimousse. Jury pensa aussitôt à une petite fille d'un tableau de l'école hollandaise. Elle tenait une assiette qui supportait une grosse part de gâteau à la noix de coco.

— Commissaire! s'exclama-t-elle en accueillant Jury.

Elle semblait être ravie de le revoir après une longue absence alors qu'ils avaient pris leur petit déjeuner ensemble le matin même. Elle se souvint soudain qu'il lui avait posé un lapin pour leur rendez-vous au pub.

— Tu viens pour les lignes de la main? (Avec les messages de l'au-delà qui se matérialisaient dans sa boule de cristal, la chiromancie était la spécialité de

« Madame Zostra ».) Parce que dans ce cas, ce n'était pas la peine. Rien n'a changé.

— Non, je ne suis pas là pour ça. Mais es-tu en train de me dire qu'il suffit de se faire lire les lignes de la main une fois pour toutes ?

— Pour toi, oui.

Carole-Anne broya le gâteau à coups de fourchette. S'il comptait sur elle pour découvrir dans sa main des voyages lointains et des histoires d'amour, c'était raté. Il se demanda pourquoi il était entouré de gens aussi ignorants de l'ambiguïté. Carole-Anne, Wiggins, Mrs Wassermann. Même le chat Cyril était davantage conscient de l'aspect aléatoire des choses.

— Eh bien, désolé de te décevoir, mais il se passe des choses dans ma vie amoureuse que ta lecture hâtive des lignes de ma main en janvier dernier ne t'a pas permis de prédire.

Au nom du ciel, pourquoi se rappelait-il que c'était en janvier ? Cette question l'irrita au plus haut point. Dieu savait que ce n'était pas sa bonne fortune qui l'avait marqué, sa vie en étant totalement dépourvue. Alors pourquoi s'en souvenait-il ? Cela ne pouvait être que parce que Carole-Anne elle-même le marquait davantage que n'importe quel autre événement.

— Ta vie amoureuse ? s'étonna-t-elle. Qui a dit que tu en avais une ? (Elle enfourna une fourchettée de gâteau et dit, la bouche pleine :) Bas boi, ch'en chuis chûre. (Elle posa l'assiette sur le comptoir et ajouta :) Je suis seulement venue prendre le « sans-fil ». (Elle fouilla sous le comptoir et en sortit un téléphone.) Il faut que j'appelle Stan, expliqua-t-elle avec de grands airs. Nous avons rendez-vous...

Carole-Anne avait le don d'utiliser Stan Keeler pour mesurer le quotient de jalousie de Jury.

— Ah, tu vas à Berlin ?

— Pardon ? fit-elle en inclinant la tête sur le côté comme si c'était une épreuve d'écouter Jury, baragouineur incompréhensible.

— Stan est à Berlin, il y fait son numéro.

Ce qui émerveillait Jury, c'était la rapidité phénoménale avec laquelle Carole-Anne traitait les informations.

— Je n'ai pas dit qu'on devait sortir, répondit-elle du tac au tac. Nous avions décidé de l'heure à laquelle je devais l'appeler, c'est pas pareil.

— Ah bon. Quant à ma vie amoureuse, permets-moi de préciser que ce n'est pas parce que tu ne m'en prédis pas une que j'en suis dépourvu...

Cet échange d'amabilités amusa Andrew.

— Ça va à l'encontre de l'objet même de la prédiction, n'est-ce pas, commissaire ?

Il souriait d'un air réjoui. Andrew ne croyait pas un instant qu'elle lisait l'avenir mieux que sa manucure. Il était conscient des limites de Carole-Anne en matière de spiritualité, mais il était toujours de son côté et il soutenait les causes qu'elle épousait.

L'humeur de Carole-Anne s'éclaircit.

— Bon, fit-elle, qu'est-ce que tu veux ?

— Que tu me rendes un service.

Elle s'efforça de cacher son plaisir quand Jury lui tendit la page du *Mirror* qu'il avait fourrée dans sa poche.

— Qu'est-ce que c'est ? demanda-t-elle avant d'engloutir une autre bouchée de gâteau.

— Lis ça... (Comme elle lui jetait le regard de celle qui refuse de se laisser dicter des ordres, il ajouta :) Quand tu auras un moment. Ensuite, nous en parlerons.

— Comme tu voudras, dit-elle en levant le menton d'un air hautain avant de filer sous sa tente, oubliant le gâteau et le téléphone sans fil.

Des rires assoupis provenaient de l'Horror-Scope où Wiggins s'était attardé.

— Wiggins !

Les rires cessèrent momentanément, Wiggins et les autres enfants ne voulant pas qu'on les ramène à la réalité des jours et des saisons.

Seule la promesse d'un repas chez Danny Wu pouvait inciter Wiggins à s'extirper du Starrdust.

— Wiggins ! lança de nouveau Jury. Vous venez chez Danny Wu, oui ou non ?

Le visage de Wiggins pointa par la porte de l'Horror-Scope, puis son corps tout entier en sortit. Comme Carole-Anne, il lui était difficile de ne pas se draper dans son manteau de martyr.

— Ça fait un bail que je suis prêt, patron. Je vous attendais.

Ruiyi, le restaurant de Danny Wu, était, d'après ses clients, les critiques gastronomiques et, surtout, ses compatriotes, le meilleur restaurant de Soho. Jury et Wiggins s'en réjouissaient car l'enquête en cours sur les à-côtés présumés de Mr Wu — la drogue et, désormais, les cadavres — forçait les deux policiers à s'attabler chez Danny Wu une ou deux fois par mois.

L'enquête aurait dû être menée par la brigade des stupéfiants (dont c'était à l'évidence le domaine) si le divisionnaire Racer n'avait insisté pour que Jury s'en charge. Jury ne travaillait que sur des homicides, mais Racer n'en avait cure. Depuis qu'un cadavre s'était ajouté au trafic de drogue, Racer s'acharnait avec une férocité décuplée sur Danny Wu.

Danny Wu était un homme d'une élégance tout italienne, un quadragénaire poli qui semblait davantage eurasien que chinois. Lui-même cantonais, né dans la province de Kuang-tung, il avait ensuite émigré à Pékin. Lorsque sa mère — qui l'avait élevé seule — avait compris à quel point la vie était pénible dans le pays et combien il était difficile de le quitter, elle avait risqué sa vie une demi-douzaine de fois pour l'emmener à Hong Kong, à Shenzhen, ou le ramener au Kuang-tung. Issue d'une longue lignée de propriétaires terriens, sa mère avait été une très belle femme, comme seules le sont les vraies courageuses. Et Jury était persuadé qu'elle avait été de celles-là. Il suffisait de regarder le visage de Danny Wu pour s'en convaincre. En outre, Jury avait vu la photo de la mère. Danny, qui n'avait pas connu son père, avait dit un jour à Jury : « Qui dit qu'il n'était pas laid comme un pou ? — Vous n'auriez pas ce nez-là », avait répondu Jury en riant.

Bien né mais pauvre, Danny avait pris le premier emploi venu et s'était retrouvé à faire la plonge dans un hôtel de Shenzhen. Fasciné par la façon dont les cuisiniers découpaient un chou entier en moins de temps qu'il n'en fallait pour le dire, il avait gravi les échelons et d'aide-cuisinier était passé sous-chef à dix-neuf ans ; à la suite de quoi il avait bravé les barbelés qui séparaient Shenzhen de Hong Kong. Après avoir passé cinq ans comme cuisinier dans un hôtel de Hong Kong, il avait émigré en Angleterre. Devenu chef dans un des meilleurs restaurants de Londres, il avait gagné suffisamment d'argent pour investir dans la pierre et, avec ses gains, avait acheté un immeuble dans Soho et ouvert sa propre affaire. Il avait appelé son restaurant Ruiyi, du nom de sa mère.

Ses années dans la restauration avaient été entrecoupées d'une courte période passée sur une exploitation de serpents et d'un peu d'espionnage industriel à Shenzhen. « Il est plus facile de sortir les Joyaux de la Couronne de la Tour de Londres qu'une poupée Barbie de chez Mattel, Inc. »)

Selon Jury, Danny Wu était le plus grand menteur que le monde avait connu depuis Homère.

« Vous le croyez ? lui avait un jour demandé Wiggins.

— Juste l'histoire des serpents et de sa mère, avait répondu Jury, qui avait aussitôt rectifié : Juste l'histoire de sa mère. »

Que Danny dise la vérité sur sa mère était pour Jury aussi évident que la pluie sur les carreaux, une pluie typiquement non anglaise, qui faisait déborder les rivières et provoquait des inondations.

Chaque fois que Jury et Wiggins se présentaient au Ruiyi, on les faisait entrer avec la rapidité et la fluidité des personnages de la vitrine du Starrdust. Si la police avait pu placer Wu sous surveillance aussi efficacement que Danny les faisait surveiller, le trafic de drogue, s'il existait, aurait été découvert depuis longtemps. Un magicien n'aurait pu débarrasser la table aussi vite que les garçons à l'arrivée de Jury et de Wiggins.

— S'il vous plaît, dit le vénérable vieux serveur, avec force sourires et courbettes tout en essuyant d'un bras la table dont Jury aurait juré qu'elle était occupée quelques instants plus tôt.

Il tira les deux chaises et leur fit signe de s'asseoir. Ils s'installèrent. Jury parcourut la petite salle des yeux et observa la queue dont on les avait extraits, provoquant les regards courroucés des clients qui les précédaient. Jury ne pouvait les en blâmer. On faisait toujours la queue au Ruiyi.

Le serveur leur présenta les menus et leur indiqua les spécialités du jour. Jury prenait toujours une spécialité, mais il aimait néanmoins parcourir le menu. Wiggins était chaque fois émerveillé par le nombre de plats; le menu était pour lui une nourriture en soi, un moment de pure fascination.

— Commissaire!

Danny Wu apportait avec lui sa propre ambiance; il saturait l'air lourd de fumée d'une amabilité froide et doucereuse que Jury trouvait quelque peu irréelle. Il portait des chemises sur mesure et des costumes de grands couturiers. En principe, Jury savait reconnaître un Armani; sinon, il était ignorant quand on en arrivait à ce genre de vêtements. Wiggins avait un jour fait la remarque que Danny Wu pouvait rendre n'importe quel costume, quelle que soit la modestie de ses origines, aussi impeccable qu'un Armani ou un Stegna, mais il avait ajouté que c'était difficile à dire étant donné que Danny ne portait que des vêtements de grands couturiers.

C'était certainement vrai pour cette fois. Sa chemise beurre-frais à boutons de manchette était assortie d'une surprenante cravate mauve, et une pochette de soie ornait son costume laine et soie d'un brun chocolat si foncé qu'il paraissait presque noir. Jury repensa au manteau de zibeline.

— Bonsoir, Danny. Les affaires marchent, comme d'habitude. Vous devriez vous agrandir.

— Ah! Je n'ai rien entendu d'aussi banal de la journée.

Wiggins ricana derrière le menu qu'il continuait d'éplucher. Il lisait chaque fois le menu du début à la fin, même si celui-ci ne changeait jamais, sauf les spécialités du jour.

— Merci quand même pour la table, dit Jury.

— Vous êtes toujours les bienvenus. Pensez à toutes les fois où vous êtes passés ramasser vos pots-de-vin.

— On vous fait des misères à propos de cette affaire de Limehouse?

— *On* nous en fait, oui. C'est fascinant, chaque fois qu'il y a un meurtre à Limehouse — ou sur les Docks, comme on dit maintenant —, c'est un Chinois que vous recherchez. Ne me dites pas qu'à Scotland Yard vous en êtes restés à l'époque des fumeries d'opium, des meurtres à la pelle, du brouillard, des quais, des rats...

— J'ai choisi, patron, déclara Wiggins.

Ce n'était pas l'opium ni les rats qui allaient empêcher Wiggins de commander son festin. Il déplia sa serviette sur ses genoux et se prépara à s'atteler aux affaires sérieuses.

— A votre place, inspecteur, dit Danny Wu, je commanderais le poisson frit au tamari. Surtout si vos sinus vous jouent des tours.

Wiggins n'avait pas parlé de ses sinus... *pas encore.*

Ils étaient au milieu du repas quand Wiggins aborda la question du prêtre qui avait loué un bureau dans Fulham Palace.

— Noailles. Je voulais vous en parler. Il est rentré de Paris.

Wiggins arrosa son riz de sauce de soja.

— Je suis tout ouïe, Wiggins.

— J'ai rappelé, pour voir s'il était rentré, et je lui ai

demandé s'il avait vu quelque chose le samedi soir. Non, qu'il m'a dit, *mais*...

Il s'interrompit afin d'enfourner une bouchée de riz noir de sauce.

Jury le fixa dans l'espoir de l'obliger, par hypnose, à arrêter de manger, mais cela ne marcha pas. Wiggins détacha l'arête de son poisson comme s'il était encore accroché à l'hameçon. Jury soupira.

— *Mais ?* fit-il.

— Il a vu l'article du journal parlant d'une femme qui aidait l'enquête de police. Il m'a dit qu'il avait connu quelqu'un du même nom à Paris. Un certain Michael McBride, dont l'épouse s'appelait Kate, croyait-il. C'est peut-être une coïncidence, bien sûr. Bref, je lui ai dit que nous ferions un saut ce soir chez lui ; il est d'accord.

Jury fut sur le point de remarquer qu'ils auraient aussi bien pu faire un saut lorsqu'ils étaient encore au Starrdust, mais il préféra agir. Il se leva, décrocha sa veste du dossier de sa chaise et lança :

— Allons-y !

— Mais, patron ! Nous n'avons pas fini de manger !

— Nous reviendrons. Danny sera encore ouvert. Chop-chop, Wiggins !

Wiggins s'extirpa de sa chaise à contrecœur.

— Je ne devrais pas faire d'exercice aussitôt après manger, patron, protesta-t-il. Ça retarde ma...

Jury fit le tour de la table, accrocha de l'index Wiggins par le col de sa chemise et colla son visage contre le sien.

— Je vous porterai jusqu'à Fulham s'il le faut, menaça-t-il.

18

Bien qu'encombrée de gros meubles sombres — gothiques, songea Jury — la pièce avait quelque chose de vaporeux, plusieurs odeurs flottaient dans l'air, troublantes et néanmoins familières. Jury en respira de profondes bouffées, se disant qu'on n'oubliait jamais, même après une longue absence, le parfum amer de l'encensoir, l'odeur musquée des fleurs séchées, du camphre et des cierges. Quand avait-il été dans une église pour la dernière fois ? Cela faisait des années, et encore parce qu'une enquête l'y avait conduit.

On avait l'impression que le père Charles Noailles s'était donné beaucoup de mal pour se sentir dans son bureau comme chez lui ou à l'église. Une madone stylisée en bois était accrochée au mur, longiligne comme une sculpture de Modigliani. Jury était fasciné par la tranquillité paisible qui se dégageait des visages de madone.

Le père Noailles était un homme de grande taille, approchant la cinquantaine, qui avait le don de mettre ses interlocuteurs à l'aise. Lorsque Jury et Wiggins arrivèrent, il se tenait près de la fenêtre qui donnait sur la vaste pelouse du palais. Sous la fenêtre, il y avait un vieux coffre qui ressemblait à ceux des marins, et dont le bois était brûlé par endroits. Jury se demanda sur quelles mers Noailles avait navigué et quels incendies il avait traversés. Il avait sans doute acheté le coffre pour quelques livres au marché aux puces de Portobello Road. C'était aussi là qu'il avait dû dénicher la commode en chêne, rongée par les vers, qu'il avait plaquée contre le mur. Une cale blanche — une boîte d'allumettes ou un morceau de papier plié en quatre — était fixée sous un des gros pieds ronds de la commode. Il y avait aussi, contre le même mur, un étroit lit en fer habillé d'une couverture grise. Mais l'objet le plus intéressant était sans conteste le télescope, fixé sur son socle, dirigé vers le ciel.

— Vous habitez dans ce bureau? demanda Jury qui, craignant de paraître snob, ajouta : Ah, j'aimerais tant que le mien soit plus confortable!

Il rougit. Son bureau était très confortable; Wiggins y avait pourvu.

L'inspecteur le gratifia d'un regard lourd qui semblait dire : « Qu'est-ce que vous voulez de plus? Nous avons de quoi faire du thé, un petit évier et toutes les pilules ou poudres dont vous avez besoin pour vos maux de tête et vos insomnies. Ah, on n'a rien contre le mauvais caractère, c'est vrai. » Wiggins renifla, comme s'il avait parlé à voix haute et qu'il espérait que le commissaire prenne ses reproches en compte.

— Non, dit Charles Noailles, c'est peut-être l'impression que cela donne, mais je ne vis pas ici. Asseyez-vous, je vous en prie. Tenez, prenez ce fauteuil, il est confortable.

Il ramassa un tas de journaux et de périodiques, et les entassa sur une table, contre le mur, tellement surchargée que la pile menaçait de s'écrouler à tout instant.

Jury s'assit dans le fauteuil, un vieux meuble au cuir éraflé et râpé. Il s'enfonça dans les coussins, plus moelleux qu'il ne l'aurait cru.

— Vous êtes astronome, mon père?

Noailles paraissait réjoui, on aurait dit que l'intrusion de Scotland Yard le tirait d'une occupation fastidieuse.

— Oh, je ne suis qu'un amateur, protesta-t-il.

Wiggins s'était lancé dans un circuit autour de la pièce, il évaluait un fauteuil par-ci, une porcelaine par-là, examinait ceci et cela (comme s'il cherchait des indices, ce qui n'était pas le cas). Jury avait deviné qu'il se frayait un chemin jusqu'au télescope, qu'il finit par s'approprier. Il avait manœuvré à la dérobée, comme un chat avec une assiette de crème.

— Et vous, inspecteur Wiggins, dit Noailles, êtes-vous aussi un astronome amateur?

— Oh oui. Quand j'étais jeune, j'étais toujours fourré près d'un télescope.

Tandis que Wiggins scrutait le ciel nocturne, Jury contempla le plafond comme s'il était dans un planétarium.

— Il y a beaucoup à dire, annonça Wiggins d'un ton sentencieux lorsqu'il eut terminé son inspection.

— Sur quoi? demanda Jury.

— Sur le ciel, bien sûr, les constellations, la Lune...

— Merci, Wiggins. Inutile de nous dire ce qu'il y a dans le ciel. Nous le savons. Nous ne sommes pas venus contempler les étoiles, mon père, dit Jury avec un sourire à l'adresse de Noailles.

Il coula un œil vers les piles de livres et de papiers, s'excusa d'avoir interrompu son travail.

— Non, je vous en prie, fit Noailles en levant les bras au plafond, je préfère faire n'importe quoi que cette rédaction...
— Vous parlez de votre livre, mon père ? s'enquit Wiggins.
Fidèle à sa propre image, Wiggins s'assit sur une chaise dure au dossier droit et sortit son calepin.
— Je l'appelle *La Vie des évêques*. En fait, il s'agit des évêques de Fulham Palace. C'est surtout une histoire du palais. Je m'étais dit que le palais lui-même serait un endroit idéal pour travailler... Vous savez, pour l'inspiration.
— Et l'inspiration est venue ? demanda aimablement Jury.
— Non, bien sûr que non. Ni plus ni moins que sur un banc de Montparnasse ou de Leicester Square. Peu importe l'environnement, vous ne croyez pas ?
— Je suis bien d'accord avec vous, acquiesça Wiggins d'un air solennel.
Jury s'étonna une fois de plus des multiples violons d'Ingres de son subordonné.
— Depuis combien de temps avez-vous ce bureau, mon père ? questionna-t-il.
— Près d'un an. Mais je suis sûr que vous n'êtes pas venu me parler de mon écriture.
— Ma question ne s'y rapportait pas, assura Jury avec le sourire. (Comme Wiggins ouvrait la bouche, probablement pour poser une question sur l'activité littéraire du prêtre, Jury le devança :) Vous avez dit à mon inspecteur que vous connaissiez Kate McBride...
— C'est possible, en effet. J'ai connu un Michael et une Kate McBride à Paris. Je le connaissais surtout lui, d'ailleurs. Il travaillait à l'ambassade de Grande-Bretagne.

Un silence.

— Oui, fit Jury, continuez.

— En fait, je les ai rencontrés à Aruba, aux Caraïbes.

Noailles déviait du sujet, mais Jury n'intervint pas. Il était partisan de laisser les témoins raconter leurs histoires à leur manière.

— C'était une de ces merveilleuses plages qui bordent l'île comme un chapelet de perles. Le sable y est d'un blanc rose étonnant. Ils étaient là pour de courtes vacances et nous avons découvert que nous habitions tous trois à Paris, dans le VIe arrondissement. Nous avons pris cela comme un signe du destin, surtout Michael. Bref, nous avons engagé la conversation. C'était intéressant, nous avions évité les questions bateaux sur nos occupations réciproques. C'est sans doute pour cela que lorsque nous nous sommes retrouvés le soir, au restaurant de l'hôtel, ils ont eu le sentiment d'avoir été trompés.

— Trompés ? s'étonna Jury.

— En découvrant qui j'étais. J'avais mon col blanc, vous comprenez. (Il désigna son cou, qu'aucun col n'habillait, comme pour initier les deux policiers aux coutumes mystérieuses de la prêtrise.) A la plage, je ne l'avais pas, forcément.

— Leur comportement a changé ?

— Je ne crois pas. En tout cas, pas celui de Michael. Comme sa femme n'était pas du genre loquace, je n'ai pas remarqué sa réaction.

— Vous vous êtes lié avec lui mais pas avec elle ?

— C'est cela. Je ne crois pas que Kate gagnait à être connue, de toute façon.

Jury trouva bizarre qu'un prêtre s'exprime de cette manière, mais il sourit comme si de rien n'était.

— Comme je vous le disais, c'est surtout le mari que j'ai connu. Mon église se trouvait près de Saint-Germain-des-Prés. A Saint-Sulpice. Ils y habitaient, ils avaient un appartement près de la rue de Vaugirard, rue...
Noailles fronça les sourcils, le nom lui échappait.
— Rue Servandoni? dit Jury.
— C'est cela! (Noailles parut surpris que la police anglaise connaisse cette rue, mais il poursuivit :) Michael venait parfois aux matines, de très bonne heure. Il était assez dévot.
Noailles se plongea dans le silence, comme si ses souvenirs parisiens remontaient à la surface et qu'il les feuilletait dans un album de photos.
— Oui? fit Jury pour l'inciter à continuer.
— Oh, excusez-moi. Je repensais à Saint-Germain. J'adorais vivre à Paris. Je ne la connaissais pas, elle, comme je vous le disais; à part la fois où nous nous sommes rencontrés tous les trois, je ne l'ai vue que de temps en temps, avec Michael.
— Quel souvenir gardez-vous d'elle? A Aruba, par exemple. C'est la fois où vous êtes resté le plus longtemps en sa compagnie?
— Oui. (Noailles se prit le menton et réfléchit.) Je me souviens du grand chapeau de paille qu'elle portait. Il avait un énorme rebord qui dessinait une ombre partout où elle allait.
Jury trouva que Noailles prenait un certain plaisir à l'évocation du souvenir de Kate McBride.
— Continuez, l'encouragea-t-il.
— Honnêtement, commissaire, il n'y a rien de plus à dire. Elle restait dans son coin, comme je l'ai déjà dit.
— Etiez-vous ici samedi soir?

— Oui, bredouilla Noailles. Je suis parti à Paris le dimanche. Je suis ici la plupart du temps, en réalité. Les soirs et les nuits. C'est un soir que la femme a été assassinée, n'est-ce pas?
— Entre six et dix heures. Vous êtes resté ici toute la soirée?
— Oui. J'y ai dormi, en fait.

Noailles se leva et arpenta la pièce en se massant les épaules comme si elles étaient douloureuses. Jury l'observa.

— Lorsque vous avez vu les photos, vous avez été surpris?
— Vous voulez savoir si j'ai pensé que c'était Kate? Oui, j'ai cru l'avoir reconnue.
— Avez-vous le cliché de la morgue? demanda Jury à Wiggins.
— Oui, patron, dit ce dernier qui sortit une photo de la poche de son imperméable et la montra à Noailles.
— Elle ressemble à Kate McBride, dit le prêtre... mais pas tout à fait. (Il plissa les yeux comme si cela pouvait l'aider à l'identifier, puis secoua la tête.) Je ne l'ai pas assez vue pour être sûr, conclut-il en rendant la photo à Wiggins.
— Et les autres bureaux? Avez-vous vu quelqu'un?
— Non... oui, j'ai vu le vieux Bread. Le capitaine Bread, comme il se fait appeler. Il était encore là, comme souvent. Il s'occupe de sa fondation pour marins avec un certain fanatisme.
— Connaissez-vous d'autres locataires?
— Un peu. Assez pour dire bonjour, bonsoir, mais pas plus.
— Elle ne venait donc pas vous voir?

Le prêtre ne saisit pas tout de suite où Jury voulait

en venir. Lorsqu'il comprit, il pâlit ; Jury se demanda si c'était par inquiétude ou par colère.

— Je vous l'ai dit, commissaire, répondit-il avec froideur. Je vous ai raconté ce qui s'était passé.

Désormais, Noailles était sur la défensive et Jury douta de tirer autre chose de lui. Il essaya de se rattraper en assurant qu'il s'agissait d'une question de pure routine.

— Je vous remercie de votre aide, dit-il en se levant. Je vous laisse travailler.

Wiggins se leva à son tour, mais il paraissait déçu de quitter les planètes lointaines.

Jury s'arrêta à la porte et se retourna.

— Et la fille des McBride ? Vous la connaissiez ?

— Non, seulement lui. Nous n'avons jamais parlé d'elle, mais il n'y avait aucune raison que les enfants débarquent dans la conversation. Nous ne parlions que de son dilemme spirituel, pas de sa famille. De toute façon, comme je l'ai déjà dit, je ne connaissais pas...

— ... très bien sa femme, termina Jury à sa place.

Et il prit congé.

19

Ralph Rees n'était pas tout à fait comme Melrose l'avait cru; il n'affichait pas l'ennui blasé qui accompagne souvent l'absence de talent. Toutefois, il cultivait l'allure artistique — pull à col roulé noir sous une veste en laine crème aux épaules tombantes et aux manches retroussées et un physique assorti : plutôt maigre, presque pointu, les cheveux longs jusqu'aux épaules et la manie de les dégager de son visage d'un geste de la main.

Il était ravi de rencontrer Melrose et ne le cachait pas; dans sa ferveur pour l'aristocratie britannique, il broya la main de Melrose entre les siennes. Il était fou de joie que la galerie ait vendu un de ses tableaux, encore plus qu'il se soit trouvé un client pour l'apprécier.

— Beaucoup de gens regardent la série d'un œil vide.

C'est mon cas, aurait voulu avouer Melrose. Mais Ralph Rees avait parlé avec une telle sincérité qu'il commença à le trouver sympathique malgré son manque de talent. Ralph Rees possédait pour son

travail l'enthousiasme d'un enfant de cinq ans qui se précipite vers sa maman pour lui montrer son dessin.
— Vous avez sans doute fait dans d'autres genres, Mr Rees.
— Appelez-moi Ralph. Je le prononce « Rafe », à l'ancienne, mais c'est comme vous voulez.
Il avait dit cela avec un sourire rayonnant.
— D'accord. Je disais que vous deviez avoir essayé d'autres styles.
— Oh, oui. Mais rien de très original.
— Des portraits, des vues de Venise et des Alpes, intervint Sebastian, avec un sourire méprisant pour les travaux *primitifs* de Rees.
— Tiens! fit Melrose. J'ai toujours eu un faible pour les portraits, et je suis sûr que Turner ne craignait pas qu'on trouve que ses toiles de Venise manquaient d'originalité.
Il n'était pas mécontent du whisky qu'Olivia lui avait servi dès son arrivée, avec un regard légèrement éméché suggérant que c'était le meilleur moyen de supporter le dîner.
Chacun riait à sa manière. Rees avait un rire franc, Olivia, un rire appréciateur, les frères Fabricant, ni l'un ni l'autre.
A ce moment-là, la porte du salon s'ouvrit et Ilona Kuraukov entra. Melrose devina que c'était Ilona; d'après la description de Jury, ce ne pouvait être qu'elle. Nicholas et Sebastian l'appelaient « maman ». Elle était loin de l'idée que Melrose se faisait d'une mère. Elle ressemblait à cette femme qu'on voyait sur les affiches Art Déco, un chien-loup à ses côtés, un Pernod à la main.
Il paraissait normal qu'elle ne porte que du vison — n'était-ce pas plutôt de la zibeline? —, que Nicholas

l'aida à ôter. Sous son manteau, elle portait une robe en tissu souple gris perle qui lui moulait la poitrine et les hanches et rendait ses yeux (sans doute gris-bleu) encore plus gris. Ses cheveux blond pâle étaient tirés en arrière, à la française, une coiffure que Melrose n'avait pas vue depuis longtemps, mais Ilona Kuraukov était tout à fait capable de ressusciter une mode. Des mannequins auraient tué pour avoir ses pommettes. On avait du mal à imaginer que Sebastian était son fils; elle était trop jeune! Soixante ans passés, soixante-dix à la rigueur. Elle était peut-être aussi vieille qu'Agatha! Melrose regretta de ne pas pouvoir prendre des photos Polaroid. *Alors, chère tante, quel âge donnes-tu à mon amie Ilona Kuraukov?*

Après le manteau, ce fut le verre — de la vodka qu'on avait gardée au frais, la bouteille plongée dans la glace. Elle prit le verre des mains de Seb (ainsi qu'elle l'appelait), s'assit à côté de Nikolaï (comme elle l'appelait) et lui tapota le genou. Elle s'adossa ensuite confortablement et s'excusa alors seulement de son retard. Lorsqu'elle ficha une cigarette dans son fume-cigarette sculpté, Melrose se leva d'un bond afin de l'allumer. Elle le dévisagea à travers une volute de fumée bleuâtre.

Melrose se rassit et, craignant qu'on n'abandonne les tableaux de Rees au profit d'un sujet de conversation plus banal, il déclara :

— Nous parlions d'art. De la série des *Neiges* de Mr Rees... euh, de Ralph, rectifia-t-il en inclinant poliment la tête vers Rees.

— Ah oui, fit Ilona Kuraukov. Assez différent, n'est-ce pas? Ça sort des sentiers battus.

Les sentiers en question intéressaient beaucoup Melrose. Il s'apprêtait à poser une question à leur sujet lorsque la porte s'ouvrit de nouveau, laissant entrer une jeune fille : Pansy, la dernière de la famille.

Melrose se demanda si Pansy arrivait exprès la dernière afin de donner à son entrée en scène un côté théâtral dont elle aurait pu se passer. Elle était, à sa manière et malgré leur différence d'âge, aussi éblouissante qu'Ilona. C'était sa petite-fille. Laquelle des deux souffrait le plus de ce lien de parenté ? Melrose hésita. Il se dit que la compétition dans cette famille devait être féroce, sinon démesurée.

Prête à tout pour étonner n'importe quel nouvel arrivant, Pansy n'en voyait pas moins sa lumière pâlir de la présence de Melrose lui-même, nouvel arrivant, certes, mais nanti d'un titre. Oui, Pansy était superbe, tel le bouquet de fleurs qui trône au centre de la table, mais Melrose était celui pour qui la table avait été dressée, celui qui possédait l'argent, les titres, les terres, les privilèges. Pansy semblait hésiter entre le dédain et l'envie, et son indécision amusa Melrose. Elle allait être obligée de faire un effort, une nouveauté pour elle. Jury avait dit qu'elle avait treize ou quatorze ans, mais elle faisait davantage : dix-sept ou même dix-huit, l'âge critique. Lorsqu'elle s'assit au bout du canapé, près du feu, c'est-à-dire près de Melrose, elle le fit avec le port altier qu'elle avait sans doute copié sur sa grand-mère. Elle leva ensuite les yeux sur Melrose et lui demanda s'il avait des chevaux sur ses terres du Northamptonshire.

— Non, il n'y a que la maison ; pas d'écurie, pas de paddock ni rien de ce genre.

— Ce que je déteste à Londres, dit Pansy, c'est qu'on ne s'y sent pas à la campagne.

Elle lissait sa jupe de soie blanche entre ses doigts et parlait comme si elle haïssait chaque centimètre carré de la ville. Elle parcourut la pièce du regard, les défiant tous de la contredire. Sa beauté n'était pas souillée par l'intelligence, ne fût-ce qu'un brin.

— Oui, j'ai remarqué, dit Melrose. Eh bien, Ardry End vous semblerait très londonien, pas de chevaux ni rien, il vaut mieux donc ne pas y venir.

Et il la gratifia de son plus beau sourire. Avait-elle manqué quelque chose? Elle écarquilla les yeux de surprise et d'incertitude, comme si une invitation avait été lancée et qu'elle en était exclue.

— Je...

Melrose la coupa. Il avait des choses à faire, il n'avait pas de temps à perdre avec une jeune fille, trop imbue d'elle-même de toute façon.

— Vous parliez de sentiers battus, dit-il à Ilona. Les portraits et les vues de Venise en font-ils partie?

Ilona le dévisagea d'un œil froid par-dessus son long fume-cigarette noir. La présence de Melrose dans la maison de ses fils — ou était-ce la sienne? — lui semblait louche.

— Ainsi, fit-elle, la série *Neige sibérienne* vous intéresse?

— Madame Kuraukov, expliqua Ralph Rees, lord Ardry...

— Appelez-moi Melrose. Je ne supporte plus ces histoires de « lord », c'est d'un ennui!

— ... Melrose a acheté un des tableaux.

Le fume-cigarette s'arrêta en l'air.

— Mais... c'est merveilleux. (Elle avala une bouffée puis demanda :) Lequel?

— Le 4, répondit Melrose.

Il eut l'impression d'avoir parlé d'un numéro d'autobus et se demanda comment les Fabricant allaient réagir. Hormis le peintre et les propriétaires de la galerie, il n'imaginait pas qu'on puisse prendre ces toiles au sérieux.

— Maman peint, déclara Nicholas. En tout cas, elle peignait, autrefois. De très jolies choses, d'ailleurs. Pourquoi as-tu arrêté ?

C'était comme s'il venait juste de penser à lui poser la question. Ilona émit un petit rire bref.

— Ne sois pas bêta, Nicky.

Nicholas se suffit de cette réponse.

— J'ai l'impression d'être une exception, ici, dit Olivia. Excuse-moi, Ralph, mais je préfère sincèrement tes paysages. Et tes portraits. Celui de Mona, surtout. Je ne comprends rien à cette progression dans le blanc.

Melrose aurait voulu l'applaudir des deux mains.

Ralph ne perdit pas sa bonne humeur pour autant.

— C'est pas à moi de le dire, Libby. Je suis un pauvre critique de mon œuvre.

Bigre, se dit Melrose, Rees était branché sur la « Nouvelle Critique », qui avait fait tant de bruit plusieurs dizaines d'années auparavant. Empson et I.A. Richards[1] — les puristes textuels qui prétendaient que la vie d'un écrivain était entièrement séparée de son œuvre. Melrose avait toujours trouvé que leur posture littéraire était une aimable supercherie. De toute façon, si Ralph Rees ne savait pas ce qu'il faisait, cela faisait trois à l'ignorer, Olivia comprise.

Melrose s'interrogea sur la position d'Olivia dans la famille. Etre la fille de Clive Fabricant constituait sans doute un désavantage. Demi-sœur par la première

---

1. William Empson (1906-1984), poète anglais dont le travail critique consistait à examiner le sens de la poésie. Ivor Richards (1893-1979), critique littéraire anglais, auteur de *Principles of Literary Criticism*. *(N.d.T.)*

épouse de Clive Fabricant ne valait pas mieux. Certes, Melrose n'avait aucune idée des enjeux. Olivia pouvait avoir une influence bénéfique sur Pansy (qui donnait à Melrose l'impression d'être irrécupérable), à condition que Pansy soit sensible à une telle influence, ce dont il doutait.

Melrose émit un rire quelque peu hautain.

— Il a bien fallu que vous soyez inspiré pour peindre ces cinq tableaux. Vous devez donc avoir une certaine compréhension de votre travail. Après tout, les critiques ont le droit d'avoir une opinion. *(Non, c'est pour cela que ce sont des critiques.)* De toute façon, est-ce que je me trompe en disant que votre série *Neige* ne peut pas être exprimée ? Je veux dire, elle ne prête pas à l'interprétation ni à l'analyse...

Que voulait-il dire, nom de Dieu ? *Ah, quand on a de l'argent, on peut dire n'importe quoi !* Et pourquoi avait-il pensé à la « Nouvelle Critique » ? Empson, à la rigueur, mais Richards ? Seigneur, il n'avait pas pensé à lui depuis un siècle, depuis le collège et ses cours sur les poètes romantiques.

— C'est complètement viscéral, dit-il, une métaphore pour le néant. J'aime... (il se tourna vers Olivia) voir la série comme une « progression dans le blanc ». Notez que je l'imagine davantage comme une régression.

Bla-bla-bla. Comment pouvaient-ils l'écouter sans rire ? *Ah, les riches oisifs, qui parlent d'or...*

Une femme d'âge mûr en tablier entra et murmura à l'oreille de Mrs Kuraukov que le dîner était servi. Elle était maigre et d'une fadeur si terne qu'elle se fondait dans le papier peint. Elle devait être timide car, lorsque Ilona la remercia, elle quitta aussitôt la pièce sans avoir croisé un seul regard.

Melrose se faisait l'effet d'un type prodigieusement ennuyeux, et plus il se perdait dans ses bavardages plus il était susceptible de laisser cette impression aux Fabricant.

Rees ne penserait jamais que Melrose était ennuyeux, bien sûr. Au contraire. Pour lui, Melrose était un puits de sagesse car il parlait de son « œuvre ». Ce ne fut donc pas un hasard si Ralph l'incita à poursuivre lorsqu'ils passèrent à table.

— Comme je le disais, dit Melrose, je ressens cela violemment, c'est comme un coup au plexus (et il joignit le geste à la parole). La série entière est bien davantage que la somme de ses parties.

Rees approuva avec fougue.

— Il faut les embrasser tous les cinq d'un coup, voilà comment ça fonctionne. C'est pour ça que je suis si reconnaissant à Seb et à Nick de m'offrir un endroit où les accrocher ensemble.

D'un bout de la table (Sebastian était assis à l'autre extrémité), Ilona lança :

— Vous devez être fier de cet enthousiasme, Ralph, ça doit être gratifiant ! N'oubliez pas que je tiens à en acheter un moi-même. Je vous l'ai déjà dit.

Melrose fut surpris de son intervention. Elle n'admirait tout de même pas ces toiles !

— Lequel ? demanda-t-il, tout sourire.

Dans le sourire dont Ilona le gratifia en retour, et dans la légère inclination de la tête — comme si elle concédait un point —, Melrose crut déceler un brin d'ironie, comme si sa question ne faisait que reprendre celle qu'elle se posait.

— Oh, fit-elle en chassant la question d'un geste, je ne me suis pas encore décidée.

Melrose s'abstint de commenter cette étonnante

manière de considérer l'art. Il se concentrait sur un poulet que la fade Hedda était en train de servir et qui lui paraissait excellent. Hedda donnait l'impression d'être la bannie de quelque conte de fées, menacée de disparition si on la regardait trop ouvertement et trop directement. Elle n'avait le droit d'exister qu'en restant invisible. Eh bien, si le poulet était aussi bon que la soupe, Melrose allait se régaler. Lorsqu'il goûta les pommes de terre nouvelles caramélisées, il se mit à espérer que personne n'aurait la bêtise de regarder Hedda et de la faire disparaître dans un nuage de fumée. On pouvait tuer pour une cuisine aussi délicieuse.

— Tu fais bien de le lui rappeler, maman. Ils partent comme des petits pains...

Le cliché et le ton avec lequel Sebastian l'avait formulé sonnaient tellement creux que Melrose comprit pour la première fois qu'il ne s'enflammait pas réellement pour les tableaux de Rees. Il s'aperçut aussi qu'il n'avait pas compris le contenu de la phrase. Il demanda s'ils avaient vendu d'autres toiles à part celle qu'il avait achetée.

— Oui, répondit Nicholas. Deux, peut-être. Nous avons plus d'un client potentiel et nous sommes très optimistes.

Il sourit chaleureusement à Ralph.

Avant de parler, Melrose laissa le temps au morceau de poulet rôti de fondre dans sa bouche. Il but ensuite une gorgée de vin; le poulet et le vin, le nectar et l'ambroisie, quelle merveille! Les talents d'Hedda étaient largement méconnus, personne ne semblait remarquer à quel point sa cuisine était délicieuse. Prenant garde de ne pas regarder la cuisinière (qui venait d'apporter des petits pains chauds qu'elle distribuait), il déclara :

— Ce poulet est encore plus inspiré que votre peinture, Ralph. S'il y avait quatre manières de le cuire, nous n'aurions pas besoin de l'art.

Il gardait les yeux rivés sur son assiette. On pouffa. Melrose leva les yeux mais ne vit que la porte battante de la cuisine osciller.

Olivia déclara que Hedda était une cuisinière hors pair. Elle supplia les Fabricant de tout faire pour la conserver. Qu'on lui adjoigne au moins quelqu'un pour l'aider.

— Plusieurs de nos amis ont essayé...

Au même moment, la cuisinière reparut. Olivia attendit qu'elle ait de nouveau quitté la pièce pour continuer :

— Nos amis ont essayé de nous la voler, dit-elle à voix basse, en lui offrant des gages bien plus conséquents.

— Vraiment ? fit gaiement Melrose. Ce ne sont donc pas des amis, et ils ne sont certainement pas assez riches.

Comme c'est vulgaire ! se dit-il. Indigne d'un lord.

Comme de bien entendu, tout le monde éclata de rire. Pourquoi les conventions exigent-elles qu'on tolère d'un noble qu'il soit grossier, terne, vulgaire et — pire — ennuyeux ? Toutefois, il était doublement frustré parce qu'il ne trouvait pas le moyen de parler du meurtre de Fulham Palace. Il vit alors par la porte du salon Hedda plier le manteau de Ilona sur son bras, sans doute afin de le ranger dans quelque placard. Si elle pouvait traverser le bout du salon... Ah, voilà ! Elle traversait !

Ilona la vit aussi.

— Laissez, Hedda, ordonna-t-elle.

Un faible « Bien, madame » parvint de l'autre bout de la pièce.

— La fourrure n'est pas très populaire de nos jours, n'est-ce pas ? dit Ilona d'un ton de défi, au cas où des écologistes anti-chasse se cacheraient parmi les convives.

Melrose doutait que des amis des animaux puissent influencer Ilona Kuraukov dans un sens ou un autre. Il profita de l'incident :

— C'est un très beau manteau, *madame* Kuraukov. Du vison ? De la zibeline ?

— De la zibeline. C'est mon défunt époux qui me l'a donné.

Elle rougit légèrement, comme si tout le monde, Melrose compris, connaissait le manteau de zibeline de Mona Dresser et que Clive Fabricant distribuait les fourrures à droite et à gauche.

Malheureusement, Melrose n'était pas censé savoir que le manteau de la morte avait appartenu à la dernière épouse de Fabricant — Mona Dresser —, car les journaux n'en avaient pas parlé. Il fut ainsi obligé de biaiser :

— Chaque fois que je vois un manteau de fourrure *(Seigneur, quelle maladresse !)*, je ne peux m'empêcher de penser à cet étrange assassinat. Vous êtes au courant ? Le cadavre de la femme qu'on a retrouvé dans l'enceinte de Fulham Palace ?

Melrose était persuadé qu'ils voyaient à travers lui, qu'ils avaient deviné qu'il était une taupe au service de la police. Mais il continua, voyant comment en parler plus habilement :

— Nous sommes près de Fulham, n'est-ce pas ? Nous sommes à South Kensington ?

— Chelsea, lui répondit-on avec une pointe d'incrédulité.

Pouvait-on confondre Fulham, South Kensington et Chelsea ?

— Ah. Remarquez, les nouvelles doivent bien franchir la frontière, non ?

Il n'en était pas sûr, mais il avait l'impression qu'Olivia le regardait avec des yeux perçants. Elle avait cessé de manger et le fixait, le menton dans la paume de sa main.

— Quand je pense à la zibeline *(ce qui ne m'arrive pas souvent)*, je revois ce film, *Gorky Park*. Vous connaissez ?

Pansy, qui n'avait presque rien dit ni rien mangé, et s'était contentée de jouer avec sa fourchette, se mêla soudain à la discussion :

— Je l'ai vu en vidéo. C'est d'un ennui !

— Je me souviens surtout de la neige et des zibelines. Lee Marvin, quel acteur !

— Il est trop vieux, décréta Pansy.

Flûte, dans sa tentative de jouer les raseurs, il avait dévié du sujet. Comment retomber sur ses pieds ?

— Vieux ? Il n'avait pas plus de cinquante ans !

— C'est ce que je disais, fit Pansy.

— Oui, mais quelle présence ! Je le revois dans la neige, le fusil à la main. Je ne me souviens plus, elle a été tuée d'une balle ?

— De qui parlez-vous ? s'étonna Sebastian.

— De la femme de Fulham Palace.

— Oui, d'une balle, dit Nicholas, mal à l'aise. Nous avons eu la police toute...

— Nikolaï ! claqua Ilona d'un ton de reproche.

Il avait prononcé le mot magique.

— La police ! Grands dieux ! En quel honneur ?

Pansy déclara qu'elle avait été « atterrée grave ».
Sebastian lança un regard mauvais à Nicholas, qui avait eu la bêtise d'introduire le sujet.

C'est Olivia qui lui expliqua calmement la raison :
— C'était à cause du manteau. C'était le mien, en fait.
— Le vôtre ? hoqueta Melrose.

Il parcourut la table du regard, comme s'il n'en croyait pas ses oreilles et attendait des explications.

Ilona Kuraukov aurait préféré le tuer que le mettre au courant.
— Vous plaisantez ! insista Melrose.

Olivia but une gorgée de vin et le regarda par-dessus le rebord de son verre.
— Non, c'est vrai, dit-elle d'un air piteux. En réalité, ce n'était pas mon manteau. Il appartenait à Mona Dresser, la dernière épouse de papa. Elle ne le portait presque pas, elle a fini par m'en faire cadeau.
— Mona Dresser, Mona Dresser, fit Melrose. Pourquoi ce nom me dit quelque chose ?
— Parce que c'était une vedette de cinéma, dit Nicholas. Elle était assez célèbre dans les années 50.
— Ah, oui, bien sûr ! Donc, elle vous a donné le manteau ?
— Oui, et après quelque temps... je n'aime pas trop la fourrure, voyez-vous... je l'ai confié à un magasin de dépôt-vente, dans Brompton Road...

Comme Olivia montrait des signes de lassitude, Melrose l'encouragea.
— Oui ?
— La boutique l'a vendu, dit Olivia. Sans doute à cette femme.
— C'est affreux, intervint Ilona, mais c'est comme ça.

Elle avait espéré mettre un terme à la conversation, mais Melrose décela une certaine tension dans sa voix.

— Pourquoi ne pas l'avoir mis en vente chez Christie's ou Sotheby's? demanda-t-il. Après tout, il avait appartenu à Mona Dresser...

— Oui, c'est juste.

Comme Melrose craignait que son intérêt pour le manteau de zibeline ne paraisse trop orienté, il battit en retraite et fit revenir le pédant lord Ardry.

— Christie's est assez efficace. J'avais mis certains objets d'art aux enchères chez eux. (Il rit avec affectation.) *Un bureau du roi* qui est parti un bon prix.

Il passa en revue les détails les plus ennuyeux du bureau, parla du nécessaire de toilette, du bonheur-du-jour (ces meubles appartenaient à son ami Max Owen, du Lincolnshire, chez qui il avait passé pas mal de temps un peu plus tôt dans l'année).

Pansy ne chercha pas à cacher son ennui, Sebastian coula en douce un regard à sa montre, Ilona s'examina les mains, qu'elle avait très belles, et Nicholas remplit les verres. Seuls Olivia et Ralph écoutaient. Comme il avait intérêt à ne pas les laisser mourir d'ennui s'il voulait se faire inviter de nouveau, il arrêta son monologue. Néanmoins, il ne revint pas sur le manteau de zibeline. Il comptait partir sitôt après avoir terminé la délicieuse mousse de citron que Hedda venait de déposer devant lui. Une mousse glacée sur un lit de cassis et de framboises.

— Cette mousse est exceptionnelle, déclara-t-il.

— Un de nos desserts préférés, dit Sebastian, qui avait débouché un sauternes pour accompagner la mousse.

— Et le poulet! Mais je me demande où votre cuisinière trouve de la lavande. Je ne me souviens pas d'avoir jamais rien mangé qui soit ainsi parfumé à la lavande...

— Il y a un jardin botanique derrière la maison, dit Olivia.

Pansy, qui jouait toujours avec sa fourchette entre deux bâillements, intervint :

— C'est là qu'on l'a retrouvée. Dans la lavande.

Tous les yeux se braquèrent sur elle. Elle paraissait dégoûtée, comme si elle était la seule à avoir suivi la conversation.

— *La morte !* Dans Fulham *Palace !*

20

Confortablement installé dans une bergère du club, Melrose digérait son petit déjeuner anglais complet et ruminait la prochaine corvée que Jury lui avait dégottée, une visite à Mona Dresser et sa nièce Linda Pink. Il sentit alors une somnolence l'envelopper tel un manteau.

Ayant décidé d'effectuer sa visite l'après-midi même, il se mit en demeure de lire les pages culturelles du *Times*. Cependant, ses paupières refusèrent de coopérer, son cerveau assoupi se mutina lui aussi et son esprit dériva.

Il fut arraché de son sommeil quelques minutes plus tard par un membre du club qui tempêtait, caché derrière son journal : « Nul, nul, nul, nul », d'un ton semblable à celui du roi Lear errant dans la vaste lande. Melrose se redressa et attendit le « nul » final.

— Archi nul !

Le journal retomba, dévoilant le visage d'un membre dont l'âge variait entre la soixantième et la quatre-vingtième année, ainsi que Melrose s'y était attendu. Néanmoins, ce visage était bien plus vivant

que celui de la plupart des membres du club.
L'homme s'adressa à Melrose sans préambule :
— Avez-vous lu la page culturelle ? Vous avez le *Times*, là.

C'était dit d'un ton accusateur qui suggérait que si Melrose avait le journal, mieux valait pour lui qu'il l'ait lu.

— Euh, fit Melrose. Euh, j'ai dû m'assoupir avant de...

Devant la mine sombre de l'homme, ses sourcils grisâtres protubérants, Melrose sentit que les excuses étaient inacceptables.

L'homme hocha lentement la tête.

— C'est ça l'ennui avec les jeunes, incapables de se concentrer. Je vais vous la lire... (Il frappa le journal une ou deux fois pour montrer qui était le maître, qui était l'esclave, et lut :) « L'étonnante exposition de Charlie Chambers. » On dirait davantage un danseur de claquettes qu'un peintre, vous ne croyez pas ? « Chambers commence avec ses portraits figuratifs, continue avec sa période néo-classique et termine avec un post-réalisme abstrait qui déforme la vision par l'usage d'acrylique, de peinture avec les doigts et, comble de l'originalité, d'ours autocollants. » (Le journal retomba tel un ballon lesté.) Que dites-vous de ça ?

Oh, l'art, encore l'art... Melrose se sentait comme le roi Lear.

— Je dirais que c'est nul !

— Ah, vous êtes d'accord ! J'ai vu cette soi-disant exposition de « nus néo-classiques », c'est pire que de la viande congelée. Je suis parti parce que ça me donnait envie d'aller chercher une bombe de peinture. Je m'appelle Pitt, à propos. Simeon Pitt.

— Enchanté, Mr Pitt, déclara Melrose en tendant la

main. Melrose Plant. (Il n'avait pas la force d'égrener tous ses titres.) C'était si mauvais que ça?

Mr Pitt lui fut aussitôt sympathique et il se demanda à quel niveau de tolérance cela le situait. Au niveau zéro, sans doute.

— Pire que ça, dit Pitt. Ça serait accorder trop de crédit au peintre que de qualifier son travail « d'anarchique » ou « d'anti-peinture » ou de « post-warholien ». Bon Dieu, même Warhol — qui me déplaît, mais pas autant — avait des idées — il exploitait le consumérisme —, il savait ce qu'il faisait. Celui-là en sait autant sur la peinture qu'un enfant de deux ans. Ce Chambers ne réussirait pas à peindre une vache si elle posait pour lui dans un pré de moutons. Dire que le vieux Phinny Fogg lui tresse des couronnes! C'est une honte! Archi nul!

Sur ces fortes paroles, il se cala dans son fauteuil et balaya la pièce du regard, comme pour voir si sa sortie avait purifié l'atmosphère.

— Je suis au whisky. Vous en voulez un? Ou est-ce trop tôt pour vous?

— Il n'est jamais trop tôt, assura Melrose.

Pitt le réjouissait; la conversation avait commencé *in media res,* un style qu'il aimait, le style dans lequel White Ellie Cripps était passé maître car il supposait qu'on avait sauté les banalités et que la conversation avait débuté au beau milieu.

Mr Pitt éclata d'un rire qui évoquait un noyé cherchant désespérément à aspirer une goulée d'air.

— Excellent, excellent! fit-il. Whisky? A moins que vous ne vouliez autre chose?

Il héla le jeune Higgins qui opina du bonnet et se lança dans le périple interminable qui devait l'amener au centre de la salle, à croire que Pitt et Melrose étaient aux Nouvelles-Hébrides.

— Non, un whisky, ça ira.

Melrose profita du creux dans la conversation (qui n'allait pas durer, il l'aurait juré) pour consulter la page culturelle de son journal. Phineas Fogg était effectivement le critique artistique du *Times*... Melrose aurait dû s'en douter. L'exposition en question avait lieu dans une petite galerie, et le peintre était bien Charlie Chambers. Melrose n'avait jamais entendu parler de lui, mais cela ne ternissait en aucun cas la carrière de Mr Chambers.

Le jeune Higgins parvint jusqu'à eux, prit la commande, clarifia une ou deux choses à propos des apéritifs et repartit.

Son whisky en route, Mr Pitt se prépara à réduire les prétentions artistiques de Phinny Fogg en chair à pâté.

— Cette exposition que Fogg trouve d'une beauté *sublime*... (il vérifia le qualificatif dans le journal), non, *extatique*... (Pitt hocha la tête et ferma les yeux.) Y a-t-il un seul peintre depuis Turner dont on puisse dire une chose pareille?

— Turner? Joseph Turner?

— Vous en connaissez d'autres?

Melrose sourit. Pitt était décidément rafraîchissant. Il n'était pas du genre à faire des phrases.

— Non, admit Melrose, un seul. (Il pensa à Bea Slocum.) Je me demande...

— Les mots sont impuissants à décrire l'abattement qu'on ressent devant le prétendu talent de ce Chambers. Il représente tout ce que je déteste dans le milieu de l'art.

Pitt tambourina sur le bras de son fauteuil. Avec son air poupin et son fin voile de cheveux blancs qui recouvrait un crâne par ailleurs chauve, Simeon Pitt paraissait plus proche de soixante-dix ans que de soixante. Mais il se comportait comme s'il en avait seize, il avait besoin de ponctuer ses phrases de gestes théâtraux.

— A cause de ce machin, fit-il en brandissant le journal et en le secouant comme s'il cherchait à le débarrasser des mots insolents de Fogg, ce nul va être adulé. On va se précipiter à l'exposition, on va parler de lui parce qu'un critique a déclaré qu'il était merveilleux, alors que les artistes réellement méritants n'ont pas un penny pour acheter leurs tubes de peinture...

— Je croyais qu'il n'y avait plus d'artistes réellement méritants, sourit Melrose.

— Faux! Archi faux! Oh, ils sont rares, c'est vrai. Avec un peu de chance, on en voit un tous les dix ans. Ah, voilà Higgins...

Chaque fois que le jeune Higgins traversait la salle avec un plateau, Melrose croyait voir un joueur de cricket sur le retour. Le contenu du siphon d'eau tanguait, les verres glissaient et s'entrechoquaient, mais le plateau arrivait intact à destination.

— Merci, dit Pitt en signant la note d'un geste grandiose. Non, non, ne vous donnez pas la peine; je me charge du siphon... sinon, ajouta-t-il après le départ d'Higgins, nous y serons encore ce soir.

Il mania le siphon comme s'il voulait éteindre un incendie, puis il tendit son whisky à Melrose.

— Que disions-nous? Ah oui. Je vois rouge quand je pense qu'il y aurait peut-être davantage d'artistes; hélas, ils n'y arrivent pas, ils ne peuvent pas se payer des ateliers convenablement éclairés et n'ont pas de quoi s'acheter un quignon de pain.

Cette tirade amusa Melrose. L'idée que Simeon Pitt

se faisait du génie méconnu était plutôt romantique et stéréotypée.

— Il y a quelques années, j'ai découvert un véritable peintre, Jeremy Grey. Vous n'avez jamais entendu parler de lui parce que pas un galeriste, tous des andouilles, n'a voulu l'exposer. Ce qui fait que les critiques comme moi n'ont pas vu ses toiles. Quand j'ai fini par en voir une, il était mort. Et vous savez où je l'ai vue? Dans un pub. Parfaitement, dans un pub. Le proprio l'avait gardée en échange de l'ardoise, sans doute. Un tableau remarquable. J'ai écrit une double colonne sur Grey, j'ai parlé de lui pendant un mois...

Melrose comprit enfin. Simeon Pitt!

— Vous êtes le Simeon Pitt! Le critique du *Times*. Celui qu'ils avaient avant Fogg. (Melrose se souvint qu'on le qualifiait souvent de « Pitt Bull ».) Comment ai-je été assez stupide pour ne pas faire le rapprochement?

— Je n'en sais rien, mon brave. Comment auriez-vous pu?

Pitt observait Melrose par-dessus le rebord de son verre. Il avait l'air si joyeux que Melrose éclata de rire.

— Connaissez-vous la galerie Fabricant? demanda-t-il, une fois calmé.

— Bien sûr. Je les connais presque toutes, mais je ne sors plus beaucoup... Tiens, voilà que je parle comme un vieux schnock. (Il se mit à fredonner tout en battant la mesure avec son pied.) Quand j'avais cette chronique, reprit-il en tapotant le journal incriminé d'un doigt méprisant, je les visitais toutes, j'y mettais un point d'honneur. Maintenant, je préfère économiser mon temps et mes pieds pour la Tate, la National, ou la Royal Academic. J'y retrouve mes vieux amis, mes fidèles amis. Je pense parfois à

Matisse ; je me souviens de Vuillard et de Van Gogh, et c'est un régal, un pur régal, de savoir qu'il me suffit de hisser mon cul de ce fauteuil et d'y aller. Et ils sont tous là ! Oui, ils y sont tous.

Pitt soupira comme s'il s'émerveillait que les tableaux fussent fiables, inchangés, éternels.

Cette passion était une expérience presque aussi exaltante pour Melrose que pour Simeon Pitt. *Les vieux amis fidèles.* Matisse, Vuillard, Van Gogh. Melrose les imaginait tous les quatre — tous les cinq, s'il était lui-même invité —, tous les cinq au Boring's, affalés dans les fauteuils en cuir, buvant du whisky. L'art, le vrai, procure le choc qu'on ressent avec un tableau qu'on trouve aussitôt familier, ce que la froideur d'une toile incompréhensible ne parvient jamais à susciter. L'art, le vrai, vous tend les bras.

Merde, c'était justement ce qui était si enrageant avec la « série » blanche de Ralph Rees : c'était du bidon !

— Mr Pitt...

— Vous étiez plongé dans vos pensées, Mr Plant.

— Oui. Nous parlions de la galerie Fabricant.

— A Mayfair, oui.

— Y êtes-vous allé dernièrement ?

— Non.

— Ça vous dirait d'y faire un saut ?

— Comment ça ? Aujourd'hui ?

— Tout de suite.

— Mais... nous venons à peine d'entamer nos whiskies, mon ami !

Pitt brandit son verre pour prouver ses dires.

— Je vous le demande comme une faveur personnelle, Mr Pitt, et à notre retour, nous boirons un double whisky.

Melrose gratifia Pitt de son sourire particulier, celui dont il n'avait pas pleinement conscience, un sourire aussi ravissant que celui d'un bébé. Comme l'œuvre de Vuillard, Matisse ou Van Gogh, c'était du véritable. Il vous tendait les bras.

— Formidable! Je m'en souviendrai. En attendant, je bois à votre séjour au Boring's. (Ils trinquèrent.) Combien de temps restez-vous, Mr Plant?

— Je ne sais pas exactement. Quelques jours, probablement.

— Vous verrez, c'est agréable et, Dieu en est témoin, c'est tranquille. En fait, le bruit des rotatives ne me manque pas du tout. Je crèche à Chelsea, seul avec mon chien et mon chat. Vous plaignez ma solitude, eh bien, vous avez tort. A vrai dire, ça me plaît d'être seul.

Melrose sourit. Il avait deviné. Simeon Pitt était agréable à vivre, non seulement pour les autres, mais pour lui-même, ce qui était le plus important.

— J'imagine que vous n'avez pas beaucoup de parents?

— Non, quelques cousins dans l'Ouest. Barbara, ma nièce, avec qui je déjeune parfois, en général à l'Ivy. Tiens, justement, elle vient me voir mardi. C'est le jour des femmes. (Il pouffa.) Vous vous rendez compte? Un jour réservé aux femmes à notre époque! C'est sans doute la seule concession du Boring's au changement. (Il vida son verre de whisky et l'abattit violemment sur la table.) Je suis prêt quand vous voudrez, Mr Plant.

— Allons-y, Mr Pitt.

Sebastian était seul à la galerie lorsque Pitt et Melrose y arrivèrent, une demi-heure plus tard. Oh oui, il connaissait Simeon Pitt : il lui lécha les bottes, ce qui surprit Melrose car Pitt n'écrivait plus de critiques sur les nouvelles expositions. Pitt avait peut-être ce style de pouvoir qui n'est jamais abrogé, son opinion était peut-être encore très recherchée, même après qu'il est devenu inoffensif.

Une discussion mondaine commença, à laquelle Pitt coupa court; Melrose l'emmena ensuite dans la salle où étaient exposés les cinq tableaux sur la *Neige sibérienne*.

Pitt les contempla rapidement puis se recula d'un pas.

— Quelle est cette merde?

— Une série appelée *Neige sibérienne*. Le peintre s'appelle Ralph Rees.

— Vous plaisantez, Mr Plant, fit Pitt, qui cilla, comme ébloui par la neige. Ce n'est pas la Sibérie et, merde, ce n'est même pas de la neige. C'est quoi, exactement? De l'art minimal? Un nouveau genre semblable à celui de Reinhardt et de Robert Ryman?

— Je ne connais pas cette école. Si c'en est une.

— Eh bien, ces peintres sont partisans du blanc, surtout Ryman. C'est pur, c'est une non-couleur. Mais il y a des variations dans ses toiles. L'idée derrière tout ça est l'expression de l'art pur. Je ne comprends pas non plus, mais je peux dire sans me tromper que ce n'est pas le cas de votre peintre.

— La galerie Fabricant semble penser que c'est... euh... génial.

— C'est rien du tout, oui! *Nada, nothing*.

Pitt sortit un verre grossissant de sa poche, l'appliqua sur le troisième tableau et le balada sur la toile.

— Drôle de texture. Sur quoi a-t-il peint, vous le savez?

— Du papier de verre, je crois.

— Ce peintre est un ami à vous? demanda Pitt qui paraissait déconfit. Désolé, je ne voulais pas être...

— Non, non, ce n'est pas un ami. Je le connais à peine. Comment expliquez-vous qu'il ait eu au moins une bonne critique?

— C'est sa mère qui l'a écrite?

— Il était écrit, je crois, que c'était un peintre... *audacieux.*

— Le qualificatif est plaisant. Je l'approuve... on pourrait dire par exemple : « Comment a-t-on l'*audace* de fourguer des croûtes pareilles? »

Melrose s'approcha de la cinquième toile.

— Au début, on croit que c'est le même blanc, mais il change légèrement dans le dernier de la série.

— Pourquoi insistez-vous pour l'appeler une série? (Néanmoins, pour faire plaisir à Melrose, Pitt appliqua son verre grossissant sur la dernière toile.) Oui, il y a une légère variation. Ça ne suffit pas pour justifier les cinq. Je ne saisis pas, dit-il en secouant la tête, je ne saisis pas. Non, je ne saisis pas.

Mais y avait-il quelque chose à saisir?

— Ils ont aussi de bonnes choses, dit Melrose. Allons jeter un œil.

Il ne connaissait qu'un exemple de « bonnes choses » et il voulait avoir l'opinion de Pitt dessus.

Ils passèrent dans la salle suivante; Sebastian, occupé avec sa paperasserie, leva la tête et les suivit des yeux. Il était assez subtil pour comprendre qu'un homme comme Pitt ne voulait pas avoir un marchand de tableaux sur le dos. Pitt et Melrose débouchèrent dans la salle où était accroché, entre autres, le troisième tableau de Bea, une vue du nord de Londres similaire à celle de Catchcoach Street. C'était celui que Melrose n'avait pas acheté. Il souhaitait secrètement que Pitt le trouve à son goût.

Pitt fit un commentaire sur une grande toile géométrique aux couleurs criardes que Melrose ne comprit pas du tout. D'après Pitt, elle n'était pas mal, bien qu'un peu grossière, trop influencée par Picasso. Puis, voyant le tableau de Beatrice Slocum à côté, il s'exclama :

— Ah, *ça* c'est un régal !

Melrose respira.

— Il me plaît aussi, dit-il. En fait, j'ai acheté un tableau de cette artiste.

— C'est bien, mon brave ! Je vous pardonne pour les toiles blanches.

— Je ne les ai pas peintes ! s'esclaffa Melrose.

— Personne ne les a peintes ! rétorqua Pitt.

Melrose trouva la réplique un peu dure. Pour rien au monde, il n'avouerait à Simeon Pitt qu'il possédait une de ces toiles blanches.

21

— Encore vingt-quatre heures et on va être obligés de l'inculper, Jury. (Chilten était à l'évidence mal à l'aise.) Ce qui me surprend, c'est qu'elle n'a toujours pas réclamé d'avocat. Elle prétend qu'elle n'en a pas besoin étant donné qu'elle n'a rien fait. Quelle naïveté ! Mais elle est là depuis jeudi soir ; on aurait pu croire qu'elle allait faire un foin de tous les diables.
— Pas si elle est réellement habile.
— Surtout avec la vieille qui perce des trous dans son alibi.
— Justement. Kate McBride ne met même pas son alibi en avant.
Chilten émit un long soupir.
— Vous vous êtes peut-être trompé sur cette soirée en bus. Ça arrive.
— Oui, ça arrive, sourit Jury. Mais pas cette fois.
Chilten grimaça, puis se mit à ouvrir et à refermer des tiroirs avec fracas.
— Je vais lui reparler, Ronnie, déclara Jury.

Elle a disparu. La phrase avait hanté Jury toute la

journée; elle n'était jamais restée loin de ses pensées, même dans l'appartement de Nancy Pastis ou à la galerie Fabricant. Qu'était-il arrivé à l'enfant?

Lorsque l'agent fit entrer Kate McBride dans la pièce, Jury était debout devant la petite fenêtre qui ouvrait sur l'arbre chétif et le carré de gazon qui l'entourait. Il se retourna pour la saluer, avec le sentiment que la scène se répétait, sans doute parce qu'ils se rencontraient dans le même cadre : la fenêtre, la table, les chaises à la même place que la veille. Mais ce sentiment de déjà-vu ne se nourrissait-il pas d'autre chose?

Elle le salua, le gratifia d'un sourire las et s'assit à la table.

Jury s'assit sur la même chaise que la veille, non qu'il eût le choix.

— Y êtes-vous allée pour rencontrer quelqu'un? demanda-t-il.

Elle écarquilla les yeux.

— Allée où? Que voulez-vous dire? Qui aurais-je dû rencontrer?

— Le prêtre. Charles Noailles. (Il guetta sa réaction, mais son visage resta imperturbable.) Il loue un bureau au palais, pour écrire.

Elle le regarda avec un sourire qu'il aurait pu qualifier de résigné.

— Vous ne m'avez pas vue, commissaire. Vous l'avez vue, elle.

Jury ignora la remarque.

— Il m'a dit qu'il connaissait assez bien votre époux lorsque vous viviez à Paris. Il ne vous connaissait pas aussi bien.

Elle baissa la tête, parut s'examiner les mains, gardant le silence quelques instants. Puis :

— Michael, mon mari... oui, il s'était lié avec le

prêtre. Je ne le connaissais pas très bien moi-même. Michael avait besoin d'un peu de spiritualité. Il était en train de mourir de leucémie.

Il y eut un silence.

— Mes condoléances, dit Jury. Parlez-moi de Sophie, votre fille.

— Ça vous intéresse? s'étonna-t-elle en le regardant en face.

— Oui, bien sûr.

Elle ne le quittait pas des yeux.

— C'était à Paris. J'y suis restée après la mort de Michael.

— A Saint-Germain-des-Prés.

— Oui, acquiesça-t-elle. C'est arrivé près de la Madeleine. C'est là que se trouve la célèbre épicerie Fauchon; c'est une épicerie fine, les étalages sont quasi artistiques, on y vend tous les fruits et les légumes que vous pouvez imaginer. Il y a plusieurs magasins, chacun vend ses propres spécialités. C'était l'endroit préféré de Sophie. Nous partions en expédition, d'abord les Tuileries, ensuite un chocolat chaud chez Angelina, rue de Rivoli, ensuite le métro jusqu'à la Madeleine, et hop, chez Fauchon. Il y avait un type avec son orgue de Barbarie devant le Fauchon où on vendait des fruits et des légumes. Sophie l'adorait. Il avait un berceau dans lequel dormaient son chat et son chien, vous imaginez? Parfois, ils se réveillaient et se chamaillaient...

« Fauchon est très vaste, très festif et très cher. Nous étions dans le magasin des primeurs, j'achetais des pêches et des abricots; j'avais demandé à Sophie de prendre des pommes de terre et c'était ce qu'elle faisait. Elle les choisissait avec soin, les examinait longuement avant de les mettre dans un sac. Quelques minutes plus tard, je regarde dans sa direction : elle n'est plus là! Oh, au début, je ne me suis pas inquiétée; j'ai cru qu'elle était allée à côté ou en face, dans la pâtisserie — je le lui avais interdit, mais la rue est étroite et davantage occupée par les clients que par les voitures. Nous allions si souvent chez Fauchon, elle connaissait chaque magasin...

« Je suis allée à la pâtisserie, mais elle n'y était pas non plus. J'ai eu peur de l'avoir ratée aux primeurs, j'y suis donc retournée. J'ai attendu cinq ou dix minutes et j'ai commencé à avoir réellement peur. J'ai fouillé tous les magasins à fond. J'ai trouvé un policier, je lui ai expliqué, il a rameuté un collègue et ils ont fouillé l'endroit pendant une demi-heure. Elle avait disparu, comme ça, volatilisée. On m'a dit de rédiger une plainte pour la police et d'aller à l'ambassade britannique...

« Quand je suis enfin rentrée rue Servandoni, je m'attendais encore à voir apparaître Sophie. Je pensais qu'elle était rentrée; elle ne pouvait pas avoir disparu sans laisser de traces. (Kate détourna les yeux.) Mais, bien sûr, elle n'était pas à la maison. Ce fut la pire journée de ma vie... la pire. Qu'une chose pareille arrive à l'étranger...

— C'était quand? Quand est-ce arrivé?

— Il y a un peu plus d'un an. La police a fait tout ce qu'elle a pu... du moins je l'espère; comment le savoir? Lorsque je suis retournée à Paris, il y a quelques mois, pour voir si on avait découvert quelque chose, on m'a dit qu'il n'y avait aucune trace de la plainte.

— Aucune trace? Pourquoi?

— On m'a dit que des dossiers avaient été détruits dans un incendie. J'ai eu l'horrible sensation que Sophie avait été effacée, oblitérée. Quand c'est arrivé, quand elle a disparu, j'ai essayé d'imaginer pourquoi on l'aurait enlevée. J'ai refusé d'envisager — j'étais obligée — que c'était l'œuvre d'un pédophile, mais je ne voyais pas d'autre explication. Avait-elle été kidnappée ? Allait-on me demander une rançon ? Nous vivions confortablement ; la famille de Michael avait de l'argent. Mais nous n'étions pas ce qu'on appelle des riches...

« Je suis restée à l'appartement les deux jours suivants, espérant que le téléphone sonnerait. Je suis ensuite retournée chez Fauchon. C'était une perte de temps, mais on croit toujours retrouver quelqu'un à l'endroit où on l'a perdu. On voudrait que cela ne soit qu'un cauchemar...

« Je veux croire que la police a fait de son mieux. Je ne leur ai pas demandé ce qui arrive d'habitude lorsqu'un enfant est perdu ; je ne voulais pas connaître la réponse. Ou plutôt, je connaissais le scénario le plus probable et je ne voulais pas qu'on me le confirme. (Elle se leva et alla à la fenêtre.) J'étais incapable de prendre une décision, je ne savais pas quoi faire. Mais qu'est-ce que je pouvais faire pour changer le cours des choses ! Ce n'est que deux semaines plus tard que j'ai reçu la première lettre.

— Une lettre ?

— Oui, tapée sur un ordinateur, du moins je le crois. C'est plus difficile de retrouver un ordinateur qu'une machine à écrire, m'a-t-on dit. La lettre était courte. Elle me disait que si je voulais revoir Sophie, je devais obéir aux instructions. Toutes les lettres étaient postées à Paris, d'un arrondissement à chaque fois différent, mais toutes à Paris.

— Vous voulez dire qu'il y en a eu plusieurs ?

— Oui. La pensée que Sophie était saine et sauve, le

soudain passage de la détresse à l'espoir, éclipsa si bien l'étrangeté de la lettre que je n'ai même pas essayé de comprendre ce que pouvaient bien vouloir le ou les expéditeurs. Dans les lettres ultérieures, ils disaient toujours *nous*...

« Il y avait des demandes de rançon, du moins étais-je censée le croire. Il y en eut trois. La première me disait d'aller à Zurich, j'y retrouverais Sophie après avoir remis cinq cent mille francs.

« Comme je l'ai dit, la famille de mon mari avait de l'argent et nous étions à l'aise. J'ai été surprise que la rançon soit aussi modeste. Cela ne fait que cent mille dollars, n'est-ce pas ? Je devais me rendre dans un café qui s'appelait Le Métro et m'asseoir à la terrasse, l'argent de la rançon dans un sac Fauchon. Je l'ai fait : je me suis assise à la terrasse et j'ai commandé un café. Je suis restée tout l'après-midi, j'y suis retournée le lendemain et le surlendemain, mais personne n'est venu...

« Je suis rentrée à Paris. Les huit mois suivants, deux autres lettres sont arrivées, comme la première tapées sur un ordinateur, à mon avis. La seconde était courte, comme la première, elle me demandait d'aller à Saint-Pétersbourg dans un café, Le Balkan, sur la Nevsky Prospekt...

Comme elle s'arrêtait, Jury intervint :
— Y êtes-vous allée ?
— Bien sûr. Que pouvais-je faire d'autre ?
— Et cela s'est passé comme la fois précédente ?
— Pas tout à fait. Je me suis assise et j'ai attendu près de deux heures. Quelqu'un est venu, une femme d'aspect ordinaire. Elle s'est assise à la table voisine et a ouvert un livre. Je n'arrêtais pas de la regarder. Finalement, elle a redressé la tête et s'est levée. J'ai cru

qu'elle allait m'aborder, mais elle s'est éloignée, tout simplement...

La voix de Kate McBride mourut.

— Cela aurait pu être n'importe qui, remarqua Jury.

— Oui, n'importe qui.

— La troisième lettre?

— Cette fois, je devais me rendre à Bruxelles. Les directives étaient les mêmes : aller dans un café sur la Grand-Place. Comme je ne connaissais pas ces villes, Zurich, Bruxelles, Péter — je veux dire Saint-Pétersbourg —, c'était difficile. La lettre parlait des mêmes détails : le sac Fauchon, l'argent, le sac par terre, à côté de la table...

« J'ai cru que j'avais un ennemi, quelqu'un de très cruel qui jouait avec moi. Mais j'ai écarté cette idée. Ce qui se passait était trop bizarre. Quel plaisir y avait-il à me faire ça seulement tous les trois mois? A chaque fois, je retournais dans mon appartement parisien parce que j'avais peur de rater la lettre qui me rendrait Sophie. Comment pouvais-je ne pas obéir à ces lettres? Comment pouvais-je prendre un tel risque?

« Connaissez-vous Bruxelles? La Grand-Place est cette magnifique place que Van Gogh a peinte. Elle est entourée de lumière, la lumière fond vers le centre. Mais la lumière crée une illusion, vous ne trouvez pas? Bref, je ne supportais plus Paris ni l'appartement. Il y a quatre mois, je suis rentrée au pays. Il y a aussi la propriété : l'oncle de Michael lui avait laissé une propriété, une grande maison au pays de Galles. (Kate McBride parut soudain nerveuse.) Je dois voir un notaire la semaine prochaine. Jeudi. Je serai sortie, n'est-ce pas?

— Cela dépend de l'inspecteur principal Chilten. (C'était faux, bien sûr. Cela dépendait du juge qui autorisait la police à mettre quelqu'un en garde à vue sans délivrer de mandat de dépôt.) Oui, j'imagine que vous serez libérée à ce moment-là.

Elle semblait s'inquiéter davantage de la propriété que de sa situation. Peut-être tout simplement parce qu'elle n'était pas consciente de la gravité de sa situation.

— Elle se trouve dans les montagnes Noires, près d'Abergavenny, si vous connaissez le pays de Galles. J'adore les Beacons, j'adore grimper là-haut. Mais attention, les montagnes sont trompeuses; on croit qu'elles sont faciles à escalader et on se retrouve tout à coup perdu dans la brume. C'est un vrai défi.

— Avez-vous jamais pensé qu'on cherchait à vous retenir à Paris? demanda Jury. Ou du moins à vous éloigner d'Angleterre, et que c'est pour cela qu'on vous donnait de faux espoirs?

— Grands dieux, non! (Elle éclata d'un rire triste qui mourut, ou s'écorcha sur un souvenir.) A moins que ça n'ait un rapport avec le testament. Le testament de l'oncle de Michael spécifie que je dois prendre possession de la propriété avant Noël. Je dois rencontrer le notaire le 27 novembre. En Amérique, c'est le jour de Thanksgiving. Oh, je serai sortie d'ici là.

Comme l'autre matin, des bruits se firent entendre de l'autre côté de la porte. Elle s'ouvrit et la femme agent de police entra. Jury se leva; il regarda Kate McBride se lever à son tour et l'agent la prendre par le bras... avec douceur, se dit-il. Cette femme, songea-t-il, méritait qu'on prenne soin d'elle.

— Merci d'être venu, lança-t-elle en sortant. (Elle fit quelques pas, puis se retourna et ajouta :) Auriez-vous la gentillesse de m'apporter des cigarettes si vous revenez ?

Jury opina. Il se dit qu'il reviendrait. Elle le pensait aussi, à l'évidence.

22

Melrose la reconnut dès qu'il la vit sur le seuil : c'était comme si Mona Dresser s'était détachée d'une des affiches géantes qui décoraient la façade du cinéma qu'il fréquentait dans son enfance. Il avait commencé à aller au cinéma à la fin de la carrière de Mona Dresser. Ah, ce cinéma! Les halls dorés, les lustres, les velours rouges. Ceux qui fréquentent les petites salles mesquines de notre époque ne peuvent pas comprendre.

— Miss Dresser, dit-il avec un large sourire. Melrose Plant. (Comme elle le dévisageait d'un air ahuri, il se demanda comment Jury avait parlé de lui.) Le commissaire Jury vous a prévenue de ma visite, je crois. Il a peut-être dit lord Ardry?

— Lequel des deux êtes-vous?

— Les deux. Mais je préfère Melrose Plant.

— Hum. Avez-vous été acteur?

Ils étaient toujours dans l'ombre, sur le seuil. Melrose était énormément flatté qu'on le prenne pour un acteur.

— Non, dit-il, jamais. Pourquoi?

— Parce que vous avez le magnétisme de beaucoup

d'acteurs, et cette manière d'insinuer bien particulière. Je parie que vous êtes un beau parleur. En plus, vous êtes beau garçon.

Melrose n'était plus sûr de vouloir qu'on le prenne pour un acteur ; il n'était pas emballé par le « cette manière d'insinuer ». Mais il rendit son sourire encore plus chaleureux, plus magnétique (du moins le crut-il).

— La plupart du temps, dit-il, je ne fais rien. Je reste chez moi, je bois du porto près du feu et je regarde mon chien dormir.

— Eh bien, nous sommes deux dans le même cas. Entrez donc, dit-elle, sa main effectuant une petite pirouette pour lui indiquer de la suivre dans son « petit salon ».

C'était le nom qu'elle donnait à la pièce. Pour Melrose, le nom évoquait le chauffage au gaz, un froid polaire, les fauteuils en crin, le napperon qu'on étale pour le thé, les tasses aux couleurs criardes et les assiettes aux noms de stations balnéaires. Une description qui ne correspondait en rien à la pièce dans laquelle ils entrèrent, qui ressemblait plutôt à une scène de théâtre. Non, à un plateau de cinéma ; et Melrose imagina une caméra filmant un panoramique des murs, où des tableaux (était-ce un Matisse original ?) étaient accrochés, si serrés qu'ils bouchaient virtuellement tout l'espace ; des housses à fleurs luisaient à la lueur des flammes de la cheminée ; des lampes éclairaient le tapis de leurs poussières d'or ; des rideaux de velours sombres cachaient dans leurs plis des secrets encore plus sombres. La pièce était longue, meublée de chaises, de sofas, de fauteuils, de grosses ottomanes, de coussins à même le sol — ah, Mona

Dresser aurait pu recevoir une assemblée de Rois fainéants.

C'était un décor somptueux et déconcertant, dans lequel la présence de Mona Dresser semblait incongrue, avec son côté boulotte, son visage rond et engageant, ses cheveux gris en désordre, son cardigan brun-roux, son tablier bleu foncé, la bavette ornée — mais oui — d'un Jeannot lapin. Si elle ne semblait pas à l'aise dans ce décor, ses visiteurs l'étaient, paradoxalement, et faisaient tout leur possible pour qu'elle le soit aussi.

— Asseyez-vous, Mr Plant, je vous prie, et dites-moi qui vous êtes. Ou qui vous n'êtes pas. J'aime bien le mystère. Je crois que je vais prendre un porto. Je n'ai pas de chien, hélas, mais je peux emprunter celui du voisin.

Melrose avait choisi un fauteuil disgracieux recouvert de panne de velours. Il l'arrêta :

— Non, non, vous irez chercher le chien plus tard, miss Dresser. Je tiens à vous dire que vous êtes la première actrice que j'ai vue au cinéma, je m'en souviens encore. Je connais, je crois, le secret de votre succès...

— C'est parce que j'étais géniale ?

— Non, parce que vous donniez à de parfaits étrangers le sentiment qu'ils vous connaissaient depuis toujours. Et ça, c'est du grand art.

Elle tripota la manche de son cardigan brun-roux en rougissant.

— Oh, fit-elle, c'est tellement plus agréable que de parler à la police de Fulham. (Elle parut réfléchir.) Même si ce commissaire — notre relation commune — n'était pas dénué d'un certain charme...

Melrose renifla, jaloux.

— Oui, consentit-il, pour un policier. Il m'a

demandé de venir vous voir au cas où vous auriez pensé à quelque chose de nouveau. Et aussi pour parler à votre nièce.

Mona Dresser parut incrédule.

— Linda? Oh, je suis navrée, mais je ne sais pas où elle est passée. Ça ne veut pas dire qu'elle ne va pas revenir... elle risque d'arriver en cavalant d'une minute à l'autre.

« En cavalant. » La précision déplut à Melrose. En général, les adultes n'arrivent pas « en cavalant ». Est-ce que Jury avait été entièrement honnête avec lui?

— Vous êtes un détective privé, alors?

— Oh, non, certainement pas.

— C'est seulement parce que vous n'avez rien de mieux à faire? (Melrose se gratta l'oreille.) Votre ami, le vrai policier, avait l'air de croire que Linda avait pu se tromper. Si Linda dit que c'était là, c'était là.

— Ah bon? sourit Melrose. Elle est donc si fiable?

— Oh, Linda n'est pas fiable du tout. Mais quand elle décrit une scène, quelque chose qu'elle a vu, tout est exact, le moindre brin d'herbe autour des tombes, la couleur de la poignée de terre qu'on jette sur le cercueil... (Mona Dresser avait un faible pour les métaphores sinistres.) Elle a un sens de l'observation très aiguisé, plus que ce policier de Fulham. Mais je ne sais pas s'il y a grand-chose à dire. Vous feriez mieux de demander à la famille.

— J'ai dîné avec les Fabricant hier soir.

Mona n'en revint pas.

— Vous les connaissez? Les Fabricant? Vous connaissez cette affreuse Russe?

Melrose éclata de rire.

— Je ne dirais pas que Mrs Kuraukov est affreuse. Non, ce n'est pas comme ça que je la décrirais.

— Oh, elle est agréable à regarder, c'est sûr. Mais elle n'a aucune conversation. Aucune. C'était ça que je voulais dire. Je ne comprends pas pourquoi Clive l'a épousée. Pour son physique, j'imagine. Mais ça ne me dit pas comment vous connaissez les Fabricant...

Elle se pencha en avant, tira sur sa jupe et croisa les mains sur ses genoux comme une collégienne à qui on va raconter un ragot croustillant.

— J'ai rencontré les deux frères... vos neveux ?
— Nicholas et Seb ? Certainement pas ! Par alliance, à la rigueur. Je les vois rarement. Continuez.
— Je les ai rencontrés dans leur galerie. J'étais allé y jeter un coup d'œil.
— Par hasard ?
— Disons que c'était une coïncidence, dit Melrose avec une moue. Enfin, bref, je me suis arrangé pour me faire inviter à dîner.
— Non ? Ils sont peut-être bizarres, mais ils n'invitent pas à dîner le premier quidam qui traîne dans leur galerie.
— J'avais un avantage, je leur ai acheté trois tableaux. Et je leur ai donné l'impression que j'avais de l'argent.
— Vous en avez ?
— Oui.
— Qu'avez-vous acheté ?
— Connaissez-vous Ralph Rees ? Eh bien, une de ses toiles.
— Pas un des machins sur la neige tout de même ? (Elle se frappa le front d'horreur.) C'est pas croyable ! Vous avez pourtant l'air raisonnable...
— Je le suis. Je l'ai achetée pour quelqu'un qui aime le blanc.
— Il doit vraiment l'aimer.

— Elle.
— Elle admire les choses virginales, peut-être?
— Je ne crois pas.
— Tout cela me donne soif. Voulez-vous du thé? Ou un verre? (Melrose déclina l'offre, elle se rassit et joua avec une bobine de fil.) Pauvre garçon, soupira-t-elle.
— Pardon?
— Ralph Rees, fit-elle en secouant la tête. J'ai de la peine pour lui.
— Pourquoi? Parce qu'il est médiocre?
— Oh, non. Parce qu'il est bon. Vous voyez ce portrait de moi? C'était juste avant la mort de Clive, il voulait un portrait du personnage que je jouais dans notre dernière production.

Elle soupira en se remémorant la scène. Melrose se leva pour examiner le portrait accroché au mur opposé.

— Non! fit-il. C'est à peine croyable!
— Forcément, si vous me voyez maintenant. J'étais plus jeune à l'époque.

Mona se leva et le rejoignit.

— Non, non, je parle de la peinture de Rees.
— Ah, bien sûr, si vous n'avez vu que ces trucs ridicules dans la galerie. Vraiment, ça me dépasse. Je n'ai pas pu m'en empêcher, je lui ai dit qu'il avait mal tourné.
— Comment a-t-il pu changer à ce point?
— Il prétend que ses portraits étaient faciles... qu'ils étaient trop figuratifs.
— Les portraits sont censés l'être, en principe, dit sèchement Melrose. Qu'est-ce qu'il dirait de Sargent? Trop facile? Trop simple?

— Je suis d'accord avec vous. Vous voyez ce petit tableau ? Cette scène du Surrey ? Il est aussi de Ralph. C'était un paysage britannique classique, des moutons dans une prairie en été, une charrette remplie de foin.

— Oui, ça ne me dérangerait pas de l'accrocher chez moi. Vous le connaissez bien ?

— Non, pas exactement. Je suis tombée sur lui le premier de l'an et il m'a dit qu'il faisait désormais des trucs entièrement différents.

— S'il parlait de la *Neige sibérienne,* il n'a pas menti. Est-ce que les frères Fabricant ont beaucoup d'influence sur lui ?

— Certainement. Après tout, ils possèdent une galerie.

— Oui, mais un peintre authentique ne changerait pas son style juste pour voir ses œuvres exposées...

— Pourquoi pas ? Il y a bien des écrivains qui deviennent des plumitifs pour vendre des livres.

— C'était sans doute des besogneux au départ, fit valoir Melrose. (Il examina la scène champêtre de plus près.) Dans le cas de Rees, c'est le contraire. Ces croûtes blanches ne sont pas commercialement viables ; contrairement à ses portraits et à ses paysages. Ce petit tableau, par exemple, trouverait rapidement un acheteur.

— Oui, j'imagine. Ses portraits étaient appréciés. Et il était si jeune — pas encore trente ans — quand il m'a peinte.

Melrose se recula pour contempler une série de tableaux.

— Ce Matisse est un original ? s'enquit-il.

— Oui, mais pas le Mary Cassatt. C'est un autoportrait, une très bonne copie.

253

Melrose acquiesça et examina un autre tableau impressionniste, Monet ou Manet sans doute, qui représentait un important groupe en plein air. Melrose fut frappé par la similarité de plusieurs des sujets, les deux petites filles au milieu du tableau, par exemple.

— De qui est-ce ? demanda-t-il.

— De Manet. Ça s'appelle je ne sais plus quoi *aux Tuileries*...

Ils gardèrent le silence un instant. Melrose essayait de trouver un moyen de parler du meurtre lorsqu'elle vint à son aide :

— Mon manteau de zibeline sur la victime... (Elle frissonna.) C'est à peine croyable.

— Certes, mais... pourquoi l'aviez-vous donné à Olivia Inge ?

— Elle avait besoin d'argent, et je ne pouvais pas lui en donner de la main à la main. Je lui ai dit que si le manteau ne lui plaisait pas, elle n'avait qu'à le vendre. Olivia n'est pas très à l'aise financièrement ; je savais qu'elle n'accepterait pas d'argent de moi, mais plus facilement un objet de valeur qu'elle pourrait ensuite convertir éventuellement en liquide.

— Vous n'avez donc pas été surprise qu'elle l'ait vendu ?

— Pas le moins du monde. Mais à sa place je ne l'aurais pas laissé en dépôt. Ça m'a surprise. Elle en a tiré deux ou trois mille livres. Le magasin a bien sûr eu sa commission. Tout de même, on a du mal à imaginer qu'une cliente d'un magasin de ce genre ait autant d'argent à dépenser. C'est surtout ça qui me surprend.

— Vous ne voyez pas beaucoup les Fabricant, si je comprends bien ?

— Non, je n'ai aucune raison de les voir. Ça serait bizarre que je veuille fréquenter la deuxième femme de

Clive. Surtout quand elle s'appelle Ilona Kuraukov. Mais eux, ils ne me dédaignent pas autant qu'ils le laissent croire. Ils aiment bien me fourrer Pansy dans les pattes.

— Pardon?

— L'argent, mon cher, l'argent. Ils s'imaginent que j'en léguerai une grande partie à Pansy. A cause de Clive, figurez-vous. Ils voudraient que je considère Pansy comme la petite-fille de Clive, ce qu'elle n'est pas, bien sûr. Seb a pris le nom des Fabricant quand sa mère a épousé Clive. C'est pas pour ça que Pansy a une goutte du sang de Clive ; elle n'est rien pour moi. Elle ne m'aime même pas. (Mona Dresser fut interrompue par de violents coups frappés à la porte.) Ça doit être le livreur de l'épicerie. Ce garçon aime faire le plus de boucan possible. Excusez-moi, je vous prie.

Melrose la regarda partir, puis s'absorba dans la contemplation du tableau des Tuileries. Il fut frappé par la ressemblance des hommes en hauts-de-forme, par celle des deux fillettes dans leurs robes ornées d'un gros nœud.

Ses pensées furent interrompues par l'entrée d'une fille de neuf ou dix ans qui se coucha aussitôt par terre pour regarder sous le fauteuil, en face de Melrose. Elle se releva en faisant des simagrées, ignorant la présence de Melrose, et s'aplatit à nouveau pour regarder sous le canapé. Melrose décida d'être direct :

— Qu'est-ce que tu fais?

— Je cherche mon chat. Il est roux.

— Il y a plein d'endroits agréables pour se prélasser. Pourquoi irait-il se fourrer sous un fauteuil ou un canapé?

— Je ne sais pas, répondit-elle, toujours sur le ventre. Je ne suis pas un chat. Il s'appelle Horace.

Elle se leva et, les mains sur les hanches, tourna lentement la tête pour examiner les endroits agréables, puis elle se plaqua de nouveau au sol et regarda sous l'autre fauteuil recouvert d'une housse.

Voyant qu'elle le dédaignait avec ostentation, Melrose fut obligé de penser qu'elle était venue dans le salon dans le seul but de l'examiner.

— Tu ne serais pas par hasard, ce serait une coïncidence incroyable et une chance extraordinaire pour moi, tu ne serais pas Linda Pink?

— Si!

La réponse avait été hurlée depuis le dessous du fauteuil où sa tête disparaissait.

— J'admire ton enthousiasme, mais peux-tu te relever à la fin?

Elle s'exécuta si vite qu'elle en provoqua presque un courant d'air.

Au même moment, un énorme chat, sale et ébouriffé, qui venait à l'évidence de se coltiner avec quelques-unes de ses relations dans le quartier, entra et prit position à côté de Linda.

— Où étais-tu, Horace?

— Il a visité les poubelles du coin, on dirait.

Insulté, Horace s'éloigna en oscillant du croupion, le menton méprisant.

— Pourquoi ne t'assieds-tu pas?

— Je ne sais pas.

Pourquoi faut-il que les enfants prennent tout au pied de la lettre?

— Ce n'était pas une question, miss Pink. C'était une prière. C'était pour que je puisse te poser quelques questions.

— Vous êtes policier, vous aussi? demanda Linda sans s'asseoir.

Melrose songea à mentir mais, incapable d'imaginer les conséquences, positives ou négatives, il décida de jouer franc jeu :

— Non, mais mon meilleur ami est le policier qui est déjà venu t'interroger.

Melrose croyait que « meilleur ami » était un passeport auprès des jeunes.

— Celui de Scotland Yard ?
— Oui.
— C'est mon policier préféré.
— Le mien aussi. Où est passée ta tante ? demanda Melrose en jetant un coup d'œil par-dessus son épaule.

— Elle parle avec Billy dans la cuisine. Faut toujours qu'il discute de ses problèmes. Quel genre de questions ?

— Oh, à propos du jardin botanique, tu sais, là où tu as vu le cada... la femme. Il semble qu'il y ait un désaccord sur l'endroit et sur l'heure.

— C'était dans l'herbe royale. Il devait être sept heures.

— Nous ne sommes pas loin de Fulham Palace, je crois.

— Oui, c'est juste là, dit-elle en désignant une vague direction.

Cet homme valait-il la peine ?

— Ecoute, dit-il, si ta tante est d'accord, ça te dirait d'aller y faire un tour ? Nous trouverons peut-être un marchand de glaces. Je suis sûr qu'il y a un endroit où on vend des rafraîchissements pour les touristes...

Linda se figea et le dévisagea.

Grands dieux, oui, il valait la peine !

Melrose exposa son plan à Mona Dresser, qui l'approuva. Il déclara qu'il comprendrait très bien qu'elle ne trouve pas sain pour Linda de retourner sur le lieu du crime. Il pensait que des rubans délimiteraient encore le périmètre et qu'ils n'auraient pas le droit de s'aventurer trop près.

Hors de portée d'oreille, Mona déclara que Linda avait déjà été interrogée par tout un tas de policiers et n'avait, depuis, parlé de rien d'autre ou presque, qu'elle n'y voyait pas d'inconvénients.

— Mais ne croyez pas que vous apprendrez du nouveau. Elle est sûre de sa version; Linda peut être très têtue quand il le faut.

Vraiment? Melrose dressa les sourcils.

— C'est toi qui conduis, dit Melrose une fois dehors.

Linda pouvait-elle faire autrement? Elle était déjà vingt pas devant lui.

— Attends-moi au carrefour! ordonna-t-il.

Cela lui valut un de ces regards qu'on réserve d'habitude aux idiots.

— Où sommes-nous? dit-il en jetant des coups d'œil comme s'ils venaient de laisser la civilisation derrière eux.

— A Bishops Park Road, répondit-elle en courant.

Quand avaient-ils quitté Fulham Road? Melrose adorait la façon dont les rues londoniennes cessaient d'être ce qu'elles étaient pour devenir autre chose, comme si on baptisait les rues par caprice. Fulham Road se trouvait plus ou moins entre King's Road et Brompton Road. Fulham était dans SW6, juste à l'écart des plans du centre de Londres, comme si le quartier avait presque réussi à s'y intégrer, mais pas tout à fait, et qu'il avait été banni hors des zones touristiques. Fulham n'avait pas le chic de Belgravia, où le soleil aspergeait le trottoir de pièces d'or. Ni l'élan de Chelsea, ni même le charme débraillé de South Kensington, qui le bordait.

— On y est! lança Linda, comme si Melrose n'avait pas vu les imposantes colonnes en pierre du portail. On peut acheter une glace, ajouta-t-elle en se dirigeant dans la direction opposée.

La boutique des rafraîchissements était située non loin du portail.

— Tu veux ta glace maintenant ou en partant? demanda Melrose. (La question provoqua chez Linda une telle grimace d'indécision qu'il comprit qu'ils seraient là toute la journée et ce qui lui restait à dire :) Ou les deux?

Rassurée, Linda commanda un cône au chocolat tout en jetant de tels regards éperdus vers le bocal de sucres d'orge que Melrose lui en acheta un aussi. Ils retournèrent ensuite au portail. Linda avait en léchant sa glace l'air hypnotisé d'un chat en train de laper son lait.

Ils franchirent le portail, et Melrose eut aussitôt l'impression d'avoir laissé le monde réel derrière lui. Le portail était peut-être aussi symbolique que le passage d'un quartier à un autre (« *Vous quittez SW3 et vous pénétrez dans SW10, qui a été rénové pour votre plaisir.* ») Pour commencer, les bruits familiers des cris des enfants, des voitures, des sirènes, étaient tellement assourdis qu'on aurait dit qu'ils faisaient partie du vieux monde en train de s'effilocher.

A côté de lui, Linda sculptait son cône en y mettant un soin que n'aurait pas renié Rodin.

— Le musée est juste un peu plus haut, annonça-t-elle.
— Je ne...
— Il faut acheter des plans.
— C'est un territoire inexploré? demanda Melrose. De toute façon, tu le connais comme ta poche.
— Presque, mais vous voulez savoir comment le jardin botanique est disposé, non?

Ils entrèrent dans le bâtiment, puis dans une pièce gardée par une femme au physique agréable pour qui (à l'évidence) Linda n'était pas une étrangère. Elle trônait devant des guides, des plans, des brochures, et accueillit Linda comme si elle faisait partie de la famille :

— Bonjour, mon petit, c'est un ami à toi?

Melrose regretta de ne pas avoir apporté son cerceau et son bâton. Il se demanda si la découverte d'un cadavre dans le jardin d'herbe fleurie avait ralenti les affaires. Cela les avait décuplées, probablement. Il posa la question à la femme, qui semblait ailleurs.

— Oh, un jour ou deux. Mais on oublie vite, vous savez. Tout est éphémère.

Et elle poursuivit dans le même registre, au point que Melrose se demanda si les fantômes des évêques de Londres ne l'utilisaient pas comme caisse de résonance. Mais elle paraissait satisfaite et regardait autour d'elle, parlait des allées et venues des saisons et des gens comme si elle avait déjà quitté cette vallée de larmes et trouvé un panorama autrement plus agréable. Melrose la remercia et plongea un billet de vingt livres plié en dix dans un tronc pour l'entretien de Fulham Palace.

Dehors, leur marche les mena devant des arbres de toutes les espèces imaginables. Melrose n'en aurait reconnu aucun, hormis le chêne géant et les pins, s'il n'avait eu sous les yeux le plan du jardin. Ils passèrent devant des cèdres, des chênes, plusieurs espèces d'érables, un séquoia géant et un gommier doux; des dizaines d'autres leur faisaient face.

— C'est par ici, déclara Linda en marchant à reculons.

— Il doit y avoir quarante ou cinquante sortes d'arbres, dit Melrose.

— Au moins. Venez.

Les arbres en question mis au rebut, il la suivit dans un grand espace clos qui avait l'air négligé, un fouillis de mauvaises herbes. Le jardin d'herbe fleurie, sis dans cet étrange cadre, se trouvait devant eux. A leur gauche se dressait une clôture en forme de quart de lune cachée sous la glycine. Sur la droite se trouvait une ancienne serre désormais en ruine, carreaux brisés, murs effondrés. Pas étonnant qu'une quête soit organisée pour la réfection des lieux. Il y avait aussi de vieille vignes, tout aussi négligées.

Le jardin lui-même avait la forme d'un poisson, étroit à chaque extrémité et plus large au milieu. A la tête du poisson se trouvait une herbe appelée pyrèthre. (Melrose n'en avait jamais entendu parler, il enregistra le nom et se promit de demander des explications à l'inspecteur Wiggins.) A l'autre bout, la queue du poisson, il y avait un triangle de thym. Melrose étudia le plan et remarqua que les divers carrés de plantes étaient reproduits de chaque côté. Il y avait deux carrés de chaque plante, disposés avec symétrie en haut et en bas, à droite et à gauche. Linda le tira de sa contemplation :

— Regardez!

Elle était plus loin, allongée dans des feuillages marron. Il lui demanda à quoi diable elle jouait.

— Je l'imite, c'est moi le cadavre.

Elle gisait sur le dos les bras en croix.

— Tu ne devrais pas t'allonger dans le...

Il consulta le plan.

— L'herbe royale.

— Attendez. Elle avait les yeux ouverts. Comme ça.

Linda écarquilla les yeux.

— Tu as un avenir prometteur comme spécialiste de scène de crime.

— Ils disent qu'elle était dans la lavande, mais c'est pas vrai.

Melrose s'agenouilla et examina le carré d'herbe royale.

— Les policiers sont d'habitude très pointilleux, ils prennent des photos et toutes sortes de mesures. Tu es sûre de ne pas te tromper?

— Nan!

Elle chassa quelques brindilles et feuilles mortes de ses cheveux.

— Je vais voir là-bas un instant, dit-il en montrant les vignes.

Il contourna le carré et entra dans la serre. (Entrer n'était pas le mot juste, car le bâtiment était désormais exposé à tous les vents.) Il y avait une cabane et une petite construction qui avait servi d'abri de jardin. Il marcha sur des éclats de pots et de verre. Il retourna une moitié de pot en terre cuite, sachant qu'il ne trouverait rien, la police de Fulham ayant déjà fouillé l'endroit de fond en comble.

L'ennui avec les policiers de Fulham, c'est qu'ils ne se fiaient à personne. Melrose les comprenait; ils n'allaient tout de même pas faire confiance à une enfant de dix ans !

Et pourtant. Si elle s'était approchée suffisamment pour voir que la morte avait les yeux ouverts, si elle ne confondait pas, Melrose était prêt à croire qu'elle savait exactement où était le cadavre et à quelle heure il s'y trouvait.

23

Melrose n'était pas surpris que les Cripps n'aient pas le téléphone, quoique, à la réflexion, cela l'étonnait malgré tout. Ashley Cripps aurait déjà dû trouver un moyen de pirater la ligne téléphonique de ses voisins comme il l'avait fait avec l'électricité. Il s'y connaissait en fils électriques. Mais peut-être aurait-il fallu escalader un poteau et Ash n'était pas du genre à se fatiguer.

Melrose avait essayé le Musée de l'Enfance, où Beatrice Slocum travaillait, mais on lui avait dit que le samedi était son jour de repos. Si Bea avait le téléphone dans son appartement de Bethnal Green, elle n'était pas dans l'annuaire. Le seul endroit où la trouver était chez les Cripps, car Bea était une cousine éloignée et (si on se fiait à sa peinture) elle avait un faible pour Catchcoach Street.

Pour l'instant, Melrose se trouvait dans un bar à sandwiches du Canary Warf; perché sur un tabouret, il contemplait la Tamise qui paraissait immobile, sans doute en harmonie avec l'état mental de Melrose. Il avait envisagé de manger un des sandwiches emballés alignés derrière la vitre, mais s'était rabattu sur le thé.

D'ailleurs, pourquoi les vaillants employés de bureau voudraient-ils des tomates séchées avec leur fromage ?

Pendant qu'il pensait à sa visite à Fulham Palace, son thé refroidissait. Il avait cru qu'une promenade sur les quais rénovés pourrait ranimer son cerveau ramolli, mais les idées ne venaient pas. Et la Tamise n'avait pas bougé d'un poil. Il sortit du bar et se mit à la recherche d'un marchand de journaux et d'une confiserie afin de se bourrer les poches de bonbons.

Dans le « jardin » de devant, les enfants Cripps sévissaient telles des taupes ou des marmottes, malgré l'heure tardive. Ou peut-être grâce à elle, car les habitudes des Cripps s'accommodaient bien de la pénombre. Les taupes et les marmottes, toutefois, passent une grande partie de leur temps sous terre.

Melrose s'arrêta à quelques mètres de la maison et regarda les gosses jouer à leurs jeux infâmes. Comme ils étaient sept, plusieurs jeux se déroulaient simultanément.

Un landau traînait près de la porte d'entrée, le bébé livré à son sort, oublié par sa maman. Deux des moutards, un garçon et une fille, le berçaient — non pour apaiser le bébé (qui laissait échapper un couinement aigu) mais pour voir lequel renverserait le landau le premier. N'importe quel enfant — sauf un Cripps — aurait vérifié que le landau était vide avant de se lancer dans un jeu aussi stupide. Les Cripps, eux, s'assuraient que le bébé était bien dedans.

Melrose avait oublié leurs noms (heureusement pour lui), mais il se souvenait que l'une des filles s'appelait Amy et une autre Alice. C'était peut-être

Alice qui se livrait à ce duel idiot avec son frère. Melrose s'émerveillait qu'un bébé puisse survivre chez les Cripps. Et pourtant, voyez, six avaient réussi, et peut-être sept en comptant le bébé. Pour l'instant.

Un garçon de cinq ou six ans, facile à reconnaître, le jumeau d'une des filles, s'appelait Manneken-Pis Pete. Son pantalon sur les chevilles, il était en train de pisser dans l'abreuvoir en plastique des oiseaux. Sa sœur Amy (ou Alice) lui donnait la réplique. Son jeu favori était de soulever sa jupe pour montrer qu'elle ne portait pas de petite culotte. Un autre enfant était attaché à un arbre pendant que son aîné tournait autour de lui avec une torche qui découpait des ombres menaçantes dans la pénombre crépusculaire. Grands dieux, que faisaient tous ces journaux et ce petit bois aux pieds du supplicié ?

L'équilibre du landau devenait de plus en plus précaire, le couinement du bébé s'était changé en hurlement qui, bien sûr, faisait rire encore plus fort les deux Cripps. Faisant fi de toute prudence (mais les bonbons bien en évidence), Melrose se dirigea vers la maison.

Ce fut l'aîné, aussi râblé et pugnace que son père, avec la signature des Cripps, cheveux et cils blond-roux, peau laiteuse, qui aperçut Melrose le premier. Il laissa tomber la torche (heureusement pas sur le petit bois mais dans un des nombreux trous du sol) et se mit à hurler. Les autres cessèrent leurs activités (sauf celui qui était attaché à l'arbre) et braquèrent leurs yeux sur Melrose.

— Elroy ! Elroy ! cria l'aîné. Hé, maman, c'est Elroy !

Tous se ruèrent sur lui, sauf Manneken-Pis Pete, qui empoigna son entrejambe, pas comme le font les enfants, en signe d'appréhension, mais dans l'intention évidente de pointer son zizi vers le visiteur.

« Qu'est-ce tu nous apportes, Elroy ? », « Allez, file-nous des bonbons, Elroy », « Regarde, j'ai rien d'ssous », « File-nous des bonbons, allez ! » Melrose était déjà en train de sortir ses sacs en papier et il se mit à distribuer les bonbons, dans l'idée première de sauver sa vie et, accessoirement, de les négocier contre des renseignements :

— Est-ce que Bea Slocum est là ?

S'étant approprié le plus gros sac, plein de sucettes au citron, l'aîné, le dur à cuire, se sentit dispensé des formalités de bienvenue :

— P't'être ben que oui, p't'être ben que non. Qui la demande ?

— Moi, bien sûr.

Ayant arraché le dernier petit sac en papier des mains de Melrose, celui qui contenait les gommes, Manneken-Pis Pete paradait en chantant :

— Bea, Bea, pipi, pipi.

— A ta place, je n'essaierais pas, menaça Melrose. Pas si tu veux vivre assez vieux pour t'asseoir sur le trône...

Manneken-Pis Pete avait à l'évidence hérité de son père, Ashley, connu depuis longtemps de la police sous le sobriquet de Ash le Flash, sa fixation urogénitale.

La porte s'ouvrit à la volée et la masse énorme de White Ellie en boucha l'encadrement, une spatule en main.

— Regardez qui est là ! Je disais justement à Ash l'autre jour : « Ah, j'aimerais que Melrose ne reste pas si longtemps sans venir nous voir ! » Rabaisse ta jupe, ma fille !

Cette dernière injonction était destinée à Alice (ou Amy).

— Appelez-moi simplement Elroy, fit Melrose en entrant.

White Ellie pouffa, empoigna le landau et y pêcha le bébé qu'elle mit à l'abri du danger pendant quelques minutes.

— Robespierre, annonça-t-elle. Vous vous souvenez de lui?

— Bien sûr, répondit Melrose en contemplant le bébé calme — plus joufflu, plus dodu qu'avant — qu'il se souvenait d'avoir bercé dans ses bras.

Les Cripps avaient un étrange effet sur les gens, sur Melrose en tout cas.

Tandis que les six marmots filaient dans le salon, White Ellie aboya des remarques stériles à propos de leur conduite. Elle fourra de nouveau le bébé dans le landau auquel elle donna une poussée maternelle tout en plissant les yeux dans une grimace affectueuse, puis elle retourna dans la cuisine.

— Je vais m'occuper du thé d'Ashley, dit-elle. Il va pas tarder. Bea est là. Vous vous souvenez de Bea, j'espère?

Affalée de tout son long sur un canapé à ressorts rose chou, Beatrice Slocum regardait la télévision. Après avoir annoncé en criant qu'Elroy était de retour, les garnements se plantèrent devant la télé et déclarèrent un cessez-le-feu, le temps de manger leurs bonbons. Comme ce calme trompeur ne durerait que deux minutes, Melrose se dépêcha d'attirer l'attention de Bea.

— Que je sois pendue! s'écria Bea. Regardez qui est là! Il y a donc eu un autre meurtre?

Ayant prononcé ces fortes paroles, elle se riva de nouveau devant la télé.

Du moins fit-elle semblant. Son indifférence feinte

qui exigeait une certaine maîtrise ne se transmit pas jusqu'à ses yeux, d'habitude vert d'eau, d'un vert plus léger que ceux de Melrose, moins dense, et qui pétillaient quand elle était contente. Elle ne put contenir la joie qui se refléta dans ces mêmes yeux, alors qu'un des garnements matraquait son frère avec un coussin, signal du retour des hostilités. Les coussins se mirent à voler dans tous les sens, ce qui poussa on ne sait pourquoi les enfants Cripps à entamer une ronde en chantant à tue-tête.

— Oui, répondit Melrose, il y a eu un autre meurtre.

Bea avait assisté à la mort d'une femme à la Tate Gallery. Jury l'avait interrogée; Melrose l'avait à son tour questionnée au cours d'un dîner dans un restaurant français. Il aurait préféré qu'elle ait oublié le meurtre et se soit rappelé le dîner.

— Bon Dieu! s'exclama-t-elle. Vous allez encore me tanner, vous et votre copain?

— Pourquoi? Cette fois, vous n'étiez pas à proximité. Cependant, vous pouvez quand même nous aider.

— Oh, je ne voudrais surtout pas rater cette occasion.

Elle s'empara de la télécommande et zappa, au grand dam du gang des farfadets allongés par terre qui protestèrent bruyamment, même s'ils n'avaient pas suivi l'émission.

— Nous pourrions peut-être en profiter pour dîner quelque part. A mon club, par exemple?

— Votre quôa? (Elle avait mis dans cette question tout l'accent cockney dont elle était capable.) Un club pour vieux collets montés? Pas pour moi, non merci.

(Elle s'affala davantage sur le canapé.) D'ailleurs, ce genre d'endroit n'accepte pas les femmes.

— Oh, ça a changé.

— Pas pour des femmes comme moi, je parie.

Elle avait dit cela d'un air suffisant, comme si elle tirait de la fierté de ne pas être admise à son club. Cela amusa Melrose.

— Peut-être pas habillée comme vous l'êtes, mais...

Bea jeta la télécommande, dévisagea Melrose bouche bée, abasourdie qu'il trouve à redire à son accoutrement, puis elle considéra ses bottes de combat et son jean coupé, et remonta le haut de son col roulé noir.

— J'ai de la classe, moi, dit-elle. L'autre jour, j'ai vu dans le *Telegraph* la photo d'un super mannequin qui portait exactement les mêmes fringues, sauf que ses bottes avaient des clous et qu'elle avait une ceinture en faux diams. Et de grandes boucles d'oreilles, en faux diams aussi. Moi, je trouve que ça fait cheap.

Tout en délivrant ce flash sur le monde de la mode, elle avait sorti un *Elle* du panier de linge sale et, après s'être mouillé le doigt, en tournait les pages en papier glacé.

— A votre aise, dit Melrose.

C'était la phrase préférée de Bea lorsqu'elle voulait montrer son manque d'intérêt.

Voyant qu'elle l'avait peut-être encouragé à annuler son invitation, elle déclara vivement :

— Minute, j'peux toujours emprunter un truc à White Ellie.

En effet, se dit Melrose, l'un dans l'autre, ça serait forcément mieux. Bea se pencha en avant et appela Ellie d'une voix tonitruante.

Toutefois, les hurlements étaient superflus car

White Ellie apportait justement le thé dans d'épaisses chopes blanches.

— Voilà, imbibez-vous, recommanda-t-elle.

Elle tendit une chope à Melrose, une autre à Bea, et s'assit dans le fauteuil le plus proche, la sienne en l'air, en soulevant un nuage de poussière.

— Je me demandais si je pouvais t'emprunter le machin sans manche que t'as acheté à la vente de charité.

— Le haut orange? D'accord, mais ne le tache pas.

— Une vente de charité? s'étonna Melrose. Par ici? On en voit plutôt dans les kermesses religieuses...

— Eh bien, on a... Vous, les enfants, laissez-nous, on a à causer.

Ils se levèrent dans un grand bruit de casseroles (qu'avaient-ils donc pour faire un boucan pareil?). Manneken-Pis Pete urinait dans un seau disposé à un endroit stratégique afin de récupérer l'eau qui fuyait du plafond tandis qu'Alice soulevait sa jupe. Ellie leur donna à tous deux une bonne tape sur les fesses. Bien sûr, cela incita les quatre autres à marcher en rond en file indienne tout en chantant :

Manneken-Pis Pete, Manneken-Pis Pete
Fait pipi sur les pieds d'Elroy!

Melrose jeta vivement un coup d'œil sur ses chaussures. Pete les avait ratées d'un poil, mais avait réussi un joli tir groupé sur les bottes de Beatrice.

— Petit chameau! hurla Bea, qui tira de la pile de linge sale un torchon qui avait dû être autrefois une veste et s'essuya le bout d'une botte. Je reviens dans une seconde, annonça-t-elle avant de grimper l'escalier quatre à quatre.

Les six voyous sortirent en file indienne du salon sous les cris de White Ellie.

— Et y s'appelle pas Elroy! Combien de fois faut-y vous le répéter?

Les chants se poursuivirent, la porte d'entrée franchie.

— On a des kermesses un dimanche sur deux, dit White Ellie en réponse à la question de Melrose. Ici, à St Ignatius. C'est Ash qu'a eu l'idée. Ah, c'est un malin, mon Ash. (Elle fit claquer sa langue en signe d'appréciation.) Si seulement il perdait cette habitude de fréquenter les toilettes publiques. (Elle soupira en pensant à cette faille dans l'armure d'Ashley.) Bref, c'est comme les souks d'Alger, avec tous ces Pakistanais et ces métèques. Ouais, lui et Eddie — Eddie, vous l'avez rencontré —, ils ont une combine, ils ramassent les machins dont plus personne ne veut...

Dans leurs voitures et leurs maisons, songea Melrose.

— ... et il leur fallait un endroit pour les vendre.

— C'est pas trop dangereux? s'inquiéta Melrose. Comme ça, au grand jour?

White Ellie éclata de rire en se frappant sur les cuisses.

— C'est la beauté de la chose! Est-ce que les cognes vont fourrer leur nez dans les marchandises des ventes de charité? « Au grand jour », qu'il a dit Ash. Il en a là-dedans, dit White Ellie en se tapotant la tempe. Il est peut-être un peu cinglé, mais il a du génie.

Au même moment, Beatrice dévala l'escalier, le chemisier de la vente de charité sur le dos.

Melrose fut stupéfait. Le prétendu « haut orange » n'était ni un haut ni orange. C'était une longue veste en velours cuivré sans ceinture qui balayait presque par terre. Bea était métamorphosée. La métamorphose était également due au changement de maquillage, le mauve aux paupières remplacé par un brun pâle, avec un peu de rouge aux joues. Sa teinte de cheveux, automnale, dans les roux, était rehaussée par la couleur cuivrée de la veste. Melrose n'aurait pas été surpris de voir cet ensemble plutôt osé, la veste rouge cuivre, le jean coupé et les bottes, dans la collection d'automne d'un grand couturier. Bea avait raison, elle n'avait rien à envier aux mannequins.

— Vous faites très Boring's, déclara-t-il.

24

Le Boring's avait en effet assoupli certaines de ses règles rigoureuses, parmi lesquelles le refus d'admettre les femmes. Le comité avait longuement débattu, car ce n'était pas tant l'admission des femmes qui posait problème que ce qu'on les autoriserait à faire une fois entrées. Selon l'avis d'un membre, après être entrée, la femme devait attendre à moins de deux mètres de la porte que l'homme dont elle était l'amie sorte de la salle de lecture et quitte le club, l'entraînant à sa suite.

Sur ce point, il y avait eu des dissidents. Dans leur esprit, on pouvait en ce cas difficilement parler « d'admission » : il n'était pas convenable de laisser une femme attendre debout; on devait au moins poster une chaise près de la porte afin qu'elle puisse s'asseoir.

Un ou deux membres avaient voulu aller jusqu'au bout et ouvrir en grand les portes de la salle à manger à la gent féminine. Cette proposition avait été soutenue par le plus jeune membre du comité, un homme à qui on aurait refusé l'inscription au club si son nom n'avait figuré sur la liste depuis sa naissance, et s'il n'eût été l'héritier présomptif (ou, comme disaient les farceurs, « l'héritier présomptueux ») d'un comté, et lui-même vicomte. Bien sûr, le vieux comte était rarement en assez bon état pour se rendre à Londres. Un compromis avait été trouvé et il avait été décidé d'autoriser les femmes « en tant qu'invitées » pendant une période probatoire de dix ans, au terme de laquelle, si satisfaction avait été donnée, une nouvelle règle serait édictée. Une période de dix ans devait suffire à « purger la règle de ses défauts ».

Melrose tenait ces informations du vicomte en personne qui l'en avait instruit la veille pendant qu'il attendait Jury.

« Et la probation a-t-elle donné satisfaction ? avait demandé Melrose.

— Il semblerait, avait dit le vicomte. De toute façon, rares sont ceux qui recherchent la compagnie des femmes. »

Sur ces mots, ils avaient tous deux observé les messieurs aux divers stades de décrépitude qui occupaient les fauteuils en cuir et les canapés. Le vicomte s'était alors adossé confortablement pour fumer son cigarillo et Melrose s'était plongé dans son Martini en pensant à Diane Demorney.

Ainsi Bea Slocum, avec ses bottes et sa veste en velours, aurait créé une certaine agitation si quelqu'un avait eu la moindre envie de s'agiter. Elle regarda autour d'elle, laissa échapper une dizaine de « bon Dieu », et ajouta que c'était exactement comme elle l'avait imaginé. Elle désigna un gentilhomme à la crinière blanche qui venait de s'assoupir, la tête de côté, sur son journal, et déclara :

— C'est ce qui vous pend au nez.

— J'en suis sûr, rétorqua Melrose. Voulez-vous un drink ?

— Non, mais je prendrais bien un apéro. Un whisky.

Melrose héla le jeune Higgins qui arriva en trottinant, le plateau en argent plaqué contre lui tel un bouclier, et prit la commande. Il dressa à peine un sourcil quand Bea lui demanda de s'assurer que c'était un single malt, non parce que cela témoignait d'une longue habitude de l'alcool, mais d'un alcool de moins bonne qualité que celui auquel le Boring's était habitué.

— Bon, qu'est-ce que vous voulez que je fasse? demanda Bea.

— Attendez-moi, je reviens tout de suite...

Melrose se leva, gravit le vaste escalier majestueux en pensant à Bea dans sa veste de la vente de charité et à la façon dont elle avait encore changé. Elle avait changé la première fois quand il avait découvert qu'elle peignait et qu'elle n'était pas la petite titi londonienne qu'elle voulait paraître. Devant un steak-frites, elle avait parlé de J. M. W. (comme elle appelait Turner). Bea était une amoureuse de la lumière. Désormais, elle changeait de nouveau ; la femme qui maniait le pinceau était devenue une artiste peintre.

Le tableau qu'il avait acheté était incliné contre un mur où la lumière ambrée d'une applique murale qui tombait sur sa partie supérieure n'ajoutait rien à sa luminosité déjà éclatante. Melrose emporta le tableau dans le salon, le cala contre le dossier du fauteuil sur lequel il s'était assis auparavant et vit l'étonnement se lire sur le visage de Bea.

Le regard de Bea allait du tableau à Melrose, son poing serré sur sa poitrine. Lorsqu'elle parla, ce fut d'une voix minuscule :

— Que je sois pendue !

Elle ouvrit la bouche pour dire autre chose, mais, se ravisa et, pour gagner du temps, but une gorgée du whisky pur malt que le vieux serveur avait apporté pendant que Melrose était dans sa chambre.

— Merveilleux! s'extasia Melrose.

Bea émit un petit rire incrédule.

— Je n'aurais jamais cru que j'en vendrais un. Vous dites que vous l'avez payé cinq cents livres?

— En fait, Bea, il était sous-évalué. C'est ce qu'il y avait de mieux dans cette galerie.

Il ne lui avoua pas qu'il avait aussi acheté *La Tempête*. Elle aurait pu croire qu'il cherchait à la sponsoriser.

Penchée en avant, Bea étudiait son tableau et toute une gamme d'expressions défila sur son visage. Des doutes, comme si elle voyait des défauts à réparer; du plaisir à voir ce qui était bien rendu. Elle en oubliait où elle se trouvait. Son regard était brûlant.

C'était la véritable Beatrice Slocum, Melrose en était sûr.

L'autre Beatrice reprit vite le dessus. Prétendant renier le tableau, elle se redressa, inclina la tête et déclara :

— J'ai déjà vu mieux.

— Moi aussi. Mais rien qui soit à vendre.

— Allez, vous charriez! fit-elle en lui donnant une tape sur le bras.

— Beatrice, votre peinture est de loin ce que les Fabricant ont de mieux dans leur galerie.

Avant qu'elle puisse répondre, le jeune Higgins vint les chercher pour passer dans la salle à manger. Il emporta leurs verres sur son plateau. Bea emporta son tableau.

Le menu lui plut : elle adorait le filet mignon et les

frites étaient un de ses mets préférés. Elle remarqua que c'était exactement ce qu'elle avait mangé au Dorice, le restaurant français.

Le jeune Higgins vint prendre leur commande; il ne cilla pas lorsque Bea commanda un « steak-frites » alors que le garçon français du Dorice lui avait jeté un regard qui aurait haché menu le steak. C'est cela, l'éducation, se dit Melrose. Il était plutôt fier du jeune Higgins, il décida de lui laisser un gros pourboire.

— Qu'est-ce que vous vouliez dire en disant que je devais faire gaffe aux frères Fabricant ? Moi, je pense que je leur dois une fière chandelle d'accepter mes croûtes...

— Non, c'est eux qui devraient vous remercier. Ce que je ne comprends pas, c'est qu'ils exposent les toiles de Ralph Rees, quelle faute de goût !

— Les bidules blancs ?

— C'est ça, les bidules blancs.

D'autres membres étaient arrivés pendant qu'ils passaient leur commande. Melrose adressa un signe de tête au major Champs et au colonel Neame qui regardèrent Bea d'un air abasourdi, comme s'ils ne s'étaient pas attendus à ce que les choses en arrivent là. Il y eut des bruits de couverts, des tintements de verres, le claquement des serviettes qu'on déplie. Pour Melrose, c'étaient des bruits réconfortants. La salle à manger était richement éclairée et le lustre arrosait les nappes d'un blanc immaculé presque aveuglant.

Cela ramena Melrose à son sujet. La *Neige sibérienne*. Il hocha la tête d'indignation.

— Bof, fit Bea, c'est sans doute parce que Ralph est le chéri de Nick.

— La galerie Fabricant n'a pas bâti sa réputation en avantageant ses chéris. Non, il y a autre chose.

Melrose parla de sa visite de la veille, puis le jeune Higgins arriva avec le vin, un bordeaux qu'il avait déconseillé parce qu'il était trop vigoureux. La mine sombre, il attendit le jugement de Melrose sur la vigueur du vin. Melrose lui dit de le servir et promit de se retenir de danser sur la table.

Lorsqu'on servit la soupe, Bea en oublia vite le vin.

— Du potiron. J'ai jamais mangé de soupe au potiron. (Elle goûta une cuillerée.) Hum, c'est bon. (Elle avala plusieurs cuillerées.) Tout le monde a des aveuglements, déclara-t-elle, c'est peut-être pour ça.

— Ne me regardez pas comme si j'étais un de vos aveuglements, merci bien.

Bea sourit, puis attaqua de nouveau sa soupe.

— Pour la galerie, fit-elle, vous savez, les goûts et les couleurs...

Elle mangea un peu de soupe puis tapota sa cuillère contre son bol, comme pour appeler les esprits.

— Ils feraient mieux d'avoir des goûts artistiques, sinon ils vont se retrouver sur la paille.

Ils mangèrent en silence.

Le jeune Higgins leur apporta les filets mignons et les frites de Bea, débarrassa les bols, déposa les plats et demanda à Melrose s'ils désiraient autre chose. Melrose lui dit que tout allait bien.

Il regarda Bea couper sa viande en petits morceaux qu'elle enfournait un par un, mastiquait puis avalait.

— C'est peut-être à cause de la vieille, dit-elle enfin.

Melrose s'arrêta de couper son filet pour la dévisager d'un air interrogateur.

— La vieille, répéta Bea. Vous savez, la mère de Seb et de Nick.

— Ah ! Je n'aurais pas rangé Ilona Kuraukov dans la catégorie des vieilles. Peu importe, expliquez-moi.
— Elle a mis pas mal de blé dans la galerie.
— Comment le savez-vous ?
— Par Ralph. Il m'a invitée au pub pour célébrer mon arrivée dans la galerie. C'est un type sympa, ce Ralph. Bref, il m'a assuré qu'il adorait mon travail, même si le sien était davantage d'avant-garde ; il prétendait que j'étais une réaliste. Franchement, je ne comprends pas ce qu'on entend par là...
— Sans doute que nous autres, profanes, nous arrivons à reconnaître les choses que vous peignez.

Bea parut méditer la question.

— Enfin, Ralph commençait à se poivrer sérieux et il m'a raconté que cette généreuse vieille... comment qu'elle s'appelle, déjà ?
— Kuraukov.
— Il m'a dit qu'elle détenait plus de la moitié des parts de la galerie.

Voilà qui était intéressant. Cela expliquait l'impression que Melrose avait ressentie : Ilona Kuraukov lui avait semblé exercer une influence décisive sur les autres, et pas seulement sur Olivia Inge, qui n'était dans la famille que par son bon vouloir.

— A-t-il dit si c'était elle qui dictait quels tableaux ils devaient exposer ?
— Non. Il ne l'a pas dit.

Délicatement, comme quelqu'un à qui on a reproché ses mauvaises manières mais qui hésite encore sur ce qu'il convient de faire, elle piqua une pomme-allumette et la porta à sa bouche. Après l'avoir avalée, elle déclara :

— En fait, comme on n'est pas de son école, on ne

peut pas savoir si la peinture de Ralph est bonne ou mauvaise.

— « Et avec cette assertion, elle plongea un siècle de critique artistique dans l'obscurantisme... »

Bea fit la grimace. Elle ressemblait à un bébé singe.

— Répétez-moi ça.

— L'école ne précède pas l'œuvre, elle la suit.

— Ah, parce que vous êtes un spécialiste, maintenant?

— C'est le simple bon sens. La peinture crée l'école, et non l'inverse. Vous imaginez Monet se réveiller un matin et se dire : « Tiens, je vais essayer un truc nouveau; le pointillisme, ça serait pas mal. »

— Vous voulez dire Seurat.

Il sourit. Elle l'avait corrigé machinalement, et non par vanité. Elle avait du mal à se prétendre ignorante, ce dont elle cherchait pourtant à se vanter.

— Ecoutez, Bea, vous pourriez réellement m'aider.

Elle leva la tête de son steak.

— Qu'est-ce que vous avez encore fait?

— Rien. (Il fut surpris d'être aussi heureux de voir de l'inquiétude sur son visage.) Je parle des Fabricant. Et de Ralph en particulier. Vous avez plus facilement vos entrées à la galerie que moi.

— Vous voulez que je fauche quelque chose, c'est ça?

— Non, bien sûr que non. Non, je veux dire que vous avez une raison d'y traîner.

Bea mastiquait tout en le regardant d'un air bovin, dont il était sûr qu'elle savait à quel point cela le désespérait, et qu'elle s'amusait à afficher pour cette raison.

— Et après? fit-elle enfin. J'y traîne en faisant quoi?

— En tendant l'oreille. Je m'intéresse surtout à la séquence neigeuse de Ralph.

— Les bidules blancs.
— C'est ça. Vous êtes une artiste. Quel art voyez-vous dans ces toiles ?
— J'en sais rien. Je dirais bien qu'il n'y en a pas. (Son assiette nettoyée, elle la repoussa.) Hum, c'était bon !
— J'ai du mal à croire que Sebastian Fabricant y voie quelque chose...
— C'est peut-être lui qui a raison. Il y a des gens qui croient en Ralph. On m'a dit qu'un acheteur était intéressé ; si Ralph vend sa série, ça lui rapportera plus de blé que je n'en verrai en un an...
— Oui, j'en ai entendu parler.
— Ralph dit que c'est un collectionneur. Un Américain, je crois.
— J'aimerais bien le rencontrer.
— Tout ce que je sais, c'est que Ralph est en extase. (Bea tordait le cou pour voir la table roulante des desserts.) Vous voulez un dessert ? Le pudding a l'air bon.

Elle regarda la table roulante faire lentement le tour des convives.

Melrose héla le jeune garçon aux cheveux en épis qui s'occupait des desserts.

— Comme ces toiles forment soi-disant un tout cohérent, une « progression », on pourrait croire qu'il refuserait de les séparer...
— Ralph dit que les cinq toiles sont autonomes.
— Ça prouve qu'il est accommodant, susurra Melrose alors que la table des desserts arrivait.
— Hum. Le gâteau au chocolat a l'air bon, lui aussi. (L'embarras du choix parut la troubler.) Qu'est-ce que c'est que celui-là ? demanda-t-elle en montrant du doigt un gâteau en forme de dôme surmonté de crème Chantilly.

— Ça, dit le jeune garçon, haletant comme s'il avait attendu fébrilement en coulisse l'occasion de vanter les mérites des desserts, c'est le Roi des puddings. Et ça, c'est une tarte aux prunes et aux amandes. Vous avez aussi l'île flottante. (Son doigt passa à l'étage inférieur de la table.) Voilà une tarte au citron. Et bien sûr, vous avez le gâteau au chocolat et la mousse au chocolat Boring's...

Melrose ignorait que Boring's fabriquait un dessert à son nom; il en demanda une part pendant que Bea n'en finissait pas de réfléchir. Il aurait préféré qu'elle voue autant d'ardeur à la question de la galerie Fabricant.

— Je crois que je vais prendre ça, dit-elle en désignant le Roi des puddings.

La mine réjouie, le garçon se mit en devoir de servir de généreuses parts de gâteaux, puis il nota la commande pour les cafés, qui seraient servis au salon, et s'éloigna.

— Si vous deviez peindre une série, ça ne vous fendrait pas le cœur qu'on vous achète les tableaux séparément?

— Je n'en peindrai jamais. Hum, le mien est bon; comment est le vôtre?

Elle plongea sa fourchette dans la mousse de Melrose.

— Divin! dit-il. A la hauteur de son nom. (Il ne l'avait pas encore goûté.) Et les toiles dans l'arrière-salle? C'est normal d'entasser des toiles comme ça, en attendant d'en avoir besoin?

— Oh, j'imagine qu'ils les gardent en réserve pour remplacer celles qu'ils vendent. Ils en ont deux à moi là-dedans.

Elle lécha sa cuillère puis posa sa main sur le cadre

de son tableau, qu'elle avait insisté pour apporter dans la salle à manger, comme si lui aussi avait faim.

Elle ne lui proposa pas de voir les deux toiles restées « là-dedans », comme s'il en avait déjà fait beaucoup en achetant un tableau. En la regardant caresser le cadre avec amour, Melrose se dit qu'il l'avait davantage adopté qu'acheté.

25

Elle entra et s'assit; il poussa le paquet de cigarettes vers elle. Elle le remercia. Après lui avoir allumé une cigarette, il commença :
— Bon, Bruxelles. Vous parliez de la lumière de la place. Vous disiez qu'elle était trompeuse.
— Vous avez une mémoire remarquable, sourit Kate McBride.
— C'est pour ça que je suis sûr de vous avoir vue samedi soir. Mais vous aussi, vous avez une excellente mémoire.
— C'est pour ça que je suis sûre que vous ne m'avez pas vue! riposta-t-elle.
Jury sourit.
— Le café, allez-y.
— Ça vous ennuie si je le raconte dans les moindres détails? demanda-t-elle après un long silence.
— C'est comme ça que je veux l'entendre.
Elle éprouva cependant le besoin de se justifier.
— Ça m'aide à me souvenir si je précise les détails.
Jury acquiesça; il la regarda secouer sa cendre dans le pauvre cendrier métallique.
— Je m'assois dans le café... ou plutôt à la terrasse.

Cette place est réellement éblouissante le soir. Je dois avouer que j'en oubliai mon angoisse l'espace d'un instant. Il y avait tellement d'étoiles, et les réverbères... (Elle tira sur sa cigarette.) J'étais donc assise à une petite table et j'attendais. Je me sentais impuissante, ajouta-t-elle avec une moue qui semblait marquer la défaite.

— Ensuite ?

— Ensuite, un homme est arrivé, un homme tout à fait banal, avec un manteau et un feutre marron. Il portait des lunettes à monture d'acier et son crâne se dégarnissait. Il s'est assis à la table d'à côté, exactement comme l'avait fait la femme quelconque dans l'autre café. C'étaient peut-être des jumeaux. Je ne l'aurais pas regardé si je n'avais pas détaillé chaque passant. Il a commandé un cassis et déplié son journal. Il m'a dit : « Regardez de l'autre côté de la place. » J'étais tellement surprise, je me suis aussitôt tournée vers lui. Il ne me regardait même pas. J'ai regardé de l'autre côté de la place. Là-bas, fit-elle en montrant du doigt. (L'émotion de Kate McBride était si grande que Jury suivit la direction de son doigt.) Il y avait une brune avec une enfant. C'était Sophie.

— Vous êtes sûre ? s'étonna Jury. Comment... ?

Elle se pencha au-dessus de la table, les bras croisés, les yeux brûlants. Le mélange d'ambre et d'orange et les mouchetures bleues donnaient l'impression que ses yeux brûlaient effectivement.

— Vous avez des enfants ? demanda-t-elle.

— Non, admit-il, attristé, comme si c'était un aveu d'échec.

Elle ne dit rien, elle le dévisagea puis se redressa.

— Excusez-moi, dit Jury. Lorsque cet homme s'est

adressé à vous, avez-vous remarqué s'il était belge ou français?

— Difficile à dire. Il avait une sorte d'accent qui aplatissait tout, rien n'indiquait un pays ou un lieu. Un accent plat.

— Mais.. Sophie? Si vous l'avez reconnue, vous a-t-elle...?

— Reconnue? Je ne crois même pas qu'elle m'ait vue. Si elle m'avait vue, elle m'aurait appelée ou aurait au moins crié. (Elle repoussa sa chaise, se leva et arpenta la pièce en tripotant son alliance.) Elles n'ont pas bougé; rien n'indiquait qu'elles m'aient vue. Alors, il a dit, et sa voix était vide d'émotion : « Nous voulions juste que vous sachiez qu'elle allait bien, c'est tout. » J'ai dit : « Prenez l'argent et relâchez-la, je vous en supplie! » Il m'a dit que les crises de nerfs ne serviraient à rien. En fait, ça l'a fait sourire. Un sourire sardonique sur des lèvres minces et sinistres. Il a dit : « Nous ne voulons pas de votre argent, Mrs McBride. » Je lui ai demandé pourquoi diable on m'avait dit de l'apporter, et il m'a répondu : « Juste pour voir si vous obéiriez; pour être sûrs qu'on pouvait vous faire confiance. » *Me faire confiance!* Seigneur Jésus! Il a ajouté : « Tout ce que nous voulons, ce sont ses papiers... » Michael occupait un poste sensible et il ne parlait jamais de son travail. Je savais qu'il gardait des papiers dans un coffre de notre salon, mais je ne l'ai jamais ouvert. C'est ce que j'ai dit à cet étrange inconnu. Il m'a dit : « C'est un manuscrit, Mrs McBride, il nous le faut. » (Elle passa une main dans ses cheveux puis sortit une autre cigarette du paquet.) Michael avait écrit un livre, un roman, m'avait-il dit. Je n'en avais pas lu une ligne. J'ai demandé : « Pourquoi diable voulez-vous ce roman?

Qu'est-ce que vous allez en faire ? » Il m'a souri et m'a dit : « Il vous a dit que c'était un roman ? » Je l'ai regardé bêtement. J'étais complètement déboussolée. Que se passait-il ? Il m'a étudiée quelque temps avant de poursuivre : « A la sortie d'Aix-en-Provence, il y a un château, le château de Noailles... »

— Noailles ? sursauta Jury.

— Je vous en prie, dit-elle en lui faisant signe de ne pas l'interrompre. Il a dit : « C'est un château magnifique niché dans deux cents hectares de terre, dans un des plus jolis coins de Provence. La famille — ou pour être plus précis, Edouard Noailles — est l'une des plus puissantes de France, certainement l'une des plus riches. » Il eut de nouveau son sourire sardonique. « Je vous le répète, Mrs McBride, votre argent ne nous intéresse pas. Edouard Noailles est, entre autres, un collectionneur. Il possède une des plus grandes collections privées du monde. Vous n'avez pas à connaître les détails, seulement que votre mari était au courant pour Noailles et ses affaires... — Qu'est-ce que Sophie vient faire là-dedans ? Pourquoi nous infliger tout ça ? » J'étais sur le point de hurler. « Pourquoi ? — Oh, nous aurions préféré que cela se passe autrement, mais c'est vous qui êtes allée voir la police... pour ce que ça vous a rapporté. » Il s'est penché vers moi et il a dit : « J'imagine que vous ne recommencerez plus, n'est-ce pas ? C'est une simple requête. Nous ne voulons que le manuscrit et la garantie de votre silence. C'est-à-dire, si vous êtes assez imprudente pour le lire avant de nous le remettre... » Il s'est ensuite levé, m'a promis qu'on se reverrait, et il s'est éloigné. Il s'est éloigné, répéta Kate McBride en hochant la tête.

La cigarette, qu'elle n'avait pas fumée, s'était consumée et lui avait presque brûlé les doigts. Jury la lui prit et la jeta dans le cendrier.

Lorsqu'elle releva la tête pour le regarder, c'était presque comme si elle attendait qu'il lui explique le sens de cet affreux épisode. Elle semblait désespérée ; il ne lui aurait pas fallu grand-chose pour basculer dans la folie.

— Ce prêtre... commença Jury. (Elle le regarda, attendant la suite.) Si vous l'aviez vu...

— Ça n'aurait servi à rien, dit-elle aussitôt. Je ne le connaissais pas, je l'avais à peine revu après ces vacances.

— Quand a eu lieu cette rencontre à Bruxelles ?

— Il y a plus de quatre mois, répondit-elle après avoir réfléchi. Avant que je rentre en Angleterre.

— Etes-vous retournée à la police ?

— Non, pas directement. J'avais peur d'y aller. Et je pensais que ça n'aurait servi à rien. N'oubliez pas qu'il y avait eu un incendie, que des dossiers avaient été perdus, parmi lesquels le mien — celui de Sophie. (Elle regarda Jury d'un air triste.) Il n'y a aucune trace de la disparition de Sophie. D'une certaine manière, soupira-t-elle, ça paraît inévitable. Je veux dire, c'est la fatalité.

Jury la dévisagea longuement, mais ne dit rien. Elle secoua la tête.

— Cette femme qui a été assassinée, dit-elle ensuite, si elle me ressemblait tant...

— On l'aura prise pour vous ? Oui, c'est possible.

— Sa présence ne pouvait pas être une coïncidence.

— La question est : Comment se fait-il que vous soyez venues toutes deux à cet endroit ?

Elle se leva et le regarda d'un air las.

— Vous croyez toujours que c'était moi la femme que vous avez vue, n'est-ce pas?

En voyant dans quel état de tension elle était, Jury se sentit presque coupable de lui répondre :

— Je sais que c'était vous, Kate.

26

Le grattement à la porte de l'appartement de Jury, qui le réveilla de trois heures de sommeil chèrement gagnées, ressemblait au bruit entêtant d'un cauchemar de son enfance — celui des doigts d'un squelette dont il ne voyait jamais le visage. Il se réveillait toujours avant (heureusement) que ce détail particulier ne remonte de son inconscient.

Etendu dans un lit qu'on aurait cru dévasté par deux flics munis d'un mandat de perquisition, Jury se demanda, l'esprit endormi, s'il avait encore six ans et si tout ce qui s'était passé ces dernières années n'avait été qu'un rêve.

Les grattements recommencèrent, accompagnés de petits coups frappés à la porte. Désormais debout, Jury enfila sa robe de chambre empesée et alla pieds nus à la porte. Il savait qui c'était, bien sûr. Que faisait-elle à — il lorgna sur son réveil — sept heures trente un dimanche matin? Surtout un dimanche matin où il était aussi déprimé que le dimanche matin précédent. Davantage, même. Il n'avait jamais été aussi loin de trouver la solution de l'énigme de Fulham Palace.

Il ouvrit la porte, et Stone — responsable des grattements — laissa retomber sa patte et baissa la tête, honteux, comme pour dire : « C'est elle qui m'a obligé, patron ! »

« Elle » étant Carole-Anne (responsable des coups frappés à la porte). Un filet à provisions à la main, elle était baignée d'une lumière dont Jury ne percevait pas l'origine et qui, se dit-il, émanait de Carole-Anne elle-même. De ses cheveux doré-roux incandescents et de ses yeux qui passaient facilement du bleu ciel au mauve et rappelaient à Jury les gradations de couleurs qu'il avait vues un jour sur la photo d'une plage de Floride. Carole-Anne, donc, resplendissait dans sa jupe jaune tournesol. Une robe très mini, même pour Carole-Anne.

— Tu as l'air d'un lever de soleil sur Key West, dit-il en hochant la tête d'un air songeur.

Fidèle à ses origines d'ondine de Key West, Carole-Anne entra en coup de vent.

— En février, tu disais que je ressemblais à un coucher de soleil à Santa Fe. Tiens, dit-elle en tendant le filet à provisions. Pour ton petit déjeuner.

Jury dressa les sourcils. Pas à cause du filet à provisions, mais parce qu'elle se souvenait non seulement du compliment, mais aussi de la date à laquelle il l'avait formulé.

— Depuis quand prends-tu ton petit déjeuner à sept heures et demie un dimanche matin ? D'ailleurs, est-ce qu'il y a des magasins ouverts à une heure pareille ?

Il regarda Stone qui attendait, patiemment, poliment même, à la porte.

Carole-Anne alla dans la petite cuisine.

— Il y a le Pakistanais, Mr Mashead ; tu sais, le magasin, au coin de la rue. Il est ouvert à toute heure.

Jury ouvrit un tiroir d'où il sortit l'os en cuir qu'il gardait pour Stone; il se dit que Stone méritait une nourriture plus classe. *Si nous avions les manières de Stone, nous serions les bienvenus à la cour des rois.* Jury rejoignit Carole-Anne dans la cuisine; elle avait branché la bouilloire et vidait le contenu du filet à provisions sur le comptoir.

— Depuis quand tu as été à Key West? demanda-t-elle.

— Jamais, bâilla Jury.

— Alors, comment sais-tu que je ressemble à un lever de soleil de là-bas?

— A cause des applaudissements. Quand les gens voient le lever de soleil de Key West, ils applaudissent. C'est en tout cas ce qu'on m'a dit. Hemingway a vécu à Key West.

— Il fallait bien qu'il vive quelque part, j'imagine.

Elle déballa les saucisses. Il y avait aussi un demi-pain de mie, un carton de jus d'orange et six œufs.

Jury mourait de faim.

— Vache, une bonne tasse de thé me ferait du bien...

— Je ne peux pas faire chauffer l'eau plus vite, quand même!

— Souffle dessus.

Comme pour répondre à un ordre, la bouilloire siffla. Carole-Anne ébouillanta la théière ébréchée puis y versa quelques feuilles de thé.

— Avec les sachets, ça va plus vite, remarqua Jury.

Elle lui jeta un regard noir, puis elle mit un peu de beurre et d'huile dans la poêle et alluma le gaz.

— Le thé doit être prêt, s'impatienta Jury.

— Ah là là! Ça a à peine trempé. T'es d'une

humeur, ce matin! Et si tu crois que je te ferai ça tous les matins, tu te trompes d'adresse.

— A quelle adresse dois-je frapper? demanda Jury.

— Où est mon tablier?

Carole-Anne avait toujours un tablier à elle accroché dans la cuisine de Jury. Il trouvait cela touchant et en sourit.

— Ma foi, j'en sais rien. Avec le linge à laver, peut-être.

— Le linge à laver? Comment saurais-tu ce que c'est? Je ne t'ai jamais vu à la laverie. C'est Mrs W. qui y va pour toi. (Carole-Anne passa ses mains sur sa robe.) Je ne veux pas salir ma robe, elle est neuve.

— Elle est jolie.

Carole-Anne portait-elle autre chose que de jolies robes?

— Soldes d'Armani.

Jury parut incrédule. S'il y avait un couturier qu'il connaissait, c'était bien Armani. La fréquentation de Marshall Trueblood, sans doute.

— Armani ne fait pas de jaune, il me semble.

— C'est depuis son voyage à Key West.

— Ah!

Jury ouvrit le placard où Mrs Wassermann rangeait les torchons; il y trouva le tablier, soigneusement plié. C'était un tablier fleuri, plein de volants et de dentelles. Jury le déplia et passa la bavette autour du cou de Carole-Anne.

— Merci, commissaire. Tu peux me l'attacher?

Et elle leva les bras, telle une petite fille. Se tenir si près de Carole-Anne qu'il pouvait sentir ses cheveux, son léger parfum citronné, était loin d'être désagréable. Il se recula trop vite et renversa le pot de lait. Par chance, il n'était pas plein et Carole-Anne se retourna vivement, attrapa du Sopalin et se mit aussitôt à éponger.

— Je m'en occupe, t'en fais pas. (Elle essuya le comptoir en observant Jury.) Tu as l'air crevé, commissaire. Tu devrais t'allonger un peu.

— Je vais m'asseoir, ça ira. Ah, merci infiniment.

Carole-Anne venait de remplir une chope de thé dans laquelle elle avait déjà mis du lait et deux morceaux de sucre. Jury s'aperçut qu'il appréciait qu'on sache comment il aimait son thé. Cela ne l'avait jamais frappé auparavant. Il fut soudain ébloui par un rayon de soleil qui venait de traverser la fenêtre de sa cuisine et enflammait les cheveux de Carole-Anne. Un vrai rayon de soleil, cette fois, mais pas plus brillant pour autant.

— Ça va? s'inquiéta Carole-Anne, qui leva les yeux des saucisses qu'elle retournait avec une fourchette.

— Hein? Oui, ça va. Je vais m'asseoir avec Stone.

Stone n'était ni assoupi ni éveillé, il gisait la tête sur son os dans cet état en suspens que connaissent les chiens. Jury s'assit dans son fauteuil préféré, qui était lui-même suspendu entre le confort et l'inconfort, ses ressorts affaissés par les ans.

Il but son thé à petites gorgées, fixant la fenêtre sans la voir. Il avait l'impression de contempler un seuil peint par Magritte, ouvert sur le ciel bleu ou la mer profonde... un bleu inconnu et infini.

Les saucisses grésillaient dans la graisse. Y a-t-il une odeur plus alléchante que celle des saucisses? Oui, peut-être l'odeur citronnée qui lui avait fait renverser le lait.

Stone avait dû sentir le fumet, lui aussi, car il aboya comme si l'odeur des saucisses avait pénétré son état en suspens et attisé son manque. Il se leva, s'ébroua, puis alla dans la cuisine observer Carole-Anne.

Hébété par les délices du soleil et des saucisses, Jury ferma les yeux et se força à ne pas penser, ce qui eut pour seul effet d'accélérer ses processus mentaux, et les images de la semaine écoulée défilèrent en cascade dans sa tête comme celles d'un film en accéléré.

Il ne voulait pas penser à Kate McBride, ni aux Fabricant, ni à l'herbe royale, ni à la lavande, ni à Linda Pink.

Non, tout compte fait, cela lui était tout à fait égal de penser à Linda Pink. Il commençait à se dire que la réponse à toute cette énigme reposait uniquement sur les épaules de Linda et sur les siennes. Ils étaient les seuls apostats de l'équipe. Elle s'était tenue à son récit et Jury au sien, malgré des sentiments prémonitoires, tel celui qu'il avait éprouvé dans le bus en voyant Kate McBride.

La tête calée contre le dossier de son fauteuil, il ferma les yeux et imagina les gestes de Kate McBride. Il avait presque oublié qu'il était chez lui et non dans l'autobus de Fulham Road, lorsqu'il sentit une présence au-dessus de lui.

— Tu dors, commissaire? demanda Carole-Anne. Tiens, dit-elle en lui tendant son assiette.

— Super, fit-il. Hum, ça m'a l'air délicieux. Ces saucisses sont dorées à point. Puis-je avoir une serviette? Tu devrais être maître queux.

Elle lui remit une serviette en papier et s'assit sur le canapé, sa propre assiette à la main.

— Pourquoi tu as plus de saucisses que moi? pesta-t-il.

Il en donna cependant une à Stone, qui la prit entre ses dents avec une étonnante délicatesse.

— Parce que j'ai déjà fait du jogging ce matin, comme d'habitude, dit-elle sans lever les yeux de son assiette. J'ai besoin de carburant.

De rire, Jury faillit en renverser ses saucisses.

— Carole-Anne, s'il y a une chose dont tu n'as pas besoin, c'est bien de carburant. Tu es déjà une pile électrique. Du jogging? Comme d'habitude? Depuis quand fais-tu du jogging? Depuis quand fais-tu même de l'exercice?

Carole-Anne inspecta une saucisse à la recherche du meilleur morceau.

— Forcément, tu ne m'y vois jamais, tu n'en fais pas toi-même. Une nouvelle salle s'est ouverte la semaine dernière à Islington High Street. J'ai l'intention de m'y inscrire, figure-toi. Ça ne te ferait pas de mal d'en faire autant.

— Oui, je me vois bien m'agiter sur le tapis de jogging pendant une heure ou deux. Je te remercie, mais non merci!

— Ça t'aiderait à ne pas perdre ta belle allure. C'est vrai, tu es peut-être bien foutu pour l'instant, mais qui sait comment tu seras dans cinq ans...

— Bien foutu, moi? s'étonna Jury. Seigneur, je suis flatté!

— Tu ne devrais pas. Mais arrange-toi pour le rester.

— C'est ce que je fais, rétorqua Jury. Je passe mes heures libres à l'Angel.

Il entendit le bruit d'une valise dans l'escalier et vit Stone tourner vivement la tête, se lever d'un bond, courir à la porte et s'asseoir. Il aboya même une fois. Stone aboyait rarement. Un Stone qui aboyait était un Stone... aux abois.

Carole-Anne se leva à son tour.

— C'est Stan, déclara-t-elle.

Le premier aboiement de Stone avait sans doute été provoqué par l'arrivée de Stan, au sortir du métro devant l'Angel. Est-ce que Stone et Carole-Anne étaient tous deux dotés d'une seconde vue dont Jury était lui-même dépourvu ? Sans doute. Il avait déjà du mal avec la première vue. Et il n'aimait pas particulièrement l'enthousiasme que Carole-Anne avait manifesté en abandonnant son assiette pour courir ouvrir la porte.

C'était en effet Stan Keeler, son mètre quatre-vingts, ses yeux fondants, sa guitare, son talent. Stan Keeler avait assez de séduction pour dix et Jury espérait parfois qu'il lui en céderait des miettes.

Après avoir ébouriffé les poils de Stone, embrassé Carole-Anne sur la joue (Jury remarqua qu'il ne l'avait embrassée *que* sur la joue, car il s'était souvent demandé s'il y avait quelque chose entre Carole-Anne et lui), Stan salua Jury comme s'il était le commandant de la base.

— Salut, RJ. Merci de prendre soin de Stone.

Stan disait toujours cela, même s'il n'avait jamais demandé à Jury de s'occuper de son chien. C'était juste son laser intérieur qui éclairait ses allées et venues. Il ne disait jamais à Carole-Anne ni à Jury quand il partait ni où. Les nouvelles arrivaient au goutte-à-goutte dans les trois appartements sous la forme de cartes postales, parfois de télégrammes. (Jury ne connaissait plus personne qui envoyait encore des télégrammes. Il trouvait poignant que Mr Guitare se donnât cette peine.) Stan était tout simplement un brave type, ce qui était rare pour quelqu'un d'aussi célèbre. Jury aurait simplement préféré qu'il ne soit pas si foutrement génial.

— Où étais-tu en Allemagne ?

— Munich, Francfort, Berlin. Dans des petits clubs. Je ne sais pas pourquoi, mais j'ai du succès là-bas.

— Tu as du succès partout! s'esclaffa Jury. Tu as fait un tabac à Prague, m'a dit mon sergent. Combien de temps restes-tu à Londres cette fois?

— J'ai promis de faire quelques engagements au 909. Ça fait un mois que je n'ai pas vu les gars.

« Les gars » étaient les trois musiciens qui formaient le petit groupe de Stan. Ils partaient parfois en tournée avec lui, mais restaient le plus souvent à Londres.

— J'y vais après avoir déposé mes affaires. Stone, tu veux venir faire un tour?

Aussitôt, tel un castor, Stone martela le plancher à coups de queue.

— Et toi, C-A? Tu viens aussi? Tu veux m'écouter m'entraîner?

Jury s'amusa à l'idée que le groupe s'entraînait. Comme s'il en avait besoin!

Carole-Anne et Stone étaient debout et déjà presque à la porte. Carole-Anne se retourna avant de sortir.

— A bientôt, commissaire.

— On se parlera plus tard, RJ, dit Stan.

Après leur départ, Jury ressentit un vide, malgré le soleil, malgré les saucisses.

27

Il essaya de se mentir en prétendant qu'il reprenait un bus pour Fulham afin de se rafraîchir la mémoire. Il aurait aimé se dire que c'était pour trouver des indices, mais c'était faux et il le savait. Il voulait simplement revivre ce moment. C'était le voyage qu'il voulait refaire, la soirée dans laquelle il voulait se replonger, bien qu'il fût incapable de dire pourquoi. La soirée de ce samedi n'avait pourtant pas été agréable ; loin de là, car il avait alors des pensées moroses. Il avait l'impression de contempler un calendrier comme on en voit dans les films, où le temps s'écoule en feuilletant les pages, les jours défilent en quelques secondes, les années en une minute.

Jury était monté dans le 14, non loin de Brompton Road et de la station de métro de South Kensington. Il était descendu à l'arrêt de l'hôpital, en face du Stargazey.

Le pub était encore plus bondé, plus enfumé que la fois précédente, mais c'est le lot de tous les pubs le dimanche ; il y a si peu d'autres choses à faire. Kitty était là, cette fois. Jury s'assit sur le même tabouret, au bout du comptoir où elle faisait la plonge, rinçait les verres, les examinait le front soucieux afin de s'assurer que des saletés n'avaient pas échappé à l'eau et au savon. Elle était tellement concentrée sur son sujet qu'elle ne le vit pas s'asseoir.

— Vous feriez une bonne spécialiste en empreintes digitales, Kitty, remarqua-t-il. C'est bien Kitty, n'est-ce pas?

— Tiens, salut! s'exclama-t-elle avec une gaieté sincère, comme si elle venait enfin de reconnaître un visage ami dans une foule hostile.

— Il y a du monde aujourd'hui...

— Toujours, le dimanche, soupira Kitty. Les gens ne savent pas comment occuper leur journée quand ils ne sont pas au bureau. C'est triste. (Elle rougit soudain, comme si elle prenait conscience d'avoir inclus Jury dans ce triste lot.) Qu'est-ce que vous aimeriez? demanda-t-elle en s'essuyant les mains.

— Rien à boire, merci. Juste un renseignement. A propos, je ne me suis pas présenté. (Il lui montra sa carte.) Richard Jury.

— Scotland Yard, c'est ça? fit-elle avec des yeux ronds.

— C'est ça.

Il ne s'était pas aperçu que Kitty était irlandaise, il se demanda comment il avait pu ne pas remarquer son accent, s'émerveilla de la cadence mélodieuse des voix de ceux qui viennent d'un pays perpétuellement en conflit, à croire que les intonations naissaient de la joie ou du malheur. Jury sortit deux photos de police d'une enveloppe marron : une de la morte, l'autre de la femme qu'il avait suivie. Mais il ne les posa pas côte à côte, de crainte d'influencer Kitty.

— Reconnaissez-vous cette femme? demanda-t-il en lui présentant la photo de la victime.

Kitty appuya ses deux mains au comptoir, plissa les yeux comme si c'était indispensable pour faire remonter des souvenirs à la surface et déclara :

— Elle ressemble à une de nos clientes, mais c'est pas une habituée. Elle vient... (Kitty écarquilla soudain les yeux.) Qu'est-ce qu'il y a ? Elle est morte ? (Elle examina de nouveau la photo.) Elle paraissait toujours, comment dire, un peu triste, comme si elle portait le poids du monde sur ses épaules. (Kitty ferma les yeux comme pour mieux visualiser le poids du monde.) Elle venait parfois prendre un verre, mais elle entrait aussi juste pour téléphoner. Elle n'avait pas le téléphone chez elle, vous comprenez. Elle ne parlait pas longtemps. Ma sœur, c'est une autre histoire, elle...

— Quand l'avez-vous vue pour la dernière fois, Kitty ?

— Euh... (De nouveau ces yeux plissés.) Il y a une semaine, peut-être dix jours. Je ne travaille qu'à mi-temps, vous devriez interroger quelqu'un d'autre.

— C'est fait. (Il posa la seconde photo sur le comptoir.) Et elle ?

Kitty regarda la photo, puis Jury, et de nouveau la photo, déroutée.

— C'est la même, non ?

— Vous croyez ?

Kitty approcha la photo de ses yeux, les plissa encore.

— Euh... elle est peut-être différente. La forme du visage, peut-être ?...

— Pourriez-vous dire si elles sont venues toutes les deux ici ?

— Seulement si elles étaient venues en même temps. (Kitty ôta son torchon de l'épaule et recommença à essuyer les verres.) Je ne sais pas. Vous êtes sûr que c'est pas la même femme, vivante sur une photo, morte sur l'autre?

Cette fois, il était le seul à attendre le bus. Il laissa passer le premier, un peu piteux, parce que c'était un nouveau modèle où on payait en entrant, et surtout sans impériale. Il voulait un bus à impériale. Il attendit un quart d'heure le suivant. Fallait-il être bête!
La nuit tombait plus vite de jour en jour. Désormais, il faisait nuit à cinq heures et demie, or il était six heures et demie. Jury remonta le col de sa veste et fourra les mains dans ses poches. Il jeta un regard derrière lui vers Redcliffe Gardens. Il avait téléphoné à Chilten, qui lui avait appris que Kate avait été relâchée ou qu'elle allait l'être incessamment. Jury se demanda si elle était en train de prendre le thé avec la vieille Mrs Laidlaw.
Lorsqu'un bus à impériale arriva enfin, Jury sauta sur la plate-forme, salua le receveur et escalada les marches. Il n'y avait que quatre passagers sur l'impériale, tous assis à l'arrière. Jury choisit le premier rang d'où on dominait la rue, scintillante de lumières, encore humide de pluie.
Le bus s'arrêta au coin de la rue où un fleuriste égayait sa devanture d'un tapis de fleurs étincelantes. Lorsque le bus repartit, Jury entendit des pas pressés et des voix féminines surexcitées. Deux femmes s'assirent derrière lui. Il n'aurait pas été surpris qu'il s'agisse de l'Américaine et de son amie, toujours en train de parler de Thanksgiving.
En arrivant à l'arrêt de la station de métro de Fulham Broadway, il eut l'étrange impression de revivre la

soirée du fameux samedi, au point qu'il regarda par la vitre si la femme au manteau de zibeline ne venait pas de descendre du bus.

Il se rassit avec cette même désagréable impression qui l'avait poursuivi toute la journée. Pourquoi était-il certain que c'était Kate McBride qu'il avait vue et non la femme qu'on avait retrouvée morte dans le jardin botanique? Alors que les autres, le receveur et plusieurs passagers qui avaient été assis près de la porte, affirmaient que c'était bien la morte qui avait voyagé dans le même bus qu'eux.

Il se dit que c'était parce qu'il avait eu le temps de voir Kate McBride plus longtemps; il l'avait observée (pas eux) depuis qu'elle était montée dans l'autobus et l'avait suivie jusqu'au portail du palais. Il l'avait vue, perdue de vue, retrouvée, et ce pendant un laps de temps assez long, alors que les autres ne l'avaient qu'entr'aperçue. Il était en outre convaincu que c'était le fameux manteau de zibeline qui avait retenu l'attention et non la femme elle-même ou son visage. Ils avaient certes prétendu avoir identifié son visage. C'était surtout grâce au manteau!

Jury pensait qu'ils se trompaient, ou, plutôt, il l'avait pensé. Il n'en était plus si sûr. Perdu dans ses atermoiements, il faillit rater l'arrêt de Fulham Palace Road et dut descendre en courant et sauter en marche. Accroché à la rampe, penché sur la plate-forme, le receveur lui cria qu'il finirait par se casser une jambe s'il ne faisait pas plus attention.

Il était presque sept heures quand il arriva à l'entrée du palais. Il commença à pleuvoir comme dans les films : des voiles d'eau, des grondements de tonnerre, des éclairs qui se rapprochaient. Il se dépêcha pour arriver chez Noailles avant d'être complètement trempé.

— Je ne sais absolument pas de quoi vous parlez, commissaire.

Qu'avait-il cru que Charles Noailles lui dirait d'autre?

— En êtes-vous sûr? demanda Jury qui s'était assis dans le même fauteuil en cuir fatigué. Vous n'avez aucun lien de parenté avec les Noailles du château de Noailles, à la sortie d'Aix-en-Provence?

Adossé au mur, le prêtre jouait avec une boussole. Il faillit rire.

— Je viens de vous le dire. Pas le moins du monde.

— Est-ce que Michael McBride vous a parlé d'un livre qu'il était en train d'écrire?

— Non, il ne m'en a rien dit.

— Avait-il l'intention de vous en parler?

— S'il en avait l'intention? s'esclaffa Charles Noailles. Je ne lis pas dans les esprits, commissaire.

— Non, bien sûr. Je vous demande seulement s'il se sentait assez proche de vous pour vous parler d'un sujet assez explosif, une sorte de mémoire, dont il n'aurait rien dit à personne...

Le prêtre réfléchit, une main sur le rebord de la fenêtre, tenant toujours la boussole dans son autre main.

— Oui, sincèrement, il m'en aurait parlé. Il ne me disait rien de sa vie privée, de sa femme, de sa fille — j'ignorais même qu'il en avait une. Elle n'est pas venue dans la conversation, tout simplement, ce qui paraît bizarre.

Jury lui raconta brièvement l'enlèvement de Sophie.

305

— Bien sûr, c'est arrivé après la mort de McBride.
— C'est une des histoires les plus affreuses qu'il m'ait été donné d'entendre, commissaire.

Jury le crut sincère. Il se leva pour prendre congé.

— Merci de m'avoir reçu, mon père. Je vous donnerai des nouvelles. (Arrivé à la porte, il se retourna.) De quoi parlez-vous avec Michael McBride ?
— De Dieu.
— Cela fait deux impasses le même jour. Au revoir, mon père.

Dehors, la pluie avait fait chuter la température mais l'orage était passé. Jury contempla le ciel, les rares étoiles visibles, en se demandant pourquoi il était venu. Il n'avait pas cru que le prêtre lui serait d'un grand secours. Il n'y avait rien de nouveau à voir, il ne fallait pas compter sur les prochains éclairs pour illuminer les zones d'ombre du mystère. La seule réponse plausible était qu'il ressentait une sorte d'attachement pour le lieu, comme si quelque chose ou quelqu'un cherchait à l'y attirer. Appuyé à un pilier, il écouta le tonnerre gronder au loin.

« Vous êtes sûr que c'est pas la même femme, vivante sur une photo, morte sur l'autre ? »

Pourquoi cette remarque le dérangeait-elle ?

Il sortit dans la rue. Ce sentiment que les lieux cherchaient à l'attirer, il l'avait déjà éprouvé ailleurs et dans d'autres circonstances tout aussi étranges. Il éprouvait une espèce de nostalgie, un sentiment de perte. De quoi, il l'ignorait, mais il s'agissait de quelque chose qu'il avait loupé, qui lui avait échappé.

Ce sentiment s'éloigna, comme la pluie s'était éloignée. Mais bizarrement, bien que ce fût un sentiment douloureux, il aurait voulu le retenir. C'était comme lorsqu'on entend une voix s'éloigner au téléphone, s'estomper et finalement disparaître.

Il aurait sans doute voulu entrer dans l'histoire, la vivre de l'intérieur, mais quelque chose l'en empêchait ; le hasard ? Sa propre lâcheté, plutôt.

28

Simeon Pitt et Melrose Plant lisaient leurs journaux dans les vieux fauteuils clubs en peau de vache quand Pitt attira l'attention de Plant sur un article au sujet de la galerie Fabricant et de la *Neige sibérienne.*
— De prétendus tableaux, rectifia Pitt, qui adressait davantage ses commentaires à l'article qu'à Melrose. J'ai peine à croire que Sebastian Fabricant considère ces machins comme de la peinture. La galerie Fabricant est une assez bonne galerie, fiable même, et ses prix sont loin d'être exorbitants. Elle a découvert plus d'un artiste, la petite Slocum, par exemple. On décèle une forte influence de Turner, inutile de le dire. (Simeon Pitt ajusta ses lunettes et secoua le journal.) Turner est son peintre préféré. A cause de la lumière. Ecoutez ça! C'est de Jonathan Betts : « L'audacieuse série, *Neige sibérienne* de Ralph Rees, qu'on peut voir à la galerie Fabricant, à Mayfair, vaut le détour, si ce n'est déjà fait... bla, bla, bla, des tableaux qui rappellent le minimalisme de Robert Ryman ou l'expressionnisme abstrait de Newman. » Qu'est-ce que c'est que ça, l'expressionnisme abstrait? Le bonhomme n'a même pas quarante ans et il est déjà gâteux. Il emploie

tellement de circonvolutions qu'il aurait pu être avocat. (Pitt secoua de nouveau le journal comme pour en détacher les caractères.) « Il faut un sacré courage pour reproduire la blancheur passionnée d'une scène... » La *quoi* d'une *quoi ?* (Pitt regarda Melrose d'un air ahuri.) Avez-vous déjà été frappé par une blancheur passionnée, Mr Plant?
— Oui, une fois, mais je m'en suis vite remis.
Pitt gloussa et reprit sa lecture :
— « ... la blancheur passionnée d'une scène et pour montrer de telles nuances de couleurs, une telle métonymie de traits, une telle pureté d'espace... » (Pitt froissa la page.) Si je ne savais pas que le bougre a autant d'humour qu'un taureau devant la muleta, je prendrais ça pour du second degré. Les Fabricant ont certainement des amis au journal.
— On peut acheter un critique? demanda Melrose.
— Vous plaisantez, j'imagine? J'ai connu un critique gastronomique qui écrivait un article en échange d'un repas, et un critique théâtral qu'on achetait avec un fauteuil du troisième rang...
— Ah, soupira Melrose, quelle déception!
— Pourquoi? Vous avez besoin qu'on vous dicte vos goûts?
— Oh, sourit Melrose en pensant à Agatha, j'ai déjà quelqu'un pour ça. Mais vous-même, Mr Pitt, est-ce que vous ne faisiez pas la même chose?
Pitt agita un doigt réprobateur devant le visage de Melrose.
— Faux, faux, je parlais de ce que j'aimais. Tant que je recevais mon chèque à la fin du mois, je me foutais de ce que les lecteurs aimaient. Où est ce vieux garçon? Il me faut un verre.
— Higgins? Là-bas, avec le colonel Neame.

— Appelons-le. J'ai envie d'un whisky. Si je me souviens bien, vous m'en devez un.

Melrose accrocha l'œil du garçon et lui fit signe de venir.

— C'est juste, dit-il, et je tiens mes promesses.

Pitt lissa le journal.

— C'est à vous donner la nausée, dit-il.

Et il lut quelques lignes en silence, troublé seulement par l'arrivée du jeune Higgins qui se mouvait entre leurs fauteuils.

— Que voulez-vous, Mr Pitt?

— Un whisky soda.

Lorsque le vieux serveur se fut évaporé comme de la fumée, Pitt reprit sa lecture à voix haute :

— « On ne peut concevoir de tableaux modernes plus audacieux que les extravagantes *Neige sibérienne*... » Pour l'amour du ciel, audacieux? extravagantes?

Pitt jeta le journal.

Melrose enviait Simeon Pitt. L'homme aimait tellement sa propre compagnie, il se parlait davantage à lui-même qu'à Melrose.

— Voilà de l'audace! tonna Pitt en récupérant le journal. Voilà de l'extravagance, si c'est ça que vous voulez! (Il pointa un doigt vers Melrose comme si ce dernier l'avait défié dans un duel d'extravagance, puis le doigt plongea au bas de la page.) Un voleur a découpé net le tableau du cadre et s'est tiré avec!

Où Melrose avait-il déjà entendu cela?

— Un article sur l'Hermitage, reprit Pitt en agitant la page des arts. Vous vous rappelez? Ça avait fait quelque bruit en février dernier, tout le monde en parlait. (Il lut :) «... l'audacieux voleur des *Anges sans ailes,* un tableau récent de Marc Chagall, qui n'a toujours pas été retrouvé. C'est une double perte, le tableau étant le seul Chagall du musée... » ce qui est bizarre, vous ne croyez pas, vu qu'il est russe, nom d'une pipe ! Les Russes sont-ils incapables de soutenir leurs propres artistes ?

Bien sûr, Agatha ! Pas étonnant qu'il ait failli oublier. Il était tellement rare que des propos d'Agatha fassent l'objet de conversations ultérieures.

— C'est le tableau de l'Hermitage ? demanda Melrose.

Pitt acquiesça. Il préférait à l'évidence le vol d'un tableau à la critique d'un autre.

— D'après l'article, le voleur apparaît et disparaît comme notre Higgins. Il s'appelle Dana. Hum ! C'est un prénom ? Un nom de famille ? Un homme ? Une femme ? (Pitt haussa les épaules et reprit la lecture :) « Recherché en Argentine, en Espagne, à Chypre, et au Caire pour vols qualifiés et assassinats... » Remarquez que le vol est cité en premier, ha ! Apparemment, l'assassinat est son point fort, le vol une activité secondaire. (Pitt abaissa son journal et soupira.) Quelle agréable manière de voyager ! On parcourt le monde, on travaille ici ou là pour n'importe qui du moment qu'on est payé. Quelques francs par-ci, quelques yens par-là, deux ou trois pesos, une poignée de roubles...

— Oh, je ne sais pas, fit prudemment Melrose. L'assassinat est une affaire risquée, non ?

— Hum ! Je me demande combien il se fait payer. Il ou elle. Ça aurait de la classe si c'était l'œuvre d'une femme. Evidemment, elle ne pourrait dîner au Boring's que le Jour des Dames !

Pitt éclata d'un rire tonitruant.

— Comment savent-ils qui c'est ? Et vous avez raison, cela pourrait être une femme. Dana est un nom unisexe, n'est-ce pas ? Il y a l'écrivain Richard Dana. Plusieurs acteurs et actrices de cinéma portent ce même prénom.

— Quant à ce que ce ne soit qu'une seule et même personne, dit Pitt, il semble bien que tous les crimes portent sa signature. (Son regard tomba sur un autre article.) Tiens, voilà qui est intéressant... Ah, merci !

Melrose déposa quelques billets sur le plateau après que Higgins en eut débarrassé les deux verres et le siphon.

Le jeune Higgins sourit de son sourire glacial, remercia Melrose et s'évapora.

Pitt reprit sa critique des articles et notamment de celui qu'il s'était apprêté à commenter avant l'arrivée du serveur.

— Ecoutez ça : « L'église de la Toussaint, située à Oake Holyoake, Cornouailles... » Bigre, où ça se trouve ? Jamais entendu parler. Bof, après tout, c'est la Cornouailles. C'était tellement exotique que je suis persuadé qu'il y a des tas de bleds dont personne n'a entendu parler. Enfin, bref : « Dimanche matin, Holyoake a été le théâtre d'un étrange événement. En arrivant de bonne heure, comme tous les dimanches, pour nettoyer l'église et arroser les fleurs, miss Principia Soames a découvert le corps d'un homme en smoking. "Comme l'église est peu utilisée pendant la semaine, il était peut-être là depuis quelques jours, raconte miss Soames. Ne croyez pas que ça ne m'ait rien fait de le trouver allongé là-bas sur le ventre", dit-elle en désignant l'autel. "La Toussaint est une petite église Tudor", nous explique le pasteur, le révérend Brinsley. Il poursuit en assurant qu'elle est presque en ruine mais qu'il aimerait la restaurer : "Elle a une ou

deux particularités intéressantes. Regardez la fenêtre, là-bas ; elle pourrait être signée Tiffany..." »
Simeon Pitt en rit et en toussa de bonheur.
Melrose s'enfonça dans son fauteuil.
— Vont-ils reparler du cadavre, à la fin ! s'impatienta-t-il.
Pitt le calma d'un geste et reprit :
— « "... et nous avons là un bel exemple des miséricordes du seizième siècle..." (Nouvel éclat de rire de Pitt.) Mr Bertram Missingham, shérif d'Oake Holyoake — le titre est flatteur car officiellement il n'y a pas de police dans le village —, affirme : "Depuis que je suis shérif, et ça fait déjà dix ans, la criminalité n'a jamais été aussi basse. Les gens sont paisibles par ici, et nous sommes jumelés avec une petite ville d'Allemagne de l'Ouest du nom de Holioke." Lorsqu'on lui demande son opinion sur le cadavre en smoking qui a atterri dans le chœur, il se récuse, n'étant pas en position d'en parler : "C'est pas facile d'empêcher les drogues et tout le reste d'envahir Oake Holyoake, mais on fait de notre mieux. Le mort est de Londres, ça se voit, ça doit être un coup de la Mafia. Tout ce que je sais, c'est qu'il est arrivé en voiture et qu'il est tombé raide mort..." »
Ecroulés dans leur fauteuil, Pitt et Melrose riaient à gorge déployée.
— J'ai un ami qui travaille à Scotland Yard, dit Melrose au bout d'un moment. Je devrais lui conseiller d'aller enquêter sur place, vous ne croyez pas ?
Pitt essuya ses yeux en larmes avec son mouchoir.
— Bonne idée, dit-il. Ensuite, il devrait s'occuper de ces tableaux. Je parie qu'il y a collusion.
Ce commentaire obscur arracha un « Oh ? » à Melrose.

— Bien sûr, Mr Plant...

Pitt s'arrêta et parut réfléchir. A la façon dont Simeon Pitt dévisageait Melrose, on aurait pu croire qu'il le soupçonnait de faire partie du complot.

— Il a parlé de papier de verre ?

— Rees ? Oui, il l'utilise comme fond, je crois.

— Je vais vous dire... non ! Pas un mot avant d'avoir l'avis d'un de mes amis. Où se trouve le téléphone ?

Pitt regarda de tous côtés d'un air hagard comme si tous les téléphones disponibles avaient été soustraits à sa vue.

— Higgins ! appela-t-il en tambourinant sur le bras de son fauteuil.

Le vieux serveur arriva aussi vite qu'il put, mais pas assez selon le goût de Pitt qui lui cria de trouver un téléphone et de le lui apporter tout de suite.

— Vous avez acheté une de ces toiles, n'est-ce pas ?

— A ma grande honte, oui.

— Pouvez-vous passer la prendre ?

— Maintenant ? Oui. Je crois que les Fabricant étaient sur le point de décrocher celles qu'ils ont vendues et de me faire livrer la mienne ici...

Higgins arriva avec le téléphone, qu'il tendit à Pitt après l'avoir branché à une prise murale. Pitt se frotta les mains, puis composa un numéro.

Melrose écouta la partie audible d'une conversation énigmatique entre Pitt et son interlocuteur, un dénommé Jay. Pitt raccrocha, esquissa un sourire gourmand et déclara :

— Je crois que je vais avoir une petite conversation avec Fabricant.

29

La galerie n'était pas ouverte le lundi, mais bien sûr cela ne s'appliquait pas à la police, insensible aux heures d'ouverture et de fermeture.

C'est Sebastian, manches retroussées, qui, ayant vu Jury et son sergent de l'autre côté de la vitre, leur ouvrit la porte.

— Vous nous prenez en plein travail, désolé, fit-il avec un large sourire.

Jury lui retourna son sourire.

— Vous aussi, plaisanta-t-il.

La repartie de Jury effaça le sourire de Sebastian, remplacé par une toux incertaine. Mais le marchand de tableaux se reprit vite.

— Ah, fit-il, je vois. Mais n'est-ce pas toujours le cas ?

— Pas toujours, intervint Wiggins, qui prenait tout au pied de la lettre, il nous arrive de partir en vacances. Une mauvaise toux sèche que vous avez là, monsieur...

Jury présenta Wiggins, or Wiggins était l'antidote de l'inquiétude. Et de la toux sèche.

Sebastian se détendit aussitôt, de manière spectaculaire. Il était difficile d'ériger un mur défensif quand le sergent Wiggins était présent ; il le démontait brique par brique avec cet intérêt qu'il portait aux autres et les conseils dont il les abreuvait.

— N'achetez pas ce qu'on vous prescrit, c'est de l'argent jeté par les fenêtres. Le seul remède contre une toux sèche persistante, c'est un jus de citron avec du miel et du gingembre, le plus fort possible, à dissoudre dans un peu d'eau chaude. Moins vous mettez d'eau, mieux ça vaut. Ça marche à tous les coups.

Avec ses conseils gratuits, Wiggins était un allié inestimable — combien de pépites d'information Wiggins avait-il déterrées en prenant le thé avec le personnel dans la cuisine pendant une enquête ! Jury parvenait au même point à force d'efforts, mais Wiggins faisait cela les doigts dans le nez.

Sebastian les conduisit dans une des salles d'exposition, où Nicholas accrochait une grande toile dans un lourd cadre doré. C'était une scène champêtre traditionnelle, que Jury fut surpris de trouver dans cette galerie, davantage portée sur l'avant-garde et l'abstrait.

Dans la pièce voisine, Ralph Rees démontait ses *Neige*. Ayant été présenté à l'artiste, Wiggins le regarda faire avec gravité. Le bras droit replié contre la poitrine, le menton calé sur la main gauche, Wiggins se préparait à examiner les toiles avec le plus grand sérieux. Pour une fois, ce n'était pas dû à sa sensibilité mais à une recommandation de Jury : « Ne riez pas quand vous verrez les toiles. Soyez le plus sérieux du monde. »

La recommandation avait quelque peu surpris Wiggins, qui n'aurait jamais imaginé se moquer d'une incursion courageuse de quiconque dans le domaine de la peinture, de l'écriture, du théâtre ou de la musique. Elle était bien superflue.

Jury n'avait pas rêvé d'autre chose que d'une sombre appréciation de son sergent. Assurément, Rees n'en demandait pas plus. Néanmoins, Wiggins se recula, s'approcha, se recula de nouveau, esquissa un cadre avec ses doigts afin d'examiner les toiles blanches, hocha la tête, et émit un ou deux grognements admiratifs.

— Ah, Mr Rees, je vous l'avoue, c'est une série très impressionnante. Audacieuse, même...

Jury pria pour qu'il n'appelle pas les toiles, comme Plant, « ces machins blancs ».

— En quoi exactement ? demanda Ralph, une question qui aurait effrayé n'importe quel faux admirateur.

— Eh bien, peindre la vue telle qu'elle est, surtout avec cette branche morte...

Jury se demanda de quoi il parlait jusqu'à ce qu'il s'aperçoive que Wiggins désignait le fin trait noir dans un coin inférieur. Une branche ? Ralph se contenta de hocher la tête d'un air entendu.

— Chacun y voit quelque chose de différent, Mr Wiggins, dit-il.

Wiggins émit un petit rire condescendant.

— Beaucoup ne distinguent pas un morceau de craie d'un morceau de fromage. Peu importe. Quand étiez-vous là-bas ?

Jury, qui s'était tourné pour cacher un sourire, fit volte-face, plutôt étonné. Dans ses conversations avec Plant sur les tableaux sibériens, il ne lui était jamais venu à l'esprit que Ralph avait été *là-bas*. En Russie. Les peintures auraient aussi bien pu représenter le Montana ou la lande du Yorkshire.

— Deux fois, répondit Rees. Pas en Sibérie, mais à

Saint-Pétersbourg. C'est là que j'ai rencontré les Fabricant.
— Quand y étiez-vous ? s'enquit Jury. Pour la dernière fois, veux-je dire.
Ralph calcula.
— Euh, au printemps dernier. En mars, je crois. Nous... Ilona... Seb...
— Qu'est-ce qu'il a fait, Seb ? demanda Sebastian, de retour de l'arrière-boutique.
— Je disais à Mr Jury que nous étions allés à Saint-Pétersbourg. Ilona y va plusieurs fois par an. C'est chez elle, après tout.
— Oui, approuva Sebastian. Elle vit à Saint-Pétersbourg. Dans son cœur, dans son âme.
L'explication étonna Jury : Michel Kuraukov n'avait-il pas été exécuté par la Tchéka ?
Wiggins, qui croyait toujours avoir vu quelque chose dans les tableaux, les examinait avec le plus grand intérêt.
— Vous les avez tous peints lorsque vous étiez là-bas ? demanda-t-il.
— Deux seulement. Les autres... cela m'a pris un an... comme vous pouvez imaginer.
Heureusement que cette précision était destinée à Wiggins, qui pouvait sans doute imaginer. Jury en était incapable.
— Mr Fabricant, dit Jury en se tournant vers Sebastian, puis-je avoir un entretien avec vous ?
Il désirait s'entretenir avec tout le monde, mais séparément.
Sebastian le conduisit dans son bureau, une petite pièce qui abritait un autre ordinateur, un fax, un bureau et deux fauteuils de style moderne en face du fauteuil en cuir pivotant dans lequel s'assit Sebastian.

— Connaissez-vous une certaine Nancy Pastis?
Sebastian fit au moins semblant de réfléchir, mais peut-être réfléchissait-il réellement. Jury en douta.
— Non, non, je ne crois pas. (Sebastian consulta sa montre.) Je suis navré, je ne voudrais pas me débarrasser de vous, mais j'attends un client...
— Ne vous inquiétez pas, vous ne vous débarrasserez pas de moi, dit Jury, ambigu. Toutefois, nous sommes lundi. Vous n'êtes pas ouvert le lundi...
Sebastian en resta bouche bée un court instant, il devint légèrement rose, assez longtemps et assez rose pour que Jury devine que le client n'existait pas.
— J'accepte des rendez-vous si je ne peux pas faire autrement. Là, il s'agit d'un client important...
— Nancy Pastis habite Curzon Street, elle a des tas de tableaux. Ça ne m'étonnerait pas qu'elle soit venue à la galerie, elle habite si près...
— C'est fort possible; je ne vois pas tous les gens qui entrent, je ne me souviens d'eux que si nous leur vendons quelque chose. Qui est cette personne? En quoi cela vous intéresse?
— Disons juste que cela m'intéresse, sourit Jury. Vous avez un registre des ventes, j'imagine? Un mailing?
— Bien sûr, mais...
— Vérifiez.
Sebastian approcha les deux agendas rotatifs de son bureau, les feuilleta puis secoua la tête.
— Non, personne à ce nom. Ceci est notre mailing; nous nous efforçons d'inscrire tous nos acheteurs sur la liste.
— Et vous n'avez pas de registre des ventes?

Sebastian se leva, visiblement à contrecœur, et descendit un lourd registre d'une étagère. Il se rassit et ouvrit le registre.

— Ecoutez, fit-il, je ne peux pas tout vérifier. J'ai quinze années de ventes là-dedans, ajouta-t-il en désignant l'étagère remplie de livres.

— Si celui que vous avez descendu est de cette année, commençons par lui.

— Ça va prendre du temps, soupira Sebastian.

— Je peux les emporter, si vous préférez...

Cela revenait à présenter un mandat de perquisition, ou à agiter la menace d'une perquisition.

— Je vais commencer par la fin, par les ventes les plus récentes...

Jury l'encouragea d'un signe, puis il le regarda faire courir son doigt sur la page, la tourner, recommencer l'opération. Il faisait partie de ces gens qui remuent les lèvres en lisant.

— Ah, vous avez raison, Mr Jury! Nancy Pastis... la voilà. *St Ives.* Ça remonte à février, le 29.

— Un petit tableau, encadrement en chêne?

Seb réfléchit.

— Oui, assez petit. De St Yves.

— Ah, oui, en Cornouailles. Un port paradisiaque.

— Ça vous aide?

— Oui, mais ça m'aiderait encore plus si vous vous souveniez de lui avoir vendu le tableau.

— C'est l'écriture de mon frère, dit Seb en tapotant la page. Nous notons chacun nos ventes. Voulez-vous qu'on lui demande?

— J'aimerais, en effet.

Jury se leva et suivit Sebastian dans le fond de la galerie jusqu'à une vaste pièce bien éclairée.

— Nous avons fait installer des lucarnes, expliqua Sebastian avant d'interroger Nicholas sur la vente Pastis.

Nicholas parut réfléchir profondément.

— J'aimerais me rappeler chaque client, dit-il avec un sourire contraint, mais c'est impossible. Je me souviens très bien du tableau, pas de l'acheteur. Désolé.

— Je peux peut-être vous rafraîchir la mémoire, dit Jury en sortant la photo de la police de sa poche. Vous souvenez-vous de la photo que je vous ai montrée chez vous ?

— N'est-ce pas la femme qui a été assassinée ? celle que vous avez retrouvée dans Fulham Palace ?

— Si fait.

— Seigneur Jésus... Oui, je crois bien l'avoir servie. Si j'avais vu la photo dans ce contexte la première fois, j'aurais sans doute... Elle était peut-être déjà venue avant d'acheter le tableau. C'est même probable. Les gens achètent rarement du premier coup. Cela dit, je ne me souviens pas de l'avoir vue un autre jour que celui de la vente.

— Comment a-t-elle réglé ? Chèque ou carte ?

— En espèces, je crois. Oh, ce n'était pas énorme. Cinq cents livres. On nous règle en liquide pour des sommes autrement plus importantes.

— Si vous pensez à quelque chose la concernant, dit Jury en tendant sa carte de visite à Nicholas, n'oubliez pas de me prévenir.

— Mais très certainement.

— Désolé de vous avoir dérangés, et merci. Je passe reprendre mon sergent. Il semble fasciné par les toiles de Mr Rees.

— Il n'est pas le seul, dit Sebastian. Nous essayons de nous décider sur ce que nous allons accrocher à la place des trois que nous avons vendues et sur la manière d'exposer les deux restantes.

Assis sur une chaise en bois que lui avait procurée Ralph, Wiggins étudiait toujours la série sibérienne. Ralph avait aligné les trois qu'il avait décrochées afin qu'il n'y ait pas d'interruption dans la progression. C'est du moins ce que Jury supposa. Que diable Wiggins voyait-il dans tout ce blanc ? Wiggins avait un solide bon sens lorsqu'il s'écartait de son petit monde d'allergies et d'analgésiques.

— Vous avez donc vendu une partie de votre série ? demanda Jury.

— Oui, répondit Ralph Rees, et j'en suis tout excité. Ces deux-là, dit-il en désignant les toiles inclinées contre le mur, à un Américain, et celle d'à côté à un pair du royaume la semaine dernière.

Jury jeta un coup d'œil à Wiggins qui, avec un petit sourire crispé, s'était penché pour examiner Dieu savait quoi au bas d'une des toiles.

— Un pair ? Ah, vous connaissez les aristocrates. Il faut toujours qu'ils soient à la pointe... des choses.

Ralph se méprit et interpréta le commentaire en sa faveur.

— Ces premiers succès sont très encourageants.

Il dit cela avec un sourire si naïf, si sincère, que Jury ressentit une pointe de chagrin, même de honte, en se disant qu'il avait failli insulter son œuvre.

— Il reviendra sans doute, dit-il.

— Qui ?

— Votre aristocrate britannique. Il faut toujours qu'ils achètent tout en double. J'en connais une qui possède une Rolls et une Bentley.

— Il ne m'a pas dit qu'il repasserait, dit Rees, songeur.

— Oh, faites-moi confiance !

30

Le mardi, peu avant le déjeuner, Melrose Plant se rendit à la réception afin de régler sa note, tout en réfléchissant au moyen le moins déplaisant de regagner Long Piddleton. Rappelé par ses affaires, Trueblood était parti plusieurs jours auparavant.

Il pouvait prendre le train jusqu'à Sidbury et regagner Long Piddleton en taxi, ou téléphoner à Diane Demorney pour qu'elle passe le chercher à la gare. Elle était souvent au Sidbury Star depuis quelque temps, elle n'y verrait donc pas d'inconvénients. Diane aimait se montrer clémente envers Melrose; après tout il était libre, riche et même — la plus grande vertu, selon Demorney — « amusant ». Séparée de son quatrième mari depuis quelques années, elle commençait à trouver le célibat ennuyeux.

Une chose frappa Melrose : Diane était tout le contraire de Simeon Pitt. Elle était incapable de tolérer sa propre compagnie alors que Simeon Pitt, qui tolérait mal celle des autres, trouvait la sienne proprement réjouissante.

Etant donné le manque de ressources intérieures de Diane, Melrose se demandait où elle trouvait le contenu de sa rubrique ; certainement pas en elle-même. Ni dans le Zodiaque. Elle ne se donnait pas la peine de faire des recherches. Contrairement à ce qu'il avait cru, Diane avait peut-être plus d'une couche. C'était à cela qu'il réfléchissait en allant téléphoner. Ou une seule couche, mais aussi épaisse que celle de confiture qu'il avait étalée la veille sur son petit pain.

Dans le salon, Melrose vit les mêmes têtes que d'habitude — non, pas les têtes, les journaux et les mains qui les tenaient, les jambes étendues, les coudes qui dépassaient, les pieds, les chevilles. Dans le salon, plutôt que des corps, on trouvait des morceaux de corps épars. Il y avait Neame derrière son *Daily Mirror* ; les souliers vernis de Pitt dépassaient de la bergère dont Melrose distinguait le dos. Devoir faire ses adieux l'attrista.

Lorsqu'il entendit la voix blasée mais mélodieuse de Diane au bout du fil, Melrose alla droit au but :

— Ah, Diane ! Soyez sympa, passez me chercher à la gare de Sidbury. Je prendrai le train de trois heures, j'arriverai juste à temps pour vous offrir un verre.

Cela devrait la décider.

— Le train ? Mon Dieu, Melrose ! Qu'est-il arrivé à votre Bentley ?

Elle n'aurait pas été plus catastrophée s'il lui avait annoncé un gigantesque carambolage. Les transports publics étaient bons pour les nécessiteux — c'est-à-dire ceux qui n'avaient pas la chance de posséder une Bentley ou une Rolls. Diane avait les deux.

— Vous avez oublié, Diane ? Trueblood m'a conduit à Londres la semaine dernière... dans sa camionnette. Alors, vous passez me prendre ? (Melrose entendit des bruissements de papiers.) Qu'est-ce que vous faites, Diane ?

— Je viens juste de m'apercevoir que j'avais oublié vos horoscopes.

« Vos horoscopes ? » Combien y en avait-il ?

— Je vous lis celui-là.

— Non, ne vous donnez pas cette peine.

— Oh, ça ne me dérange pas. Attendez que je trouve... Capricorne, Capricorne...

Melrose regretta amèrement de lui avoir fourni sa date de naissance.

— « Le charme ne vous servira à rien dans cette pagaille, lut Diane Demorney. Vous êtes peut-être habitué à avaler les difficultés, mais vous allez devoir affronter un adversaire trop fort pour vous. »

— Qu'est-ce que vous cherchez à me prédire, nom d'un chien ?

Le soupir que poussa Diane aurait aplati un champ de coquelicots.

— Melrose. Quand comprendrez-vous que votre avenir dépend du dessin des planètes ? Je ne peux pas vous dire ce qui va vous arriver. (Elle reprit :) « Etant autonome, vous avez un penchant à l'égocentrisme et... »

— Ego*quoi* ?

— Cen-trisme. Ça veut dire que vous êtes trop satisfait de vous-même. Ne prenez pas ça mal, c'est pareil pour tous les Capricornes. C'est pas de votre faute. « Quand la lune sera en Vénus, vous vous rendrez compte que les vieux amis sont les plus fidèles. » (Après un silence, elle ajouta :) « Faites vos valises et rentrez. Mais surtout, prudence ! »

Comme elle avait presque hurlé cette dernière injonction, Melrose faillit en tomber à la renverse. Il crut ensuite que la ligne avait été coupée, mais il entendit un froissement de Cellophane, suivi d'un aboiement et d'un cri.

— Excusez-moi, dit Diane, je sors juste une cigarette du paquet...

— Diane, c'est chez vous que j'ai téléphoné. Vous avez un chien, maintenant?

— Non, je ne suis pas chez moi. Je suis au journal, bien sûr. Je suis charrette.

— Mais c'est le numéro de chez vous que j'ai composé!

— Mes appels sont transférés. J'ai aussi un biper, si jamais vous avez besoin de me joindre en urgence. Je vous ai donné le numéro?

Melrose n'avait pas l'intention de le noter, mais il l'écrivit quand même... au cas où il aurait envie de lui faire une blague.

— A propos, Melrose, qu'est-ce que vous avez fait à Londres, toute la semaine?

La voix de Diane était légèrement plaintive, on eût dit qu'elle ressentait l'absence de Melrose comme une gifle.

— Rien. Des courses chez Harrod's, un ou deux trucs à faire pour Richard Jury...

— Ah, Richard *Jury*!

En voilà un qui est libre! songea Melrose. Certes, mais sans argent, sans titre et sans domaine.

Un autre silence pendant lequel Diane s'activa, puis :

— Il est Lion.

— Ah bon? Comment le savez-vous?

— Marshall me l'a dit. Marshall sait tout.

— Vous êtes sûre que nous parlons du même Marshall?

— J'enverrai un exemplaire du *Star* de cette semaine à Richard. Quelle est son adresse?
— Scotland Yard, comme toujours.
— Oui, mais quelle rue?
— Oh, le nom de la rue n'est pas indispensable, mais je crois que c'est dans Victoria Street.
— Hum. (Silence. Diane notait sans doute l'adresse.) Bon, pour le Capricorne...
Grands dieux, il ferait bien d'allumer une cigarette, lui aussi!
— Voyons, j'en étais à l'avertissement. Voilà : « Si vous ne faites pas attention, vous allez au-devant des pires ennuis. »
— Dites donc, c'est un horoscope sinistre!
— Ah, si vous trouvez que le Capricorne est mauvais, qu'est-ce que vous diriez de Jupiter! Bon, il faut que je raccroche. Maudite charrette. Cíao!
Melrose reposa le combiné, hocha la tête pour se l'éclaircir, retourna dans le salon des membres et faillit tamponner une grosse femme qui se déplaçait à l'aide de deux cannes à pommeau d'argent. Elle le toisa comme si elle était victime d'un fou de la route. A l'évidence, elle était habituée à avoir la priorité; Melrose s'effaça et s'inclina pour la laisser entrer. Il se souvint que c'était mardi, le Jour des Dames. Pourvu que ce ne soit pas la parente de Pitt, se dit-il. Non, Pitt avait parlé d'une nièce.
Ils étaient toujours à la même place. Neame abaissa son journal le temps de voir Melrose et de lui adresser un petit signe. Melrose lui sourit et se dirigea vers le fauteuil, de l'autre côté de la bergère de Pitt. La page des arts contre la poitrine, Simeon Pitt s'était assoupi. Autant le réveiller, se dit Melrose. Il héla le jeune

Higgins qui arriva telle une fusée, comme poussé par une violente bourrasque.

— Un café, Higgins. (Remarquant la tasse sur la table, à côté de Pitt, Melrose ajouta :) Et vous feriez bien de resservir Mr Pitt.

— Bien, monsieur. Je vais lui apporter une autre tasse, monsieur.

Melrose regarda le jeune Higgins en se demandant avec inquiétude s'il arriverait jusqu'au bar, puis il se replongea dans son *Telegraph*. Après avoir lu les nouvelles de la veille, il se dit que le lundi avait dû être d'un ennui mortel pour tout le monde.

Il délaissa le *Telegraph* et observa un instant Simeon Pitt. Son journal ne bougeait pas. Melrose se pencha pour voir son visage. Son sang se glaça. Pitt n'avait pas les yeux fermés, ils étaient grands ouverts.

Sans réfléchir, Melrose agrippa le journal et le rejeta. Il resta paralysé et étouffa un juron. Il ne s'aperçut même pas que le vieux garçon était arrivé avec son plateau.

Les tasses et la cafetière glissèrent dangereusement, Higgins faillit lâcher le plateau.

— Oh, mon Dieu! gémit-il d'une voix suraiguë. Oh, mon Dieu! Une attaque, oh, mon Dieu, ce monsieur a eu...

— Allez chercher un médecin! Appelez la police!

Melrose ne reconnut pas sa propre voix.

Le jeune Higgins fila aussi vite que ses jambes le lui permettaient. Melrose le regarda partir puis reporta son attention sur le corps de Simeon Pitt. Une tache de sang, presque invisible, lui maculait la poitrine. A cause de la couleur marron foncé du gilet de Pitt, Melrose avait failli ne pas la remarquer.

En se redressant, Melrose s'aperçut que ses mains tremblaient presque aussi fort que celles du jeune Higgins.
Il se souvint de l'avertissement de Diane : *Prudence!*

31

Dans le salon des membres du club régnait désormais une sorte de vigilance, pour ne pas dire une franche excitation. La nouvelle que la mort de Mr Pitt était davantage due à des coups — un seul, en réalité, porté avec adresse en un point juste au-dessus du sternum — qu'à un arrêt cardiaque ne s'était pas encore ébruitée.

— L'assassin connaissait la technique, décréta Phyllis Nancy en ôtant ses gants. La blessure est surtout interne; les poumons sont gorgés de sang.

— Pourquoi diable faire ça devant tout le monde? interrogea Wiggins.

— Un coup de poignard, dit Jury, ébahi. C'est à peine croyable.

— Comme je le disais, l'assassin savait quelle arme utiliser. Un stylet, j'imagine. Long et fin. Je ne peux préciser davantage.

Melrose avait appelé Jury qui, accompagné du sergent Wiggins, était arrivé juste avant l'inspecteur Milderd et le sergent Webber de la division C. Ils avaient été eux-mêmes précédés par plusieurs agents en uniforme qui, par un heureux hasard, étaient en train d'interroger le chauffeur d'une camionnette de livraison mal garée. Un membre du personnel du Boring's était allé les chercher, et ils avaient rappliqué en catastrophe.

Jury était aussi arrivé avec son médecin légiste préféré, Phyllis Nancy. Conscient qu'il allait marcher sur les plates-bandes de la division C, il avait expliqué à l'inspecteur Milderd que, le docteur Nancy étant présente lorsqu'il avait reçu l'appel, il avait décidé de l'amener avec lui.

Le docteur Nancy ne laissait rien passer. Un jour, elle avait remarqué sur un cadavre une minuscule piqûre, porte d'entrée d'un poison (identifié par la suite comme étant à base d'huile de ricin), après qu'un autre médecin eut diagnostiqué un arrêt cardiaque. C'était certes un arrêt cardiaque, mais provoqué par un poison introduit par une grosse aiguille à broder retrouvée dans le nécessaire à couture de la cousine de la victime. Jury admirait l'esprit toujours en éveil du docteur Nancy, qui lui permettait de discerner des détails qui échappaient aux médecins légistes ordinaires. Elle était aussi extrêmement féminine et ne se formalisait pas qu'on le lui fasse remarquer.

Non, Phyllis Nancy ne laissait rien passer. Elle affirma que la mort de Pitt avait eu lieu au cours des trois dernières heures, quatre à la rigueur, qui dit mieux ?

Melrose ne put rien ajouter, sinon qu'il avait vu Simeon Pitt au petit déjeuner. Un peu avant neuf heures trente, lorsque Melrose était descendu. Pitt avait son air de tous les jours. Il aimait s'asseoir dans le salon après le petit déjeuner, et y restait parfois toute la matinée à lire les journaux.

— Recevait-il des visites ? demanda l'inspecteur Milderd.
— Non, dit Melrose. Enfin, je ne l'ai jamais vu avec quelqu'un... quoique, oui, il m'a parlé d'une nièce. C'est le Jour des Dames et je crois qu'elle devait déjeuner avec lui aujourd'hui...
— Vous a-t-il dit autre chose sur elle ?
— Non, rien de plus.
— Etiez-vous ami avec Mr Pitt ? demanda le sergent Webber.
— Euh, oui. Il m'était sympathique. C'était le critique d'art du...

Melrose s'arrêta. Avec les événements de la matinée, il avait oublié le coup de téléphone que Pitt avait passé la veille.

— Oui ? fit le sergent.
— Oh, ce n'est sans doute rien, mais Mr Pitt a donné un coup de fil hier.

Melrose raconta ce qui s'était passé.

— Ce Jay avait-il un nom de famille ?

Melrose était fatigué que ces deux flics se cramponnent à lui telles des bogues.

— Ecoutez, fit-il. Je ne connais Simeon Pitt que depuis une semaine...
— Certes, lord Ardry, mais... (*Ah! Nous y voilà! Les flics détestent les aristocrates*) mais trois autres messieurs, qui ont à peine échangé plus de trois mots avec Mr Pitt, affirment que vous étiez souvent avec lui, que vous aviez des discussions animées et que vous preniez des verres ensemble...
— Et que vous traîniez souvent dehors avec lui, ajouta Webber en battant des paupières d'un air suffisant.
— Trois fois ! Nous avons pris trois fois l'apéritif.

Quant à sortir ensemble, nous sommes allés une fois dans une galerie d'art non loin d'ici.
Comme Milderd insistait, Melrose cessa d'écouter. Il repensa au coup de téléphone de Pitt et aux Fabricant. La voix de Milderd le tira de sa rêverie :
— Lord Ardry?
— Quoi?
— Comme je disais... (*Les aristocrates n'écoutent jamais?*)... le serveur a confirmé que vous vous joigniez souvent à Mr Pitt pour l'apéritif. Il s'agit de Mr Higgins...
Melrose coula un œil vers le jeune Higgins, qui semblait bien plus fringant depuis le meurtre. *Regardez-le!* Collé à Neame et à Champs, il rapportait ce qu'il avait entendu en rôdant près du médecin légiste. Serrant un poignard imaginaire, il l'enfonçait dans sa propre poitrine. *Doux Jésus! Encore un meurtre et il se mettra à jouer des claquettes comme Fred Astaire. Ah, Dieu soit loué, voilà Jury!*
Voyant qu'il était une relation de Jury, Milderd et Webber regardèrent Melrose d'un œil neuf... et avec un intérêt moins vif. Webber rempocha son stylo et referma son calepin.
— Pourquoi perdent-ils leur temps à essayer de me coincer? demanda Melrose en les regardant battre en retraite.
— Admets que dans cette salle tu es pour l'instant le meilleur suspect, répondit Jury.
Il balaya la pièce d'un geste pour embrasser la grosse femme aux cannes à pommeau d'argent et deux autres vieilles venues déjeuner au club afin d'honorer le jour qui leur était réservé. Les trois femmes s'étaient regroupées et le restèrent jusqu'au départ de la police. Il y avait aussi quatre vieux messieurs (parmi lesquels

Neame et Champs) rassemblés autour de Higgins qui s'agrippait la gorge à deux mains pour montrer sa connaissance approfondie des différentes manières d'assassiner un homme.

— Bon Dieu, je ne connais Simeon Pitt que depuis quelques jours... (L'irritation de Melrose — une émotion déplacée — s'évapora pour laisser le champ libre à une tristesse sincère.) Nous avons pris le café ensemble, quelques verres aussi. C'était l'un des êtres les plus charmants qu'il m'ait été donné de rencontrer...

— Je suis désolé, dit Jury.

— Ton inspecteur Milderd semble croire qu'il était sur le point de me rayer de son testament. Je lui ai dit qu'il attendait sa nièce... Barbara quelque chose. Bon sang, je ne crois pas qu'il m'ait donné son nom de famille ! Bref, elle vient d'Oxford, ou de quelque part par là.. Ah, voilà Budding !

Mr Budding, qui s'était absenté trois quarts d'heure pour une course, était blanc comme un fantôme. Il ne supportait pas qu'on ait commis un crime en son absence, il en faisait une affaire personnelle. D'après lui, une jeune femme (au Boring's, cela pouvait être n'importe quelle femme entre quinze et cinquante ans) avait rendu visite à Mr Pitt vers midi — non, c'était avant, plutôt vers les onze heures, car Mr Pitt avait commandé du café pour elle. Budding passa derrière la réception et ouvrit le registre.

— Ni Mr Higgins ni votre jeune collègue ne se souviennent d'un visiteur, fit valoir Jury.

— Ils ne pouvaient pas savoir, c'est moi qui ai servi le café. Ah, voilà ! (Budding tourna le registre afin que Jury puisse lire : *Mrs Amons pour Mr Pitt.*) Je me souviens lui avoir dit qu'il attendait sa nièce, était-elle sa nièce ? Elle m'a répondu oui et elle a signé le livre des invités, conclut Mr Budding en tapotant le registre d'un doigt tremblant.

— Pouvez-vous nous la décrire ? demanda Wiggins, qui sortit son calepin.

— Voyons. Elle était séduisante, bien habillée, assez grande, des cheveux blonds. Elle n'est pas restée plus de vingt minutes.

— Vous l'avez vue partir ?

— Absolument. Elle a dit que son oncle s'était endormi et qu'elle ne voulait pas le déranger. Si vous voulez bien m'excuser, messieurs, je crois qu'on me demande...

Mr Budding s'empressa de rejoindre le jeune collègue qui lui avait fait signe.

— Endormi ? s'étonna Melrose. C'est ridicule. Le bonhomme ne se serait jamais endormi pendant la visite d'une parente. Il était trop conscient des choses.

A son retour, Mr Budding avait encore pâli.

— On vient de m'informer d'un fait troublant. Notre Mr Neal, là-bas, dit-il en désignant son jeune collègue aux cheveux en épi, vient juste de me signaler que pendant mon absence une Mrs Amons a téléphoné. Elle a laissé un message pour Mr Pitt. Elle avait un ennui avec sa voiture et elle attendait la dépanneuse. (Mr Budding sortit un grand mouchoir de sa poche-revolver et s'essuya le front.) Je ne comprends pas comment c'est possible, monsieur, la jeune femme qui est venue à onze heures disait être Mrs Amons. Je vous avoue que cela me contrarie énormément.

— Oui, je comprends, Mr Budding. Cependant, vous n'aviez jamais vu Mrs Amons, n'est-ce pas, alors comment auriez-vous pu deviner ?

Quelque peu rassuré, Mr Budding prit congé.

— Est-ce que cela me surprend ? demanda Jury. Non, je ne crois pas. Je vais en parler à Milderd.

Jury alla discuter avec l'inspecteur, laissant Melrose à ses pensées... qui n'étaient pas agréables. Il s'assit lourdement et essaya de se remémorer la conversation qu'il avait eue avec Pitt. Qui était le « spécialiste » qu'il avait appelé ? En quoi était-il « connaisseur » ? Cela avait-il un rapport avec la fraude dans le milieu de l'art ? Il avait parlé de Jay.

S'étant rappelé qu'il devait téléphoner à Diane afin de lui dire qu'il était inutile qu'elle vienne l'attendre au train, Melrose fut brièvement distrait par la vue du corps de Pitt, enveloppé dans un sac en plastique noir, qu'on chargeait sur une civière. Melrose alla rejoindre Jury.

— Ecoute, dit-il en le tirant à l'écart. Il y a autre chose. Je ne sais pas si c'est important ou non...

Il expliqua le coup de fil de Pitt et son intention « d'aller faire un tour à la galerie et d'avoir une petite conversation avec les Fabricant ».

Jury médita l'information.

— Bien, la question est de savoir si Fabricant à envoyé quelqu'un ici pour avoir une petite conversation avec Pitt...

32

De l'autre côté du portail, Jury regardait Olivia tailler des rosiers avec des cisailles. Comment une telle femme acceptait-elle d'être la parente pauvre des Fabricant? Olivia le déconcertait. Son bref mariage ne lui avait apparemment rien rapporté en terme de soutien, moral ou financier. Mais elle était la fille de Clive Fabricant, elle avait autant de droits à l'héritage de Clive que Nicholas, et sans doute davantage que Sebastian. Cependant, elle paraissait s'être laissé reléguer dans le rôle de faire-valoir. Belle-fille d'Ilona Kuraukov, rien de très enviable...

— Mrs Inge.

Elle était tellement absorbée par sa tâche qu'elle sursauta à l'appel de son nom. Elle se retourna.

— Olivia, dit Jury.

Cela lui avait échappé. Il était moins à l'aise que le sergent Wiggins avec les prénoms.

— Oh! fit-elle en posant sa main gantée sur sa poitrine. Vous m'avez fait peur.

— Désolé.

— Les autres ne sont pas là. Vous vouliez...?

— C'est vous que je viens voir. J'aimerais vous parler.

— Je vous en prie. Rentrons. Il fait trop froid et la nuit tombe. D'autre part, je préfère que vous m'appeliez par mon prénom. J'aurai moins l'air d'être une suspecte.

— Suspecte? Ai-je dit que vous l'étiez?

— Oh, c'est inutile.

Elle ôta ses gants et Jury repensa à Phyllis Nancy et à l'autopsie. Il se rembrunit.

— Ça ne va pas? s'inquiéta Olivia.

Il lui tint le portail.

— Ça ne va jamais. C'est le métier qui veut ça.

A l'intérieur, la chaleur était agréable. Il semblait en outre qu'on avait préparé le thé (sans doute Hedda).

— C'est merveilleux! s'exclama Olivia. Le timing de Hedda est toujours impeccable. Ou alors elle lit dans les pensées.

Elle débarrassa Jury de son manteau et lui proposa du thé.

— Volontiers, accepta-t-il.

Il s'assit dans le canapé derrière lequel Ilona Kuraukov s'était tenue la fois précédente. Il sentait presque sa présence dans son dos. Olivia lui tendit une tasse d'une porcelaine si fine qu'elle en était presque transparente. Elle s'assit dans le fauteuil, face à lui, et leva sa propre tasse.

— Santé! fit-elle.

— Santé! répondit Jury. (Il but une gorgée et se sentit aussitôt mieux.) Pourquoi vous soupçonnerais-je?

— Je n'en ai aucune idée, étant donné que je n'ai rien fait.

— Où étiez-vous en fin de matinée début d'après-midi?

— Nous y voilà! (Elle déclama d'un ton théâtral :) « Où étiez-vous à l'heure où on a tiré sur le vieux Chalmers? »

— Ce n'était pas Chalmers et ce n'était pas un coup de feu, sourit Jury.

Olivia le regarda, interloquée.

— Il ne s'appelait pas Chalmers, confirma Jury.

— Voulez-vous dire qu'il y a eu un autre meurtre? (Jury acquiesça.) Je n'ai pas bougé de la journée, dit Olivia en regardant autour d'elle comme pour chercher de l'aide. Je jardinais.

— Recevez-vous le *Times*? (Comme elle opinait, encore plus troublée, Jury demanda :) Vous lisez la page culturelle?

— Bien sûr. C'est la première que je lis.

— Avez-vous jamais entendu parler de Simeon Pitt?

Elle parut réfléchir.

— Non... euh, attendez... oui. Il avait une rubrique, je crois?

— Très appréciée dans le monde de l'art. Votre monde.

— Celui de mes frères, commissaire. Juste avant l'exposition de Ralph, j'ai entendu Seb rire à la lecture d'un article et dire : « Dieu merci, Pitt n'est plus là! » (Elle rougit aussitôt et porta la main à sa joue.) Oh, Seigneur! Vous voulez dire que c'était lui? C'était Simeon Pitt?

— Oui.

— C'est... commença-t-elle, tête baissée.

— Cet article. Votre frère savait que la critique de

Pitt serait négative. Pitt avait-il déjà écrit des articles négatifs sur les expositions de la galerie Fabricant?
— Une ou deux fois, oui. Mais j'ai cru comprendre que Mr Pitt est... était... assez critique à l'égard des nouveaux peintres.
— Et les critiques de Rees? Etaient-elles bonnes ou mauvaises?
— Il y en a eu quelques bonnes. J'ai du mal à croire qu'on puisse tuer pour une mauvaise critique...
Jury n'eut rien à répondre à cela. Il posa sa tasse sur le plateau d'argent, se leva et alla près d'un mur où était accroché un grand tableau. C'était une nature morte : des fleurs, des fruits et une sorte de guitare triangulaire.
— Quel est cet instrument? demanda-t-il.
— Une balalaïka. Elle possède un son que j'aime beaucoup.
— Je ne crois pas en avoir déjà entendu.
— Si vous allez en Russie, s'esclaffa Olivia, vous en entendrez! Le son de la balalaïka a quelque chose de nostalgique. Ça ressemble un peu à la cithare dans ce film d'Orson Welles. C'est entêtant.
— Vous allez en Russie avec les autres? demanda Jury.
— Ça m'est arrivé, oui.
— A Saint-Pétersbourg?
Olivia regarda Jury par-dessus le rebord de sa tasse.
— Cela a-t-il un rapport avec votre enquête, Mr Jury? demanda-t-elle avec un petit sourire ironique. Vous vous intéressez à nos vacances?
— Oui, répondit-il d'un ton badin.
— Pourquoi?
Jury haussa les épaules et se replongea dans la contemplation du tableau.

— Je ne sais pas trop.
— Vous ne savez pas, mais vous semblez sérieux.
Au lieu de répondre, Jury examina les autres tableaux. Il y en avait plus d'une dizaine.
— Qui a choisi ces tableaux? demanda-t-il.
— Eux... Sebastian, Nicholas, Ilona, bien sûr. Celui-ci est d'elle, précisa Olivia en montrant celui que Jury étudiait. Je veux dire que c'est elle qui l'a peint.
— Vraiment? (Il l'examina plus attentivement.) Il est charmant.
— Ne le répétez pas à Ilona.
— Pourquoi?
— Pour elle, cela voudrait dire qu'il est décoratif.
— Superficiel, peut-être?
— Oui, je crois qu'elle penserait ça.
— Ce qui m'épate, c'est que Mrs Kuraukov puisse... encore aimer la Russie après ce qui est arrivé à son époux. (Jury se retourna pour dévisager Olivia.) Je crois qu'il s'appelait Michel, n'est-ce pas? (Comme Olivia se contentait d'acquiescer, il poursuivit :) Son exécution n'a pas été un cas isolé, hélas, mais c'est un piètre réconfort, évidemment.
— Je suis tout à fait d'accord. Le régime communiste a commis des atrocités. Mais vous savez, elle a vécu à Saint-Pétersbourg une grande partie de sa vie.
Jury parut opiner. Il continua d'examiner les tableaux de la pièce.
— Il n'y a pas une seule croûte, remarqua-t-il après avoir accepté une deuxième tasse de thé.
— Vous vous étiez attendu à en trouver? se moqua Olivia.
— D'après l'exposition de Rees, oui. Je trouve étrange qu'il n'y ait qu'un exemple de peinture pour le moins douteuse. Je ne crois pas que cela vienne de

moi, ni que cela soit une question de goût. Je considère les peintures de Ralph comme du non-art...

— Non figuratif, peut-être, coupa Olivia, mais on a dit la même chose de Mark Rothko...

— Ne me dites pas que vous comparez Rothko à Rees!

— Non, concéda Olivia avec un sourire d'excuse.

— La peinture de Rothko m'intimide, avoua Jury. Celle de Rees me donne l'impression qu'on essaie de me flouer. (Il retourna s'asseoir et but une gorgée de thé froid.) Ce qui est vraiment bizarre, c'est que le travail de Rees puisse trouver un écho favorable, non seulement auprès de l'un d'eux — disons Nicholas, ce qui serait compréhensible — mais des trois. D'accord, Nicholas a peut-être un faible pour Ralph, mais il faudrait que Sebastian et Ilona aient un jugement défaillant. Ce qui n'est évidemment pas le cas.

— Peut-être cherchent-ils à se ménager. Ils sont de la même famille, après tout.

— Non, Sebastian est un excellent marchand de tableaux et il a une réputation à préserver. Pourquoi se risquerait-il à ménager son frère et le petit ami de son frère? Et vous ne me ferez jamais croire que Mrs Kuraukov puisse ménager quiconque. Non, il doit y avoir une autre explication. (Il regarda Olivia dans les yeux, admira leur éclat doucement brouillé par la lueur des flammes de la cheminée.) Je vous invite à dîner.

Olivia éclata de rire.

— Vous changez vite de sujet, remarqua-t-elle.

— Il y a un excellent restaurant indien dans Old Brompton Road.

— Euh... oui, pourquoi pas? (Elle se leva.) Et quelle est l'autre explication?

— Pardon ?
— Pour que les Fabricant encouragent Ralph.
Jury s'était demandé si elle lui poserait la question.
— J'aimerais la connaître, admit-il. Allez, venez...

33

Comme c'était l'après-midi de la visite guidée du palais, Linda insista pour la suivre.
— Vous apprendrez plein de choses, dit-elle.
Melrose n'apprécia pas l'insinuation selon laquelle ses connaissances avaient besoin d'être rafraîchies. En outre, il avait offert une glace à Linda dans l'espoir de la rendre moins active. Bien joué. Il la perdit aussitôt de vue. Il la retrouva, courant à travers la pelouse vers les touristes qui se rassemblaient autour de l'entrée principale.
Il la suivit en soupirant.
La guide parlait de l'architecture Tudor. Elle désignait les triangles noirs sur les trois côtés de la cour, formés par les extrémités des briques elles-mêmes. Sur le quatrième côté, le motif avait été peint pour être assorti aux autres. Ce qui expliquait sa lente dégradation, due à son exposition aux intempéries. Satisfaite de son prologue, la guide dirigeait les touristes vers la porte d'entrée lorsque Linda l'arrêta.
— Vous n'allez pas parler du portail taquin?
La guide fronça les sourcils.
— Je ne sais pas si... (Puis, comprenant soudain,

elle sourit.) Ah oui, le portail mesquin, pas taquin. Comme vous voyez, le portail est si étroit que la petite porte ne laisse passer qu'une personne à la fois. Cela permettait de vérifier si on avait affaire à un ami ou à un ennemi, et d'éviter de laisser entrer un bataillon entier à cheval. (Le soleil frappa les lunettes de la guide, y laissant un éclat qui donnait à la femme un air sinistre.) Nous n'allons pas manger ça à l'intérieur, n'est-ce pas? dit-elle à Linda au moment d'entrer.

Nous le mangerons si nous voulons, songea Melrose en regardant Linda lécher son cône, tout comme nous continuerons à dire que le portail est taquin.

Après quelques commentaires sur les boiseries du grand hall et du plafond, la guide conduisit les visiteurs dans une vaste pièce vide et glaciale. Elle lança aux traînards (Melrose étant le traînard numéro un) :

— Pressons, nous voulons tous rester ensemble.

Non, nous ne voulons pas. Melrose détestait les visites guidées. Il regarda Linda qui écoutait avec ravissement la description de l'architecture de la pièce, de la grande cheminée ornée, du manteau décoré d'une coupe à fruits sculptée.

Ayant terminé sa glace, Linda se tenait désormais les mains jointes avec vénération, la bouche entrouverte, comme si elle avait du mal à respirer par le nez. Pourquoi écoutait-elle avec une telle attention, remuant les lèvres comme pour aspirer les paroles de la guide? Pourquoi écouter alors qu'elle en savait apparemment plus que la guide? Elle savait ce que le jardinier savait, ce que la guide savait, ce que le gardien du musée savait, et peut-être aussi ce que les évêques de Londres savaient. Melrose eut soudain la révélation (et il s'en attrista) que Fulham Palace était le deuxième foyer de Linda. Les sentiers, les promenades, les frontières lui étaient aussi familiers que les recoins de la maison de sa tante. C'était pour cela que Linda voulait tout entendre sur le palais ; c'était comme d'entendre son histoire préférée avant de s'endormir. Et le conteur avait intérêt à ne pas se tromper ! La moindre divergence, le moindre trou dans la narration seraient ardemment rappelés à son attention. C'est précisément ce que fit Linda. Entendant une liste de contributions que les divers évêques de Londres avaient apportées à cette salle — le grand hall —, elle intervint :

— Parlez-nous des tortures. Celles que préférait l'évêque Bonner.

Il y eut quelques gloussements dans l'assemblée, la guide s'empourpra et se crispa.

Il était évident que la guide souhaitait éviter les méfaits de l'évêque Bonner — pourquoi, Melrose aurait été incapable de le dire car c'étaient les informations les plus croustillantes de la visite — car elle entraîna tout le monde dehors, vers un étroit couloir. Il régnait dans ce lieu une froideur qui laissait penser qu'il était peu utilisé par les pèlerins. Melrose suivit néanmoins le groupe. On les fit entrer dans une petite chapelle ravissante. Melrose se glissa au premier rang, près de Linda, ostensiblement afin de la surveiller mais surtout (suspecta-t-il) pour être du bon côté. On leur donna des détails sur la fenêtre est et le quatre-feuilles et, lorsqu'un des visiteurs demanda à quoi servait la chapelle, il s'entendit répondre que le pasteur de l'église de la Toussaint devait donner son accord pour qu'elle soit utilisée, par exemple pour les mariages ou les baptêmes.

— Mais il refuse, déclara Linda à l'assemblée, avec

un soupir venant du fond du cœur qui suggérait que son propre baptême était en jeu.

— Nous devrions aller voir le pasteur de la Toussaint, dit Melrose tandis qu'ils reprenaient l'étroit couloir, et lui montrer le péril qu'il fait planer sur ton âme.

Le visage déformé par une intense réflexion, Linda dévisagea Melrose.

— Qu'est-ce que vous racontez? fit-elle.

— Aucune idée.

La pièce suivante était lumineuse et aérée mais vide de meubles, du moins de meubles d'époque. Melrose cessa un instant d'écouter (il pourrait toujours questionner Linda) et il repensa à Simeon Pitt. Sa mort était tellement inattendue; son meurtre, d'une audace insolente. Pourquoi le meurtrier n'avait-il pas attendu que Pitt sorte du club? En outre, il y avait gros à parier que le meurtrier était une femme. Elle avait poignardé Pitt avec une précision chirurgicale; un seul coup, pas de signe de lutte, Pitt ne s'était pas défendu. Melrose imagina la femme se levant, allant vers Pitt, se penchant au-dessus de lui, lisant avec ostentation quelque chose dans le journal ou lui donnant quelque chose. Comme ce n'était pas Barbara Amons, sa nièce, comment avait-elle expliqué sa présence?

Pitt la connaissait-il? (Il n'y avait aucune raison qu'elle soit une parfaite étrangère.) Peut-être une des artistes avec lesquels il était si critique? Autant de pensées stériles puisque Melrose ne connaissait ni les relations de Pitt ni les artistes qu'il avait descendus en flammes. Qui était ce Jay à qui il avait téléphoné? Cela aurait pu aussi bien être un homme qu'une femme. Melrose se pinça l'arête du nez. Pourquoi n'avait-il pas été capable, comme Linda, d'absorber les paroles de Pitt?

Il était abasourdi par l'audace de l'entreprise, plus audacieuse encore que le meurtre dans le jardin botanique de Fulham Palace.

Aveugle aux moulures, sourd aux explications de la guide, il pensa à l'assassin déplaçant le cadavre. Comme Jury, il était prêt à croire Linda. Pressé de retourner au jardin botanique, il s'aperçut avec soulagement que la pièce était la dernière de la visite.

— Il faut qu'on y aille, souffla-t-il à Linda.

— C'est pas encore fini, protesta-t-elle. On va d'abord prendre un thé avec des biscuits. Faut patienter.

— Je t'offrirai tout ça plus tard, dit-il, exaspéré.

— Où?

— Au Ritz. Allez, viens, on retourne au jardin.

Comprenant que cela avait un rapport avec le cadavre, Linda ne discuta pas et ils quittèrent le palais proprement dit.

Dehors, Melrose prit Linda par le bras et lui dit de son ton le plus sévère :

— Je ne veux pas qu'on se perde, Linda! Ne te mets pas à courir comme la dernière fois.

Elle se gratta le cou.

— C'était de votre faute. Vous n'arriviez pas à suivre.

Elle regarda autour d'elle comme pour s'apprêter à retourner dans le palais chercher des témoins.

— Tu sais très bien ce que je veux dire. Allez, donne-moi la main.

— Je ne veux pas. Sinon, je ne serai pas libre de mes mouvements.

— Justement! Tu n'es pas censée être libre de tes mouvements. Du moins, pas quand je suis avec toi. (Quel genre de raisonnement était-ce?) Bon, d'accord, tu n'es pas obligée de me donner la main si tu promets de ne pas courir dans tous les sens. Sinon, tu risques de finir comme la pauvre Sophie.

Ils venaient de passer devant le séquoia géant.

— Qui est la pauvre Sophie?

— Tu ne la connais pas. Quand elle était plus jeune que toi, elle a perdu sa mère dans un magasin...

— Quel genre de magasin?

— Une épicerie fine, à Paris.

— Je ne suis jamais allée à Paris.

— Peu importe.

— A quoi elle ressemblait?

— Je ne sais pas, dit Melrose, pris de court. Ça n'a pas d'importance.

Linda soupira d'un air de dire que les grandes personnes ne discernaient pas ce qui était important de ce qui ne l'était pas.

— Qu'est-ce qui lui est arrivé?

Melrose regretta amèrement d'avoir parlé de Sophie; il avait fait preuve d'un manque de jugement et il devinait que Linda n'allait cesser de le questionner sur les mésaventures de Sophie.

— Eh bien, elle a été enlevée pendant qu'elle mettait des pommes de terre dans un sac.

Linda parut sidérée. Non parce que Sophie avait été enlevée, mais à cause de ce qu'elle faisait au moment de l'enlèvement.

— Pourquoi mettre des pommes de terre dans un sac?

Melrose n'eut d'autre choix que de raconter l'histoire de Sophie, du moins le début. Il fut plus d'une fois interrompu par des questions sur le chat et le chien du joueur d'orgue de Barbarie, et sur son landau. Linda semblait insensible au sort affreux de

Sophie. C'était sans doute dû à toute la violence qu'on voyait à la télévision. Ça désensibilise les jeunes.

La centième question (Dieu soit loué, la dernière) ne concerna pas la mère éperdue de Sophie, ni les ravisseurs, ni la situation désespérée de Sophie, mais les pommes de terre.

— C'était quelle espèce?

— Quelle différence? Faut-il vraiment que tu connaisses les moindres détails? Bon Dieu, c'est comme de parler avec Proust. « *N'allez pas trop vite*[1]. »

— Qu'est-ce que ça veut dire?

— Ça veut dire... c'était des Nuages-Roses et des Dorées du Yukon.

Melrose était content de lui; il avait sorti ces pommes de terre d'un chapeau.

— Connais pas. Où est-ce qu'ils ont emmené Sophie quand ils l'ont enlevée?

— Voir un film, répondit Melrose, craignant que Linda ne s'inquiète.

Linda lécha le sucre d'orge qu'elle lui avait fait acheter et parut réfléchir.

— Eh bien, décida-t-elle, je suis bien contente que Sophie n'habite pas dans mon quartier.

Quelle étrange réflexion!

— Pourquoi?

— Elle a l'air tellement ennuyeuse.

— Ennuyeuse? Que veux-tu dire?

— Si vous étiez Sophie, vous ramasseriez des pommes de terre quand il y a un joueur d'orgue de Barbarie, un chat et un chien savants juste dehors?

Melrose s'arrêta pour méditer cette réponse. Ils contournaient le mur qui serait envahi de glycine au

---

1. En français dans le texte. *(N.d.T.)*

printemps. Voyant Linda foncer vers le jardin botanique, Melrose grimaça.

Il examina le carré d'herbe royale et celui de lavande, puis il demanda à Linda si elle était sûre d'avoir vu le corps dans l'herbe royale.

— Je l'ai déjà dit mille fois à tout le monde !
— Oui, mais tu ne me l'as pas dit mille fois à moi.
— Vous voulez encore que je m'y allonge, je parie...
— Surtout pas. Je ne voulais déjà pas que tu t'y allonges la première fois.

Les enfants ont décidément des goûts morbides.

Melrose se dit que deux choses avaient joué contre le tueur : Jury n'aurait pas dû se trouver dans le bus, et Linda n'aurait pas dû se trouver dans le jardin. Il médita sur ces coïncidences fâcheuses pendant que Linda s'enfonçait dans la serre en ruine.

Si on avait caché le cadavre là-dedans, pourquoi ?

Il s'assit sur un petit banc en pierre devant la glycine et pensa à Kate McBride, à Sophie, et surtout à Simeon Pitt. Tête baissée, les bras sur les genoux, il contemplait la terre noire à ses pieds. Sous laquelle Simeon Pitt serait bientôt enterré. Melrose le pleurait sincèrement. Il était si rare de trouver quelqu'un qui ne disait pas de bêtises et qui ne vous rebattait pas les oreilles avec des propos sans importance.

Il dressa la tête, ne vit pas Linda, se releva rapidement et l'appela. Pas de réponse.

— Linda !

Une voix lui parvint.

— Quo-â ?
— Rien.

Il se rassit et se remit à penser à Pitt. Aux artistes dont Pitt avait percé l'armure, aux chroniqueurs qui n'avaient pas eu son succès — mais pas non plus la rage nécessaire pour tuer un homme.

— Linda! appela-t-il de nouveau.
— Quoi?
— Qu'est-ce que tu fais?
— Rien.

Quelle autre réponse avait-il espérée? Croyait-il qu'elle traduisait *Paradis perdu* en slovaque ou qu'elle avait découvert un portefeuille portant les empreintes de l'assassin?

Pitt était parvenu à une conclusion sur la galerie Fabricant et il s'apprêtait à agir — cela devait concerner une action future, non une action passée. C'était du moins l'hypothèse que Melrose avait retenue. C'était forcément en rapport avec ces maudites toiles de Rees.

— Linda!
— Quooooaaa?
— Tu devrais sortir de là, maintenant. (Comment lui faire peur?) Il doit y avoir plein de serpents dans la serre. Et aussi des araignées.
— D'accord.

Il surveilla la porte. Croyait-il qu'elle allait réellement apparaître?

— Linda!
— Quoi?
— Oh, pour l'amour de Dieu!

Il se leva, franchit la porte et s'aventura dans la serre, ou ce qu'il en restait. Elle était là, debout, elle examinait quelque chose dans sa main et referma le poing dès qu'elle le vit.

— Qu'est-ce que c'est?
— Quoi?

— Ça, fit-il en désignant du menton son poing fermé.
— Rien.
— Non, qu'est-ce que c'est ?
— Un secret. Vous voulez toujours tout savoir !
Elle le dévisagea comme s'il était devenu fou, puis tourna les talons.
Melrose était trop avisé pour insister.
— Si c'est en rapport avec le crime, ça signifie que tu entraves le cours de la justice, et la police t'arrêtera, dit-il d'un ton désapprobateur. Je t'attends dehors.
Elle sortit bientôt, passa devant lui sans s'arrêter, se retourna et lança :
— Alors, vous venez ?
Comme si c'était lui qui entravait le cours de la justice et que la police n'allait pas tarder à intervenir.

34

Lorsqu'elle ouvrit la porte de son appartement de Redcliffe Gardens, Kate avait changé, elle paraissait plus jeune, plus détendue et peut-être plus vulnérable. Elle avait de quoi être plus détendue et sans doute bigrement soulagée d'être tirée des griffes de Chilten et de la police de Fulham. Cela expliquait qu'elle ait repris des couleurs, à moins que cela ne fût dû à son chemisier en soie rose.

Après avoir accroché le manteau de Jury, elle le conduisit dans son salon où une cheminée diffusait une agréable chaleur. La pièce était joliment meublée, très anglaise avec ses rideaux et ses housses à fleurs.

L'appartement n'était pas bien grand, mais suffisant pour une personne. Il n'y avait qu'une chambre à coucher.

Kate lui proposa du thé.

— Avec une goutte de cognac, ça vous va ?

— Vous devez lire dans mes pensées.

— Oh, j'en serais bien incapable, dit-elle après une seconde d'hésitation.

Pendant qu'elle allait chercher le cognac, Jury jeta un coup d'œil alentour. Il y avait des affiches encadrées en allemand et en français. Jury se demanda si cela reflétait ses goûts ou ses voyages. Pas de photographies, deux étagères de livres. Une importante collection de CD. C'était justement l'un d'eux qu'il entendait. Du Mozart, se dit-il, et il se reprocha pour la énième fois d'être obligé de deviner au lieu de savoir. Il s'assit dans un fauteuil et se sentit aussitôt mieux. Il ne s'était pas rendu compte à quel point il était fatigué. Il parcourut la pièce du regard, s'attarda sur un grand tableau, une scène forestière, et se leva pour l'examiner de plus près. C'était en réalité une maison. On n'en voyait qu'une partie, le reste était caché par la forêt au premier plan, et des montagnes s'élevaient dans le fond. Mais quelle forêt et quelles montagnes ! La lumière qui filtrait par les branchages était peut-être le fait du peintre qui avait dû idéaliser le paysage, mais rien n'était sûr. Sur une petite plaque de bronze à la base du tableau, il lut : *Blaen-y-glyn,* un nom gallois, à n'en pas douter.

— C'est joli, n'est-ce pas ? La maison et le terrain — il y en a cinquante hectares — sont si beaux que ça donne envie de pleurer.

Jury ne l'avait pas entendue arriver dans son dos.

— C'est cette fameuse maison dans les montagnes Noires ? (Comme elle acquiesçait, il demanda :) Pourquoi l'oncle de feu votre mari avait-il posé comme condition à l'héritage votre emménagement avant Noël ?

— Je l'ignore. Peut-être voulait-il que cet endroit ne reste pas inhabité trop longtemps, ou voulait-il s'assurer qu'il ne serait pas vendu. La mère de Michael était américaine, et il estimait peut-être que Michael devait rentrer chez lui. C'est-à-dire à New York.

— Dans ce cas, pourquoi a-t-il laissé à votre mari

une propriété au pays de Galles s'il considérait que vous iriez vivre aux Etats-Unis?
— Aucune idée. Il est décédé il y a peu, le pauvre. Le premier Thanksgiving après sa mort, nous devions signer les papiers chez un notaire.
— C'est-à-dire après-demain.
— Oui. Il voulait peut-être rappeler à Michael ses racines américaines. C'était un original un peu farfelu, j'imagine. Asseyons-nous, nous serons mieux pour bavarder.

Elle avait apporté le café, une carafe en cristal taillé et deux verres ballons sur un plateau en émail noir orné de roses. Jury accepta la tasse et un verre de cognac. Il se pencha, le verre entre les mains, et huma le riche arôme du cognac qui lui procura un semblant d'ivresse. Il se souvint que c'était Kate qui lui avait demandé de venir.

— Pourquoi vouliez-vous me voir, Kate?

Elle caressa la carafe d'un doigt hésitant.

— D'abord une question : êtes-vous toujours aussi déterminé à croire que vous m'avez vue le fameux soir?

Jury ne répondit pas tout de suite.

— Déterminé n'est pas le mot, dit-il enfin. Cela signifierait que je voudrais que cela soit vrai. Or, c'est tout le contraire : je ne veux pas que cela soit vrai, je préférerais croire que vous étiez à des kilomètres de ce maudit endroit...

Elle laissa tomber le bouchon sur le col de la carafe. Le tintement résonna dans le silence de la pièce. Elle s'assit sur le canapé, en face de Jury.

— Vous aviez raison, admit-elle.

Jury ne fut pas tenté d'approuver. Il ressentit plutôt un creux dans l'estomac, comme lorsqu'on reçoit la confirmation d'une mauvaise nouvelle. Tout se passait comme s'il avait toujours douté de lui et qu'il avait besoin d'entendre Kate lui confirmer ses soupçons. Il empoigna sa tasse de thé à deux mains pour se réchauffer et attendit la suite.

— Il y avait une autre... (Elle parcourut des yeux la distance qui les séparait et dévisagea Jury un instant.) Une autre lettre. Je devais me rendre à Fulham Palace. On me demandait de descendre du bus à Fulham Broadway, de marcher un peu et de reprendre le même bus, si je pouvais, sinon le suivant. A Fulham Palace Road, je devais descendre et... la suite est facile à deviner. Il y avait un plan de l'enceinte du palais et du jardin clos. Je ne sais absolument pas pourquoi cet endroit a été choisi, pas plus que les précédents d'ailleurs...

— Et lorsque vous êtes arrivée là-bas ?

Kate inclina la tête et esquissa un sourire.

— Vous êtes d'un calme, commissaire ! Vous ne paraissez pas surpris le moins du monde.

— Appelez-moi Richard. Je ne suis pas calme pour deux sous et je suis plus que surpris. Même si j'ai effectivement pensé à une autre tentative des ravisseurs... mais poursuivez.

Elle reprit d'une voix altérée, comme si l'émotion l'avait épuisée :

— Cette femme était étendue... là, dans son manteau de zibeline. Pour le manteau aussi, vous aviez raison. J'en portais un... en vison. (Elle hocha la tête, incrédule, en revoyant la scène.) C'est tout. Il n'y a rien eu d'autre.

Sa situation dans cette affaire dut lui apparaître dans toute son horreur, car ses yeux s'emplirent de larmes et elle s'affaissa, adossée au canapé.

— Kate, murmura Jury qui s'approcha du canapé, posa sa main sur celle de Kate et appuya sa joue contre ses cheveux qui sentaient la lavande. Kate, répéta-t-il.
Les cheveux étouffèrent le nom, il entrecroisa ses doigts dans les siens. Elle se tourna vers lui et blottit sa tête contre sa poitrine.
— Parfois, dit-elle, j'en arrive à ne plus supporter... la solitude.
— Je connais, dit-il.
Elle s'écarta... Il ne fit rien pour la retenir. Elle se leva et vida son verre de cognac. Puis elle se mit à arpenter la pièce, à retaper des coussins qui n'en avaient pas besoin.
Jury la regardait faire.
— Ainsi, ce rendez-vous n'était pas comme les autres, dit-il. Et la lettre ? Vous l'avez gardée ?
— Oui.
Elle alla dans le fond de la pièce, à un petit bureau de ministre dont elle ouvrit un tiroir. Elle revint près du canapé, tendit une feuille à Jury et se rassit.
— Le message est plus court que les autres ; il est différent, comment dire ? le ton est différent.
C'était une demi-page de papier blanc, plus épais que le papier d'imprimante ordinaire. Le message était bref. *Lieu du rendez-vous, Fulham Palace, le jardin botanique.* Suivaient la date et l'heure ainsi que l'endroit où elle devait descendre du bus et celui où elle devait le reprendre.
— Les autres messages parlaient de Sophie, remarqua Jury.
Elle opina, accoudée sur son genou, la bouche appuyée sur son poing.
Jury brandit la lettre à la lumière.

— Ça ne vient pas d'une imprimante, dit-il, c'est tapé à la machine.

Kate relut le mot.

— Je n'avais pas remarqué, assura-t-elle. Que je suis bête! Je savais bien qu'elle était différente. Tout était différent.

— On dirait que vous avez été piégée, Kate, dit Jury en glissant la lettre dans une enveloppe.

Elle le dévisagea, ouvrit la bouche, et la referma.

— Mais... pourquoi... Richard? Comment savaient-ils pour Sophie... les autres rendez-vous, Bruxelles, Pétersbourg?

— A qui en avez-vous parlé?

— A personne. Enfin, à part la police parisienne, bien sûr.

Jury examina le plan, dessiné sur un méchant morceau de papier. Il indiquait le chemin du jardin d'herbe fleurie à partir des piliers. Le plan lui était familier. Il le plia et le glissa dans une autre enveloppe qu'il rangea dans sa poche.

— Vous avez forcément dû en parler à quelqu'un; vous avez peut-être oublié, ou vous l'avez fait sans vous en rendre compte...

— Enfin, Richard! Comment aurais-je pu dire, sans m'en rendre compte, que ma fille avait été enlevée?

— Oui, c'est juste, excusez-moi... mais le jour où cela s'est passé?

Kate réfléchit.

— Oui, bien sûr, j'ai demandé à des tas de gens s'ils avaient vu Sophie. J'étais folle d'inquiétude.

Jury pensa aussitôt au prêtre.

— Et Charles Noailles? interrogea-t-il.

— Non, Michael le connaissait avant cet affreux

drame. Et vous m'avez dit qu'il ne savait même pas que Michael avait une fille.

— Saint-Sulpice, son église, se trouve à côté de la rue Servandoni. Vous m'avez dit que vous voyiez la flèche de vos fenêtres. C'est une sacrée coïncidence, vous ne croyez pas ? Cet homme qui connaissait si bien votre mari atterrit dans un des bureaux de Fulham Palace. Je ne crois pas aux coïncidences. (Kate ne répondit pas. Jury prit son silence pour du chagrin.) Je suis navré, Kate, vraiment navré.

Elle revint s'asseoir à côté de lui ; il l'attira à lui et lui appuya la tête contre sa poitrine.

— Scotland Yard a d'énormes moyens, dit-il. Nous la retrouverons.

Il n'en croyait pas un mot, c'était un pieux mensonge. Il se sentit légèrement honteux. Il lui frotta le dos, regrettant de ne pouvoir lui dire quelque chose qui soit à la fois vrai et réconfortant.

— Je me suis posé la question toute la semaine, dit elle sans changer de position, en levant les yeux vers lui. Lorsque vous m'avez suivie depuis le pub, pourquoi n'êtes-vous pas entré dans l'enceinte du palais ? Pourquoi vous être arrêté à l'entrée ?

Il médita sa question. Que serait-il arrivé s'il était entré ? Quel drame potentiel aurait-il pu éviter... ou déclencher ? Sa présence aurait-elle tout changé ? La victime serait-elle encore en vie ? Aurait-il épargné à Kate l'épreuve de sa garde à vue ? Et ce vase de roses, ces magazines, ces livres, cette lumière qui tombait d'un abat-jour en verre... cela aurait-il changé aussi ? Par-dessus l'épaule de Kate, et malgré son émoi, il jeta un regard froid et clinique sur la pièce. Il se demanda pourquoi elle ne volait pas en éclats ; pourquoi les tableaux et les affiches ne tombaient pas des murs, pourquoi les livres ne dégringolaient pas des étagères, pourquoi les lampes ne se renversaient pas. Il se sentait partagé et il commença à voir la faible lueur d'une réponse à la question de Kate : même s'il était entré, rien n'aurait changé, il n'aurait pas laissé d'empreintes ni aucun indice montrant qu'il était venu. Lorsqu'il répondit enfin, il crut qu'elle avait déjà oublié sa question.

Parce qu'on ne m'avait pas invité. Cela sonnait tellement bizarrement qu'il se retint de le dire.

— Le destin, j'imagine, se contenta-t-il de répondre. Ce n'était pas écrit dans les étoiles.

L'horrible paradoxe d'une chose qu'il refusait et qui se refusait à lui.

35

— Ton médecin légiste est-il absolument certain que la balle est sortie par là ? demanda Melrose.
Il prenait le café avec Jury dans le salon des membres du club.
— Le docteur Nancy ? Non, ce n'est pas aussi facile que tu le crois de dire si quelqu'un a été tué d'une balle dans le dos ou dans le ventre. L'examen de la balle permet de préciser le chemin qu'elle a pris et bien souvent dans quel ordre. D'après la position du cadavre dans la lavande, les dessins du sang et des résidus, Nancy Pastis a été tuée à bout portant d'une balle dans la poitrine.
Melrose se surprit à contempler le cerf sur le manteau de la cheminée, qui le poussa à méditer sur un sport aussi sanguinaire que la chasse.
— Pourtant, tu persistes à croire que Linda a bien vu le cadavre dans l'herbe royale, alors qu'est-ce que tu en fais ?
— Tu sais très bien ce que j'en fais. L'assassin a déplacé le corps.
— D'accord, d'accord, fit Melrose, irrité que Jury lise dans ses pensées, mais pourquoi ?

— Selon moi, pour le cacher. Mais tu essaies de me dire quelque chose. Eh bien, vas-y! Tu veux un autre café?

— Pourquoi pas?

— Tu n'es pas obligé, dit Jury qui héla le garçon.

— Ce n'est pas une théorie ni rien d'aussi construit. Je me demandais juste si le corps n'avait pas été déplacé pour faire croire que le coup de feu venait d'ailleurs. Du palais lui-même, par exemple.

Ça sonnait plutôt bien. Melrose était content de lui.

— Ah, tu penses au père Noailles?

— Euh, oui. Tu n'as pas dit que Kate McBride le connaissait?

— Si. Mais je ne vois pas trop où tu veux en venir. Est-ce que Nancy Pastis le connaissait? Toujours est-il que d'après Noailles, c'était Michael McBride qu'il connaissait, pas sa femme.

— Il doit forcément y avoir un lien avec la môme Pastis. Deux femmes qui se ressemblent et qui débarquent le soir à Fulham Palace à la même heure... admets que c'est un peu tiré par les cheveux.

— Tu crois que ça a un rapport avec Noailles?

— Je ne savais pas encore que Pastis avait été tuée à bout portant. Je pensais qu'on avait pu tirer sur elle de loin... du palais, par exemple.

— Je me suis posé la question quand j'étais dans le bureau de Noailles. On ne voit pas le jardin botanique de sa fenêtre. Même en supposant qu'il ait un fusil à lunette. Désolé, fit Jury avec un sourire.

— Je me suis creusé la tête pour rien, soupira Melrose.

— Tu manques d'entraînement.

— Ha, très drôle. Si j'arrive à quelque chose, tu me donneras un insigne et un revolver à six coups?

— Qui sait ?
— Passons à un autre détail. Le receveur du bus de Fulham Road et plusieurs personnes se sont trompés sur la femme qu'ils ont vue. Si celle qui était dans le bus était bien Pastis...
— C'était pas elle. C'était Kate McBride.
— Tu m'as l'air tellement sûr de toi.
— Je l'ai vue, rappelle-toi. Je l'ai observée pendant un long moment. (Jury essaya de chasser son souvenir.) D'ailleurs, elle me l'a dit.
— Elle te l'a dit ? Quand ? Pourquoi ? (Melrose jeta sa serviette comme si c'était un gant et qu'il provoquait Jury en duel.) Ça me dépasse ! Après avoir nié si longtemps... Pourquoi ne pas l'avoir admis plus tôt ?
— Parce que ça prouvait sa présence sur le lieu du crime, ce que personne n'avoue de gaieté de cœur. (Jury sucra son café, soulagé que Wiggins ne soit pas là pour lui rappeler combien le sucre est malsain pour les dents.) Il n'y avait personne d'autre sur le lieu du crime. Ça fait mauvaise impression, tu ne crois pas ?
— Si, bien sûr. Je crois surtout que cette affaire t'échappe complètement. Qu'est-ce qui l'a finalement poussée à te le dire ?
— Sa conscience, ou quelque chose comme ça.
— Quelque chose comme ça, mon œil ! (Melrose prit un des biscuits qu'on avait servis avec le café, l'examina comme si un message runique y avait été gravé et déclara :) Tu as toujours maintenu l'avoir vue, ce qui signifie que tu n'as jamais cru qu'elle n'y était pas. Tu savais que c'était elle, je me trompe ?
— Non.
Ayant tiré tout ce qu'il était possible d'en tirer, Melrose reposa le biscuit.
— Elle savait que tu savais et que rien ne te ferait

changer d'avis. (Melrose dévisagea Jury d'un air entendu.) C'est pour ça qu'elle l'a avoué, gros malin. Melrose était sûr d'avoir marqué un point. Mais Jury ne l'entendit pas de cette oreille.

— Quelle différence? dit-il.

— Quelle différence? La différence entre la manipulation et la franchise.

— Ses raisons s'expliquent. Elle est soupçonnée, après tout. Personne n'aime se retrouver dans la peau du suspect.

— Je ne te sens pas convaincu quand tu dis qu'elle est soupçonnée. Que diable allait-elle faire dans Fulham Palace? Voir le prêtre? Un type qu'elle prétend ne pas très bien connaître?

— Non, fit Jury. Rencontrer quelqu'un... qui n'est pas venu, d'ailleurs.

Il fit part à Melrose du contenu du message.

— Encore un rendez-vous avorté? Mais pourquoi ne l'a-t-elle pas dit plus tôt à la police... ou à toi?

— Elle pensait qu'on ne la croirait pas.

Melrose se passa une main sur le front.

— Bon Dieu, ça s'embrouille davantage que ça ne s'éclaircit. On revient presque à la case départ avec la victime... Nancy Pastis.

— Pas tout à fait. Elle habitait Shepherd Market, dans Mayfair... un appartement chicos, rempli de tableaux chérots.

— Ouais. Elle ne vivait pas très loin de la galerie Fabricant, alors. Elle leur a même peut-être acheté des toiles.

— Elle en a acheté.

— Sans blague! Et ils lui ont offert l'apéritif? Ils l'ont invitée à dîner, elle aussi?

— Non. Ils ne sont pas aux petits soins avec tout le monde.

— Il faut dire que j'ai un certain charme magnétique...

— Oh, le charme n'a rien à voir. C'est parce que tu leur as acheté une toile de Rees. Ils doivent avoir du mal à s'en débarrasser. Et je ne parle pas des deux tableaux de Bea. Tu as acheté trois tableaux d'un coup. (Jury but une gorgée de café, qu'il trouva trop fort.) Ils connaissaient Nancy Pastis. Nicholas a fini par se souvenir d'elle. Franchement, j'ai du mal à croire qu'ils peuvent oublier une cliente. Les prix, mon Dieu! Un tableau m'aurait coûté un mois de salaire...

— Le seul lien entre ta Kate McBride, les Fabricant, Nancy Pastis et Mona Dresser est extrêmement ténu, c'est le manteau de zibeline qui passe de main en main... Attends une minute! Le manteau! Hein, et le manteau? Si Mrs McBride le portait, comment a-t-il atterri sur Mrs Pastis?

— Elle ne l'avait pas.

— Comment ça, elle ne l'avait pas?

— Non, il y avait deux manteaux.

Melrose glissa de son tabouret comme si cette impossible coïncidence avait eu raison de lui. Il leva les mains, paumes ouvertes, pour repousser l'explication des deux manteaux.

— Non, ah, non, elles portaient toutes deux un manteau de zibeline... non, je t'en prie!

— Ce n'était pas le même. Celui de Kate est en vison. Quelqu'un qui s'y connaît aurait peut-être vu la différence dans le noir; moi, je les confondrais même en plein jour. Je ne connais de la fourrure que les dessins que les manifestants écolos peignent sur leurs

pancartes. Ou ce que je ressens dans la bouche au réveil après une soirée trop arrosée au pub.
— Donc, c'était Pastis qui portait le manteau de Mona Dresser?
— Oui. Elle l'avait sans doute acheté dans le magasin de dépôt-vente...
— Que s'est-il passé quand Kate McBride est entrée dans Fulham Palace? Qui était le contact?
— Personne. Elle est tombée sur un cadavre et ça lui a fichu une trouille bleue. Pas parce que la femme était morte, mais parce qu'elle lui ressemblait et qu'elle portait de la fourrure, elle aussi.
Melrose grimaça.
— Donc il se peut que ça soit une erreur d'identité, suggéra-t-il.
— Oui, mais je crois plutôt qu'elle s'est fait piéger.
Melrose prit sa tasse de café et la brandit comme pour porter un toast. Après un silence, il déclara :
— Tous ces gens, le clan des Fabricant, Ralph, Simeon Pitt, Mona Dresser, McBride et Pastis, ils n'ont rien en commun. Le manteau de fourrure fait le lien entre Pastis, Mona Dresser et Olivia Inge, mais pas avec les Fabricant. Les deux frères ont un lien avec Nancy Pastis à travers le tableau qu'elle leur a acheté. Mais ils n'en ont aucun avec Kate McBride. Simeon Pitt est lié à la galerie Fabricant à cause des articles qu'il avait écrits, on peut aussi le relier à Ralph, même s'il était déjà à la retraite quand Ralph a commencé à percer — sinon, j'aurais aimé lire sa critique!
Soudain accablé par le chagrin, Melrose s'arrêta et but sa bière en silence.
— Tu l'aimais beaucoup, n'est-ce pas?
Melrose s'éclaircit la gorge.
— Oui, beaucoup. Quand je pense à Pitt, j'ai deux

réactions : la tristesse et la colère. Ça me rend dingue qu'un homme ne puisse pas s'asseoir tranquillement dans son fauteuil et profiter de la vie. Ça me fait enrager qu'un tueur puisse entrer dans le salon où il se détend et le tuer d'un coup de couteau...

— Je sais, dit Jury. Je suis navré.

— Je peux jeter un œil à l'appartement de cette Pastis ? demanda Melrose après un long silence.

— Pourquoi pas ? Tu as quelque chose en tête ?

— Non, je veux juste essayer de trouver un lien entre tous les personnages. Pour l'instant, il n'y en a pas.

Il reposa sa tasse.

— Si, fit Jury, il y en a un.

— Lequel ?

— Saint-Pétersbourg.

36

La police avait enlevé le ruban jaune de sécurité et les affaires avaient repris au Boring's — si on pouvait appeler « affaires » le fait de servir le colonel Neame et le major Champs, et deux vieux messieurs que Melrose ne se souvenait pas d'avoir vus, qui somnolaient sur leurs journaux et leurs livres. Neame et Champs avaient gauchement formulé quelques condoléances. Melrose se faisait l'effet d'être le dernier descendant des Pitt. Il trouvait un tantinet morbide de s'asseoir en face du fauteuil vide de Pitt, à côté de celui que Jury venait de quitter, mais il ne changea pas de place.

« Pas âme qui vive », avait dit Simeon Pitt à propos de ses relations. Il s'en était vanté comme s'il avait remporté une victoire, comme si le fait de ne pas être encombré de parents, ni même d'amis, était un idéal auquel tout le monde devrait aspirer. Non, Melrose n'avait jamais connu d'être plus autonome que Simeon Pitt.

Saint-Pétersbourg. Ils y étaient tous allés.

L'Hermitage.

Pitt lui avait lu un article sur le tableau volé. Qu'est-ce que c'était, déjà ? Comment s'appelait-il ?

Melrose chercha sur la table entre les deux fauteuils club le journal que Pitt avait cité. On l'avait enlevé, le journal de la veille étant un anachronisme dans un club où la principale occupation était la lecture du journal du jour. Melrose chercha le garçon des yeux. Il héla le jeune Higgins, qui s'était dépouillé de son costume de conteur surexcité pour reprendre sa démarche d'escargot. Lorsqu'il arriva, Melrose lui demanda si le *Times* et le *Telegraph* du lundi étaient toujours disponibles et si oui, de les lui apporter... avec du café, pendant qu'il y était.

Higgins trouva le *Telegraph* mais parut consterné de ne pouvoir mettre la main sur le *Times*. Et il repartit chercher le café.

Melrose parcourut le journal, trouva l'article sur Oake Holyoake où avait eu lieu le meurtre d'un imbécile en smoking qui s'était arrêté dans l'église du village (pour quelle raison, Melrose n'en avait pas la moindre idée) et s'était fait descendre pour sa peine. Le pasteur s'était montré plus prolixe sur ses pierres d'angles et ses vitraux que sur l'inconnu venu mourir dans le chœur. Les villageois s'intéressaient davantage à la publicité qu'à un meurtre. A Oake Holyoake, le massacre de la Saint-Valentin serait passé inaperçu, sauf s'il avait servi de promotion à une vente immobilière.

Melrose passa à la page culturelle. Voilà... l'article que Simeon Pitt lui avait lu : le tableau volé à l'Hermitage, la toile découpée avec un soin et une rapidité tels qu'on aurait pu croire que le cadre avait toujours été vide. *Les Anges sans ailes*. Le seul Chagall du musée.

Saint-Pétersbourg. Combien de noms la ville avait-elle portés ? Petrograd, Leningrad. Dans les griffes de

Lénine et de Staline pendant près de trois quarts de siècle.

Jay, l'ami de Pitt. Avait-il finalement réussi à lui parler? Impossible de retrouver le personnage. Jury pouvait peut-être lancer les limiers de British Telecom sur la piste des appels téléphoniques entrant et sortant du Boring's, ou Melrose pouvait contacter tous les gens que Pitt connaissait, mais la tâche était décourageante.

Le jeune Higgins, qui arrivait dans son dos, le fit sursauter.

— Monsieur a-t-il terminé le journal du lundi? Monsieur est-il prêt pour celui de mercredi?

Ni l'un ni l'autre, aurait voulu répondre Melrose en contemplant le fauteuil vide de son ami. Il demanda à Higgins de lui apporter un téléphone. Il avait envie de parler à Bea Slocum, ce qui le surprit car il éprouvait rarement le besoin de partager ses pensées avec d'autres.

C'était une question qui méritait d'être méditée en temps voulu.

Il laissa sonner le téléphone une douzaine de fois chez Bea avant de raccrocher. Elle n'avait pas de répondeur. Ah, la brave fille! Enterrées depuis longtemps, ces images de téléphones noirs dans des demeures vides, ces sonneries qui troublaient le silence sans espoir d'être entendues. Oh, tout était si facile désormais! Affreusement facile, et comme souvent avec la facilité venait la vacuité. Plus d'attente désespérée, plus de place pour les fantasmes, plus de sonneries de téléphone dans des halls déserts. Melrose soupira. C'était peut-être de la mélancolie, mais cela faisait travailler l'imagination, or dans le monde moderne l'efficacité avait tué l'imagination.

Melrose appela le musée de l'Enfance ; on lui apprit que Bea venait juste de partir.

— Elle a dit qu'elle allait à une vente dans une église, près de chez ses amis.

Melrose remercia son interlocutrice et reposa le combiné. Ce devait être l'église de White Ellie, celle où Ashley et son ami fourguaient leur quincaillerie... ou celle d'autrui.

Melrose essaierait peut-être de joindre Bea plus tard. Pour l'instant, il avait l'intention de s'aventurer dans Shepherd Market. Il s'extirpa du fauteuil et informa le jeune Higgins qu'il ne déjeunerait pas au Boring's.

Jury avait envoyé la page du message adressé à Kate McBride au commissariat de Fulham. Il y avait peu de chance qu'elle permette de remonter jusqu'aux ravisseurs. Chilten lui avait déclaré qu'il allait de nouveau arrêter Kate. Jury s'en était étonné.

— Parce qu'elle vous a dit qu'elle était sur place, mon vieux.

— Qu'est-ce que ça change ? Vous pensiez déjà qu'elle y était.

— C'est *vous* qui le pensiez, Jury.

— Un peu de recul ne fait jamais de mal, Ron. Vous l'avez toujours traitée comme si elle y était.

La première fois, elle n'avait rien dit. Chilten l'avait interrogée parce qu'elle s'était rendue à Fulham Palace le samedi soir du drame. S'étant fié au témoignage de Jury, il l'avait arrêtée comme suspect... le seul suspect disponible.

Assis à son bureau, Jury tournait fiévreusement les pages du journal, plongé dans le passé de Kate

McBride. Il ruminait. Finalement, ce n'était pas tant son aveu qui le tourmentait (il n'avait pas besoin qu'elle avoue), mais le calvaire qu'elle avait vécu et qu'elle continuait de vivre. C'était la raison pour laquelle il avait téléphoné à la police de Paris avant même le coup de fil à Chilten; on lui avait répondu — après l'avoir trimbalé pendant une demi-heure de service en service — que tous les dossiers qui se trouvaient dans cette partie du bâtiment avaient été détruits dans l'incendie, comme Kate l'avait affirmé. L'affaire se terminait en cul-de-sac; la police française ne semblait pas attendre grand-chose des suites éventuelles.

Jury ne se souvenait pas d'une affaire débouchant sur autant d'impasses. Il avait l'impression d'errer dans un labyrinthe.

Le froissement des pages du *Daily Mirror* rythmait les pensées de Jury, semblable aux feuilles mortes voletant sur les pavés d'une petite rue parisienne. Après réflexion, ce n'étaient pas les méandres tortueux de l'affaire qui étaient responsables de son humeur morose. Ce qui le troublait, c'était que s'il avait été à la place de Kate et que Sophie avait été sa fille, il aurait remué ciel et terre pour la retrouver. Il serait allé jusqu'au meurtre.

Et c'était là une terrible pensée qu'il ne pouvait éluder.

37

Melrose ne savait pas ce qu'il avait espéré ni ce qu'il venait chercher. Une chose était sûre, il n'avait jamais vu autant de bibelots exotiques rassemblés dans une pièce aussi petite. Il ramassa un petit cheval chinois en jade sur une table incrustée en son centre de turquoises, de jade et de jais.

Les objets n'évoquaient pas tant la richesse que les voyages. Melrose doutait qu'on pût trouver chez Harrod's cette lance de guerrier ni ce masque *makishi*, accrochés au mur à la droite de la cheminée. Si Nancy Pastis était allée dans un pays comme la Zambie (d'où venait sans doute le masque), cela signifiait qu'elle avait parcouru le monde.

Melrose se mit à regarder les autres objets en recherchant leurs origines. Il ne put découvrir la provenance du tapis sur lequel il marchait ; elle l'avait peut-être acheté chez Harrod's, mais il avait dû lui coûter une belle somme. Dans la vitrine du meuble collé contre le mur opposé, Melrose découvrit une collection de figurines en porcelaine et en jade dont la vente aurait fourni à leur propriétaire une rente jusqu'à la fin de ses jours. De l'autre côté de la cheminée se trouvait un triptyque russe qui représentait plusieurs saints, moroses sous leur auréole blasonnée.

Il y avait des photographies de paysages, mais aucun portrait. Ici, quelques clichés d'un endroit tropical, une plage de sable noir qui faisait penser à Tahiti. Là, un groupe d'indigènes, sans doute des Polynésiens, dont trois portaient des masques. Ailleurs, un vaste fleuve avec deux silhouettes à contrejour et un soleil ardent qui découpait sur l'eau un sillage semblable à l'andain et donnait l'impression que de la fumée s'élevait du fleuve. Melrose put presque entendre les rames fouetter l'eau et le vent coucher les feuilles des palmiers.

Il s'assit dans le canapé sans ôter son manteau et caressa d'une main le cuir patiné. Le canapé semblait vieux, mais il était doux comme du velours.

Melrose se leva et alla regarder les tableaux. Jury avait raison; Pastis devait aimer la peinture pour avoir accroché autant de toiles sur un mur. Ses yeux errèrent le long d'une rangée de tableaux d'époques et de styles divers avant de s'arrêter sur une merveille de petit tableau qui représentait une ville emmitouflée sous la neige. En Russie, ou peut-être en Tchécoslovaquie. Les dômes en oignon qui flottaient au-dessus des bâtiments enneigés scintillaient comme des perles. Bordées d'un cadre en bois foncé, la glace et la neige semblaient prêtes à se déverser sur Melrose; il en frissonna de froid. Il se pencha pour lire les quelques mots en bas du tableau : *Nevsky Prospekt*. Saint-Pétersbourg.

Jury avait raison; tout concourait vers Saint-Pétersbourg.

Melrose fut assailli par une forte odeur de vétiver.

Cela sentait les cendres; il aurait eu du mal à dire combien l'odeur des cendres pouvait être attirante.
— Tiens, bonjour!
Melrose sursauta en entendant la voix dans son dos, qui venait de la porte ouverte. La femme qui se tenait sur le seuil portait un sac rempli de provisions qui semblait bien trop lourd pour elle. C'était le genre de vieille femme qui lui rappelait les cartes de la Saint-Valentin qu'on trouve dans les magasins d'antiquité : les cœurs collés sur les napperons, les dentelles, les franges dorées et fanées.
Melrose alla aussitôt la décharger de son sac.
— Permettez, dit-il.
— Oh, je vous remercie. J'habite juste à côté. (Elle jeta un coup d'œil dans le couloir.) Où est passé l'agent Beane?
— Je l'ignore; j'ai vu un policier dehors, c'est tout.
Elle parut amusée et Melrose se surprit à souhaiter de ne pas s'être montré trop condescendant en lui offrant son aide; après tout, elle avait porté son sac jusque-là, n'est-ce pas? Mais elle semblait également flattée, il y avait donc encore de la place pour la galanterie dans ce monde.
Il la suivit chez elle et posa le sac dans la cuisine où elle lui proposa de rester prendre le thé.
— Avec plaisir, répondit-il, soudain assoiffé.
— J'en ai pour une minute, assura-t-elle, faites comme chez vous.
Vu son appartement, c'était un conseil judicieux, car c'était le genre d'endroit où on se sentait chez soi. Il était à l'opposé de celui de Nancy Pastis. Sans être luxueux, le mobilier était loin d'être pauvre. Le canapé et les fauteuils étaient recouverts de housses, les étagères d'angle n'hébergeaient pas de porcelaines

chinoises mais des souvenirs — *Souvenir de Brighton* inscrit en travers d'une soucoupe, des coffrets en émail proclamant l'amour et l'amitié, plusieurs bibelots de foire —, le tout tellement anglais que Melrose dégoulina aussitôt de sentimentalisme.

Il s'assit. Il devinait à quoi ressemblerait le plateau de thé et en éprouva un certain réconfort. Une théière à fleurs avec des tasses et des soucoupes assorties, une assiette de biscuits, une autre de gâteaux au carvi. (Melrose avait aperçu le gâteau pointer hors du sac à provisions.) Eût-elle invité quelqu'un à prendre le thé, Nancy Pastis aurait sans doute sorti un samovar et des verres dans leurs supports métalliques.

Le thé arriva sur un grand plateau d'argent, et Melrose se réjouit d'avoir deviné juste. Là encore, il se précipita pour aider au service. Il posa le plateau sur une table ovale — prévue pour cet usage, il l'aurait parié — et déclara :

— Vous êtes trop aimable. J'étais sur le point de défaillir.

Elle rangea une mèche de cheveux qui s'était échappée de son chignon.

— J'espère que le gâteau est bon. Il vient d'une pâtisserie où je n'étais jamais allée, mais j'ai eu envie d'essayer. (Elle versa le thé dans les tasses.) Voulez-vous des toasts ? Au moins, c'est sans risque.

Elle coupa des tranches de gâteau.

— Non, je vous remercie. Le gâteau m'a l'air délicieux.

Elle s'assit à l'écart du plateau.

— J'ai oublié de me présenter. Vera Landseer. Vous êtes policier, vous aussi ?

— Grands dieux, non ! s'esclaffa-t-il. Melrose Plant, un ami du policier qui est déjà venu.

— Ah, un homme sympathique, et joli garçon. Commissaire, il me semble. Drury ou...
— Jury. Vous avez de la mémoire. Il se plaint que les gens le ravalent souvent au grade d'inspecteur.
— Oh, je n'aurais pas commis cette erreur.
— Dans ce cas, vous pourrez lui demander n'importe quoi. En effet, il m'a parlé de vous.
Vera Landseer parut enchantée.
— J'aurais juste aimé être d'une plus grande aide dans cette terrible affaire. Nous étions voisines mais je voyais à peine Nancy. Elle m'a invitée une ou deux fois à prendre le thé... (Melrose faillit lui demander si elle avait utilisé un samovar) et elle est venue chez moi une fois. Le fait est qu'elle n'était pas souvent là. Elle voyageait beaucoup. Et dans les pays les plus exotiques ! Des endroits de rêve où personne ne va. Ce qui m'avait frappée, c'est qu'elle voyageait seule. D'ailleurs, elle était toujours seule. Très courageux de sa part, et tellement rare, vous ne croyez pas ? En général, les femmes n'aiment pas sortir seules. Vous voyez souvent une femme seule au théâtre ou au restaurant ? D'accord, je renvoie peut-être le droit des femmes — je ne sais pas comment il faut dire — des années en arrière...

Melrose mangea un biscuit en se disant qu'il ne sortait pas lui-même sauf pour aller au Jack and Hammer et, quelques fois, dans des endroits où Jury jugeait sa présence utile. Il avait rarement l'occasion de dîner seul au restaurant et jamais d'aller au théâtre, les théâtres dans sa région étant notoirement rares. Il se garda de le dire, craignant que Vera Landseer ne trouve que cela dénotait un manque de courage.

— Vous avez raison, dit-il. Je ne me souviens pas d'avoir vu une femme seule dans les endroits que vous citez. J'en déduis que miss Pastis n'avait pas beaucoup de visiteurs.

— Pas à ma connaissance. Ça fait bizarre de parler d'elle comme ça... quand on pense que la pauvre n'est plus.

Un bref frisson la parcourut.

Melrose parut réfléchir. Il lui vint à l'esprit que la police n'avait pas retrouvé de parents ni d'amis, encore moins d'amants. Vera Landseer était peut-être la seule personne à l'avoir connue, même si leur relation était loin d'être intime. Elle avait au moins pris le thé avec la défunte. Melrose trouva ce manque de relations humaines étrange. On avait beau aimer la solitude, il était rare qu'on traverse la vie sans laisser de traces, ni même une famille ou des amis derrière soi. Comment faire autrement ? Même l'ingénieux Simeon Pitt avait une parente qu'il appréciait, et de nombreuses relations, même s'il fuyait leur compagnie.

— Quelque chose ne va pas, Mr Plant ?

— Pardon ? (Melrose fut soudain tiré de ses sombres pensées.) Non, rien, je réfléchissais.

— Profondément, apparemment. Puis-je vous demander à quoi ?

— Je pensais à la solitude de Nancy Pastis. Comme vous le souligniez, elle était très seule et cependant elle ne vivait pas en recluse... tous ses voyages, vous imaginez ? Vous lui avez parlé, même sur un plan superficiel. (Melrose reposa sa tasse et l'échangea contre son assiette de gâteau au carvi.) Vous êtes-vous forgé une opinion sur elle ?

Vera regarda derrière lui le jour décliner par la fenêtre.

— Oui, j'imagine qu'on finit par se forger une opinion. Mais que puis-je dire, sinon qu'elle était lointaine? On avait du mal à l'atteindre. Vous comprenez, on ne veut pas s'imposer, ni s'occuper des affaires des autres, alors on attend — comme avec vous, comme avec ce charmant commissaire de Scotland Yard — une invitation. Qui ne vient parfois jamais. Comprenez-moi, je ne parle pas de l'excès de familiarité qu'on subit de nos jours. L'autre jour, la nouvelle infirmière m'a appelée Vera alors que même mon médecin continue de m'appeler Mrs Landseer. Remarquez, nous ne sommes pas encore tombés dans la familiarité vulgaire des Américains. Non, je ne parle pas de ça. Par invitation, je veux dire ouverture. Je reste vague; vous comprenez ce que je veux dire? (Melrose acquiesça.) Je l'ai trouvée amicale en surface, mais froide. Glaciale.

— Elle était du genre misanthrope, c'est ce que vous pensez?

Vera Landseer reporta son attention sur la fenêtre et le ciel qui s'assombrissait au loin.

— Oui, ou... (Elle haussa les épaules, à la recherche des mots justes.) C'était comme si certaines facultés manquaient. Lorsque nous causions, j'avais l'étrange impression qu'elle n'y était pas.

Melrose attendit la suite. Comme Vera ne s'étendait pas, il demanda :

— N'était pas où?

— A la conversation. Elle ne participait pas, même si elle m'avait invitée à prendre le thé. C'était comme si le cérémonial du thé (elle désigna le plateau d'un geste large) était un rituel dénué de sens — non, plutôt un anachronisme. Comme si nous n'étions pas, comme on dit, sur la même longueur d'onde. Misanthrope, peut-être, ou ailleurs. Une fugitive.

Quelle drôle de chose à dire, songea Melrose, de retour dans l'appartement de Nancy Pastis. Il se trouvait dans la pièce qui lui servait sans doute de bureau. Comme Wiggins l'avait fait remarquer, il n'y avait aucune trace de sa présence. Des prospectus, des relevés bancaires, des catalogues de chez Harrod's et Liberty's, mais pas de lettres. Et surtout, « pas de fouillis, patron », avait dit le sergent. Pas de fouillis, rien de plus vrai. C'était l'endroit le mieux rangé que Melrose ait jamais vu, un musée excepté.

Il manquait quelque chose. Son regard passa plusieurs fois des étagères au bureau. Un ordinateur, voilà ce qui manquait! Pouvait-on, de nos jours, entrer dans un bureau et ne pas y trouver d'ordinateur? Nancy Pastis avait peut-être un portable. Melrose regarda partout mais n'en vit pas.

Il fouilla la pièce des yeux en méditant sur ce que Vera Landseer avait dit de Nancy Pastis.

Il eut le sentiment que quelque chose d'autre manquait. Nancy Pastis elle-même.

38

— Nancy Pastis est morte en 1960, déclara Ronnie Chilten.

Jury attendit, sachant que Chilten attendait aussi à l'autre bout du fil, dans le commissariat de Fulham. Il attendait une réaction, un « Quoi ? » ou un « Ce qui veut dire ? ». Jury, Chilten le savait, attendait une explication.

Silence. Sans pauses, césures, enjambements excessifs, Jury se lança :

— Très bien, Ronnie, je suis tout ouïe. Racontez-moi.

Il ouvrit le tiroir supérieur de son bureau et y cala ses pieds.

— Elle avait quatre ans quand elle est morte.

Jury éloigna l'appareil comme lorsqu'on entend une nouvelle confondante. Il colla de nouveau l'écouteur à son oreille, regrettant que Chilten soit si friand de ces jeux à la con. C'était aussi facile de lui soutirer des informations que d'extraire du sang d'une pierre.

— Allez-vous vous expliquer, Ronnie, ou faut-il que je vienne vous rouer de coups pour vous faire parler ?

Wiggins, qui concoctait à l'autre bout de la pièce

une substance qui ressemblait à une eau dentifrice bleue, dressa un sourcil en entendant le ton de son patron. Il était habitué à la patience de Jury, qui paraissait parfois infinie.

— En d'autres termes, Richard, Nancy n'est pas celle qu'elle prétend — pardon, prétendait — être.

— Continuez.

Chilten n'aimait pas continuer sans arracher au moins un hoquet de surprise à son interlocuteur, surtout s'il s'agissait d'un supérieur. Il continua néanmoins :

— Nous avons vérifié les sources habituelles : banque, cartes de crédit, crédits — pas de crédit, elle payait tout comptant —, British Telecom, service public, etc. Vous n'imaginez pas ce dont nous sommes capables. (Forcément, Jury lui-même n'étant pas de la police!) Nous nous sommes heurtés à un mur. Rien. Nous n'avons pas pu remonter à plus de trois ans.

— L'époque à laquelle elle a pris cet appartement à Mayfair...

— Rien, *nothing, zilch, nada.*

Jury se balança sur sa chaise, un pied sur le rebord du tiroir et il regarda Wiggins tapoter sa cuillère contre la mixture bleue visqueuse.

— La morte, Nancy Pastis... il doit y avoir d'autres femmes qui portent le même nom, Ronnie.

— Oui, il y en a. En fait, nous en avons trouvé trois... dont nous avons vérifié le passé jusqu'à leur naissance.

— Vous voulez dire...

— Je veux dire que la femme de Fulham Palace n'est pas Nancy Pastis. C'est quelqu'un d'autre.

— Quelqu'un qui avait besoin d'un acte de naissance pour...

— ... avoir un passeport, des papiers. Oui, vous me suivez bien.

— Pour l'instant, en tout cas.

Jury se pencha par-dessus son bureau et regarda Wiggins verser un autre ingrédient dans son verre où une mousse blanche se forma aussitôt. En même temps, Wiggins buvait les paroles de Jury.

— Et pendant les trois dernières années? demanda Jury. Qu'avez-vous trouvé? Elle avait besoin d'un passeport, elle voyageait. A l'évidence, elle est allée en Russie, en France... quoi d'autre?

— En Argentine, de nouveau en Russie, en Polynésie-Française — en Papouasie-Nouvelle-Guinée.

— C'est la Mélanésie.

— Si vous voulez. Bref, ces cachets étaient sur le passeport que vous avez vu. Les visites étaient brèves. Quelques jours, une semaine tout au plus.

— Vous êtes allé chez elle, dit Jury. Elle était en voyage la plupart du temps. Pendant les trois années couvertes par son passeport, je suis sûr qu'elle a visité d'autres endroits. Sa voisine, Vera Landseer, a dit qu'elle revenait juste d'Irlande du Nord si je ne m'abuse...

Jury se massa le front, un détail l'intriguait. Il fit signe à Wiggins de décrocher l'autre téléphone.

— Je demande à Wiggins d'écouter, prévint-il.

— Pas de problème. Alors, ça vous dit quelque chose?

— Allez, Ronnie, ne jouez pas au plus fin. Voilà ce que ça me dit : Nancy Pastis voyageait sous un faux nom, avec un faux passeport, pour des raisons que nous ignorons, et qui nous déplairont quand nous les connaîtrons. Qu'avez-vous trouvé d'autre?

— En fait, comme elle devait avoir plusieurs passeports, je me dis qu'elle se les était procurés de la même manière. Nous effectuons des recherches croisées. C'est un sacré boulot, avec le matériel que nous avons...

Comme toutes les polices de la métropole, celle de Fulham avait accès au système informatique de Scotland Yard. Mais Jury se retint de le souligner. Après tout, Chilten acceptait de partager ses informations. Jury réfléchit.

— Vous essayez de vérifier quels sont les actes de naissance qui ont été demandés — ceux d'enfants décédés — pour voir si vous ne trouvez pas d'autres identités potentielles ? Bon Dieu, ça va prendre un temps fou, Ronnie ! Vous avez des paramètres ?

— Des femmes nées dans les années 60 — plus ou moins — et qui auraient son âge aujourd'hui si elles avaient vécu. D'après son passeport, elle a quarante et un ans.

— Vérifiez aussi les passeports volés.

— Nous le faisons en ce moment même. Je ne pige pas. Disons qu'elle a réussi à obtenir un autre passeport, peut-être plusieurs. Pourquoi avoir laissé celui-ci sur son bureau ? (Comme Jury ne répondait pas, Chilten déclara :) Il y a forcément un autre passeport.

— A un autre nom... peut-être le bon, cette fois.

39

— Venez, dit White Ellie en faisant signe à Melrose depuis la porte, le thé est prêt.
Elle l'invita à le suivre dans la cuisine. Il régnait dans la maison un calme de veillée mortuaire. En jetant un œil dans le salon (d'ordinaire, un lieu de festivités et de tintamarre), Melrose crut apercevoir le bébé ramper sous une pile de linge. Il s'était approché de la maison avec prudence, armé de bonbons comme d'habitude, et avait été surpris de trouver le jardin désert, dépourvu des signes de la dernière bataille (bâtons, pierres, verre brisé).
Il s'assit sur une chaise en bois au pied cassé, devant la table de la cuisine ; Ellie jeta un sachet de thé dans une chope remplie d'eau bouillante, y versa du lait et la fit glisser jusqu'à Melrose. Quelques cendres de son mégot avaient bavé le long de la chope.
— Le sucre est là, dit-elle en montrant un bol.
Pouvait-on améliorer la perfection ? se demanda Melrose en repoussant le bol du bout du doigt.
Certes, il aimait son thé sucré, mais la chose minuscule qu'il avait vue plonger dans le bol ne le rassurait pas.

— Alors, j'ui ai dit : « Frankie, déconne pas, emmène pas Ashley dans ton box. » On dirait que les cognes déboulent toutes les semaines dans le garage de Frankie.

Ce dernier commentaire était destiné à renseigner Melrose sur les activités du dénommé Frankie. White Ellie continua son histoire, commencée comme d'habitude *in medias res* :

— Le mois dernier, il est revenu d'une de ces baraques de richards, il avait pour mille billets de petites boîtes en émail. Vous le connaissez ? demanda-t-elle sans attendre de réponse, certaine que ses amis étaient forcément des amis de Melrose. Ah, il a du chou, notre Frankie. (Comme si Ash Cripps n'avait pas assez de chou pour se retenir d'aller dans le garage de quiconque.) Mais voilà ce qu'y fait, y planque la bonne came à l'arrière pour que Ollie l'aveugle — c'est le flic vers chez Frankie —, y soille tellement obnubilé par la came qu'y a à l'avant, comme les petites boîtes en émail, qu'y voit pas ce qu'y a à l'arrière. Ah, faut reconnaître, Frankie, c'est un gars qui gamberge. Enfin, bref...

Pendant que White Ellie discourait, le bébé de la pile de linge avait rampé sur ses pattes trapues jusque dans la cuisine sans qu'Ellie y prête attention, plongée qu'elle était dans l'histoire croustillante d'Ash et de Frankie. Vu les pièges qui guettaient le bambin — démembrement par le couperet qui traînait par terre, ébouillantage par la bouilloire en équilibre précaire sur le fourneau, électrocution par plusieurs fils qui plongeaient dans l'eau d'une soucoupe (piège à souris concocté par Ash Cripps), empoisonnement par les produits de divers récipients qu'il pouvait aisément agripper et avaler aussi sec — vu tous ces risques,

Melrose ne laissait pas de s'étonner que le bébé ait survécu jusque-là.

— Robespierre! hurla Ellie quand le bambin s'approcha de la lessive. Fous le camp!

Le bébé gargouilla et se dirigea vers le couperet. Melrose s'émerveilla des progrès de Robespierre.

— Hein qu'il grandit? fit Ellie. Il a neuf, dix mois. Le portrait craché d'Ashley!

Robespierre était le portrait craché de n'importe quel membre du clan Cripps — ils avaient les mêmes yeux rose pâle et sans cils, la même peau fade, le même aspect compact en forme de bouche d'incendie — sauf White Ellie dont le physique lui avait valu le sobriquet d'éléphant. (Ellie était un simple raccourci. Melrose ne connaissait pas son véritable nom.) Oui, on ne pouvait s'y méprendre, c'était une griffe plus reconnaissable qu'un Armani ou un Ralph Lauren. On repérait plus facilement dans la foule un « look Cripps » qu'un Versace.

— Son portrait tout craché, en effet, assura Melrose. Mais si vous n'enlevez pas ce couteau de son chemin, il n'aura plus le nez d'Ashley.

— Hé! Hé, mon crapaud!

Ellie se baissa pour empoigner le couteau que Robespierre essayait d'agripper avec ses petits doigts grassouillets, et elle le balança sur le comptoir.

— Vous venez voir Beatrice, j'imagine. Bon, on va aller à St Iggy. Ça fera une bonne petite trotte. Je vais juste me changer et passer une robe.

Elle se leva, vida le thé dans l'évier et disparut avant que Melrose ait fini de demander :

— Et Robespierre?

— Il a sa poussette! hurla-t-elle de l'autre côté de la porte.

Pendant qu'il attendait, Melrose observa Robespierre en se demandant comment maintenir dans sa poussette un bambin aussi teigneux, dix mois ou pas, qui était précisément en train de mâchouiller un croûton de pain qu'il avait dû arracher à une miche qui paraissait dure comme du bois. Melrose parcourut la cuisine des yeux, alluma une cigarette et se détendit.

Contrairement au sergent Wiggins, pour qui l'atmosphère qui régnait chez les Cripps dépassait les horreurs de la Bosnie, Melrose trouvait cela plutôt réjouissant, lui qui aimait les choses à peine descriptibles. Il était partant pour les aventures catastrophes, une semaine à Ibiza dans un hôtel borgne, un séjour dans ces camps de vacances où on payait avec des jetons.

A son retour, Ellie portait une volumineuse robe à fleurs dont le motif était assorti à celui du papier peint (dont les fleurs avaient été embellies par des membres de la famille Cripps, qui y avaient vu une ressemblance avec des parties génitales) et un chapeau de paille orné de cerises en cire. Elle tenait à la main un petit appareil photo.

— Tenez, mettez donc Robbie dans sa poussette et ça dans votre poche, dit-elle en tendant l'appareil à Melrose.

Melrose avait aussi apporté un appareil photo. Visiblement, ils étaient tous deux sur la même longueur d'onde. Chargé des deux appareils et du bébé hercule, Melrose se délesta de ce dernier en le posant dans la poussette. Hurlant comme un mort de faim, Robbie secoua l'engin dans tous les sens, enragé de se retrouver dans sa détestable prison en toile. Ellie se contenta de lui donner une tape ; il cessa aussitôt ses jérémiades et sourit.

Dans la rue, la responsabilité de la poussette échut à

Melrose ; Ellie s'accrocha à son bras et dirigea la petite troupe vers St Ignatius. Un soleil de fin d'après-midi frappait les cheveux clairs de Robespierre dont les mèches filandreuses prirent des allures de pissenlits. Les pâles rayons faisaient reluire les cerises du chapeau d'Ellie et les boutons en cuir du manteau de cachemire de Melrose, dont les poches étaient déformées par les sacs de bonbons et les appareils photo.

— Ça serait vraiment chouette de votre part, déclara Ellie en tournant au coin de la rue, si vous pouviez dire un mot aux gosses, y vous respectent tant.

Du respect? Du respect? Melrose dressa le menton, s'éclaira d'un sourire et aspira une grande bouffée d'air frais de novembre. White Ellie n'appartenait pas à ces mères qui s'attendrissent sur leur progéniture, mais les parents sont souvent aveugles. Les seules choses que les Cripps respectaient, c'étaient l'argent et les coups de pied au cul.

Baissant la voix, louchant avec inquiétude sur les maisons en mitoyenneté, comme si elles avaient des oreilles et considéraient le trio avec mépris, White Ellie murmura :

— J'aimerais aussi que vous touchiez deux mots à la petite Alice. C'est pas bien qu'elle relève sa robe comme elle fait quand elle a le cul nu. Où elle a bien pu choper un truc pareil, je vous demande un peu?

Où, en effet, quand son père se faisait régulièrement arrêter parce qu'il s'exhibait dans les toilettes publiques?

Les « œuvres », qui, d'après la grande pancarte plantée dans la cour de St Ignatius, avaient lieu tous les mois, étaient étonnamment fréquentées, et non pas seulement par le quartier multiculturel (on aurait dit une réunion des Nations unies). Il y avait aussi une clientèle aisée et Melrose se demanda si les trafiquants s'étaient donné le mot. White Ellie planta Melrose avec Robespierre et sa poussette, et partit à la recherche d'Ashley.

Il y avait des « stands », surtout des tables dans le cas présent, dont certaines très bien achalandées. Melrose aperçut des marchandises qui ressemblaient à son propre service à thé et fut surpris de constater, après un examen minutieux, qu'il s'agissait non de la sienne (du moins l'espérait-il), mais d'articles authentiques. Le vieux retraité — qui n'en était peut-être pas un, vu les prix pratiqués — vantait sa camelote et quand Melrose lui demanda où il l'avait eue, il lui répondit :

— C'était à ma vieille tante. Elle me l'a laissée, Dieu ait son âme.

Melrose acheta une tasse et une soucoupe pour un prix scandaleux — mais pas plus que celui qu'aurait demandé Trueblood, sans doute — afin de remplacer celles qu'avait cassées sa cuisinière Martha, qui ne se consolait pas du trou laissé dans le service à thé. Melrose rangea son achat dans le sac à provisions accroché à la poussette, arrachant un bref hurlement à Robespierre.

L'étal suivant vendait des bijoux, des cuillères, des médailles militaires et autres petits articles. Venaient ensuite plusieurs stands d'antiquités : bureaux, horloges, chaises, marbres, tableaux. Les fournisseurs de ces pièces estimables parlaient tous comme Ashley Cripps ou comme des bookmakers. Finalement, Melrose trouva le stand d'Ashley, qu'il gérait avec un autre bonhomme dont Melrose devina qu'il devait être le fameux Frankie. Ash était si ravi de le voir qu'il faillit lui arracher la main dans son enthousiasme.

— Je vois que vous avez Robbie avec vous, dit-il. C'est-y pas le fils de son père ?

En présentant son « ami Mel » à Frankie, il donna à Melrose une tape dans le dos qui faillit l'envoyer valser par-dessus la poussette, droit dans un stand de soieries et de dentelles.

Melrose trouva que Frankie était un étrange acolyte pour Ashley Cripps, étant donné son port militaire, sa moustache gominée, son gilet et ses demi-guêtres. Apparemment, Frankie se spécialisait dans les pierres précieuses. Après examen, Melrose en conclut qu'il ne vendait pas que des bijoux fantaisie ni des pierres semi-précieuses. Sa brève incursion dans le monde des antiquaires, agrémentée d'un enseignement impitoyable dispensé par Marshall Trueblood, l'avait familiarisé avec les pierres et les articles tels que les médaillons victoriens, les bagues renfermant des mèches de cheveux, les camées et les broches. Il avait aussi eu droit à un cours sur les pierres précieuses : les diamants et les émeraudes. C'étaient ces deux derniers articles qui attirèrent l'attention de Melrose : une bague, notamment, sertie d'un diamant qui devait faire au moins un carat, peut-être plus. Toutefois, elle était entourée de bijoux de valeur moindre, sinon nulle. Melrose examina une lourde aigue-marine assez laide.

— Qualité supérieure, décréta Frankie. Ma vieille tante, une femme de goût, me l'a laissée. Je crois que c'était sa bague de mariage. C'est malheureux, mais j'suis obligé de la vendre au quart de sa valeur.

— On laisse le lot pour vingt-cinq livres, annonça Ash.

Melrose lui jeta un regard incrédule. Ça ne valait pas cinq livres, et il ne se priva pas de le dire.

— Vu que vous êtes un ami, on descendra jusqu'à cinq. On peut pas faire mieux.

— Moi, je crois que si, dit Melrose en prenant le diamant. Vingt-cinq pour cette bague ? Je suis preneur.

Frankie subtilisa adroitement la bague des mains de Melrose.

— Ah, elle est déjà vendue, dit-il.

— Et celle-ci ? fit Melrose en ramassant l'émeraude.

— Celle-là aussi, mon pote, dit Ash, nerveux.

— Pourquoi sont-elles en présentation, alors ?

Ashley ne répondit pas. Il jeta un regard dans la cour et fit signe à Frankie.

— Foutus cognes, peuvent pas nous laisser tranquilles. Ah, c'est bien Ollie l'aveugle.

Regardant par-dessus les têtes, Melrose aperçut un grand policier qui déambulait entre les étals. Il venait juste de quitter l'espace de la vente de charité et semblait venir vers le stand d'Ash et de Frankie.

Frankie donna un coup de coude à Ash qui, à son tour, donna un coup de coude complice à Melrose comme pour dire : « Un pour tous, tous pour un. »

— Vous avez qu'à rester là comme si vous vouliez acheter un de ces trucs, lui souffla-t-il à l'oreille.

Il attrapa le diamant et le fourra dans la main de Melrose. Frankie et Ash accueillirent le policier en termes plus fleuris et d'une voix plus assurée — car Melrose ne doutait pas qu'il eût suivi leurs escapades depuis assez longtemps pour être devenu un des « leurs ».

— Mais c'est notre brave agent Ryland ! Comment ça va, Ollie ?

L'agent fit un signe de tête, mains derrière le dos, et

contempla sans grand intérêt les bijoux étalés sur le velours noir.
— Je reviens de chez toi, Frank. Ta femme m'a laissé jeter un œil dans ton box.
— Vous êtes toujours le bienvenu, Mr Ryland. Vous aviez une idée en tête ? Ou c'est que mon garage est devenu comme qui dirait votre deuxième foyer ?
Frankie se lissa la moustache, un peu comme aurait fait un truand à l'ancienne.
— Il y a eu un autre casse à Highgate. C'est ton territoire, Frank, si je ne m'abuse ?
— J'sais pas de quoi vous parlez, m'sieur l'agent. Mon territoire, comme vous dites, va pas plus loin que mon bout de jardin...
— En tout cas, y a pas mal de choses qu'ont disparu de cet endroit, à Highgate. Porcelaine, argenterie, bijoux, même un smoking. Bizarre, non ?
L'agent Ryland dévisagea tour à tour Frankie et Ash, sans oublier de jeter un coup d'œil à Melrose.
— Un ami à vous, les gars ? fit-il avec un geste du menton vers Melrose.
— Jamais de la vie, dit Frankie. Un client. Et si ça vous dérange pas, on aimerait faire notre boulot.
Ryland grogna, visiblement irrité de ne pouvoir leur passer les menottes sur place (y compris à Melrose, s'inquiéta ce dernier) et de les conduire au panier à salade. Mais il n'en fit rien et s'éloigna en pestant.
Lorsqu'il fut hors de vue et hors de portée d'oreille, Ash et Frankie se bourrèrent les épaules de coups de poing — sans oublier Melrose — en éclatant de rire. Ash dut sortir son mouchoir pour essuyer ses yeux larmoyants. Riant toujours, il reprit le diamant des mains de Melrose et déclara :
— Je vous l'avais pas dit ? Le meilleur endroit pour

cacher quelque chose, c'est de l'étaler au grand jour. Comme dit Frankie : « Si tu veux planquer un diamant, mets-le sur un diadème. »
Sur ce, il donna encore une tape généreuse dans le dos de Melrose.

Connaissant l'appétence des enfants Cripps pour le « tout, tout de suite », Melrose avait eu la bonne idée d'apporter un Polaroid. Il demanda d'abord à Frankie de prendre une photo de lui avec White Ellie et Robespierre ; puis avec plusieurs des enfants, Alice refusant de policer ses manières. Ensuite avec Bea, qui fit des grimaces à l'appareil, et une dernière tous ensemble. Les photos, aussitôt développées, étaient délicieuses. Melrose ne s'était jamais vu si joyeux. Voyant l'air bête qu'elle avait sur sa photo, Bea exigea qu'Ash en prenne une autre d'elle, assise toute en jambes sur un muret contre lequel Melrose s'adossait.
White Ellie examina la photo de Melrose et de Bea.
— C'est pas magnifique? s'exclama-t-elle, confondant sans doute avec un mariage. Vous avez l'air si mignons, tous les deux...
Melrose ne partageait pas cet avis.
— Vous trouvez qu'on est mignons? Regardez, elle fait la grimace.
Mais Ellie refusa d'entendre, elle déclara qu'elle allait la rapporter chez elle et l'accrocher au mur.
— Dès que mon Ashley aura remballé son fourbi, ajouta-t-elle.
Melrose pensa aussitôt à l'appartement de Nancy Pastis et au mur tapissé de peintures. Et cela fit tilt.

40

Jury vida sa pinte et la posa sur le comptoir en faisant un clin d'œil à Kitty et un signe pour qu'elle remplisse son verre et celui de Kate.

Il venait de téléphoner à Melrose Plant du Stargazey pour le prévenir qu'il ne pourrait pas dîner avec lui au Boring's. Plant lui apprit en retour qu'il rentrait dans le Northamptonshire chercher un restaurateur de tableaux. Jury lui demanda des explications, mais Plant se contenta de quelques mots à propos d'une perquisition à la galerie Fabricant.

— Toi et tes collègues, vous devriez aller faire un tour à la galerie, si c'est l'euphémisme que vous utilisez.

— Impossible. Nous n'avons pas de griefs suffisants.

— Quoi? Un des Fabricant a assassiné Simeon Pitt!

— Même si c'était vrai...

— Bon Dieu, bien sûr que c'est vrai! Il avait deviné ce qu'ils tramaient.

— Tu les vois tuer de cette manière? Il faudrait un brin de flamboyance, si ce n'est plus, pour entrer dans un club et poignarder quelqu'un devant tout le monde... A ce stade, tout ce que je peux faire, c'est retourner les interroger. Et n'oublie pas l'autre meurtre!

Mais Plant ne pensait certainement pas à Nancy Pastis. Jury raccrocha et emporta les deux pintes que Kitty venait de lui servir.

La serveuse regarda l'endroit où Kate était assise et dit :

— Je vois que vous l'avez trouvée...

— On ne peut rien vous cacher, Kitty.

En traversant la salle, il fut à deux doigts de renverser les bières.

— Merci, dit Kate quand il posa les chopes sur la table. (Jury s'assit; elle glissa une main sous son bras et l'attira à elle.) Ce pub est bleu de fumée. Ça ne vous dérange pas?

— Oh, si, ça me dérange, mais c'est bon pour la volonté... ça aide à résister aux tentations. (Il lui coula un regard et lui sourit.) Certaines tentations, en tout cas. Que fait un restaurateur de tableaux? demanda-t-il en soulevant sa pinte.

— Laissez-moi deviner : il restaure les tableaux. Pourquoi?

— Oh, rien, c'est à cause d'un ami à moi qui m'aide officieusement. Celui du Northamptonshire. Je vous en ai déjà parlé.

— L'ancien comte qui vit dans un petit village?

— Lui-même. Je viens de lui téléphoner. Il dit qu'il cherche un restaurateur de tableaux.

Kate parut réfléchir.

— C'est celui qui a renoncé à son titre?

— Ses titres. Il en a toute une flopée : comte de Caverness, vicomte de je ne sais quoi, marquis de Glengarry et Glen Ross, etc., etc.

— *Glengarry Glen Ross* est une pièce de David Mamet!
— Oh, il a un ou deux titres écossais dans sa garde-robe.
— C'était à cause de la politique? Il voulait devenir roturier pour se présenter à la Chambre des communes?

Jury pouffa.

— Diable non, pas lui. La politique n'est pas sa tasse de thé.

Jury but une gorgée. Plant l'avait troublé; il se sentait mal à l'aise.

— Ça ne va pas? s'inquiéta Kate en lui posant une main sur la joue.

Jury lui sourit.

— Si, très bien, mais... (Il vida la moitié de sa pinte.) Il faut que j'aille quelque part. On se voit ce soir? Chez vous? A moins que vous ne soyez lassée de votre appartement. Vous voulez aller au cinéma?

— Vous plaisantez! s'esclaffa Kate.

41

Vautré dans son fauteuil club, Melrose laissa son café matinal refroidir et se rongea les peaux du pouce. C'était un tic qu'il gardait de son enfance, et dont ni sa mère ni sa nounou n'avaient réussi à le défaire. Le tic revenait quand il réfléchissait intensément. En l'occurrence, ses réflexions portaient sur la conversation qu'il venait d'avoir avec Jury. Melrose aurait dû être plus précis, il aurait dû confier à son ami les pensées qui commençaient à prendre forme dans sa tête. Mais c'était justement le problème : elles étaient amorphes, pas encore solidifiées.

Les Fabricant étaient allés à Saint-Pétersbourg en même temps que Ralph. *Flamboyant.* Pitt avait utilisé ce mot en parlant du vol du Chagall.

Melrose refusait que le meurtre de Simeon Pitt soit éclipsé par celui de Nancy Pastis.

Qu'est-ce qui pouvait bien constituer des griefs suffisants, d'ailleurs ? Melrose était absolument certain que les Fabricant étaient responsables de la mort de Pitt.

Il se rongea de nouveau le pouce. Entendu, ce n'était pas de la faute de Jury ; après tout, Scotland

Yard ne pouvait pas mettre la galerie sens dessus dessous. Pour obtenir un mandat de perquisition, Jury devait satisfaire à des conditions rigoureuses, encore inexistantes concernant la galerie ou les Fabricant eux-mêmes.

Ce qui expliquait que Melrose se rongeât le pouce, plongé dans ses réflexions. Les maudits tableaux disparaîtraient s'il n'agissait pas tout de suite. Sans doute bientôt emballés dans des caisses et stockés dans la réserve de la galerie, si ce n'était déjà...

La réserve.

Bea. Bien sûr !

Comme Jury, elle avait écouté en silence à l'autre bout du fil.

— Où avez-vous pêché cette idée ? finit-elle par demander.

— Hier, à la kermesse. Frankie l'a lancée en l'air : « Si vous voulez cacher un diamant, mettez-le sur un diadème. »

— Oui, c'est astucieux. Même s'ils ne l'ont pas fait, c'est astucieux d'y avoir pensé.

Melrose s'interrogea sur la syntaxe employée.

— Ils préparent les tableaux pour l'expédition. Est-ce qu'ils ont déjà cloué les caisses ?

— Une ou deux, je crois. Vous comprenez, chaque toile a sa propre caisse en bois.

— D'accord, mais comment sont-elles emballées ?

— Que voulez-vous dire ?

— Ça. Est-ce qu'ils ont ficelé les tableaux dans du papier marron ?

— Oui, du papier marron et de la ficelle.

Melrose se frappa la tête du poing, comme pour accélérer le processus mental.
— Hé ? Hé, vous êtes toujours là ?
— Désolé, fit Melrose, j'essayais de visualiser... Ecoutez, avez-vous un tableau que vous pourriez emballer... (l'œil de Melrose tomba sur le *Telegraph* qu'il avait eu l'intention de lire)... emballer dans du papier journal, et apporter ici ?
— Je suis à Bethnal Green, mon chou.
— Je sais. Vous ne pouvez pas vous absenter une heure ou deux de votre travail ? Ma parole, ça ne prendra pas plus d'une demi-heure, une fois que vous serez là.
— Oui, ça peut se faire.
— Autre chose, Bea. Ce que nous allons faire est indiscutablement du vol pur et simple. Mais au cas où on se ferait prendre, je me débrouillerai pour que vous soyez une complice innocente, manipulée par moi, Pygmalion Plant.
— Parlez d'une caution ! Me manipuler ? Me faites pas marrer, Pygmalion !
Elle raccrocha.

Melrose mit moins d'une minute pour gravir l'escalier, le journal à la main. Il ne lui en fallut pas plus de cinq pour en envelopper son « œuvre neigeuse », déjà emballée par la galerie. Il dévala les marches et reprit sa place dans son fauteuil club ; il héla le jeune Higgins et lui désigna sa tasse de café. Lorsque la cafetière fumante arriva, il dit au garçon qu'il attendait une jeune femme.

Il était difficile de dire si cette nouvelle avait provoqué un arrêt cardiaque au jeune Higgins car il donnait toujours l'impression d'être sur le point de défaillir.
— Certainement, monsieur, déclara-t-il enfin d'un ton glacial.
Après tout, ce n'était pas le Jour des Dames.

En attendant Bea, Melrose erra dans le salon, une ancienne salle de jeu transformée en bibliothèque, livres en cuir foncé et lampes à lumière diffuse, plongée dans une pénombre permanente. Sur un tableau d'affichage, une notice de la direction annonçait un candidat pour l'élection. Melrose se souvint que son père, le vieux comte de Caverness, disait qu'on figurait au moins dix ou vingt ans dans le registre avant d'être éligible. Il imagina, amusé, les membres en train de déposer des boules blanches ou noires dans l'urne. En se retournant, il remarqua un tableau sur lequel Wellington le regardait d'un œil froid.

Les étagères abritaient des volumes en cuir repoussé traitant de l'histoire de l'Europe, recouverts d'une couche de poussière qui témoignait de l'intérêt qu'ils suscitaient. Sur une étagère inférieure, des guides touristiques aux couleurs criardes jouxtaient des livres reliés cuir qui devaient bien avoir une centaine d'années. Peu importe, la Grèce et la Turquie — les livres qu'il choisit — n'avaient pas tellement changé. Melrose trouva la lecture intéressante. Il pouvait prendre le ferry à Délos et visiter un marché aux puces à Athènes s'il le désirait.

Melrose n'aimait pas faire les courses — d'ailleurs, quelles courses avait-il à faire quand Mr Beaton lui confectionnait ses vêtements et que Ruthven et Martha achetaient à manger ? Il ne faisait pas les courses mais il aimait se renseigner.

De Rhodes, il pouvait faire un saut en Turquie et acheter quelque chose dans le grand bazar d'Istanbul — diable, trois mille boutiques réparties sur soixante rues !... Voilà un titre qui lui conviendrait : *Grand Vizir Süleyman le Magnifique,* celui-là il s'en dépouillerait à la dernière minute.

Il visita la Turquie, marchanda dans les bazars, puis fila au Maroc. A Marrakech. Il se vit traversant la place Djemaa el Fna au milieu des jongleurs, des acrobates et des charmeurs de serpents — une sorte de Covent Garden, finalement. Il marchanda des plateaux en cuivre et des tapis dans le souk. Ah, ces tapis ! Ensuite, escale à Casablanca, où il s'imagina dans le club de Rick, enveloppé dans un nuage de fumée, pendant que Claude Rains, arrivé dans son dos, lui demandait son passeport. Ensuite, direction Tanger — l'air lui-même était chargé de poésie ! —, où il pouvait acheter un tapis ou un chameau pour une bouchée de pain. Oh, un chameau épaterait sûrement le Perroquet-Bleu, le pub de Trevor Sly. Il se vit en fez, baragouinant dans plusieurs langues, marchandant pour quelque objet en argent ou en cuir.

Il suffisait d'un saut de puce au-dessus du détroit de Gibraltar pour atterrir en Andalousie, mais il lui fallait pour cela aller quérir un autre guide touristique. Il remisa le guide de Turquie et dénicha ceux de Paris de Fodor et de Nicholson, et se souvint alors de l'épicerie fine qu'adorait Sophie McBride. Il éplucha l'index du Fodor.

Fauchon... l'épicerie des millionnaires... célèbre pour ses étalages artistiques de fruits et de légumes... des vendeurs souriants... A mesure qu'il lisait, une ride se creusait sur son front. Il vérifia dans le Nicholson. Il contempla le mur opposé comme si une explication pouvait surgir du portrait du duc de Fer et sursauta quand Higgins se glissa à côté de lui, surgi de nulle part, pour lui annoncer que son invitée était arrivée.

Melrose considéra la présence de Nicholas comme un heureux présage ; Sebastian était allé déjeuner au Ivy avec un client que Nick qualifia de vieux rasoir, ajoutant qu'il n'avait pas voulu les accompagner.

— Ça fait plaisir de te voir, mon chou, dit-il à Beatrice.

Melrose songea que si Bea en était au stade du « mon chou », ses tableaux avaient dû acquérir de la valeur.

— Je crois t'avoir vendu ton *Limehouse*, ma douce. Le client de Seb, justement.

— Le vieux rasoir ? C'est pour ça qu'il veut ma croûte, j'imagine.

Malgré l'autodénigrement étudié, Melrose devina son excitation.

— Qu'est-ce que tu veux dire par « tu crois » ? demanda Bea.

— Oh, j'en suis presque sûr. Il revient après déjeuner, et il m'a demandé de le décrocher. Tu vois ? fit-il en tirant le tableau de Bea de derrière le comptoir.

Melrose fut de nouveau frappé par sa fraîcheur. Il y avait quelque chose dans les tableaux de Bea qui incitait à croire qu'on voyait un lieu pour la première fois.

— Ça t'ennuie s'il emporte ces deux toiles dans la réserve ? demanda Bea. J'aimerais les mettre à côté de ceux que j'ai apportés hier et voir s'ils ont une chance de partir. J'ai des doutes, surtout pour le grand. (Elle tapota le tableau que Melrose portait et brandit le plus petit des deux, emballé lui aussi dans du journal.) Il peut aller les poser à côté des autres ?

De bonne grâce, Nicholas désigna l'arrière-salle à Melrose qui s'y dirigea illico.

Voyant que Nicholas lui emboîtait le pas, Beatrice l'arrêta.

— Une minute, Nicholas, tu veux bien ? J'aimerais te parler des encadrements. Je n'aime pas beaucoup celui que tu as utilisé.

En entrant dans la réserve, Melrose les entendit discuter. Il vit tout de suite les caisses en bois. Deux tableaux, enveloppés dans du papier marron, étaient déjà dans une caisse qu'on n'avait pas encore clouée. Les deux autres — leurs piètres cousins, se dit Melrose — étaient inclinés contre le mur. Il était obligé de deviner, mais il calcula qu'il avait une chance sur deux de tomber juste si son raisonnement était bon. Il lui suffisait donc de sortir un tableau et de le remplacer par celui qu'il avait apporté, dépouillé de son papier journal. Il posa le tableau qu'il avait enlevé à côté d'un épagneul sur le déclin — que faisait cette aquarelle chez les Fabricant ? —, ôta le papier journal du tableau de Bea, deux fois moins grand que celui de Ralph, et en enveloppa l'autre. Il quitta aussitôt la réserve. L'opération n'avait pris qu'une minute. Nicholas ne devinerait jamais ce qui se tramait dans sa réserve.

— Je trouve le petit merveilleux, Beatrice, dit-il en s'approchant. Aussi bien, sinon mieux. Va voir. Cigarette ? proposa-t-il en ouvrant son étui en or sous le nez de Nicholas.

Beatrice s'excusa. Elle était à mi-chemin quand Melrose la rappela.

— Une minute, *mon chou*! (Ah, il piquait vite le jargon!) Il est à côté du chien moribond, souffla-t-il dès qu'il l'eut rejointe. (Il revint à temps pour allumer la cigarette de Nicholas.) Qu'est-ce qu'elle reproche à sa rivière? Elle est superbe.

Melrose s'était emparé du tableau de la rivière et le brandissait à bout de bras. Exhalant une fine bouffée de fumée qui vira au bleu lavande en passant devant l'eau inondée de soleil du tableau de Bea, Nicholas approuva.

— Seigneur, ces artistes sont vraiment des perfectionnistes!

Melrose éclata de rire, et il riait encore quand Bea revint en trottinant avec un tableau enveloppé dans du papier journal et un autre plus petit, désormais déballé.

— J'aime bien celui-là, dit-elle, mais il faut que je travaille encore sur le grand, Nicky chéri.

Nicky chéri? Bon Dieu, Melrose ne tiendrait pas cinq minutes dans le monde de l'art. Il dut reconnaître que Nicholas examina le tableau avec soin avant d'oser un compliment élogieux. Les Fabricant étaient, après tout, d'authentiques amoureux de la peinture. Trop authentiques, sans doute. Melrose se dit que Nicholas ne devait pas être dans la combine. Ralph n'y était peut-être pas, d'ailleurs, même si Melrose ne pouvait s'expliquer comment la combine était possible sans lui. Si combine il y avait, bien sûr. Il pouvait fort bien se tromper de A à Z.

— On devrait y aller, proposa Melrose, si on ne veut pas rater l'exposition de Bingham.

La page des arts qui enveloppait le tableau qu'il avait en main signalait une exposition d'œuvres d'avant-garde.

Nicholas grimaça de dégoût.

— Vous allez voir ça? Ça ne vaut pas le déplacement, vous pouvez me croire.

Melrose coula de nouveau un œil sur l'annonce de l'exposition.

— C'est un des préférés de ma chère tante, pouffa-t-il. Shamus Neeley.

Nick le dévisagea, incertain.

— Neeley n'est pas le peintre, corrigea-t-il, c'est le propriétaire de la galerie...

— Je sais, fit Melrose. *(Ça t'apprendra à jouer au plus fin.)* Ma tante va toujours voir ses expositions. C'est une fan de sa galerie.

— Dans ce cas, sourit Nicholas, dites-lui de passer nous voir, voulez-vous?

— Je n'y manquerai pas. On y va, Beazy?

Bea le regarda, incrédule. *Beazy?*

Dehors, Melrose s'arrêta un court instant et s'adossa à un mur. Il sortit son mouchoir, surpris de transpirer à grosses gouttes.

— Seigneur! souffla-t-il.

— Le chien n'était pas moribond, pesta Bea. J'ai failli le rater.

— Oui, vous avez raison, fit Melrose, décontenancé. Ça ne fait rien, vous avez été sublime. *Sub-lime!* J'ai envie de vous embrasser.

Bea fut aussitôt à côté de lui.

— Eh bien, allez-y, un bisou à la brave Beazy...

Melrose ne se le fit pas dire deux fois. Enlacés, ils s'embrassèrent longuement en apnée.

— On va rater l'expo de Bingham, remarqua Melrose, haletant.

— J'ai de bien plus belles toiles chez moi.

— Que je sois pendu!

Et Melrose l'embrassa de nouveau.

42

— Elle se morfond depuis qu'elle est sortie de l'école.
Jury essaya en vain d'imaginer Linda en train de « se morfondre ». Il esquissa un sourire.
— Je ne sais pas pourquoi elle veut vous voir, commissaire.
Mona Dresser le fit entrer dans le salon. Comme la fois précédente, il régnait dans la pièce un désordre réjouissant. Semblable à une demimondaine sur le retour, le salon essayait de se maintenir en bon état mais n'y parvenait pas tout à fait. Des foulards ou morceaux de soie traînaient un peu partout. Néanmoins, Jury éprouva une agréable sensation en constatant que la pièce était telle qu'il l'avait laissée. Même les ombres sur les murs n'avaient pas bougé. Avant de s'asseoir dans le fauteuil qu'il avait occupé la première fois, il ramassa sur un siège un foulard en soie et un sac.
— Oh, jetez ça n'importe où, commissaire. Nous ne sommes pas des femmes d'intérieur modèles, comme vous l'avez déjà remarqué.

Jury sourit. Qu'il l'ait « déjà remarqué » dispensait Mona d'apporter des précisions.
— Où est Linda? demanda-t-il.
— Elle veut que vous l'accompagniez au palais. Ne me demandez pas pourquoi.
— Je m'abstiendrai donc, mais je voudrais tout de même vous poser deux ou trois questions...
— Je vous en prie.
— Il y a eu un autre meurtre. C'est dans le journal, vous avez dû le lire...
— Vous voulez parler de Simeon Pitt. Je le connaissais.
— Vraiment?
— Pas très bien, il avait dû remplacer quelque temps le critique de théâtre. Non, une seule fois, peut-être. *Prête à tout pour conquérir,* la pièce que nous avions reprise en tournée, vous savez.
— La fois où vous êtes allée à Saint-Pétersbourg.
— Oui, mais Pétersbourg n'était qu'une des étapes.
— Pourquoi Pitt aurait-il couvert une pièce en tournée sur le Continent?
— Je l'ignore. Une idée stupide de son journal. L'homme avait l'éloge généreux, je ne crois pas que les gens s'en soient rendu compte. Il n'était pas estimé à sa juste valeur. Je l'ai remercié pour son article; j'ai eu l'occasion de le connaître un peu. Son but n'était pas d'éreinter les peintres ni les pièces de théâtre — comment aurait-il pu éreinter Goldsmith? Il n'essayait pas de se mettre en avant ni de prouver son érudition. (Elle soupira.) Alors, si vous me demandez quelle rage m'a conduite à assassiner le pauvre homme...

Mona Dresser tendit la main vers son coffret à cigarettes en coquillages.

— Non, l'idée que vous soyez l'assassin ne m'a pas effleuré.

Elle lui coula un regard en grattant une allumette, trop vite pour qu'il ait le temps d'atteindre le briquet sur la table basse.

— Vous croyez que je n'ai pas le cran d'entrer dans un club pour hommes et de poignarder un des membres?

— Je ne crois pas que vous soyez assez stupide pour le faire. C'est tellement risqué.

Concentrée, le front plissé, elle fit tourner sa cigarette d'un coin des lèvres à l'autre et déclara :

— Le meurtrier doit être un joueur... quelqu'un qui aime le risque. Avez-vous sur votre liste un suspect avec un penchant pour le mélodrame? A part moi, je veux dire?

Et elle se fendit d'un large sourire.

Elle l'attendait près des piliers en pierre, et il fut obligé de reconnaître qu'elle avait voulu le rencontrer pour une raison sérieuse, sinon elle l'aurait attendu dans le petit kiosque où on servait du thé, des biscuits et des glaces.

— Salut, Linda! (Pour rivaliser de gravité avec elle, il ravala son sourire.) Tu voulais me voir?

Elle jouait avec une balle en caoutchouc dur qui donnait l'impression d'avoir été mâchouillée par une bande de chiens; elle la lançait et la rattrapait, la lançait et la rattrapait.

— J'ai trouvé quelque chose dans le jardin botanique. Venez!

Elle marcha en silence, jouant avec sa balle, entra dans le jardin clos, puis dans le jardin botanique. Dans la serre en ruine, elle ramassa un objet sur le rebord d'une verrière.

— Je l'ai laissé à sa place parce que je sais qu'on doit toucher à rien. (C'était un médaillon corrodé par les ans.) Je l'ai ouvert. Regardez.

A l'intérieur, les photos monochromes de deux enfants, un garçon et une fille, en habits victoriens, semblaient racornies dans leur minuscule cadre en métal. Un rond de verre recouvrait encore le visage du garçon; celui de la fille était collé au métal par la glu du temps. Ils avaient l'air sérieux et tristes, comme tous les enfants sur les photos anciennes. Cela restait peut-être vrai, d'ailleurs.

— Ça doit être ses enfants, décréta Linda.
— Non, impossible, dit Jury. Le médaillon est là depuis trop longtemps, Linda. Il est tout oxydé...

Linda dévisagea Jury, l'inspecta presque, comme si une marque allait apparaître sur sa peau, annonciatrice d'une faille dans la chaîne de la vérité. Jury se demanda si elle préférait croire que les enfants étaient ceux de la femme dont elle avait découvert le cadavre, ou au contraire ceux d'une autre. Difficile à dire. Avait-elle l'air soulagée? Tout aussi impossible à dire.

Elle fila en virevoltant, semblable à un tas de feuilles mortes. Comme la balle était trop abîmée pour rebondir, elle la jetait en l'air et la rattrapait. Jury se dit qu'elle méditait quelque chose.

— Je l'ai trouvé quand j'étais là avec le monsieur qui vous connaît.
— Mr Plant?
— On a fait la visite guidée. Il ne connaissait pas du tout le palais.
— Personne ne le connaît, c'est l'endroit le plus secret de Londres, paraît-il.

— Il le restera si on ne trouve pas de meilleur guide, dit-elle, lançant de nouveau la balle en l'air.

— Dans quelques années, tu pourras postuler pour la place, sourit Jury.

Les compliments n'intéressaient pas Linda.

— Il m'a fait m'allonger dans l'herbe royale à l'endroit où était le corps.

— Mr Plant t'a demandé ça?

Jury en doutait.

— Presque. Il me l'aurait demandé si je ne l'avais pas déjà fait.

La balle atterrit sur la jambe de Jury.

— Oui, mais tu t'étais déjà allongée.

— Je parie que vous trouvez que je me trompe, vous aussi.

— Non, Linda, je ne le pense pas. Je ne trouve pas d'explication, c'est tout.

Il y eut un court silence.

— Si je suis la seule à le savoir, on va m'enlever comme on a enlevé Sophie.

Jury resta un instant interloqué.

— Sophie? Qui t'a parlé de Sophie?

Linda lui répéta ce que Melrose lui avait raconté.

— Mais je ne suis pas aussi bête que Sophie, je m'enfuirai.

Ah, c'était donc cela! Elle avait peur d'être enlevée comme la pauvre Sophie.

Jury s'agenouilla devant elle et lui attrapa les mains avant que la balle n'en jaillisse à nouveau.

— Ecoute-moi, Linda. Personne — je dis bien personne — ne t'enlèvera. Nous ne le permettrons pas. Je ne le permettrai pas. Et n'oublie pas : au début, tu étais peut-être la seule à savoir que le corps avait été déplacé, mais, depuis, toute la police est au courant.

Donc, il faudrait nous enlever aussi, et ça ferait un sacré boulot, tu ne crois pas? La police de Fulham et une grande partie de Scotland Yard... enlevées par une seule personne. Tu peux imaginer ça, toi?
Linda réfléchit, le visage grave, puis ses lèvres tressautèrent et elle se mit à rire. Jury lâcha ses mains; elle se les plaqua sur la bouche.
Jury se releva. Linda le suivit des yeux. Se rappelant ce qu'elle lui avait dit, il demanda :
— Pourquoi dis-tu que Sophie était bête?
— Elle s'est conduite comme une idiote. (Elle retourna chercher le médaillon.) Si c'était moi et qu'il y avait eu un orgue de Barbarie, un chien et un chat savants dans la rue, je ne ramasserais pas des pommes de terre. Je serais sortie les voir. Même vous, je parie. (Jury sourit d'avoir été rangé dans la légion des enfants.) Comment elle était?
— Qui?
— Sophie, dit Linda. (Elle brandit le médaillon.) Vous êtes sûr que c'est pas elle?
— Certain. La photo est trop vieille. Elle date de la reine Victoria. (Jury souffla dans ses mains. La température avait sérieusement chuté. Il remonta le col de son manteau.) On ferait mieux de rentrer, il commence à faire froid et la nuit tombe.
Linda examina de nouveau le médaillon.
— C'est peut-être les enfants de la reine Victoria.
Elle regarda Jury d'un air incertain. Il n'eut pas besoin de confirmer ni d'infirmer. C'était un coup en l'air. Linda partit en courant, se retourna et lança :
— C'étaient les enfants de quelqu'un, en tout cas!
Sa voix vibra, tremblante; Jury eut conscience de leur anxiété à tous deux, et de la pluie qui approchait.

Après avoir raccompagné Linda à Bishops Park Road, Jury prit le bus sur Fulham Palace Road. Il avait (bêtement) l'impression que l'amélioration du moral de Linda avait été proportionnelle à la dégradation du sien.

Il n'arrivait pas à se l'expliquer; il savait seulement que le crépuscule naissant avait déteint sur lui et, tout en regardant les badauds et les employés qui sortaient de leurs bureaux, il assistait à l'implacable érosion de sa bonne humeur.

Il monta s'asseoir sur l'impériale et lorsqu'un autre bus arriva, en sens inverse, il vit un passager, seul, vêtu d'un manteau semblable au sien, et dont la lassitude apparente ressemblait fort à celle qu'il éprouvait lui-même. Il eut l'impression inquiétante de se voir voyageant dans son bus deux semaines auparavant.

Avant tous ces événements. Et il s'attendait presque, après que l'autobus se fut arrêté à la station suivante, à ce que les pas et les voix qui montaient de l'escalier en colimaçon fussent ceux de l'Américaine et de son amie. Il se serait réjoui d'entendre le bagout tapageur de l'Américaine; elle l'aurait peut-être empêché de trop réfléchir.

Il pensait à Linda et à Sophie. Tandis que l'autobus s'arrêtait et redémarrait, que des passagers descendaient ou montaient en martelant les marches, Jury songeait aux voyages. *Zurich, Bruxelles, Paris, Saint-Pétersbourg. Pétersbourg. Péter.* Il descendit du bus deux stations avant le Stargazey. Il avait besoin de marcher pour interrompre le fil de ses pensées, ou en tirer une conclusion.

Chemin faisant, il se rappela que c'était le jour de Thanksgiving en Amérique.

Lorsqu'il s'assit au comptoir, le pub n'était pas aussi envahi que les fois précédentes ; les clients dînaient sans doute chez eux. La vue des bouteilles, leur éclat miroitant réconfortèrent Jury. Le soin attentif dont elles étaient l'objet le rassura. Kitty arriva de l'autre bout du bar en faisant courir son torchon sur le rebord. Elle ne ratait jamais une occasion d'embellir le comptoir. La lumière des lampes qui le frappait perpendiculairement le faisait briller.

— Ah, bonsoir ! Vous revoilà !

Jury la salua et commanda un whisky.

— Il fait un froid de canard, Kitty.

— On a eu de la chance jusqu'à présent, il a fait plutôt doux pour un mois de novembre.

Elle prit la bouteille de whisky et posa un verre sur le comptoir. Elle en profita pour astiquer la bouteille, arrachant un sourire à Jury.

— Versez-m'en un double, Kitty.

— Ah, mauvaise journée ?

Jury ne répondit pas et Kitty parut calquer son humeur sur la sienne. Elle se mit à sortir des bouteilles des étagères afin de leur donner un énième coup de torchon. Il n'y avait pas plus de six autres clients au comptoir. Ils couvaient leur verre avec amour. Jury contempla les cartes postales épinglées sur le pilier — il était assis à la même place que la première fois. Il repensa à celle qu'il avait envoyée à Plant. Il avait oublié de lui demander la recette. Il vida son verre, mais ne partit pas. Il n'avait pas envie d'un autre whisky. Il observa un instant Kitty en train de polir la bouteille de gin.

— Kitty !

— Un autre ? demanda-t-elle avec le sourire.

— Non. Vous avez des enfants?
— Moi? Oui, pourquoi? (Elle regarda autour d'elle comme pour chercher leurs photos.) J'en ai deux. Un garçon et une fille.
— Comment sont-ils?

Kitty parut surprise que ses enfants provoquent un tel intérêt, surtout de la part d'un commissaire de Scotland Yard.

Elle se lança dans la description d'Alfie et Annie, avec un luxe de détails.

Jury paya son whisky et laissa un généreux pourboire.

— C'est bien ce que je pensais, dit-il.

Il se leva et sortit. Elle le suivit des yeux, ahurie.

43

Le matin suivant, dans son bureau, Jury réfléchissait à ce que lui avait dit Kitty tout en surveillant la pendule, comme s'il pouvait obtenir un répit en repoussant l'heure à laquelle il devait se rendre à Redcliffe Gardens. Déprimé par le fil de ses pensées, il ne parvenait pas à déchiffrer le message que Wiggins avait noté; un message de Carole-Anne.

C'était en fait un message que Melrose Plant avait laissé chez Jury, où Carole-Anne répondait souvent au téléphone. Carole-Anne n'était pas Mercure, loin s'en fallait, et Jury aurait eu plus vite fait de déchiffrer le message d'une bouteille échouée sur la grève. RECHERCHER FUTONS DANS FODOR. OU PEUT-ÊTRE HARVEY NICHOLS.

Jury regarda le mur d'un air hagard. Harvey Nichols[1]? On y vendait donc des futons?

La sonnerie du téléphone le fit revenir de l'autre côté du miroir.

C'était Ron Chilten. Jury n'avait pas besoin de Chilten pour déchirer le tissu fragile de ses certitudes.

1. Grand magasin londonien, plutôt chic. *(N.d.T.)*

— L'Argentine, fit Chilten.
Même si une piste devait nécessairement provenir d'« Argentine », aucune n'y avait encore mené, et Jury n'était pas d'humeur à jouer aux rébus avec Chilten. Il plissa les yeux, jura dans sa barbe et déclara :
— Oui, j'ai entendu parler de l'endroit.
— Et Muerte del Sol, ça vous dit quelque chose ?
La prochaine fois qu'il verrait Chilten, Jury lui donnerait l'occasion de se familiariser avec la *muerte*...
— Je vais vous dire quelque chose, Ron. On gagnerait du temps si vous me racontiez tout. On verrait si je peux encaisser.
— Muerte del Sol, si vous vous en souvenez, est — ou était — le commando de guérilleros qui s'était détaché de l'armée il y a, disons, quatre ans, et qui, un an plus tard, a échoué dans sa tentative de coup d'Etat parce que son chef, un certain... (Chilten fouilla dans ses notes) Juan Ascension, a été assassiné. Par quelqu'un qui avait un fusil à lunette et la main sûre.
Jury attendit. Puis craqua :
— La leçon de politique sud-américaine est passionnante, mais je n'y comprends rien. Qu'est-ce que ça vient fiche avec... ?
— Patience, patience, je vous mets juste au courant.
— Merci infiniment, mais au courant de quoi ?
Jury regarda Wiggins doser le liquide orangé d'un flacon rebondi avec des gestes d'une lenteur désespérante. Jury aurait préféré boire cette potion infâme qu'écouter Chilten.
— De ce qui nous concerne, Ricardo. Vous avez déjà oublié ? Les passeports.
Jury dressa l'oreille.
— Vous voulez dire que Nancy Pastis est allée en Argentine ?

— Disons plutôt Justine Cordoba. Encore un bébé mort, Jury, et qui a fait une demande de passeport il y a six ans. En téléphonant à la police argentine, surprise, surprise, je découvre qu'elle était recherchée pour autre chose. Les flics de là-bas essaient depuis des années de lui mettre la main dessus.

Jury grimaça comme s'il venait d'avaler la potion orange de Wiggins.

— Vous parlez de Nancy Pastis? Cette Cordoba est aussi... Nancy Pastis?

— Heu, oui et non.

Jury put presque entendre Chilten sourire.

— Expliquez-vous, Ron.

— Vous vous rappelez le meurtre d'un cadre supérieur britannique qui travaillait pour IBM, je crois? Ça s'est passé à Moscou il y a deux ans.

— Non.

— Une autre gamine était en Russie — comme Nancy Pastis —, elle s'appelait Amanda Walker, une Irlandaise. Une Irlandaise décédée, devrais-je dire.

— Continuez, fit Jury.

— Passons au bébé mort numéro trois : Eve Fellowes. Eve était en France quand un certain Jules Pointier, un Français, a été assassiné, toujours par un tireur d'élite.

— Une minute, Ron. Même si Nancy Pastis a été dans ces pays, les trois personnes que vous avez citées utilisaient leur propre passeport, pas celui de Nancy Pastis...

— Jury! Là où je veux en venir, c'est que des gens ont été assassinés par des gamines décédées. Vous ne trouvez pas ça étrange?

Le regard vide, Jury ne répondit pas.

— Tous assassinés par des mortes, insista Chilten.

Et qui dit que cette bonne femme, qui a au moins trois faux passeports — à trois noms différents —, ne se servait pas de temps en temps de l'identité de Nancy Pastis ?

— Et le voyage en Papouasie-Nouvelle-Guinée ?

— Rien. Nancy y était peut-être en congé d'assassinats. Merde, elle l'avait mérité !

— S'il y a un lien.

— Ça donne un sacré mobile, non ? Les flics d'une demi-douzaine de pays à ses trousses, ça chauffait pour elle...

— J'ai raté une marche, avoua Jury.

— Ah, je croyais que vous me suiviez. Dana ! Vous savez, celle à qui personne n'a été foutu de coller un visage. Celle qui est soupçonnée d'avoir volé le Chagall à Saint-Pétersbourg. La tueuse professionnelle, la voleuse, Dana.

44

Melrose ouvrit son œil qui n'était pas écrasé dans plusieurs épaisseurs d'oreillers et regarda vers la fenêtre. Pourvu que ce soit l'aube et non le crépuscule, se dit-il. Il était finalement rentré à Long Piddleton à deux heures du matin, et s'était convaincu qu'il avait à peine fermé l'œil, jusqu'au moment où il se rappela s'être réveillé plusieurs fois dans la nuit.

La tête enfoncée dans les oreillers, une seule oreille était libre pour entendre ce qui ressemblait à un rire dans l'escalier. Il grimaça en reconnaissant le rire : c'était celui de Trueblood. Les gloussements de Trueblood entrecoupaient les bavardages de Ruthven. De quoi diable riaient-ils de si bon matin et que faisait Trueblood à Ardry End ?

Puis il entendit des pas dans l'escalier, bientôt suivis de coups frappés à sa porte.

— Melrose ! cria Trueblood.
— Fous le camp ! riposta Melrose sans se retourner.
— Allez, vieille canaille ! On a des choses à faire !
— Je ne veux rien faire. Fous le camp !

Loin de s'exécuter, Trueblood ouvrit la porte et entra.

— J'ai cru que tu étais dans le coma, dit-il. (Il approcha une chaise en noyer du lit et examina sa patine usée et son coussin aux broderies complexes avant de s'asseoir.) Belle pièce ; tu devrais la faire restaurer. Ce bois noueux a l'air...

Melrose se retourna enfin.

— Dois-je vraiment endurer un cours sur le bois noueux au saut du lit ? Je préfère encore un duel. C'est l'aube, après tout.

Il tourna le dos à Trueblood et ferma les yeux. Il entendit une allumette craquer.

— Ce n'est pas l'aube. Cigarette ?

— Non, merci. Je ne suis pas de ceux qui ont besoin d'une cigarette au lever.

— C'est l'après-midi. Habille-toi.

Comprenant qu'il était tard, Melrose eut soudain moins sommeil.

— Où est mon thé ?

— Ah, tu es de ceux qui ne peuvent pas se lever sans une tasse de thé ? J'appelle Ruthven.

Cependant, Ruthven n'avait pas besoin qu'on l'appelle. Il était déjà à la porte. Il entra en coup de vent, le plateau brandi devant lui telle une figure de proue. De la théière en argent s'échappait un ruban de fumée qui vint chatouiller le nez de Melrose.

— Ah ! fit-il tandis que Ruthven versait le thé.

Le majordome s'inclina légèrement devant Trueblood, comme s'il n'avait pas ri aux éclats avec lui dans l'escalier pendant Dieu savait combien de temps, et lui demanda :

— Du sucre, monsieur ?

— Euh, fit Trueblood, une quinzaine, merci.

— Bien, monsieur, répondit Ruthven, qui commença à compter les morceaux de sucre.

— Je plaisantais, Ruthven. Deux, ça suffira.
— Bien, monsieur.

Sans doute le dernier et le plus fidèle adepte du « ne cherchons pas à comprendre », Ruthven n'aurait pas eu l'air surpris si Trueblood avait réclamé quinze morceaux de charbon. Il les lui aurait tranquillement comptés. Ayant fini de servir ces deux incapables, Ruthven s'inclina de nouveau, tourna les talons et sortit aussi vite qu'il était entré.

— Diable, si tu as un jour l'intention de réduire ton personnel, refile-moi Ruthven, dit Trueblood. Il est remarquable.

— Le personnel d'Ardry End est composé de trois personnes, c'est tout. Ruthven, Martha et Wyatt Earp. Si tu veux Momaday, tu peux le prendre.

Melrose bâilla à s'en décrocher la mâchoire.

— Allez, grouille, mon vieux. Tu n'es pas pressé de voir ce que j'ai fait ces dix derniers jours ?

Melrose finit son thé et sortit ses jambes des couvertures douillettes. Il ne pensait pas que les prouesses de Trueblood puissent égaler les siennes, mais il ne dit rien.

Il vérifia que le tableau emballé dans le papier marron était toujours contre le mur.

Rasé, habillé, rassasié de thé et de toasts, Melrose observait la pancarte clouée sur la porte de la bibliothèque de Long Piddleton : DÉTENTE, LECTURE ET CAFÉTÉRIA À LA BIBLIOTHÈQUE !

— Superbe ! s'exclama-t-il.

Lorsqu'ils entrèrent, Una Twinny, la bibliothécaire, était littéralement débordée. Une demi-douzaine de clients attendaient qu'on vérifie leurs livres, et il y en avait autant qui erraient dans les travées. Pour cette petite bibliothèque, c'était la foule.

— Viens, fit Trueblood en entraînant Melrose dans l'autre pièce.

La cafétéria de la bibliothèque ouvrait à neuf heures pile, en même temps que la bibliothèque elle-même.

— Comment as-tu fait pour réunir tout ça en dix jours?

— Avec l'aide d'Ada Crisp, pour commencer. Elle a fait don des chaises et de trois tables. (Depuis qu'il avait assuré sa défense dans le procès du pot de chambre, Ada Crisp croyait que Marshall Trueblood marchait sur l'eau.) Nous avons obtenu deux autres tables du presbytère, et Betty Ball en a apporté une cinquième de la boulangerie, et je ne parle pas de tous les gâteaux qu'elle nous donne. (Trueblood désigna d'un geste large les assiettes de scones, croissants, petits pains, et le merveilleux gâteau à la glace à la vanille orné de violettes.) J'ai trouvé un percolateur à Londres et j'ai rapporté une caisse de porcelaines plutôt médiocres et ces faïences, qui sont de bonne qualité. Le reste vient de la boutique, et le Sidbury Ladies Club a fourni les nappes à carreaux et les serviettes. Ça donne un petit air sympa à cette cafétéria, tu ne trouves pas? Plusieurs types ont donné un peu de leur temps pour peindre et refaire le carrelage de la cheminée. La fleuriste de Sidbury a insisté pour nous faire don de ces merveilleuses fleurs...

Sur un bureau ciré qui brillait comme un astre (un don de Trueblood's Antiques) trônait un gros bouquet de roses, de pieds-d'alouette et de perce-neige. Devant les fausses bûches dormait un gros chien.

— Où as-tu eu... Hé, une minute! Que fait mon chien ici?

— Mindy ? Oh, on l'a juste emprunté pour quelque temps. En attendant qu'on soit mieux installés, tu comprends. Tous les magasins ont un chien ou un chat. Les pubs aussi...

— Mais c'est mon chien ! Mindy ! appela Melrose d'un ton sans réplique.

Le chien n'obéit pas ; il se contenta de tourner son museau vers la chaleur des bûches électriques. Melrose et Trueblood choisirent une table, près du chien, et Trueblood alla commander au comptoir. Il revint peu après avec deux tasses débordantes de mousse.

— Hum, délicieux, fit Melrose en se pourléchant. Il y a des gens que je ne connais pas, ici. Est-ce que la réputation de Mr Browne se serait répandue au-delà de Long Piddleton ? Son infamie a-t-elle atteint Sidbury, ou même Northampton ?

— Disons qu'il n'est pas très populaire. Et tu peux imaginer comment il apprécie notre idée. Tous les Piddletoniens qui louaient leurs livres chez Browne ont changé de crémerie. Ils viennent ici. Theo nous menace de poursuites.

— Un autre procès ? se réjouit Melrose.

— Il exprime tout un tas de revendications. Pour commencer, il prétend qu'on ne peut pas obtenir d'autorisation à cause d'une soi-disant infection... Il affirme avoir vu trois souris traverser la salle. Bon, j'ai appelé la dératisation. Ils sont venus tout de suite et ont assuré qu'il n'y avait aucun problème. Browne a ensuite prétendu que, selon l'arrêté municipal, la bibliothèque n'est pas dans une zone de commerce de détail.

— Pas dans une zone ? Grands dieux, si les zones étaient réglementées, Mrs Withersby n'habiterait pas dans un de ces hospices...

— Elle n'habiterait nulle part.

Quand on parle du loup... Mrs Withersby, des Indolents Anonymes, arrivait avec un seau et une serpillière, une cigarette au bec.

— Ah, fit Trueblood, voilà Withers. La brave fille.

— Brave fille? Qu'est-ce que tu veux dire?

— Withers nous fait don d'une partie de son temps pour faire le ménage à la cafétéria.

Melrose, qui venait de boire une gorgée de café, toussa et hoqueta, aspergeant l'air de fines gouttelettes.

— Une partie de son temps? C'est comme si tu disais qu'un moine franciscain te fait don de sa collection de Lou Reed. Withersby ne fait rien de son temps. Pour elle, c'est l'occasion d'avoir du café gratuit et de taper des cigarettes à tout le monde. (Sur ce, Melrose sortit son étui à cigarettes.) Je dois en avoir... six... sept...

— Ma parole, c'est les mafiosi qui viennent encaisser l'argent de leur racket! Vous auriez pas une tige, Votre Seigneurie?

Melrose se leva, plein de sollicitude, et tendit son étui. Mrs Withersby prit cinq cigarettes. On n'allait pas compter, tout de même!

— Y a pas de quoi, dit Melrose, qui se rassit.

Le seau et la serpillière à ses pieds, encore vêtue de son vieux manteau et de son fichu à fleurs, Mrs Withersby passa aux choses sérieuses:

— Pour moi, ça sera un café, annonça-t-elle.

— Il suffit de demander, dit Trueblood, tout sourire.

Il leva la main pour attirer l'attention de la préposée au percolateur et désigna Mrs Withersby qui, après avoir eu ses cigarettes et son café, s'éloigna.

— Les gens suppliaient presque pour nous aider, reprit Trueblood. La femme qui s'occupe du percolateur, c'est la mère de la petite Sally McVittie. C'est la reine du cappuccino. Je l'ai entendue marmonner des malédictions à l'encontre des « usuriers et des bourreaux d'enfants »... c'est comme ça qu'elle parle de Browne.

— Oh, je me souviens de la petite Sally! s'esclaffa Melrose. (Il jeta un coup d'œil vers une grande bibliothèque en merisier, à l'autre bout de la pièce ; une quarantaine de nouveaux livres y étaient exposés.) Où miss Twinny a-t-elle déniché tous ces bouquins? La pratique du prêt se serait donc améliorée?

— Je les ai rapportés de Londres. Je suis allé dans une librairie et j'ai dit que je voulais plusieurs dizaines d'ouvrages de fiction, et j'ai demandé un prix de gros. Nous prêtons les nouveaux romans à cinq pence par jour, c'est plus de soixante-quinze pour cent moins cher que chez Theo. Evidemment, la bibliothèque a mis son système de prêt imbécile sur la paille...

— Merveilleux! Que puis-je dire, Trueblood?

— Tu peux dire « deux autres cappuccinos ». Une livre la tasse, ce qui est moins cher qu'à l'Emporium Espresso de Sidbury.

Melrose alla renouveler les consommations et passa un agréable moment avec la mère de Sally à discuter des habitudes de lecture de Sally et de Bub — miss Twinny acceptait plus facilement que Theo Wrenn Browne les taches que Bub laissait sur les livres.

— Ma petite Sally, confia sa mère, elle ne jure que par vous, Mr Plant.

Cet aveu réjouit Melrose au plus haut point. Il se répandit en protestations (« Oh, non.. je n'ai pas fait tout ça... je ne mérite pas... »), avant de prendre les cappuccinos, deux petits pains chauds et de retourner s'asseoir.

Trueblood était en train de fumer une de ses cigarettes couleur pastel tout en jouant avec une pancarte qui proclamait : *Espace fumeurs.*

— J'ai mis ça là, dit-il, penaud. Bon, parle-moi de ton restaurateur de tableaux...

— Tu en connais un ? Forcément, dans ta profession...

— Hum, j'en connais plusieurs. En fait, il y a une femme à Northampton, mais tu ne m'as toujours pas dit pourquoi. Je suis tout ouïe. Que s'est-il passé à Londres ?

Melrose raconta ce qui était arrivé à Simeon Pitt :

— Poignardé devant plusieurs membres du club.

— Seigneur ! Seigneur ! (Comme Melrose ne s'étendait pas, Trueblood le titilla :) Allez, vieille canaille, raconte. Pourquoi a-t-il été assassiné ? Quelle est ta théorie ?

Melrose ne répondit pas tout de suite.

— Ça t'ennuie si j'attends un peu avant de t'expliquer ? dit-il enfin. Je préfère avoir d'abord l'avis d'un expert. Tout de suite, parce que... (Il n'ajouta pas « parce que Seb ou un autre risque de s'apercevoir qu'un tableau a disparu ».) Alors, si tu connais quelqu'un à Northampton...

— C'est comme si c'était fait, vieille canaille ! Je l'appelle de la boutique dès que j'y retourne. (Une sonnerie stridente retentit. Tout le monde tourna la tête, Melrose compris.) C'est rien, fit Trueblood.

Il montra le biper qu'il avait sorti de la poche de son gilet. Il vérifia le numéro et rempocha l'appareil.

— Tu... tu as un biper, toi aussi ? Diane en a un.

— Evidemment. Tu devrais t'en acheter un. C'est

marrant comme tout. Diane et moi, on se bipe tout le temps. Au bureau, bien sûr; c'est là qu'on est le plus occupés...

— Occupés ? Diane Demorney est occupée ?

— Hé, c'est ça le journalisme !

— Je t'en prie, c'est pas comme si elle sillonnait l'Algérie avec une caméra. Combien y a-t-il d'urgences dans la Voie lactée, par exemple ? Tiens, donne-moi ton numéro de biper. J'ai déjà le sien. (Melrose sortit son petit carnet d'adresses.) Je vais l'appeler, ça va la rendre dingue...

— Voilà comment tu fais, tu composes le numéro, ton appel apparaît sur l'écran de son biper, et elle te rappelle sur-le-champ... plus ou moins. Diane ne fait jamais rien sur-le-champ.

— Je sais comment ça marche, s'énerva Melrose.

— Tu devrais en acheter un. Withersby en a un.

— Withersby ? Tu rigoles ! (Melrose regarda de l'autre côté de la pièce et vit Mrs Withersby appuyée sur son balai serpillière, en train de discuter avec la mère de Sally tout en buvant son espresso, le petit doigt en l'air.) Autant donner un biper au Bossu de Notre-Dame...

Trueblood émit un rire qui ressemblait à un grognement de cochon.

— Tu devrais en acheter un, répéta-t-il.

Melrose ricana pour montrer dans quelle estime il tenait ces gadgets.

— Faudrait me passer sur le corps.

45

— Richard! Vous devriez être là depuis des heures...
Il n'y avait pas de récrimination dans la voix de Kate, seulement de l'inquiétude et de la surprise.
— J'ai été retardé. Ça m'arrive souvent. C'est le métier, comme nous disons, le foutu métier. (Il parcourut le salon des yeux.) Ce salon... (il se retourna pour gratifier Kate d'un sourire)... ne vous va pas.
— Vous ne l'avez jamais critiqué, rétorqua-t-elle, éberluée.
— Je ne critique pas. En fait, je ne l'avais jamais réellement regardé.
Elle avait jeté sur le dossier du canapé la veste de son tailleur gris, celui qu'elle portait quand elle avait été « détenue ». Jury prit la veste et lut la griffe.
— Max Mara. Très élégant, très chic. (Il remit la veste sur le dossier.) Max Mara et ce salon ne vont pas ensemble.
Kate paraissait réellement troublée.
— Qu'est-ce qui ne va pas, à la fin?
— Rien, assura-t-il en jetant son manteau en travers du canapé. En fait, j'ai de bonnes nouvelles.

Il la dévisagea longuement, comme si quelque chose en lui plongeait lentement dans les profondeurs de son être.

— Des bonnes nouvelles? Parfait, je vous écoute. La police de Fulham ne m'arrêtera plus? Ça serait d'excellentes nouvelles...

— Non, il ne s'agit pas de ça. Je viens juste de parler avec un certain inspecteur Legrand, de Paris. Malgré l'incendie des dossiers, nous avons une piste pour Sophie. Mais il n'avait pas sa description exacte. Pouvez-vous me la décrire?

Kate laissa choir sa tête contre le dossier du canapé. Ce fut son silence, une fraction de seconde, qui atteignit Jury avant sa réponse.

— Oh, fit Kate avec un haussement d'épaules. Elle était blonde. Comme moi.

Pendant que Kate McBride se levait pour aller au petit secrétaire qui renfermait le whisky et le porto, Jury pensa à Kitty et au luxe de détails dont elle avait entouré le portrait de ses enfants. Un haussement d'épaules et un « Oh, elle était blonde » étaient bien insuffisants pour une mère.

— Il n'y a pas de photos d'elle, remarqua Jury. Le souvenir est trop pénible? Cette histoire n'est qu'un tissu de mensonges, n'est-ce pas?

Des glaçons tintèrent dans les verres. Comme Kate ne répondait rien, Jury poursuivit :

— C'était une invention géniale, mais plusieurs détails manquaient. Vous ne l'avez jamais décrite — son physique, ses vêtements, son allure —, cependant vous pouviez entrer dans les moindres détails pour le reste : Fauchon, le joueur d'orgue de Barbarie, les animaux savants. La seconde chose — qu'on m'a fait remarquer — c'est qu'une enfant n'aurait jamais agi comme Sophie. J'aurais dû comprendre quand Charles Noailles m'a assuré que Michael McBride ne lui avait jamais parlé d'une fille. Il était proche de Noailles. Il semble impossible qu'il n'ait pas parlé d'une fille dont il était « fou ». C'est bien le terme que vous avez employé?

— Vous délirez. Pourquoi diable aurais-je inventé tout cela?

Kate vint lui coller le verre de whisky dans la main.

Il ne se retourna pas pour la regarder; il préférait ne plus avoir à le faire, il craignait qu'elle ne prenne les mêmes lignes dures que les meubles, l'argenterie et la porcelaine. Il aurait eu l'impression de voir une autre femme.

— Vous aviez d'excellentes raisons, à mon avis. D'abord, j'étais le seul à vous avoir vue sur le lieu du crime. Vous vous ressembliez tellement, tout le monde croyait que je me trompais. Vous vouliez m'apitoyer, me donner envie de vous croire. En outre, ces circonvolutions à propos des rendez-vous bizarres dans des villes étrangères : au cas où vous ne m'auriez pas fait céder et que vous ayez été obligée d'admettre que j'avais raison, vous aviez un bon mobile pour aller à Fulham Palace. C'était un énième rendez-vous exigé par vos persécuteurs. Vous avez même réussi à expliquer l'absence de dossier sur l'enlèvement de Sophie par un incendie, un incendie qui a bien eu lieu. Et si vous me montriez le passeport de Kate McBride, je m'apercevrais qu'elle a été à Zurich, en Belgique et à Saint-Pétersbourg aux dates mêmes où vous prétendez y avoir été. Vous avez aussi couvert cette éventualité. Votre unique lapsus a été de parler de « Péter ». Seul un familier de la ville l'appelle ainsi.

Jury s'était levé, il but un peu de whisky qui ne le calma pas et se décida à regarder Kate en face. Ce

faisant, il perçut un *clic* métallique familier. Le revolver ne le surprit pas plus que la nouvelle femme qu'il avait devant lui. C'était un gros calibre, un Walther, qu'elle tenait comme une professionnelle, le poignet droit affermi par la main gauche, comme si elle savait s'en servir, comme si elle s'en était déjà servie.
Plusieurs fois, soupçonna Jury.
— Nous sommes chez Kate McBride, hein? L'appartement de Mayfair, j'allais le dire, vous ressemble davantage. Pourquoi l'avoir tuée?
Le sourire qu'elle esquissa n'était pas un vrai sourire, plutôt l'ombre d'un rictus. Il ne modifia ni sa voix ni ses yeux. Le rire qui suivit fut bref et oppressé.
— Pourquoi? Pour un flic aussi intelligent que vous, j'aurais cru que c'était évident.
— Je ne suis pas si intelligent, on dirait.
— J'avais besoin d'une identité. Pas de celles qu'on fabrique avec de faux passeports et permis de conduire, celle d'une femme qui avait réellement existé. Je me suis retrouvée par hasard dans ce pub il y a un mois. Quelqu'un m'a confondue avec Kate McBride. C'est ça qui m'a donné l'idée. J'ai longuement observé Kate, où elle allait, ce qu'elle faisait, sa démarche, son allure. Je me suis introduit dans son appartement, j'ai fouillé, j'ai trouvé des lettres, son journal intime. Tout ce que j'avais besoin de savoir. Un jour, j'étais en train de refermer la porte à clé, je suis tombée sur Mrs Laidlaw. Elle m'a prise pour Kate. (Elle sourit de nouveau. Son revolver ne trembla pas.) Cette maison au pays de Galles. J'aurais adoré y vivre; sincèrement.
— Comment avez-vous appris son existence?
— Cette imbécile téléphonait du pub. J'étais assise juste à côté. C'est étonnant la quantité d'informations

que les gens laissent échapper sans qu'on leur demande. Cette propriété est bien sûr la raison qui m'a poussée à la faire disparaître rapidement. Elle prenait un rendez-vous. Si elle avait rencontré le notaire, je n'aurais jamais pu me faire passer pour Kate, n'est-ce pas? Je suis fatiguée; j'ai assez d'argent pour vivre une éternité; je veux arrêter, vivre en Grande-Bretagne comme n'importe quel Britannique...

— C'est impossible. Vous ne pouvez pas être n'importe quel je ne sais quoi. Vous n'êtes même pas Nancy Pastis.

— C'est la seconde raison qui m'a incitée à la tuer. Je voulais me débarrasser de Nancy Pastis. C'est ce qui a tout compliqué. J'aurais pu partir, bien sûr, après que la fillette avait découvert le cadavre. Mais comme il ne se passait rien et qu'elle n'avait pas l'air de faire grand-chose, j'ai suivi mon plan original et je suis retournée au jardin botanique. Mrs Laidlaw est une brave petite vieille, mais elle n'est pas très vive.

— Vous vouliez qu'on identifie le corps de Nancy Pastis. Pourquoi ne pas avoir laissé son passeport dans sa poche?

— Oh, Richard! Votre police est plus habile que ça. On aurait pensé que c'était un coup monté.

— Noailles, fit Jury, dérouté. Vous ne le connaissiez même pas. Comment...?

— Bien sûr que je ne le connaissais pas. C'est vous qui m'avez parlé de lui, vous vous en souvenez? Je vous l'ai dit, la quantité d'informations que les gens laissent échapper est étonnante.

— Vous avez même réussi à me le rendre suspect. Ah, ce baratin sur le château de Noailles. Dieu que je suis bête!

— Oh, il y a bien un château de Noailles près d'Aix-en-Provence. Je m'efforce de coller au plus près de la vérité. Et vous êtes loin d'être bête, Richard. Votre problème, c'est que lorsque vous regardez du verre, vous voyez des diamants. Trop de facettes, trop de couches, trop de possibilités. Trop pour agir. Le syndrome d'Hamlet, peut-être ?
— J'imagine que Nancy Pastis n'était pas juste une autre Britannique ? Qui êtes-vous ?
— Quelle différence ?
— Simeon Pitt a été assassiné deux jours après que la police de Fulham vous eut relâchée. Mon ami... (Jury s'arrêta. Moins il en disait sur Melrose Plant, mieux cela valait.) Qu'est-ce qui vous lie aux Fabricant ?

Elle ne répondit pas ; elle avait commencé à enfiler sa veste Max Mara, elle changea le revolver de main, enfila l'autre manche et prit son manteau. Le revolver était resté pointé sur Jury, il le resta lorsqu'elle alla au bureau, ouvrit le tiroir supérieur, ramassa des papiers qu'elle fourra dans la poche de son manteau. Encore quelques pas et elle mit son sac en bandoulière.

Jury ressentait un calme étrange ; il s'en étonna ; l'adrénaline aurait dû le dévaster.

— Vous pourriez répondre à la question, dit-il.
— Laquelle ?
— Simeon Pitt.
— Je ne le connaissais pas.
— L'avez-vous tué ? Parce que celle qui l'a tué avait un sang-froid du feu de Dieu.
— Il n'y avait qu'une seule question. J'y ai répondu.
— Vous allez me tuer : je ne pourrai le répéter à personne.
— Qu'est-ce qui vous fait croire que je vais vous tuer, Richard ?

435

— Je ne sais pas, c'est l'impression que j'ai, dit Jury d'une voix sèche.
Une voix littéralement sèche. C'était comme s'il n'avait jamais eu de salive.
— Je ne crois pas que je pourrais. Vous êtes trop... Elle détourna les yeux, comme s'il lui était pénible de le regarder.
— Vous n'allez pas me tuer ? (Jury ne put se retenir ; il éclata de rire.) Mon Dieu, vous avez mis quelque chose dans mon verre, hein ?
— Oh, rien de bien méchant. Juste assez pour que vous restiez tranquille quelques heures. Ça va vous frapper fort et d'un coup. Attendez.
— Quand on prend les risques que vous prenez, on se fait forcément coincer, mon petit.
— Dans ce cas, ça devrait être par vous, vous ne croyez pas ?
Sans qu'il sût pourquoi, la voix de Carole-Anne parvint à Jury : « C'est encore un de vos compliments ? »
Il sourit, et dut s'asseoir avant de tomber.
— C'est un compliment ?
Sa main était sur la poignée de la porte, le revolver baissé une fraction de seconde.
— Peut-être, répondit-elle. Je n'en fais pas souvent.
— Vous n'avez pas le temps. Entrer dans un club pour hommes, sortir un stylet et poignarder un des membres. Vous devez être grassement payée, Kate.
— Je ne le fais plus pour de l'argent.
— Pourquoi, alors ?
— Pour le flash, lança-t-elle avant de sortir.
Et la drogue le frappa, d'un coup.

46

Melrose envisagea d'attaquer la couche supérieure lui-même — « du papier de verre », avait dit Rees. La curiosité le démangeait. Mais il redoutait les dégâts qu'il risquait d'infliger au tableau. Il regretta d'avoir congédié Ruthven et Martha pour la soirée; il n'avait personne pour le cajoler, personne auprès de qui se plaindre. Il n'arrivait pas à joindre Richard Jury — en voilà un qui devrait avoir un biper! Se rappelant que Diane en avait un, il feuilleta son carnet d'adresses, trouva le numéro et le composa. Lorsqu'il lui avait téléphoné de Londres, il lui avait dit qu'il louait une voiture pour rentrer; elle l'avait plaint d'être obligé de conduire une Mercedes ringarde.

La sonnette de la porte d'entrée fit entendre son trémolo réconfortant; Melrose se serait presque réjoui de voir Agatha. En fait, lorsqu'il ouvrit la porte, croyant que c'était elle, il eut un pas de recul machinal (et bien peu amical, se dit-il) en voyant une étrangère sur le seuil.

— Mr Plant? demanda-t-elle. (Elle sortit son portefeuille de son sac et le brandit afin qu'il voie — crut-il — sa carte d'identité.) Je suis Posy.

Voyant qu'il restait pantois, elle inclina la tête en souriant, attendant qu'il reprenne ses esprits.

Il s'éclaira enfin.

— Ah, oui, Trueblood! J'avais complètement oublié, il m'a parlé de quelqu'un pour mon tableau.

— Mr Trueblood m'a téléphoné, confirma-t-elle.

— Entrez, je vous en prie! C'est donc vous qui êtes de Northampton?

— C'est moi. Non, merci, je préfère garder mon manteau — j'ai eu froid toute la journée. J'espère que je ne couve pas une grippe. Oh, quelle maison absolument superbe! (Elle se planta au milieu du vaste hall en marbre et pivota lentement sur elle-même.) Vous avez de bien jolis tableaux. C'est un Stubbs? demanda-t-elle en désignant une étude de juments et de poulains.

Melrose n'en savait rien.

— Plus ou moins, dit-il. Le tableau pour lequel j'ai besoin de vous se trouve là, dans le salon. (Il lui montra le chemin.) En fait, il ne s'agit pas à proprement parler de restauration, je voudrais surtout enlever la couche du dessus...

— C'est une opération risquée. Il existe des solvants, bien sûr, mais il faut une main sûre pour exécuter ce genre de travail.

Melrose était allé à une armoire derrière laquelle il avait rangé le tableau.

— Et vous avez la main sûre?

— Oh oui! s'esclaffa-t-elle.

Melrose tira le tableau, le souleva au-dessus d'un banc en bois sur lequel il l'inclina.

— Non, dit-il, vous n'aurez pas besoin d'utiliser des solvants.

— Voici donc le candidat à la restauration? (Elle

l'examina en silence, puis déclara, en s'efforçant de ne pas rire :) Je n'arrive pas à comprendre pourquoi vous voulez enlever la couche du dessus.

Trueblood avait parlé d'un restaurateur de tableaux, pas d'une actrice comique.

— Moi non plus, fit Melrose.

Ils éclatèrent de rire.

— Qu'est-ce que ça représente ? s'étonna-t-elle.

— De la neige. En Russie. En Sibérie, d'après le peintre. Passez votre main sur la surface. (Pendant qu'elle s'exécutait, il expliqua :) C'est du papier de verre. Le type qui a peint ce machin se sert d'une technique particulière, il applique un papier de verre très fin sur la toile.

— Oui, j'en ai entendu parler, assura-t-elle. Ça donne une texture intéressante. (Après s'être agenouillée devant le tableau, elle se releva.) Il ne s'agit donc pas d'enlever la couche de peinture blanche, mais le papier de verre, c'est ça ?

— N'est-ce pas plus facile ?

— Si, absolument.

Elle ouvrit sa sacoche en cuir qu'elle avait posée sur le banc en bois et en sortit une loupe de joaillier qu'elle vissa à son œil ; elle passa de nouveau sa main sur la toile, la tête presque collée au tableau.

— C'est juste un rectangle blanc, dit Melrose. Qu'est-ce que vous comptez voir comme ça ?

— Euh, ce n'est pas la peinture que j'examine, mais la texture et l'épaisseur. (Elle écarquilla son œil et laissa tomber la loupe dans sa main, puis passa un doigt le long du cadre.) C'est ce qu'il y a sous le papier de verre qui vous intéresse ?

— Oui, un autre tableau, mais je n'en suis pas absolument sûr.

— Eh bien, regardons.
Cette fois, elle sortit de sa sacoche un instrument qui ressemblait à un racloir de peintre en bâtiment. Elle l'appliqua sur le coin inférieur et décolla avec précaution cinq centimètres carrés de papier de verre.
Melrose s'agenouilla à côté d'elle.
— Je ne vois rien, dit-il. Continuez.
— Il faut faire très attention ; j'ai peur d'endommager la toile. Vous pensez qu'elle a de la valeur ?
— Elle a causé suffisamment d'ennuis pour être inestimable.
L'étrangère esquissa un sourire. Avec moult précautions, elle continua de décoller la couche supérieure, dévoilant plus d'un quart de la surface.
— Pourquoi faire une chose pareille ? s'étonna-t-elle.
Elle se releva et dévisagea Melrose avec curiosité.
— C'est mon oncle Soames. Il est un peu brouillon depuis quelque temps...
— Tiens ?
Elle fouilla de nouveau dans sa sacoche.
— Ça ne peut pas être le nom du peintre originel ? demanda Melrose, qui essayait de lire un graffiti qui ressemblait à une signature.
— Oui, sans doute.
— Comment avez-vous... ?
Il se retourna et se trouva nez à nez avec le canon d'un revolver. Il resta sans voix.
— Désolée, Mr Plant. (Elle avait dit cela d'un ton enjoué.) Bon, ajouta-t-elle en désignant un endroit avec son revolver, si vous voulez bien reculer jusque-là, je remballe tout et je m'en vais...
Melrose était plus outré qu'effrayé.
— Qui êtes-vous, nom de Dieu ?

— Peu importe, dit-elle en rangeant ses affaires dans la sacoche.
— Comment saviez-vous que j'avais le tableau?
— Ah, quelqu'un l'a pris chez les Fabricant. Et pour autant que nous le sachions, vous êtes le seul à en avoir eu la possibilité.
— « Nous » ?
— Ilona et Sebastian. Vous et votre amie peintre...
Melrose en oublia le revolver.
— Laissez Bea Slocum en dehors de tout ça.
La sonnerie du téléphone, que Melrose perçut comme un cri aigu, le coupa net.
— Répondez! siffla-t-elle. Avant que ça ne réveille votre personnel.
Dieu merci, Ruthven et Martha étaient de congé. Comment se faisait-il qu'elle ne s'en était pas rendu compte? Il lui avait ouvert lui-même, après tout. Le revolver s'enfonça dans ses côtes.
— Décrochez; et approchez le combiné, que je puisse entendre...
Oh, super, se dit-il. Si elle écoute, comment faire passer un message? C'est Jury! Oh, mon Dieu, faites que ce soit Jury! Il sait lire dans les esprits...
— Melrose! C'est vous, Melrose? Qu'est-ce que vous vouliez?
Diane! Bon sang! Comment lui faire comprendre?
— Diane, ma chérie. Merci d'appeler, mon chou.
Une brève pause le temps que Diane essaie de comprendre ce qui lui valait ces mots doux qu'il n'utilisait jamais avec elle.
Ne pas la laisser parler. *Ne parle pas, Diane!* Melrose sentait le souffle tiède du bourreau contre sa joue. Il sentait aussi le revolver.
— Ecoutez, mon chou. Je sais que vous voulez des

nouvelles de Mildred. (Diane était muette comme une carpe. *Bonté divine, se pourrait-il que Diane devine ce qui se passe?*) Elle ne va pas bien, ma chérie, pas bien du tout.

Silence. Puis :

— Mon Dieu, je suis vraiment navrée, chéri. Qu'est-ce qui se passe, cette fois?

Seigneur tout-puissant! Diane Demorney *réfléchissait*!

— J'ai peur que ce ne soit la fin, Diane.

— Quelle horreur!

— Je sais. Je me demandais si vous ne pouviez pas faire un saut chez elle. Vous savez, c'est sur Northampton Road. Allez voir notre pauvre Mildred.

— Oui, bien sûr. J'y vais tout de suite.

— Mais vous savez comme elle s'effraie facilement. Il vaut mieux qu'elle n'entende pas votre voiture sinon elle va encore avoir une attaque.

Le revolver s'enfonça dans les côtes de Melrose.

— Il faut que je raccroche, Diane.

Il raccrocha. Où était Diane? Au Jack and Hammer? Chez elle? Tant qu'elle n'était pas à Sidbury, elle pouvait arriver d'une minute à l'autre.

Le revolver le dirigea vers le salon.

— Beatrice Slocum, dit-il. Elle va bien?

— Sans doute. Je ne l'ai pas vue.

Elle avait pris un plastique dans sa sacoche et elle essayait maladroitement d'en envelopper le tableau d'une seule main.

— Comment m'avez-vous trouvé?

— Votre ami le commissaire Jury m'a parlé d'un de ses amis qui cherchait un restaurateur de tableaux. Un ancien comte, disait-il. Il ne m'a pas fallu longtemps pour trouver un aristocrate du Northamptonshire qui avait renoncé à ses titres.

— Mais Trueblood. Comment le connaissez-vous ?

— Jamais entendu parler de lui. C'est vous qui avez prononcé son nom le premier.

Impuissant, Melrose la regarda en silence emballer lentement le tableau, en lui jetant un coup d'œil de temps en temps, et scotcher le plastique.

— Les Fabricant vous ont payée pour que vous leur rapportiez le tableau ? Pourquoi vous donner tant de mal ? Ils ne vous avaient donc pas payée pour le vol ?

— Vous ne comprenez pas. Maintenant, le tableau m'appartient.

Melrose la dévisagea, abasourdi.

— C'étaient vos honoraires ?

Elle cala le tableau sous son bras.

— Au départ, non. C'est une récompense que je m'accorde pour l'avoir volé une seconde fois et, bien sûr, pour avoir pris soin de Mr Pitt. Sebastian prétendait que ce vieux bonhomme était sur le point de découvrir le pot aux roses...

Ce fut l'une des rares fois où la colère aveugla Melrose. Il fit un pas en avant, mais s'arrêta net en entendant un petit bruit sec, semblable à une brindille que l'on casse.

Mais ce n'était pas le revolver de l'inconnue.

— J'espère que je ne suis pas de trop.

La voix de Diane les surprit l'un et l'autre. Dana fonça vers la porte-fenêtre. Diane tira, le revolver pointé devant elle d'une seule main. Elle rata la cible mais toucha les apéritifs : la bouteille de vodka vola en éclats.

— Merde ! jura Diane.

Dana tira deux fois ; une balle brisa l'applique en

pierre, l'autre la lampe Tiffany. La pièce fut aussitôt plongée dans le noir.

— Diane! hurla Melrose au milieu des rafales de pluie et des bruits de pas. Ça va?

Il ne lui fallut que quelques secondes pour s'adapter à l'obscurité et trouver la lampe de travail. Il tira sur la cordelette et une douce lumière jaune éclaira un coin de la pièce. La femme avait disparu.

— Elle m'a frôlée! déclara Diane.

Melrose la rejoignit et ils scrutèrent tous deux la nuit zébrée de pluie. Diane était debout, un bras en travers de la poitrine, l'autre, le coude plié, le revolver pointé en l'air.

— Vous tenez votre revolver comme un Martini, constata Melrose. Posez-le!

— A propos de Martini... (Elle jeta un regard vers les bouteilles brisées.) Si c'était votre dernière vodka, je me flingue. Non, c'est juste une façon de parler, Mildred. (Elle laissa tomber son revolver dans les mains de Melrose et se dirigea vers le buffet qui renfermait les alcools.) Qui était cette folle? demanda-t-elle, moins intéressée par la réponse que par son Martini. (Elle s'agenouilla et fouilla dans le bas du buffet, déplaçant des bouteilles.) Melrose, ne me dites pas que vous n'aviez qu'une seule bouteille de vodka!

Melrose se dit que la langueur de Diane était parfois une bénédiction. Il s'étonnait encore qu'elle ait rappliqué aussi vite.

— Oh, Diane! s'exclama-t-il. (Il alla vers elle, la releva et la serra dans ses bras.) Comment avez-vous fait pour déchiffrer mon message à propos de Mildred?

Diane dressa un sourcil.

— Mildred? Oh, ça n'a rien à voir. C'était votre

horoscope, Melrose : *Le danger vous guette sous les traits d'une nouvelle amitié. N'ouvrez pas votre porte!* Bon, je savais que ce n'était pas à Mildred que vous risquiez d'ouvrir votre porte. Ah, en voilà une dans le fond ! Et une autre de vermouth. Parfait. Un verre ? (Elle versa une mesure de vodka et un nuage de vermouth dans une cruche et remua.) Où sont les glaçons ? (Elle en trouva dans un seau et en mit quelques-uns dans un verre ventru.) Il va falloir que je boive ça on the rocks, j'imagine. Pouah !

— Faites comme chez vous, Diane.

— Merci, dit-elle en s'asseyant dans la bergère préférée de Melrose, le Martini et la cigarette à la place du revolver. Vous ne m'avez pas dit qui c'était. Notez bien, je dois avouer qu'elle s'habille avec goût...

— Je ne la connais pas. J'appelle la police.

— Un peu tard. Qu'est-ce qu'elle faisait ici ? Franchement, Melrose.

Elle avait l'air de lui reprocher d'inviter n'importe qui chez lui.

— Elle venait chercher un tableau.

Les sourcils maquillés de Diane dessinèrent un accent circonflexe.

— Un tableau ? (Elle parcourut le salon des yeux d'un air pensif, puis fixa soudain Melrose qui venait de décrocher le téléphone.) Pas *mon* tableau, j'espère !

— J'ai bien peur que si... Allô ! Allô ! Il y a eu un accident... euh, appelons ça un incident.

Il fournit quelques informations, raccrocha et composa le numéro de Scotland Yard. Jury n'était pas là, et on ne savait pas où il était. Melrose obtint Wiggins, à qui il raconta brièvement ce qui s'était passé.

— Vite, à boire ! s'exclama-t-il après avoir raccroché. (Il versa trois doigts de whisky dans un verre et

s'écroula dans le canapé.) Seigneur ! (Il allait prendre une cigarette quand il se souvint.) Au fait, Diane, pourquoi m'avez-vous téléphoné ?
— Le biper. Vous avez appelé mon biper, vous vous rappelez ?
Melrose s'affala davantage.
— C'est vrai, Dieu merci. Vous avez été géniale, Diane.
— Entendu, mais la prochaine fois, ouvrez vous-même la porte, Melrose.
— C'est justement ce que j'ai fait, hélas.

47

Jury se battait contre les courants qui le repoussaient ; il n'arrivait pas à leur échapper. Ballotté en tous sens, il s'aperçut qu'il préférait se laisser aller. C'était si agréable de dériver sous la surface. Il rêva qu'il était à la fête foraine. Wiggins chevauchait le cheval jaune d'un manège. En haut de la grande roue, le commissaire divisionnaire Racer se découpait sur un ciel noir sans étoiles. Aux autos tamponneuses, Melrose était entré joyeusement dans Jury, qui avait basculé par-dessus son véhicule et se retrouvait les quatre fers en l'air. Les autos circulaient autour de lui, mais sans danger. Elles se rapprochaient et s'éloignaient, semblables à des vagues. Le chat Cyril sauta sur sa poitrine et posa ses pattes sur ses yeux. Jury n'arrivait pas à se débarrasser de Cyril.

Il se réveilla dans l'appartement de Redcliffe Gardens ; il faisait noir, il loucha sur sa montre : il avait dormi pendant près de sept heures ! C'était le matin, il faisait nuit, mais c'était bien le matin. Hormis une violente migraine, Jury semblait intact.

Dieu merci, elle n'avait pas coupé le téléphone. Il appela Scotland Yard et demanda qu'on lance un avis de recherche. Il ne comptait pas trop l'arrêter à l'aéroport de Heathrow ni à la gare Victoria, pas au bout de sept heures, mais comment être sûr? Elle avait tout le temps de quitter le pays. Dieu savait qu'elle avait au moins un passeport.

Il appela la police de Fulham; on lui passa Ron Chilten, qui lui apprit que Wiggins et lui-même avaient téléphoné partout sans pouvoir le joindre. Où diable avait-il été?

Wiggins prit l'appareil pour lui dire que Mr Plant avait appelé, plusieurs heures auparavant. Il allait bien. Non, pas de dégâts, sinon que le tableau avait disparu.

Lorsque Ilona Kuraukov avait ouvert la porte à Jury et à Wiggins, elle portait sa fourrure et un long collier russe fait de perles d'ambre. On aurait dit qu'elle les attendait. Ils l'avaient emmenée au commissariat de Fulham, où elle était désormais assise dans la salle d'interrogatoire avec Jury et Wiggins; un magnétophone enregistrait l'entretien. Dans une autre salle, Chilten et son sergent interrogeaient Sebastian Fabricant.

— Nikolaï et Ralph ne sont au courant de rien, assura Ilona.

— Comment Ralph pouvait-il ne pas être au courant? s'étonna Jury. C'est lui qui a peint les tableaux.

— Il en a peint quatre et a seulement cru avoir peint le cinquième. Je sais peindre, moi aussi, bon Dieu! Croyez-vous qu'il soit difficile d'imiter le « style » de Ralph dans ces toiles? Bien sûr, Sebastian pouvait voir la différence, mais pas Nicky. Alors, laissez-le tranquille, s'il vous plaît.

S'il vous plaît, peut-être, mais cela ressemblait davantage à un ordre qu'à une supplique.

— Je dois être juste avec votre pays : avant de tuer un roi vous le jugez. Mais en Russie ? Les tsars ont été assassinés par des gangsters. Nicolas, Alexandra, leurs enfants, ont été exécutés par la Tchéka, une bande de gangsters. Jusqu'à la mort de Staline, la Russie a toujours été dirigée par des gangsters.

Elle ne chercha pas à nier qu'elle était l'instigatrice du vol du Chagall ni qu'elle avait payé la dénommée Dana. Mais elle n'était pour rien dans le meurtre de Kate McBride.

— C'était une initiative personnelle de Dana. Une femme remarquable, d'ailleurs.

— Et Simeon Pitt ?

— Il menaçait de dénoncer Sebastian et la galerie.... C'est le soulèvement d'Octobre et ses conséquences qui sont responsables du meurtre des hommes de ma famille. Ce genre de révolte est souvent l'œuvre de fanatiques, incapables en outre de se conduire correctement. Lénine, qui portait un déguisement, n'arrivait pas à garder sa perruque et, le soir du soulèvement, il avait oublié son maquillage. Trotsky, Lénine, Staline et ce policier complètement fou, Dzerzhinsky — voilà ce dont une révolution a besoin : de la folie, du fanatisme et du sadisme. Le saccage du Palais d'Hiver ?

Comme si on lui avait posé la question ! Ils laissèrent tourner le magnétophone. Jury n'était pas pressé. Wiggins ne cessait de se lever et de se rasseoir, mais il n'interrompit pas Ilona.

— Ça s'est fait au petit bonheur. Les ministres ont trouvé ça drôle et n'ont pas bougé ; les bolcheviks ne savaient pas ce qu'ils faisaient. Michel, mon mari, était présent. Il était jeune à l'époque. Par la suite, il est devenu conservateur du musée; avec d'autres, il a emballé les œuvres d'art et les a expédiées au loin pour les sauver de la destruction. On l'a arrêté au Palais d'Hiver et on l'a fusillé. Savez-vous pourquoi? Parce qu'il savait que c'étaient des œuvres d'art et qu'il les décrivait si bien qu'on avait l'impression de les voir. Il ne vivait que pour l'art...

« Les révolutionnaires ont remplacé le meurtre, le pillage, le viol et les émeutes par le meurtre, le pillage, le viol et les émeutes. Des émeutes conduites par des masses qui ne défendaient que leurs propres intérêts. Les Rouges ont commis des atrocités; les contre-révolutionnaires — les Blancs — ont commis des atrocités, perpétré des pogromes. La Russie a engendré des générations d'ignorants. Pendant la Grande Guerre, mon père était affecté au décryptage. Les lignes téléphoniques étant rares, les ordres étaient transmis par radio. Les manuels de codes étaient rares, eux aussi, les ordres étaient donc diffusés en clair. Des milliers de soldats n'avaient pas d'armes, ils devaient attendre que leurs camarades meurent pour prendre leurs fusils...

« Il y a eu des massacres, encore des massacres. Lénine méprisait les koulaks, les paysans; Staline méprisait tout le monde. Dès qu'il se sentait menacé par quelqu'un, il le faisait exécuter. Kirov, le secrétaire du parti à Leningrad — son meurtre avait bien sûr été ordonné par Staline qui, en public, a versé des larmes sur ce qu'il a qualifié d'acte barbare. C'était l'excuse qu'il cherchait pour déclencher les purges. Mon oncle était un des gardes du corps de Kirov. Il est mort mystérieusement dans un accident de voiture inexpliqué...

« Mon frère a été condamné avec une douzaine

d'innocents dans une mascarade de procès, le procès Shakty. Les aveux étaient arrachés sous la torture. Ah, ces procès de Staline ! Quand on veut détourner le blâme de ses propres échecs — et Staline échouait lamentablement —, on organise un procès...
— Et cette Dana, interrompit Wiggins. Comment l'avez-vous engagée ?
Ilona le dévisagea comme si elle avait affaire à un nigaud.
— Je la connaissais. Pas en tant que Dana, bien sûr, mais je l'avais connue enfant.
— Comment s'appelle-t-elle ?
— Son vrai nom ? Anna Kerensky. Remarquez, ça ne vous servira pas à grand-chose de le savoir.
— Elle est russe ?
— Biélorusse. Son père a été interrogé, fouetté et fusillé en public par le NKVD. On a prétendu que c'était un espion. Ils ont exterminé tout son village. Son oncle était prêtre ; il avait rassemblé ses paroissiens dans la petite église. Un sanctuaire ? Le pauvre homme devait être un simple d'esprit. Les bolcheviks nous ont volé tout ce que nous possédions, nos meubles, nos œuvres d'art. Je n'ai volé qu'un tableau et j'estime que c'est une piètre compensation. Ils les ont jugés, battus, torturés, assassinés. Mon père, mon mari, mon frère, mon oncle : tous assassinés...
Ilona tira rageusement sur la cigarette qu'elle avait vissée dans son long fume-cigarette en ivoire, et recracha un fin nuage de fumée.
— L'ennui, avec des projets pareils, dit Jury, c'est qu'ils finissent par concerner davantage de monde que prévu. Kate McBride, Simeon Pitt, une vieille femme de ménage russe... La justice commence avec une victime, n'est-ce pas ?

Ilona détourna les yeux, puis les reporta sur Jury.
— Ah, comme c'est bien dit, Mr Jury. Notre Mère Russie...
Elle se tut.

48

— C'est pas vrai, je rêve! s'exclama Jury.
Il avait approché du lit la même chaise que Trueblood deux jours plus tôt. Toutefois, il ne fit aucun commentaire sur son style.
— Tout le monde me rend visite au lit en ce moment, remarqua Melrose. Vous ne pouvez même pas attendre que j'aie pris mon thé?
Jury était arrivé de bon matin. *Seigneur, huit heures?* Non, le réveil avait dû s'arrêter. Melrose s'en saisit et tapa plusieurs fois dessus pour le faire redémarrer.
— Tu as dû quitter Londres aux aurores...
— Eh oui. Je serais venu plus tôt si j'avais eu le message.
— Où étais-tu, bon Dieu! On n'arrivait pas à te joindre.
— Disons que j'étais... assoupi.
Jury étudia les moulures du plafond.
— Ah! Au moins, tu arrives à dormir. Je ne peux pas en dire autant...
Melrose bâilla à s'en décrocher la mâchoire, puis arrangea le drap et les couvertures sur sa poitrine. Il paradait comme un roi à qui les suppliants viennent

rendre hommage dans sa chambre, Sa Majesté ne daignant pas se lever.

— Tu ressembles à Wiggins.

— Ce n'est pas l'effet que je recherchais, s'irrita Melrose. Ce que je peux dire, c'est que la police n'est jamais là quand on a besoin d'elle.

— Je suis profondément navré, crois-moi. Si j'avais pu... commença-t-il en posant sa main sur l'épaule de Melrose.

Jury paraissait tellement sincère que Melrose eut honte. Il cessa de jouer la comédie et balança ses jambes hors du lit.

— Aaah! fit-il aussitôt en se prenant la tête à deux mains. J'ai un peu trop bu avec Diane. Un seul Martini Demorney équivaut à une année entière de pub Absolut.

— Elle ne visait apparemment pas la bouteille de vodka. Dommage qu'elle ait raté sa cible.

— Tu veux du thé?

Melrose tira sur le cordon en tapisserie qui pendait près de son lit.

— Et un petit déjeuner. Je n'ai pas eu le temps de manger.

— Oh, Martha va nous préparer un festin, ne t'inquiète pas.

Melrose enfila sa robe de chambre. Jury examina le tissu.

— C'est du cachemire?

— Les robes de chambre sont toujours en cachemire, non? Bon, je dois me laver.

Et Melrose se dirigea vers sa salle de bains en se dandinant.

— Si on traîne un peu, il sera bientôt l'heure d'aller au Jack and Hammer.

— Il est tout juste neuf heures, remarqua Jury qui attaquait sa deuxième assiette d'œufs au bacon. (Il regarda Melrose qui tapotait la calotte de son œuf à la coque.) Tu ne vas pas encore faire des mouillettes! s'exclama-t-il en pointant sa fourchette sur les toasts que Melrose avait consciencieusement découpés en long.

— Si, toujours, avec mes œufs à la coque. Bon, maintenant qu'on est installés, réponds à mes questions.

— Réponds d'abord à la mienne. Tu m'as laissé un message....

— Oui. Ça t'a aidé?

— Ça aurait pu, sauf que tu l'as transmis à Carole-Anne; c'est comme si tu n'avais pas laissé de message. Tu parlais de futons; je devais chercher dans le Fodor. Enfin, d'après Carole-Anne...

Melrose s'arracha les cheveux.

— Pas « futons », bon Dieu! *Fauchon.*

Jury se perdit dans la contemplation de ses œufs.

— Quel imbécile! J'aurais dû deviner.

— Tu n'aurais pas dû avoir besoin de deviner, rétorqua Melrose en plongeant une mouillette dans son œuf.

— C'est-à-dire?

Melrose croqua son toast et l'avala.

— D'après le guide touristique, Fauchon est le genre d'épicerie dont la politique est « Ne touchez pas à la marchandise! » Le client ne se sert pas lui-même.

— Donc Sophie...

— Ne pouvait pas être en train...

— De choisir les pommes de terre elle-même.

— Bon, et le manteau? Et le corps qui avait été déplacé?

— Elle portait un manteau de zibeline pour la même raison qu'elle était descendue du bus. Elle voulait qu'on se souvienne d'elle, mais pas de son visage. D'où la fourrure, qui en jette plein la vue. Elle a eu raison, les gens se sont souvenus de la fourrure, pas de la femme. Et elles se ressemblaient suffisamment pour qu'il n'y ait pas de note discordante. Quant au cadavre, elle l'a caché pendant deux heures le temps de se fabriquer un alibi au cas où Kate McBride — c'est-à-dire elle-même — viendrait à être suspectée. D'ailleurs, on ne l'aurait jamais soupçonnée si je n'avais pas été dans ce fameux bus.

— Tu te souvenais du visage aussi bien que du manteau, dit Melrose en le fixant d'un œil pénétrant.

Jury opina sans un mot.

— Tu savais que c'était elle, avança Melrose.

— Je savais que c'était quelqu'un...

— Oui, je comprends ce que tu veux dire.

— ... mais pas Kate McBride, continua Jury comme s'il n'avait pas entendu. Parce que Kate McBride était morte.

— Et cette femme.. comment se fait-elle appeler?

— Dana.

— Elle voulait que la police découvre qu'elle était la morte, que la morte était Nancy Pastis, et que Nancy Pastis était en réalité Dana. Ainsi, elle aurait pu vivre sa vie sans jamais être poursuivie. Mais alors, pourquoi avoir rendu cette découverte aussi difficile? Pourquoi ne pas avoir laissé le passeport de Nancy Pastis sur le cadavre? La défunte Kate McBride ne ressemblait pas assez à la photo du passeport de Nancy Pastis?

— Oh, si. Tu ne peux pas savoir ce que la coiffure

et le maquillage peuvent faire pour brouiller les différences entre une femme et une autre, s'il y a une ressemblance au départ. Mais c'est une bonne question. C'est parce qu'elle ne voulait pas que l'identification du corps soit trop simple. Elle a un esprit hyper subtil, elle adore les casse-tête chinois. Et elle a un sang-froid exceptionnel. (Jury se leva, alla à la table roulante, souleva le dôme en argent et se servit une tranche de bacon.) Je crois aussi qu'elle s'ennuyait.

— Elle s'ennuyait? Dois-je en conclure qu'elle a assassiné mon ami Pitt pour tuer son ennui?

— Non, dit Jury en s'asseyant. Pitt avait dit aux Fabricant qu'il avait deviné. Les Fabricant — Seb ou Ilona Kuraukov — ont contacté Dana. (Dans sa bouche, le nom lui parut aussi étranger et exotique que le melon au miel qu'on mange dans les îles du Pacifique. Il secoua la tête comme pour se débarrasser du nom.) A mon avis, c'était une idée d'Ilona Kuraukov. Ça lui est venu à l'esprit quand elle a vu ce que peignait Rees à Saint-Pétersbourg.

— J'imagine mal Ralph Rees faire ça, tu sais. Il a beau être malavisé, il n'a pas mauvais esprit.

— Oh, il n'était pas dans le coup.

— Comment pouvait-il ne pas l'être?

— Il suffisait de coller le papier de verre sur la toile volée et de peindre par-dessus. Ilona est peintre. Elle aurait pu faire ça sans problème. Sauf, bien sûr, si on considère que ces machins blancs sont l'œuvre d'un génie. Je ne crois pas non plus que Nicholas était dans le coup. Si son chéri n'y était pas...

Melrose décalotta un autre œuf.

— Comment a-t-elle fait pour sortir le tableau de l'Hermitage?

— On ne le sait pas encore. La toile a été découpée du cadre...
— Bon Dieu, il y avait des gardiens ! Un système de sécurité...
— Peu avant la découverte du vol, les gardiens avaient été distraits par quelque chambard venu d'ailleurs. Quant à le sortir du musée, ce n'était pas un grand tableau. Les gens de l'Hermitage pensent que la toile a été roulée et cachée dans une canne creuse.
— Mais on vous oblige à déposer ce genre d'objets à l'entrée !
— Oui, je crois, mais étant donné que les flics sont arrivés aussitôt et que tout le monde a été fouillé...

Melrose plongea une nouvelle mouillette dans le jaune d'œuf.
— Le tableau n'a pas été retrouvé... la femme non plus.
— Ni l'un ni l'autre, en effet, admit Jury.

Lorsque Jury et Plant entrèrent au Jack and Hammer peu après onze heures, Trueblood, qui était assis entre Diane Demorney et Agatha, se leva d'un bond et vint broyer la main de Melrose en lui expliquant qu'il n'avait pas été aussi emballé depuis l'affaire du *secrétaire à abattant*.

— Vous avez été géniale, dit Jury à Diane, mais...
Diane roula des yeux comme frappée d'une attaque d'ennui mortel.
— Vous allez me demander si j'ai un permis pour mon joujou, commissaire ?
— Non, j'allais dire que ce que vous avez fait était très dangereux...

— Une audace folle, un mépris insouciant pour la vie...
— Bon, je n'ai rien dit, pouffa Jury.
Diane se pencha sur lui et inclina la tête de sorte que ses cheveux de jais coupés au rasoir tombent joliment sur une pommette délicate.
— Vu que certains n'assuraient pas la protection, j'étais bien obligée d'improviser, non?
Elle se redressa, vissa une cigarette dans son fume-cigarette en ivoire et l'agita pour avoir du feu. Brandir un revolver, d'accord, mais certainement pas une allumette. Trueblood lui donna du feu.
— On boit un verre ou doit-on attendre que tout le monde prête serment?
— Nous étions juste en train de décider qui paiera la tournée.
Sans hésitation, trois paires d'yeux se braquèrent sur Jury.
— J'ai compris, dit-il avant d'appeler Dick Scroggs qui, pour une fois, accourut comme s'il lui était poussé des ailes.
Dick Scroggs aimait bien Jury. Mains sous son tablier, il déclara :
— Oh, inutile de commander, je sais ce que vous voulez. Un Martini avec un zeste... une demi-pinte d'Old Peculiar... un Campari et absent...
— Absinthe, vieille ganache. Mon Dieu, vous êtes tavernier et vous ne savez même pas ce que vous vendez?
Diane dévisagea Scroggs comme s'il était un extraterrestre.
— Dick, vous savez que je ne bois pas de Martini avant que le soleil soit au-dessus du verger...
— De la vergue, Diane, corrigea Melrose.

— Peu importe. Là où il est à midi.
— Entendu, miss. Que prendrez-vous, alors ?
Diane tendit le bras pour examiner sa montre en diamant et perles.
— Encore vingt-huit minutes.
— Et si on allait à la bibliothèque en attendant ? proposa Trueblood. On pourra prendre un café.
Il se leva.
— Un café ? fit Diane. A cette heure ?
— A la nouvelle cafétéria. (Melrose se leva à son tour et tira Jury de sa chaise.) Il faut que tu voies ça.
— Quelle cafétéria ? demanda Jury.
Personne ne répondit.
— Mais c'est dimanche ! protesta Jury.
Personne ne répondit, et tout le monde sortit.

— C'est illégal, vous savez, dit Theo Wrenn Browne qui était assis à l'une des tables de la cafétéria, Agatha à côté de lui tel un phoque dans sa veste de fourrure noire, prête à mordre quiconque s'aviserait de protester.
Nos quatre amis durent s'asseoir à la table voisine, la seule restée libre.
— Quant à cet espresso, reprit Browne qui grimaça après en avoir bu une gorgée, il n'est même pas bon. Il est amer.
Ayant découvert un terrain fertile pour attaquer son neveu, Agatha déclara :
— Cette femme qui a failli te tuer, Melrose... qu'est-ce que tu faisais avec elle ? Tu as toujours eu le chic pour te fourrer dans le pétrin.
C'était de sa faute, naturellement, s'il s'était fait voler et presque assassiner.

— Où est Vivian ? demanda Jury. Ça fait une éternité que je ne l'ai vue...

Il scruta la bibliothèque du regard, comme si Vivian se cachait parmi les livres.

— Voilà ce que nous avons découvert, dit Agatha, en ayant terminé avec les dangers qui guettaient son neveu. Theo et moi, nous pensons que cette cafétéria enfreint toutes sortes de lois. Vous n'avez pas l'autorisation de la mairie. Et un arrêté municipal dit qu'on ne peut pas vendre de la nourriture ni des boissons dans une bibliothèque ; en outre, elle n'a pas reçu l'aval de la commission d'hygiène...

— Et cependant, je vois que tu manges les scones non hygiéniques de Betty Ball, rétorqua Melrose.

— Vous ne rendez pas service à Una Twinny, dit Browne, faussement concerné. Elle se fera virer quand ses supérieurs l'apprendront.

— Il faudra me passer sur le corps, intervint Trueblood.

Agatha ajusta son col de fourrure.

— Oh, siffla-t-elle, nous connaissons tous votre penchant pour les arrangements spécieux, Mr Trueblood. Ça ne me surprend pas.

Elle disparut au second plan quand, soudain, Vivian entra en trombe en hurlant presque :

— Melrose !

A l'étonnement de tous (sauf de Diane, qui cherchait à allumer sa cigarette), Vivian se jeta littéralement dans les bras de Melrose qui s'était levé pour l'accueillir.

— Dieu soit loué ! Oh, Seigneur, tu aurais pu te faire tuer ! (Elle se dégagea, les yeux humides, les joues marbrées de rouge, et secoua doucement Melrose.) Pourquoi tu fais des trucs pareils ?

Encore de sa faute, comme d'habitude.
— Toi !
Ah, ce n'était pas sa faute... mais celle de Jury.
Une main sur la hanche, Vivian agitait un doigt devant le nez de Jury, qui recula et retomba sur sa chaise.
— Pourquoi l'entraînes-tu toujours dans tes affaires criminelles ? gronda-t-elle.
— Parce que c'est un fameux détective.
Ce n'était pas une réponse, Dieu en était témoin (même si Melrose la trouvait à son goût), et, encore tremblante du danger encouru, Vivian se laissa choir sur une des chaises que trois vieilles dames venaient de quitter pour fuir le tumulte.
Melrose se délectait d'avoir suscité un tel émoi chez Vivian. Et qu'elle engueule Jury en prime était un cadeau imprévu.
— Qui était cette... personne qui t'a presque tué ?
— Oh, nous étions en classe ensemble, il y a des lustres.
Vivian bondit de sa chaise et le martela de coups de poing, puis se calma aussitôt et se rassit en rougissant.
— Je peux vous dire une chose à propos de cette femme, dit Diane qui s'énervait sur son briquet en argent.
Cinq paires d'yeux se braquèrent sur elle.
— Son tailleur, c'était un Chanel.
Tous levèrent les yeux au plafond, confondus par l'inconséquence de Diane.
— Non ! (Les cinq paires d'yeux se dirigèrent sur Jury.) C'était un Max Mara.
Melrose crut discerner une note de tristesse dans la voix de son ami, comme si Max, autrefois parmi eux, ne reviendrait jamais.

Cet ouvrage a été imprimé par la
SOCIÉTÉ NOUVELLE FIRMIN-DIDOT
Mesnil-sur-l'Estrée
pour le compte des Presses de la Cité
12, avenue d'Italie, 75013 Paris
en février 2000

Imprimé en France
Dépôt légal : février 2000
N° d'édition : 6795 - N° d'impression : 49964